Rangtasha

Rangs.

ShooRing

# 정령왕 엘퀴네스

이환 판타지 장편소설

19

dream books
드림북스

# 정령왕 엘퀴네스 19

초판 1쇄 인쇄 / 2021년 10월 21일
초판 1쇄 발행 / 2021년 11월 10일

지은이 / 이환

발행인 / 오영배
책임편집 / 편집부
본문 디자인 / 오정인
제작 / 조하늬

펴낸 곳 / (주)삼양출판사 · 드림북스
주소 / 서울시 강북구 도봉로 173
대표 전화 / 02-980-2112 팩스 / 02-983-0660
편집부 전화 / 02-987-9393 팩스 / 02-980-2115
블로그 / blog.naver.com/dreambookss

등록번호 / 제9-00046호
등록일자 / 1999년 3월 11일



ISBN 979-11-283-7003-8 (04810) / 978-89-542-4481-7 (세트)

* 지은이와 협의하에 인지는 생략합니다.
* 잘못된 책은 구입한 곳에서 바꾸어 드립니다.

이 도서의 국립중앙도서관 출판시도서목록(CIP)은 서지정보유통지원시스템홈페이지
(http://seoji.nl.go.kr)와 국가자료종합목록 구축시스템(http://kolis-net.nl.go.kr)에서
이용하실 수 있습니다.

정령왕
엘퀴네스
개정판
이환 판타지 장편소설
19
dream
books
드림북스

# 정령왕 엘퀴네스 19

Contents

# 제1화

# 1.

“제 보물이에요.”

지금도 그 순간은 선명히 기억한다. 명랑한 웃음이 귀여웠던 소녀가 수줍게 내밀던 작은 목걸이. 무심코 보기엔 평범한 돌 조각 같았지만 자세히 들여다보면 새겨놓은 듯한 조개 모양을 발견할 수 있었다. 숲에서 발견한 화석이라고 했다.

“엘한테 드릴게요.”

랑시가 헤어지면서 건넨 작별 선물이었다. 돌아가신 아버지와의 추억이 서린 소중한 목걸이라면서도 내가 간직해주기를 바랐다. 그게 어린 랑시가 떠올린 가장 값진 선물이었기 때문이다. 그 마음이 너무 예뻐서 받은 그 날부터 늘 몸에 지니고 다녔다. 불가피한 경우를 제외하고는 한 번도 떨어트린 적이 없었으니 거의 내 몸의 일부나 다름없었다고 해도 과언이 아니었다. 그런데 그 목걸이 안에 영혼의 보석이 들어 있었단다. 심지어 왠지 라피스인 것 같다.

여기엔 그냥 지나칠 수 없는 심각한 문제가 하나 있다. 내가 목걸이를 받은 건 이 세계에 떨어진 지 얼마 되지 않은 시점이었다. 이제 막 과거 시대라는 걸 깨닫고 혹시나 하는 마음으로 정령왕을 소환해봤던, 말 그대로 여정의 극 초반 시절. 그러니까 한마디로 말해서…… 이곳에 오자마자 그를 찾은 거였다고?

"……하하하, 장난이지?"

**"장난이겠냐?"**

이어지는 퉁명스러운 대꾸에 정신이 아득해졌다. 이번에도 확실히 들었다. 머릿속에서 음파처럼 울리는 거라 목소리 자체는 느껴지지 않았지만 이 이 밉살스러운 말투는 누가 들어도 라피스였다. 아니면 설마 내가 미치기라도 한 건가? 그 수많은 파란의 시절을 다 놔두고 지금에 와서? 이렇게 뜬금없이?

"엘, 방금 뭐라고 했어?"

"어?"

퍼뜩 고개를 드니 의아한 얼굴을 한 시벨리우스가 보였다. 그러고 보니 지금 여기엔 나 혼자 있는 게 아니었지. 너무 놀란 나머지 주변 상황을 조금도 생각지 못했다. 적어도 깨진 돌조각에 대고 떠들어 대는 내 모습이 어떻게 보였을지는 뻔했다.

"아, 미안. 아무것도 아냐. 그러니까 네 말은, 이 돌에 영혼이 깃들어 있다는 거지?"

"내 짐작으로는 그래. 언뜻 봐선 모르겠는데 엘이 짚어준 부분은 확실히 성질이 다른 것 같아. 엘은 이걸 어떻게 알아본 거야?"

그거야 그 부분만 혼자 색이 다르니까.

머릿속을 가득 채운 대답은 입안에서만 맴돌다 사그라졌다. 아무래도 저 돌조각이 자주색으로 보이는 건 나뿐인 모양이다. 하긴 그러고 보면 지금까지 라미아스가 보여줬던 영혼의 보석이 색을 띤 경우는 한 번도 없었다. 전부 길에 굴러다니는 흔하디흔한 돌알갱이 같은 형태였으니까. 아, 이래서 한눈에 알아볼 거라고 했던 건가. 애써 가라앉혔던 심장이 다시 쿵쿵 뛰었다. 내게만 다르게 보인다는 건 역시 이 조각이 라피스가 맞다는 소리였다.

"시벨, 너 혼자 장 좀 보고 있을래? 나 잠시 다녀올 곳이 있어서. 아까 헌터 협회에서 뭘 놔두고 온 것 같아."

"어? 그럼 같이 가도……."

"아냐, 아냐. 나 혼자 금방 다녀오면 돼. 여기서 필요한 것들 사고 있어."

"음, 알았어. 이 목록에 있는 것만 사면 되는 거지?"

"응! 갔다 올게!"

허둥지둥 대답하곤 빠르게 장소를 벗어났다. 골목을 돌고 돌아 시벨리우스의 모습이 완전히 보이지 않게 된 후에야(그리고 주위에 정령들이 없다는 것도 확인한 다음에야) 손에 쥔 것을 다시 들여다보았다. 여전히 요사할 정도로 선명한 빛을 품고 있는 자주색 돌조각에 마른침이 절로 삼켜졌다.

"라피스……?"

솔직히 말하면 아직도 긴가민가한 마음이 더 컸다. 어쩌면 간절히 바라는 마음이 만들어낸 실감 나는 환각이었던 건 아니었을까. 그러니 이번엔 아무 반응도 없을지도 모른다고. 혹여 그렇더라도 실망하지 말자고 내심 마음도 굳게 다졌다.

**"부르지만 말고 말을 해."**

그런데 답했다. 이번에도 대답이 돌아왔다. 다리에 쭉 힘이 풀렸다. 미끄러지듯 주르륵 바닥에 주저앉고 나니 몸이 덜덜 떨렸다.

"너, 진짜 라피스야?"

**"그럼 내가 나지, 누구야?"**

손에 쥔 걸 꾹 움켜쥐고 거칠어지는 호흡을 연거푸 삼켜냈다. 역시 착각이 아니었다. 정말로 라피스였다. 어떡하지? 찾았다. 드디어 라피스를 찾았어. 아니 이걸 찾았다고 해야 하는 건가? 솔직히 뭐라고 표현해야 할지도 모르겠다. 그냥 정신이 하나도 없었다.

"너 대체…… 왜……."

뭐든 말해야겠다는 생각에 입을 여는데 눈물이 울컥 쏟아져나왔다. 서둘러 입을 틀어막았지만 끅끅거리는 소리가 새어나가는 걸 막기가 어려웠다. 그러자 당황한 듯한 음성이 들렸다.

**"뭐야, 너. 설마 지금 우는 거야?"**

"나도 울고 싶어서 우는 거 아니거든? 이 나쁜 놈아아아."

**"지가 못 알아봐 놓고 왜 나한테 나쁜 놈이래?"**

황당해하는 목소리가 대놓고 투덜거렸다. 익숙한 타박을 들으니 서러운 와중에도 기분이 좋아졌다. 어쩌면 내가 진짜 미친 건지도 모르겠다. 이젠 아무래도 좋았다.

"라피스?"

**"어, 말해."**

"라피스."

**"뭐야, 자꾸."**

"라피스."

**"……그래, 그래. 원 없이 불러라."**

체념한 듯한 음성에 실실 웃음이 나왔다. 머릿속에 울리는 음성이 황당해하는 어조로 물었다.

**"뭐가 좋다고 웃어?"**

"당연히 좋지. 네가 부를 때마다 대답하잖아."

이름을 부르면 당연한 듯이 대답이 돌아온다. 온기가 완전히 사라지고, 온몸이 딱딱해진 채 아무리 불러도 반응이 없던 그 순간 이후로, 다시는 이런 날이 오지 않을 줄 알았다. 그건 눈앞에서 허망하게 사라졌던 카노스만큼이나 거대한 단절이었다. 생각하니 다시 눈물이 나오려고 해서 입술을 꾹 악물었다. 잠시간 말이 없던 라피스가 피식 낮은 웃음을 흘렸다.

**"아, 그 기분이 뭔지는 나도 좀 알지. 솔직히 감동한 걸로 치면 내가 더 할걸."**

"그게 무슨 말이야?"

**"내가 너한테 말 걸기 시작한 게 이미 한참은 됐다는 소리지."**

생각지 못한 대답에 당황해서 눈을 깜빡였다. 라피스가 말을 걸고 있었다니. 그러고 보니 알아차리자마자 처음 한 소리가 이제야 알았냐는 타박이었던가?

**"아무리 불러도 들어야 말이지. 벽에 대고 소리치는 기분이었다니까. 그나마 란타샤의 피를 마신 후로는 좀 들리는 것 같더니. 죄다 헛소리로 취급하고 말이야."**

"무슨…… 헉, 자, 잠깐만! 설마, 그동안 들었던 환청들이 전부 다 너였어?"

**"그 설마다. 너 진짜 너무 눈치 못 채더라."**

아니 이게 다 무슨 소리야. 황당한 기분에 그대로 아연실색했다. 그 환청이 시작된 건 내 기억으로도 꽤 오래전부터였다. 그런데 그때부터 라피스가 나한테 말을 걸고 있었던 거였다고?

"야! 그럴 땐 네가 라피스라고 말을 했어야지!"

**"했거든? 근데 그런 소리는 전혀 못 듣던데?"**

"헐, 진짜?"

**"그럼 내가 왜 거짓말을 해? 너 자꾸 나한테 책임 전가하려고 하는데, 나야말로 그동안 답답해 돌아가시는 줄 알았다고. 뭐, 이미 죽긴 했지만."**

순간 심장이 덜컥 내려앉았다. 꿈처럼 아늑하던 기분에 단숨에 찬물이 뿌려진 것 같았다.

**"왜 갑자기 말이 없어? 내가 죽었다는 걸 새삼 자각이라도 했어?"**

"……너 진짜, 그런 식으로 말하지 마."

**"뭐, 내가 죽은 건 맞잖아. 그게 아니고서야 지금 상황이 설명도 안 되고."**

"무슨 상황인지는 알겠어?"

**"그럼 내가 바보냐? 내가 라프네리아가 된 거잖아. 심지어 과거 시대에 떨어진 모양이고."**

명석한 녀석답게 그는 누가 알려주지 않아도 알아서 돌아가는 상황을 파악한 모양이다. 대화도 통하지 않는 공간에서 혼자 담담히 생각을 정돈했을 그를 생각하니 조금 숨이 막히는 것 같았다.

"너…… 언제부터 의식이 있었던 거야? 설마 여기에 떨어진 순간부터 다 기억하는 건 아니지?"

**"뭐? 아, 그건 아냐. 그냥 언제부터인가 네 목소리가 들리더라고. 그전까진 잠들어 있었어."**

날 인지하면서 깨어난 거라면 길어도 3년 정도겠구나. 그나마 최악까진 아닌 것 같아 내심 안도했다. 화석 안에 있다는 건 그만큼 오랜 시간을 갇혀 있었다는 말인데, 그때부터 의식이 있었다면 너무 괴로웠을 거다.

**"왜? 내가 몇천 년간 혼자 떠들고 있었을까 봐 너무 안쓰러워?"**

이 와중에도 태연한 소리나 해대는 라피스가 어이가 없어서 한숨이 절로 흘러나왔다.

"넌 네가 죽었다는데 아무렇지도 않아?"

**"아무렇지 않지 않을 건 뭐 있어? 딱히 몰랐던 것도 아니고. 그 상황에서 살아남았다면 오히려 그게 더 이상했을 것 같은데?"**

담담한 대꾸에 속이 다시 울컥했다. 라피스는 마나 하트가 깨졌을 때 이미 제 죽음을 예감했을 거라고, 트로웰이 그렇게 알려주긴 했었다. 그게 맞기는 한 모양이다. 아니, 아예 그 정도가 아니라 한 톨의 기적도 기대하지 않을 만큼 확신하고 있었다. 그렇게까지 확실히 알았으면서.

"왜 말 안 했어?"

**"그게 뭐 좋은 거라고 말을 해. 어차피 치료도 안 되는 건데. 시한부 취급받으면 뭐가 달라져?"**

"그걸 지금 말이라고……!"

**"아아, 알겠어, 알겠어. 나중에 화내는 거 다 들어줄 테니까 그건 일단 나중에 얘기해. 그보다 내가 궁금한 건 따로 있거든? 그거부터 묻자."**

인정하고 싶지 않지만 이 녀석은 날 다루는 방법을 너무 잘 안다. 열 받아서 머리가 부글부글 끓는데 이 와중에도 궁금한 게 있다고 하니 그게 더 신경 쓰였다. 결국 심호흡하며 속을 가라앉혔다.

"……뭐가 궁금한데."

**"내가 죽은 것도 알겠고, 영혼의 보석이 된 것도 그렇다 쳐. 명계 놈들은 대체 일을 어떻게 처하는 건가 싶긴 한데, 그땐 여러모로 재수 없는 상황이었으니 수긍해볼 수는 있어. 내가 가장 이해할 수 없는 건 바로 너야."**

"내가 뭘?"

**"몰라서 물어? 여긴 과거 시대잖아. 근데 네가 왜 여깄어?"**

"당연히 널 찾으러 왔지."

척하면 척이지 않나. 뭘 이런 당연한 걸 묻냐는 생각에 어리둥절해하려니 잠시간 아무런 반응이 돌아오지 않았다.

"라피스?"

**"날 찾으러 왔다고?"**

"그렇다고 했잖아. 그게 아니면 내가 왜 여기에 있겠어."

**"아, 그러셔? 내가 어디에 떨어진 줄도 몰랐을 텐데. 그런 날 찾으려고 손수 시공간을 넘어왔다 이거지? 언제 어디서 만나게 될 줄도 모르는데 무작정? 정령왕의 육체를 버리고?"**

"응."

**"미쳤어, 너?"**

순간 쩌렁쩌렁하게 울려 퍼지는 소리에 눈앞이 아찔해졌다. 일

반적인 고성이라면 귀를 막으면 될 텐데, 머릿속에서 직접 울려 퍼지는 소리는 어떻게 대처해야 할지 모르겠다.

"야, 좀 작게 말해. 머리 아파."

**"내가 지금 그런 거 따지게 생겼냐! 너 정말 제정신이야? 대체 무슨 생각을 한 거야?"**

"그럼 그런 상황에서 어떻게 가만히 있어? 넌 나한테 뭐라고 할 자격 없어. 너도 멋대로 나 구하고 사라져 버렸잖아. 나도 내 멋대로 한 거야."

**"너랑 내가 처지가 같냐?"**

"다를 건 또 뭔데? 누가 그러더라. 구하고 싶은 녀석도 구하지 못하면 절대자의 자리가 무슨 의미가 있냐고. 나도 그렇게 생각해. 그리고 말했잖아. 네가 위험에 처하면 도우러 가겠다고."

**"하, 정말……. 그래, 이런 녀석이었지."**

허탈하게 중얼거리면서도 왠지 라피스는 기분이 좋아 보였다. 좋으면 솔직히 좋다고 할 것이지, 정말 속을 알 수가 없는 녀석이다.

"아무튼 난 널 바로 옆에 두고도 몰랐다는 게 너무 충격이야. 대체 화석 안에 영혼의 보석이 있다는 걸 왜 아무도 알아보지 못했지? 난 그렇다 쳐도 정령왕들까지 몰랐다니."

**"내 혼이 강해서 그런가 보지."**

대꾸하는 라피스는 대수롭지 않다는 투였다. 이해가 되지 않아서 미간을 살짝 찌푸렸다.

"강하면 더 눈에 띄어야 하는 거 아니야?"

**"아니지. 강하니까 자신을 보호하는 힘도 더 강하잖아."**

"아, 그렇네?"

**"원래 방랑 혼은 강할수록 더 기운이 안 느껴져. 쉽게 눈에 띄면 어중이떠중이들 손에 들어가 악용될 확률이 높아지잖아. 그런 문제를 방지하기 위해서라도 일종의 보호색을 띠는 거지. 덕분에 명계에서 회수하기 어려워진다는 문제도 있긴 하지만."**

그래서 화석이 되도록 발견하지 못했던 거였냐. 이 정도면 장점보다 단점이 더 큰 거 같다. 아, 설마 내가 영혼으로 방황하고 있을 때 명계에서 알아보지 못한 것도 그래서였나? 운명이 없는 아이라 망자의 기운이 서리지 않았다곤 하지만, 장례식장을 대놓고 서성거렸는데도 아무도 눈치채지 못한 건 좀 이상하긴 했다. 이제 보니 내가 정령왕의 혼이라 기척이 더 가려진 탓도 있었나 보다.

뒤늦은 깨달음에 조용히 수긍하고 있으려니 라피스가 어딘지 불만스러운 투로 투덜거렸다.

**"내가 그만큼 강하다는 건데 왜 감탄을 안 해?"**

"네가 강한 건 원래 당연하다는 느낌이라 별로……."

**"넌 가끔 그런 식으로 기특한 말을 하더라."**

"넌 자주 말을 막 하고."

얼굴을 찌푸리며 쏘아붙이니 피식거리는 소리가 울렸다. 웃으라고 한 말이 아닌데 이게 웃겨? 왠지 아까부터 나만 휘둘리고 있는 것 같다.

"그보다 너 나한테 해야 할 말이 있지 않아?"

**"무슨 말?"**

"고맙다고 해야지! 기껏 찾으러 와 줬더니!"

**"아, 그래. 고맙다, 고마워. 근데 돌아갈 방법은 있는 거야?"**

'설마 아무 생각 없이 온 건 아니겠지?' 대놓고 묻지는 않았지만 어감에서 그런 분위기가 풍겼다. 엎드려 절받기 식으로 고맙다는 말을 들은 것도 성에 안 차건만. 이 녀석은 대체 날 뭐라고 생각하는 건지 모르겠다.

"그렇게 대책 없지는 않거든? 당연히 돌아갈 방법까지 다 마련해두고 온 거지."

**"그래? 그럼 돌아가자."**

"어? 지금?"

**"그럼 여기서 뭘 더 하려고? 날 찾으러 온 거라며. 찾았으니 된 거 아냐?"**

"그렇긴 한데…… 내가 알기론 아직 내가 여기서 겪어야 할 일이 더 있거든? 그런데 지금 네가 돌아가자고 해서 불길한 예감이 들어버렸어."

**"그게 뭔 소리야?"**

"부작용이 있을지도 몰라."

명랑하게 답하던 목소리가 왜 지금 떠오르는 걸까. 카노스는 내가 과거를 바꾸는 걸 원하지 않는다. 아무것도 건드리지 못하도록 시간조차 강제로 흘러가게 한 사람이다. 그런 그가 이런 상황을 예상하지 못했을까? 라피스가 바로 내 옆에 있다는 걸 알아차렸을 게 분명한데도?

"네가 돌아가려고 마음먹으면 귀환의 주문이 저절로 떠오를 거다."

떠나오기 전 엘뤼엔이 했던 말이 생각났다. 주문을 외우면 그가 나를 끌어당길 거라 했었지.

돌아가고 싶다. 돌아가고 싶다. 난 지금 맹렬히 원래 세상으로 돌아가고 싶다!

기도하듯 두 손을 모으고 연거푸 중얼거렸다. 시험 삼아 시도해 보는 거지만 돌아가고 싶다는 마음 자체는 진심이었다. 그래서인가. 이곳에서 지내는 동안 엘뤼엔의 원래 모습을 많이 잊어버렸다고 생각했는데 마치 눈앞에서 그려지는 것처럼 그의 모습이 선명하게 떠올랐다. 화사한 백금발을 길게 늘어트린 이가 나를 돌아보며 부드럽게 미소 짓는다. 여기선 한 번도 보지 못한 다정한 아버지의 얼굴이다. 그립다 못해 벅차도록 아픈 감정이 물씬 차올랐다. 하지만 그뿐이었다.

"……어떡하지, 라피스?"

**"뭐야. 아아, 됐어. 그냥 안 듣는 게 더 나을 것 같아."**

눈치 빠른 라피스는 이미 돌아가는 상황을 파악한 듯했다. 나도 차마 입이 떨어지지 않았다. 하지만 결과가 너무나 분명해서 말을 하지 않을 수가 없었다.

"귀환의 주문이 안 떠올라."

무거운 침묵이 흐르는 사이로 황량한 바람이 스치고 지나갔다. 시릴 듯이 차가운 공기였다.

## 2.

겨울의 낮은 짧다. 특히 이 지역은 정오만 넘겨도 하루를 마칠 준비를 시작할 만큼 날이 빨리 저무는 편이었다. 점심 무렵부터 기울어지기 시작한 해는 오후를 파도처럼 집어삼키고 순식간에 밤을 불러들였다. 터덜터덜 길을 돌아 나왔을 땐 이미 주위가 침침해져 있었다.

"엘, 여기야!"

그 어둑한 하늘 아래서도 용케 날 발견한 시벨리우스가 크게 손을 흔들었다. 그 사이에 이미 장을 다 본 건지 그는 상점가 계단 위에 앉아 있는 상태였다. 서둘러 다가가자 자리를 털고 일어선 그가 빙긋 웃었다. 하얗게 퍼지는 입김 사이로 얼어붙어 발갛게 상기된 얼굴이 보였다.

"늦어서 미안해, 시벨. 오래 기다렸지? 추운데 밖에 있지 말고 어디 들어가 있지 그랬어."

"괜찮아. 잃어버린 건 무사히 찾은 거야?"

"아, 응. 덕분에."

"다행이다. 그런데 무슨 일 있었어?"

"어? 왜?"

"표정이 굳어 있잖아. 기분이 안 좋아 보여."

이런, 심란한 마음이 얼굴에 그대로 다 드러난 모양이다. 얼른 얼굴 근육을 매만지자 가만히 살피던 시벨리우스의 시선이 가라앉았다.

"누가 엘한테 뭐라고 했어? 어떤 녀석이야?"

"하하, 아냐. 누가 뭐라고 하긴."

……했다.

**"그래, 이런 사고를 안 치면 네가 엘이 아니지."**

한숨과 함께 내뱉어진 한마디가 지금 이 순간에도 가슴을 사정없이 찔렀다. 차라리 사고라고 표현할 수 있는 일이었으면 좋겠다. 그럼 웃어넘길 수나 있을 텐데.

"엘?"

"……정말 아무것도 아니야."

근심하는 시선을 향해 애써 의연히 웃었다. 지금 하는 고민을 털어놓을 수도 없는데 괜한 걱정을 끼치고 싶진 않았다. 하지만 마을 밖에서 엘뤼엔을 만나는 순간엔 감정을 다스리기가 어려웠다.

"늦었군."

헤어진 장소에서 기다리고 있던 엘뤼엔이 다가오는 우리를 보고 앉아 있던 바위에서 몸을 일으켰다. 어두워진 하늘빛을 따라 검푸른 색을 띠기 시작한 머리칼이 그의 어깨를 타고 흘러내렸다. 이젠 익숙하다 못해 당연하게 여겨지는 그 광경에 새삼 심장이 내려앉았다. 그 역시 내 상태를 알아봤는지 미간을 찌푸렸다.

"이건 또 왜 멍청한 얼굴을 하고 있지?"

그의 시선을 받은 시벨리우스가 난처한 얼굴로 어깨를 으쓱였다. 나도 모르겠다는 동작을 마음에 들지 않는다는 표정으로 응시한 엘뤼엔이 다시 나를 바라보았다. 아무것도 모르는 얼굴을 마주하니 속이 마구 울렁거렸다.

"아버지이이!"

서러운 마음에 그의 허리를 끌어안고 매달렸다. 움찔한 팔이 반사적으로 밀어내려는 동작을 취하다 곧 멈춰섰다. 주춤거리는 손길이 가볍게 어깨에 와 닿는 게 느껴졌다.

"뭐 하는 거냐? 떨어져라."

비록 이어진 말은 냉담하기 그지없었지만. 모르는 척 외면하며 그를 더욱 꼭 끌어안았다. 엘뤼엔은 끝내 날 밀어내지 않았다. 그에 안심하는 만큼 더 서러워졌다.

어떡하지, 아버지? 나 못 돌아가게 됐어.

아무리 생각해도 난 운이 좋은 편이 아니다. 아니, 정확히는 운은 좋은데 스스로 말아먹는 거라고 했던가. 어쨌든 결과는 같으니 그게 그거가 아닌가 싶다. 어차피 그 운이 좋다는 부분도 이프리트가 건네준 축복의 영향이었을 거다. 그런데 이제 그조차 효력이 완전히 끝난 모양이다. 3년 정도 유지될 거라고 했으니 시기적으로도 확실했다. 아니, 아무리 그래도 그렇지!

"이게 진짜 말이 돼?"

다른 것도 아니고 어떻게 귀환의 주문에 문제가 생길 수가 있어!

아무리 억누르려고 해도 속이 부글부글 끓었다. 이런 일은 정말 단 한 번도 상상하지 못했다. 지금까지 수많은 위기를 겪어왔다고 자부할 수 있지만 이번만큼 뒷골을 당기는 문제에 직면한 적은 없었다. 솔직히 좀 억울하기까지 하다. 애초에 정령왕은 운을 타고나는 존재잖아. 근데 난 왜 이래! 정말 해도 해도 너무한 거 아냐? 어떻게 된 게 뭐 하나 편하게 가는 일이 없어! 내가 타고난 건 악운이었냐!

"저기, 엘. 괜찮아?"

한창 씩씩거리고 있는데 어디선가 기어가는 듯한 목소리가 들려왔다. 고개를 드니 문에 달라붙어 우물거리고 있는 시벨리우스가 보였다. 괜찮냐니, 뭐가? 불안정하게 흔들리는 그의 시선이 내 손을 연신 힐끔거리는 걸 보고 따라서 시선을 보냈다가 흠칫했다.

움켜쥔 주먹 안에서 처참히 뭉개진 마늘이 삐져나와 있었다. 아차, 나 지금 마늘 껍질 벗기는 중이었지.

"어, 음, 이게 왜 이렇게 됐지?"

아하하 웃으려니 시벨리우스의 표정이 더 무너졌다. 오늘은 눈이 너무 많이 내린 탓에 사냥을 나가지 못했다. 가만히 있으려니 너무 심심하고, 잡생각도 많이 들어서 머리를 비울 겸 시벨리우스에게 부탁해 소일거리를 받아온 거였다. 안 그래도 그는 내키지 않아 했는데, 잘하고 있나 살피러 나왔다가 마늘을 터트리는 광경을 목격했으니 충격을 받을 만도 했다.

"역시 내가 마늘을 너무 많이 줬지? 힘들면 그만해도 돼, 엘. 난 널 고생시킬 생각은 조금도……."

"아, 아냐! 마늘 때문에 그런 거 아냐. 이 정도는 별로 힘들지도 않아. 그냥 잠깐 딴 생각 하다가 그런 거야."

"정말? 나한테 화난 거 아니야?"

"당연하지. 애초에 내가 하겠다고 한 거잖아. 왜 너한테 화를 내겠어."

**"아주 재밌게들 노네."**

기가 죽은 녀석을 어르고 달래고 있으려니 어디선가 코웃음 치는 소리가 들려왔다. 다른 때라면 또 환청을 듣나 했겠지만 이젠 누군지 안다.

'참 재밌기도 하겠다. 안 그래도 심란한데 이상한 시비 걸지 마.'

시벨리우스를 안으로 들여보낸 후 머릿속으로 의식을 집중했다. 직접 말하는 건 아무래도 들통날 위험이 커서 대화 방식을 바꾼 참이었다. 파장을 맞추기가 좀 번거롭고 꽤 많은 집중력을 요구하긴 하지만 혼자 떠드는 것처럼 보이는 것보다는 나았다.

**"너야말로 이미 벌어진 일을 언제까지 붙들고 있을 거야. 그만 끙끙거리고 적당히 털어내."**

'그게 말이 쉽지. 넌 걱정도 안 돼? 돌아가지 못할지도 모르게 됐는데.'

**"딱히 그렇지도 않을걸?"**

웃음기를 담은 목소리로 라피스가 답했다.

'그렇지도 않다니?'

**"내가 돌아가는 방법이야 간단하거든. 네가 적당한 신전에 날 갖다 주고 신고하기만 하면 돼. 그럼 신계에서 알아서 할 거야."**

'……헐, 그렇네?'

그러고 보니 그랬다. 영혼의 보석인 라피스는 신전에 가져다주기만 하면 된다. 그럼 신계에서 회수한 다음 알아서 본래의 자리를 찾아줄 거다. 시공간이 얽혀있으니 과정이 매우 복잡할 거고, 그만큼 오래 걸리긴 할 테지만 어쨌든 언젠가 제자리를 찾게 된다는 건 분명했다. 아니, 잠깐. 그렇다는 건…….

'지금 나만 망한 거야?'

**"엄밀히 말하면 미래의 아크아돈도 같이 망한 거지."**

라피스는 끼어들 때와 그렇지 않을 때를 구분하지 못했다.

'너 진짜…….'

**"왜, 사실이잖아. 육체만 남겨두고 온 거랬나? 정령왕의 껍데기만으로 버틸 수 있는 기간이 얼마나 되려나? 10년 가뭄이 끝난 지 얼마나 됐다고 또 멸망 길 걷게 생겼네. 쯧쯧, 물의 정령왕 한번 잘못 만나서 이게 무슨 고생들이야?"**

'……영혼의 보석도 부서지는지 한번 시험해볼까? 이렇게 된 거 같이 망하게 해줘?'

**"알았어, 알았어. 성질은."**

한발 물러선 목소리에 진득이 치밀어오른 혈압을 가라앉혔다. 이게 뭐가 이쁘다고 굳이 여기까지 찾으러 왔지? 과거는 미화된다더니, 그리움에 묻혀 이 녀석이 얼마나 사람을 열 받게 하는 종자인지 잊고 있었다.

**"마신 쪽은?"**

'여전히 대답이 없어.'

사람 속을 뒤집는 일엔 빠지지 않는 또 한 존재를 떠올리고 한숨을 내쉬었다. 돌아가지 못하게 됐다는 사실을 깨달았을 때 가장 먼저 시도했던 게 카노스를 부르는 거였다. 그가 정말 이런 상황을 의도한 건지는 아직 단정하기 어렵다. 그래도 주술을 보완한 그라면 부작용을 고칠 방법도 알고 있을 거다. 하지만 아무리 불러도 돌아오는 반응이 없었다. 그에게 여전히 날 만날 마음이 없는 거다. 이런 상태라면 마신전을 찾아간다 해도 소득이 없을 게 뻔했다.

차라리 내 정체를 밝히고 주술을 풀어버릴까. 답답해지니 생각이 절로 극단적으로 흘렀다. 주술이 풀리면 나 역시 라프네리아가 된다. 미리 사정을 설명해두고 엘뤼엔이나 시벨리우스가 날 신전에 갖다 주게 하면 되지 않을까. 정 돌아갈 방법이 마련되지 않으면 이것도 대안이 될 것 같았다. 하지만 라피스의 생각은 달랐다.

**"그건 좀 위험할걸."**

'왜?'

**"생각해봐. 현대의 트로웰이나 엘뤼엔이나 이 시대의 널 기억하지 못했다며. 그럼 주술이 풀리는 것과 동시에 너에 대한 기억이 날아가는 걸 수도 있어."**

"……!"

**"주술이 풀릴 때 혼이 멀리 튕겨 나가기라도 하면? 라프네리아는 움직이지도 못하고 다른 세상의 존재와 소통할 수도 없어. 넌 라프네리아가 되자마자 기척이 사라질 거고. 그럼 바로 발견되기도 어려워지겠지. 행여 누군가가 널 발견하더라도 그자가 신전에 순순히 신고할 확률은 얼마나 될 것 같아?"**

거의 없겠지. 오히려 라미아스 같은 드래곤에게 발견됐다간 수집품으로 영원히 박제될지도 몰랐다. 거기까지 생각하니 식은땀이 흘렀다. 다시 보니 진짜 위험한 방법이었다.

'라피스, 네가 먼저 돌아가서 내 상황을 알리는 건 어때?'

**"귀환 절차가 어떻게 될 줄 알고? 넌 명계 놈들을 믿냐? 걔들이 정령왕의 혼을 잃어버리고도 대처한 꼴을 봐. 내가 복귀할 때쯤이면 넌 여기서 이미 늙어 죽었을걸?"**

아니, 그럼 이것도 안 된다, 저것도 안 된다. 대체 나보고 뭘 어쩌라고.

"엘, 곧 저녁 먹을 시간이야. 혹시 뭐 먹고 싶은 거 있어?"

때마침 시벨리우스가 다시 문을 열고 나오면서 대화가 잠시 멈췄다. 아무 일도 없었던 척 태연하게 반응하려니 심장이 두근두근 뛰었다.

"아, 시간이 벌써 그렇게 됐나? 얼마 전에 사 온 연어 훈제해둔 건 어때?"

"와, 좋은 생각이야. 그럼 오늘 저녁은 훈제 연어 요리로 가야겠다. 녹나무 열매랑 곁들여서 오븐에 구울게. 치즈랑 같이 먹으면 맛있을 거야."

"벌써 기대된다."

"금방 되니까 대충 마무리하고 들어와."

"응, 알았어."

요리할 생각에 신이 났는지 시벨리우스가 흥얼거리며 몸을 돌렸다. 그 모습을 웃으며 지켜보다 완전히 문이 닫히는 시점에 맞춰 한숨을 내쉬었다. 먹을 거 생각에 잠깐 들떴던 기분이 다시 빠르게 가라앉았다. 또 끼어들 때를 구분하지 않는 라피스의 목소리 때문에 더 그랬다.

**"난 저 녀석 싫어."**

'넌 좋아하는 쪽을 세는 게 더 빠르지 않아? 그리고 시벨도 너 싫어할걸.'

**"아무튼 싫다고. 넌 왜 여기서도 저 녀석이랑 같이 다니는 거야?"**

'친구니까 그렇지.'

**"친구? 치인구우? 넌 그럼 저 녀석이 죽어서 사라져도 찾으러 가겠다고 하겠네?"**

'라피스.'

**"왜."**

'계속 헛소리하면 진짜 파묻어버린다.'

바로 조용해지는 걸 보니 말귀를 알아들은 모양이다. 결과적으로는 일 초도 가지 않은 판단이었다.

**"야, 화났냐?"**

'안 났거든!'

젠장, 이 뻔뻔한 도마뱀이 기가 죽을 리가 없지! 그래, 넌 속 편해서 좋겠다! 자긴 돌아갈 방법 있다 이거지? 이제 막 껍질을 벗겨낸 마늘이 다시금 손안에서 뭉개졌다. 낮게 울리는 소리가 키득거렸다.

**"화난 거 맞구만, 뭘. 머리 좀 그만 굴려. 안 쓰던 걸 자꾸 쓰니까 더 예민해지는 거야. 들어 있지도 않은 걸 억지로 굴려봤자 고장이나 나지."**

'……너 솔직히 말해. 날 화병으로 죽게 하고 싶은 거지?'

**"일단 란타샤를 만나 봐."**

'란타샤?'

여기서 갑자기 란타샤가 왜 나오지? 뜬금없는 화제 전환에 당황하다가 뒤늦게 떠오른 것에 얼굴을 찌푸렸다.

'넌 근데 무슨 자기 엄마를 남처럼 부르냐?'

**"아, 됐고. 이 시기는 내가 아직 태어나기 전이지? 디아곤이랑 언약을 맺기 전에 란타샤는 쓸데없는 연구랑 희귀품 수집을 하는 게 취미였어. 그중에 하이튼이 만든 신물도 있었을 거야."**

연구와 수집이라니. 내가 아는 누구를 떠올리게 하는 취미다. 역시 유전자의 힘이 너무 강한 거 아닌가. 그보다 하이튼이 누구였더라.

'차원 이동을 관장한다는 신 말이야?'

**"맞아, 정확히는 모든 차원 이동길과 연결을 관리하는 신이지. 그 연결엔 인연도 포함되기 때문에 인연의 신으로도 불려."**

그건 처음 알았다. 차원 이동을 관리한다고 들었을 땐 그냥 그런가 보다 했는데 인연의 신이라고 하니 생각보다 더 대단한 느낌이다. 이프리트가 파이어 버스터의 미래를 그에게 선뜻 맡긴 이유도 그 때문이었던 모양이다. 괜찮은 인연을 만나기를 바랐던 거겠지. 다비안과 이어졌으니 확실히 첫 인연은 괜찮았다. 비록 달가운 결과를 얻지는 못했지만.

어쨌든 다시 본론으로 들어가서, 하이튼이 만든 신물의 이름은 연결의 거울이었다. 거울을 들여다보면 자신과 가장 인연이 강하게 닿은 존재를 비춘다고 했다. 그래서 운명의 짝을 찾아주는 거울로도 유명했다고.

**"한 가지 재밌는 점은, 그 거울에 숨겨진 부가기능이 있었다는 거지."**

"부가기능?"

**"신의 문장을 거울에 비추면 그 신을 강신할 수 있다고 하더라."**

"……!"

강신.

나도 모르게 숨을 꿀꺽 삼켰다. 신을 소환할 수 있다고?

'신 쪽에서 소환을 거부하면?'

**"그럼 애초에 재밌다는 말을 안 하지. 강제 소환이야. 최고신도 예외는 아닐걸?"**

그걸 쓰면 카노스를 만날 수 있다는 뜻이다. 문장이 새겨진 쪽 손등을 느릿하게 문질렀다. 전혀 생각지도 못한 흐름이라 아플 정도로 온몸이 긴장했다.

**"이제 좀 방법이 보여?"**

'자, 잠깐! 잠깐만 기다려봐. 들었다는 건, 넌 그 신물을 직접 본 적은 없다는 말이지?'

**"맞아. 만든 의도는 좋았는데 아까 말한 재밌는 효과 때문에 악용될 우려가 너무 커서 나중에 회수하고 파괴했다고 하더라고."**

'파괴했다고? 그게 언젠데?'

**"란타샤가 메테를 잉태했을 때니까 이 시점에선 좀 나중의 일이야. 지금이라면 아직 갖고 있을 거야."**

아직 신물이 존재한다. 그럼 정말 카노스를 만날 수 있는 걸까. 고양감에 말을 잇지 못하는 동안 라피스가 한껏 우쭐거리는 소리가 이어졌다.

**"봤냐? 뭘 아는 게 있어야 머리를 굴려도 결과가 나온다는 거."**

'……네, 정말 그렇네요.'

울컥했지만 이번만큼은 승복할 수밖에 없었다. 이건 내가 아무리 궁리해도 떠올릴 수 없는 방법이었으니까.

**"그러니까 너 혼자 애쓰지 말라고."**

아주 잠깐 머릿속이 멈췄다. 얼어붙은 듯이 굳은 상태로 천천히 눈만 깜빡였다. 생각과 함께 멈췄던 호흡이 겨우 흘러나간 후에야 조금 전 들은 말을 이해할 수 있었다.

**"머리가 두 개인데 왜 온갖 근심을 혼자 다 끌어안고 있어? 아직 세상 경험도 부족한 녀석이."**

"……."

최근 들어 눈물샘이 고장 난 게 분명하다. 타박하는 말을 듣고 왜 이렇게 눈물이 날 것 같은지 모르겠다. 이대로 울었다간 놀림거리가 될 게 뻔했기에 차라리 웃었다. 황당해하는 목소리가 뭘 웃냐고 투덜거렸지만 아무래도 좋을 만큼 기분이 좋았다.

이 세상에 온 이후론 뭘 해도 채워지지 않는 공허가 있었다. 진실을 감춰야 하는 관계라는 것이 그렇다. 아무리 가족들 곁에 있어도, 친구를 만들고 유대감을 형성해도 낯선 세상에 나 혼자 뚝 떨어진 외로운 기분을 떨치기 어려웠다.

그런데 이젠 혼자가 아니었다. 나와 같은 자리에서 같은 문제를 고민하고 함께 해결할 방법을 찾아줄 사람이 있었다. 내가 정말 라피스를 찾긴 찾았구나. 새삼스럽게 벅차오르는 감정에 가슴이 뻐근해졌다. 그와는 별개로 저 사람 골리는 말버릇은 어떻게든 해야 할 것 같지만.

## 3.

계속 헷갈리는 방식으로 말하면 진짜 파묻어버리겠다는 협박을 해준 다음, 우리는 본격적으로 다음 계획을 구상했다. 희망이 생겼다 해서 모든 일이 순탄히 흘러가는 건 아니었다. 일단 가장 중요한 란타샤를 만나는 문제부터 이것저것 걸리는 게 많았다.

일전에 만났을 때 들어본 바로는 란타샤는 주로 자신의 레어에서 지내는 편이었다. 란타샤는 레드 드래곤이고, 불 드래곤은 보통 화산 지대에 거주한다는 게 상식이다. 특히 아는 게 많은 라피스의 정보에 의하면 란타샤의 레어는 용암이 넘쳐 흐르는 계곡 안에 있다는 모양이다. 레어 내부의 평균 온도만 500도를 훌쩍 넘는다나.

드래곤의 껍질은 대체 어떻게 되어 먹은 건가 싶은 건 둘째치고, 아무리 내가 인간치고는 튼튼하다 해도 선뜻 찾아갈 만한 곳은 아니었다. 잠깐은 버틸 수 있어도 장시간 머물지는 못할 거다. 게 다가 결계가 있어서 레어 입구를 찾기도 어렵다. 아무리 생각해도 도움이 청할 곳이 하나밖에 없었다.

"저기, 아버지. 이프리트는 요즘 어떻게 지내?"

조심스럽게 건넨 말에 힐끗 눈길만 보낸 엘뤼엔이 다시 읽던 신문으로 시선을 내렸다.

"또 무슨 사고를 치려는 거지?"

"그런 거 아니거든! 누가 들으면 내가 무슨 맨날 사고만 치는 줄 알겠네."

"그게 아니었나?"

음, 솔직히 할 말이 없다. 내가 사고를 치긴 많이 쳤지.

"여하튼 이번엔 진짜 그런 거 아냐. 란타샤를 만나고 싶은데, 연락할 방법을 몰라서 그래."

레어에 데려가 주는 거야 엘뤼엔도 할 수 있겠지만, 결계를 멋대로 침범하면 좋아하지 않을 거다. 안 그래도 아인 이드리스의 배반 때문에 인간에 대한 인식이 나빠진 시기다. 부탁하러 가는 처지에 그런 무례를 저지를 순 없었다. 가장 원만한 방법은 역시 이프리트를 통하는 거였다. 그렇게 돌아간 후로는 쭉 감감무소식이라 좋은 반응을 기대하긴 어려웠지만, 시도를 안 해보는 것보다는 나았다. 그런데 내가 너무 엘뤼엔이란 1차 장벽을 쉽게 여겼던 걸까.

"란타샤가 누구지?"

처음 들어본다는 듯 의아해하는 얼굴에 다시금 할 말을 잃었다. 뭉근한 기시감이 머릿속을 내리눌렀다.

"그…… 이프리트의 계약자 말이야. 레드 드래곤 란타샤. 기억 안 나? 전에 같이 본 적 있잖아."

"그랬던가."

"2년 전쯤에 란타샤가 찾아온 적 있었잖아. 그때 미네르바도 왔었고. 정령왕 넷이서 중간계에서 만난 건 처음이라고 이프리트가 감탄도 하고 그랬는데."

"그랬던 적이 있던 것 같긴 하군."

진지하게 중얼거리는 걸 보니 역시 농담하는 건 아니다. 관심 없으면 아예 기억을 안 하는 건 한결같았구나. 지칠 만큼 소환하는 공을 들이고도 이름 하나 기억에 남기지 못한 라피스가 생각나서 마음 한구석이 짠해졌다. 모자지간이라고 이런 것까지 같을 필요는 없잖아. 이쯤 되면 유전자의 영역이 어디까지인지 궁금할 지경이다.

"그 드래곤은 왜 만나려는 거지?"

"으음. 별건 아니야. 그냥 란타샤한테 부탁할 게 좀 있어서……."

"요즘 네가 자주 멍해지는 것과 관련된 일인가?"

윽, 알고 있었구나. 나름 자연스럽게 굴었다고 생각했는데 아무래도 티가 나긴 했나 보다. 대화 방식을 바꾸지 않았다면 진작 들통났겠구나 싶으니 식은땀이 흘렀다. 다행히 엘뤼엔은 더 집요하게 캐묻진 않았다. 내가 워낙 감추는 게 많다 보니 이번에도 일단 그냥 넘어가는 것 같았다. 저 인내심이 화수분 같지는 않을 테니 언젠가는 터지는 날이 오겠지만, 당장은 다행이었다.

"확실히 이건 이프리트를 통하는 게 낫긴 하겠군. 날 귀찮게 하지 말고 그 녀석에게 직접 물어라."

"그 본인을 만날 방법이 없는데요……."

"네겐 없어도 그쪽은 아니지."

"응? 그게 무슨 말이야?"

엘퀴엔의 시선이 정면에 있는 벽난로 쪽을 향했다. 주술로 만들어진 공간은 딱히 온도를 조절할 필요가 없었지만, 운치가 있다는 이유로 시벨리우스가 일부러 만들어둔 것이었다. 새로 채워 넣은 지 얼마 되지 않은 장작 사이로 한창 불씨가 타오르는 중이었다. 그리고 불씨가 있는 곳에는 필연적으로 불의 정령이 있기 마련이다. 엘퀴엔이 있는 곳은 되도록 피해 다니는 편이긴 한데, 가끔 용감한 나비들은 슬그머니 머물다 가곤 했다(그들 딴엔 담력 시험을 즐기는 심리인가 보다). 지금도 한 마리가 장작 위에 붙어 있었다.

아, 저 카사한테 전달하라는 소리인가. 처음엔 그렇게 이해했다. 하지만 정령왕의 시선을 받은 카사는 파르르 날개를 떨고는 허둥지둥 달아났다. 너무 빨라서 미처 말을 걸어볼 틈도 없었다. 별수 없이 다른 용감한 나비를 기다려야겠다고 생각하는데, 그 순간 허공에서 불길이 타오르더니 눈앞에 거대한 불새가 나타났다. 눈부신 불꽃의 깃털을 공작처럼 화려하게 늘어트린 이그니스였다.

—하여튼 눈치 하나는 빠른 자식.

그 이그니스가 엘퀴엔을 향해 혀를 차며 투덜거렸다. 아니, 재가 왜 저러지. 이 시대의 정령들은 자살을 이런 식으로 하는 건가? 순간적으로 당황하다 목소리가 평소의 이그니스와 다르다는 걸 깨달았다. 내가 잘 아는 사람의 목소리였다.

"이프리트? 설마 이프리트야?"

—맞아. 나야, 도련님. 잘 지내고 있어?

웃음기를 담은 경쾌한 목소리가 빛처럼 쏟아졌다. 일전에 엘뤼엔이 시큐엘의 목소리를 빌린 것처럼 이프리트도 같은 방법을 쓴 모양이다. 나도 돌아가면 저거 꼭 해봐야지.

"이프리트, 왜 요즘엔 안 와?"

—미안, 미안. 내가 좀 무심했지? 근데 안 가는 게 아니라 못 가는 거야. 마음 같아선 지금 당장도 가고 싶지. 근데 아직은 좀 더 본계에 있어야 할 것 같아.

아직도 많이 안 좋은 건가. 역류한 충격이 아무리 커도 몇 달을 쉬어야 할 정도는 아니다. 대체 뭘 어떻게 한 거야? 떨떠름한 기분으로 돌아보니 엘뤼엔이 뭘 보냐는 시선을 보냈다. 이그니스가 눈을 휘어 접어 웃었다.

—엘퀴네스 때문은 아니야. 내가 아직 힘을 통제하기 어려워서 그래.

"통제라니? 아, 설마 폭주의 영향이야?"

당황해서 물은 것에 그렇다는 대답이 돌아왔다. 정령계는 4대 정령왕이 서로를 보완하는 구조기 때문에 한쪽에 문제가 생기면 다 같이 영향을 받을 수밖에 없다. 한쪽의 힘이 너무 커지는 바람에 다른 힘들도 같이 들끓고 있는 거다. 내가 태어나지 않았을 때와는 정반대의 상황이었으나, 겪는 고초는 비슷했다.

"아버지는 괜찮아?"

그렇다는 건 엘퀴엔도 지금 힘든 상태라는 소리였다. 중간계에 내려와 있어도 되는 건가 싶어 황급히 돌아보니 무심한 대답이 이어졌다.

"난 항상 하던 일이라."

원래도 힘을 통제하고 있는 거라서 새삼스럽지 않다며, 역대 최강의 엘퀴네스가 말씀하셨다. 아, 그렇구나. 영혼 없이 웃으려니 눈을 가늘게 뜬 이그니스의 표정이 씰룩거렸다. 재수 없어, 나지막하게 투덜거리는 소리는 애써 듣지 못한 척했다. 고개를 끄덕이지 않은 것만으로도 내가 할 수 있는 최선을 다한 거다. 내 아버지지만 이럴 땐 확실히 좀 그렇다.

—어쨌든 란타샤를 만나고 싶다는 거지? 말은 전해둘게. 근데 걔도 좀 제멋대로라 응할지는 모르겠어.

"전해주기만 해도 충분해. 고마워, 이프리트. 빨리 괜찮아져서 만날 수 있으면 좋겠다."

—그래야지. 으음, 아닌가. 오히려 지금은 이 상태가 더 나을지도 몰라.

"응? 왜?"

—남의 조언을 전혀 안 듣는 말썽쟁이가 있어서 말이야. 몸이 편해지면 무슨 사고를 칠지 알 수가 있어야지.

누구를 말하는 건지는 굳이 묻지 않았다. 오랜만의 연락으로 들떴던 기분이 순식간에 가라앉았다. 입을 다문 나를 보고 이그니스도 난처한 표정을 지었다(새 주제에 표정이 너무 다양하다).

—뭐, 어쨌든 계속 갇혀 있진 않을 거야. 나중에 보자. 그때까지 잘 지내고 있어.

"응. 나중에 봐, 이프리트."

손을 흔들며 건넨 작별 인사에 다시금 눈을 휘어 접어 웃은 이그니스가 그대로 불길이 되어 사라졌다. 뺨을 달군 열기를 식힐 겸 한 번 숨을 깊게 내쉬었다. 번잡한 생각들이 가득 차올랐지만 골치 아픈 건 그냥 나중에 생각하기로 했다. 어차피 내가 고민한다고 해결될 일도 아니었다.

그 이후 며칠이 지나도록 들려오는 소식은 없었다. 만남이 달갑진 않더라도 용건은 궁금해할 거라고 생각했는데 너무 안이한 판단이었나 보다. 드래곤은 자존심이 강하니 내가 정령왕을 등에 업고 오만방자하게 군다고 여긴 건지도 몰랐다.

**"야, 야. 다 때려치워. 그냥 엘뤼엔의 과거 놈한테 지금 당장 란타샤 레어로 데려가 달라고 해. 무작정 쳐들어가자니까?"**

기약 없이 기다리는 시간이 길어지니 머릿속에서 장알거리는 소리도 커졌다. 미래라고는 한 톨도 생각지 않는 대책 없는 주장에 한숨만 절로 나왔다.

'말이 쉽지, 그러다 란타샤가 화나면 어쩌라고. 일이 더 꼬이잖아.'

**"일단 란타샤랑 접촉만 해. 네가 감지하는 부분은 대부분 나한테도 전해지니까. 손을 잡든 다리에 매달리든 어떻게든 붙잡고 시**

**간만 좀 끌어."**

'뭐야. 무슨 방법이라도 있는 거야?'

**"어차피 그거 아공간에 넣어놨을 거야. 접촉하면 마력 회로 읽어내기가 좀 더 쉬워지거든? 내가 란타샤 아공간 좌표 뚫어볼게."**

……그게 해킹이 되는 거였나. 아니 그보다 무슨 자기 엄마 금고 턴다는 소리를 해맑게 하고 앉아 있어. 어처구니없어서 입을 다무니 못 미더워서 그런다고 생각했는지 라피스가 설명을 덧붙였다.

**"걱정 마. 실패할 확률은 거의 없어. 헤츨링 때 디아곤의 아공간도 털어본 적 있거든."**

'……너 대체 무슨 어린 시절을 보낸 거야.'

**"일부러 한 건 아니고, 마력 회로를 분석하는 연구를 하다가 우연히 얻어걸린 거야. 그 뒤론 다들 좌표에 이중 보안을 걸어서 단발로 그쳤지만. 지금은 해당 사항 없는 얘기지. 일단 좌표만 알아내면 물건 한 개 정도 빼돌리는 건 일도 아닐걸? 그때 걸린 것도 내가 아공간을 다 털어버려서 그런 거거든."**

아주 자랑이다, 이 불효자야. 들어보니 그렇게 탈탈 턴 재산을 돌려주지도 않은 모양이다. 자식에게 눈뜨고 코 베였을 디아곤에게 아주 잠깐 묵념을 올렸다. 그런 중에도 한편으로는 혹하는 기분이 드는 것도 어쩔 수 없었다. 무작정 찾아가면 화내기야 하겠지만 어차피 엘퀴엔이 옆에 있는 한 란타샤가 날 공격할 순 없을 거다. 붙잡고 시간만 끌면 된단 말이지.

"……해볼까?"

**"그렇게 나오셔야지."**

대꾸하는 소리가 유쾌한 웃음기를 머금었다. 덩달아 히죽 웃으려니 좀 악당이 된 기분이다. 아이참, 착하게 살고 싶은데 자꾸 나쁜 물이 들어서 큰일이란 말이야. 이래서 친구를 잘 사귀어야 한다.

쇠뿔도 단김에 빼랬다고, 그 길로 엘뤼엔을 찾아가 란타샤를 만날 수 있게 해달라고 부탁했다. 며칠간 궁상을 떠는 모습을 지켜봐서 그런지 그는 가타부타하는 말 없이 고개를 끄덕였고, 굳이 시간을 끌지 않았다. 그 자리에서 곧바로 공간 이동 마법을 실행했다는 뜻이다.

눈 한 번 깜빡이는 동안 아늑한 거실로 꾸며져 있던 주변 광경이 붉은 용암이 흐르는 새카만 지대로 변했다. 숨을 태우는 열기가 순식간에 차올랐지만 엘뤼엔의 손짓 한 번에 바로 사그라졌다. 그에 고맙다는 인사를 하기도 전에 이번엔 그가 손을 뻗어 무언가를 강하게 움켜쥐었다. 그러자 번개가 치는 것처럼 빠지직거리는 소리가 울리며 주위의 공간이 깨지는 듯한 감각이 들었다.

그게 결계가 깨진 거라는 건 불쑥 나타난 동굴 입구를 보고 나서야 깨달았다. 그야말로 속전속결이구나. 너무 거침이 없다 보니 속이 시원하기까지 했다. 곧 동굴 안쪽에서 누군가가 헐레벌떡 튀어나오는 게 보였다. 란타샤였다.

"뭐, 뭐야! 너희 대체 뭐야?"

자다가 깬 건지 란타샤는 꽃장식이 잔뜩 달린 잠옷을 입고 있었다. 리본과 헤어롤을 머리에 주렁주렁 매단 채 혼비백산한 표정을 지은 얼굴을 보니 이러면 안 된다는 걸 알면서도 웃음이 나왔다.

"안녕하세요, 란타샤. 저 기억하시죠?"

"허, 지금 나랑 장난해? 내가 정말 널 기억하지 못할 것 같아서 하는 말이야? 이게 지금 뭐 하는 거냐고 묻잖아!"

"방식이 과격해서 죄송해요. 이프리트 편으로 연락을 드렸는데 소식이 너무 없으시더라구요. 그래서 직접 만나러 왔어요."

다른 의도가 있던 건 아니라는 걸 알리기 위해 최대한 순진무구하게 웃었다. 너무 기가 막히면 화낼 기력도 잃는 건지 란타샤는 입만 연신 뻐끔거렸다. 정확히는 내 옆에 팔짱을 끼고 서 있는 엘튀엔 때문에 아무것도 못 하는 것 같긴 했지만.

"너 말이야. 소식이 없다는 건 안 만나겠다는 뜻이라고 생각해 보진 않았어?"

"사실 그럴 것 같긴 했는데요."

"그런데?"

"딱히 찾아오지 말라고도 안 했으니까요. 그래서 그냥 제가 편한 대로 해석하기로 했습니다!"

"허, 진짜 어처구니가 없다. 너 원래 이런 성격이었어?"

이제 와서는 더 뻔뻔해질 것도 없다 싶어 그냥 그렇다고 인정했다. 황당해하는 표정이 뭐 이런 게 다 있냐는 표정으로 변하는 게 선명히 보였다. 죄송합니다, 어머니. 당신 아들이 시켰어요.

**"야, 손잡아, 손. 어디든 붙잡으라고."**

그리고 그 아들은 지금 내게 더한 짓을 요구하는 중이시다.

'지금? 이런 분위기에서?'

**"그럼 무슨 분위기를 기대했는데? 여길 왜 왔는지 잊었어? 접촉해야 마력 회로를 분석할 거 아냐."**

이렇게 되면 이판사판이다. 에라 모르겠다는 심정으로 성큼성큼 다가가 란타샤에게 손을 내밀었다.

"란타샤! 저랑 악수해요!"

"……뭐?"

"제가 평소에 팬이라서 그렇습니다! 전부터 꼭 악수해보고 싶었습니다!"

그래, 나도 안다. 내가 들어도 이건 개소리였다. 뜬금없는 상황에 란타샤의 눈이 휘둥그레졌다. 얼굴 가득 황당해하는 기색이 가득했다. 그건 라피스도 마찬가지였다.

**"너 지금 뭐 하냐?"**

'내 맘대로 잡을 순 없잖아!'

안 그래도 강제로 결계를 깨트려서 화가 났을 텐데 여기서 더 점수를 깎고 싶지는 않다. 물론 다른 의미로 이상한 취급을 당할 것 같기는 하지만.

이 모든 꼴을 지켜보고 있을 엘뤼엔의 반응은 차마 살피기도 무섭다. 최대한 당당한 표정을 유지하려니 진땀이 절로 흘렀다. 그런데 그 순간 놀랍게도 손바닥에 따뜻한 체온이 맞닿았다. 란타샤가 내 손을 마주 잡은 거였다. 놀라서 바라본 얼굴엔 어쩔 수 없다는 표정이 가득했다. "뭐, 내 팬이라는데. 악수 정도야 어려운 것도 아니니까." 변명하듯 중얼거리는 소리가 이어졌다. 아무래도 내가 공략지점을 건드린 모양이다.

**"이게 통하네."**

라피스도 어처구니없다는 듯 중얼거렸다. 결계까지 깨부순 채 갑자기 쳐들어와서는 팬이랍시고 악수를 한다. 상당히 해괴해 보이는 광경이 완성됐지만, 어쨌든 성공한 건 성공한 거다. 마음이 절로 널을 뛰었다.

'어때? 좌표 찾을 수 있을 거 같아?'

**"아, 젠장."**

그런데 돌아온 건 낮은 욕설이었다. 그냥 듣기에도 불길한 반응이라 심장이 덜컥 내려앉았다.

'뭐야, 왜 그래?'

**"야, 틀렸어. 텄어. 이중 보안 걸어놨어."**

'뭐어? 이땐 괜찮다며!'

**"몰라. 나도 속았어. 내가 디아곤 아공간 털었을 때 란타샤가 제일 놀란 척했단 말이야. 당장 보안 강화한다고 온갖 호들갑은 다 떨었다고. 그래서 그전엔 안 해둔 줄 알았지. 생각해보니 그 철두철미한 여자가 아공간을 평범하게 관리했을 리가 없는데."**

뛰는 놈 위에 나는 놈 있다더니. 이런 걸 두고 하는 말인 모양이다. 그때 펜 시치미가 설마 과거에서 효과를 발휘할 거라곤 란타샤 본인조차 알지 못했을 테지만!

'그럼 이제 어떡해!'

**"운에 맡겨."**

'지금 그걸 말이라고 하냐!'

팔자에도 없던 대도를 흉내 낸 대가는 컸다. 역시 악당 짓도 아무나 하는 게 아니었다. 이제부터 뭘 어떻게 수습해야 할지 눈앞이 캄캄했다. 이래서 사람은 생긴 대로 살아야 한다는 말이 있나 보다.

"언제까지 잡고 있을 거야?"

"아, 죄송해요!"

어차피 더는 잡고 있을 이유도 없어서 곧바로 손을 떼어냈다. 지금 자신에게 무슨 일이 일어날 뻔했는지 알지 못하는 란타샤는 당황해서 얼어 있는 내 모습을 다른 뜻으로 해석한 것 같았다. 세상 기이한 생물을 보는 것 같은 얼굴로 나를 바라보던 란타샤가 한숨을 내쉬었다.

"뭐, 너도 갑자기 내 태도가 바뀌어서 서운하겠지. 난 너한테 딱히 유감은 없어. 하지만 전처럼 즐겁게 여길 수 없는 건 사실이야. 왠지는 알지?"

"……네, 알아요."

"이렇게 된 게 네 잘못은 아니지. 이렇게 말하고 보니 정말 괜한 화풀이이긴 하네. 그래도 네가 인간인 걸 어쩌겠어. 지금은 인간을 보기만 해도 짜증이 난다고."

옷자락을 꾹 움켜쥐었다. 그럴 거라는 건 이미 짐작했던 부분이다. 그래도 라미아스의 태도는 크게 변하지 않았기 때문에 내심 기대를 버리지 못했나 보다. 하긴, 어디 란타샤뿐일까. 정령들의 태도도 변했다. 그나마 물의 정령들은 덜하지만, 예전 같으면 눈만 맞춰도 곧장 반응을 보이던 이들이 요즘은 말을 걸어도 외면하고 피하기 바빴다. 잘 보이는 눈이 다 좋은 것만은 아니었다. 굳이 모르고 살아도 좋을 일을 일일이 확인하게 한다.

"왜 그런 표정을 짓냐, 미안하게."

"죄송해요."

"아니, 사과하라는 게 아니라……."

머리를 긁적거린 란타샤가 다시 한숨을 내쉬었다.

"일단 들어오든가."

애먼 땅만 향해 있던 고개를 번쩍 치켜들었다. 눈이 마주친 란타샤가 슬쩍 시선을 피했다.

"싫은 소리 들을 거 알면서도 온 거 아냐. 뭐 얼마나 대단한 용건인지 들어나 봐야겠어."

하늘이 무너져도 솟아날 구멍은 있었다.

# 제2화

## *1.*

건너뛴 기간 사이의 일들은 평소엔 대부분 떠오르지 않는다. 그러다 누군가가 그때의 일을 묻는다거나 상기하려고 하면 그 순간의 상황들이 차례로 기억나기 시작한다. 마치 열쇠로 잠가둔 서랍장을 새삼스럽게 들여다보는 것처럼. 그 안에서 있는 줄도 몰랐던 물건을 발견하는 것처럼. 지금 떠오르는 기억 역시 그중 하나였다.

"시벨, 나 왔어."

그때는 시벨리우스가 세피온 공작가의 요리사로 취업한 지 일 년쯤 되었을 시점이었다. 보조 요리사로 들어가 온갖 텃세와 눈칫밥을 먹으며 시작했던 그가 주방을 완전히 장악한 시점이기도 했다. 라미아스에게 용건이 있어 저택을 방문했다가, 먼저 온 손님이 있다는 말에 시간이나 때울 겸 주방을 들렀었다. 그가 있다는 식량 저장고를 찾아갔는데 정작 시벨리우스를 발견한 건 후원 쪽이었다. 그것도 작은 정원수 밑에 몸을 바짝 구기고 앉아 어딘가를 열심히 살피는 중이었다.

"여기서 뭐 해?"

한눈에도 심상치 않은 자세라 작은 소리로 물었더니 당황한 얼굴이 나를 돌아보았다. 검지를 급히 입술에 가져다 대는 걸 보고 고개를 끄덕여주곤 조심스럽게 다가갔다. 그와 비슷한 자세로 몸을 구기고 앉아서 살피던 쪽을 바라보니 정원수 너머로 작은 테라스가 보였다. 그곳에 마련된 테이블에서 몇 사람이 다과와 함께 담화를 나누고 있었다. 한 명은 라미아스였고, 나머지 세 명은 신관으로 보이는 사람들이었다. 먼저 왔다는 손님들인 듯했다.

'신관이 공작저엔 무슨 일이지?'

사제복을 입고 있는 걸 보면 신관인 건 맞는 것 같은데 성력이 느껴지진 않았다. 하급 신관이거나 관계자 쪽에 더 가까운 사람들인 듯했다. 정갈한 흰색 의복엔 푸른색 자수가 새겨져 있었다. 화려한 활대에 불화살이 장전되어 있는 문양이었다.

마음에 걸리는 건 그 문양이 왠지 모르게 눈에 익다는 점이었다. 예전에 실제로 저렇게 생긴 활을 본 적이 있었다. 정의의 신 루세프가 쓰던 활이 딱 저런 모양이었던 건 단순한 우연에 불과할까.

"그러니까, 내 저택에서 일하는 자에게 용건이 있다는 말이로군?"

"이해하신 그대로입니다. 공작저의 요리사 중에 블루 엘프가 있다고 들었습니다. 그자를 만나보고 싶습니다."

……아무래도 우연이 아닌 모양이다. 수많은 활 중에서 하필 루세프의 활을 닮은 문양을 걸친 이들이, 역시 수많은 요리사 중에서 하필 블루 엘프 요리사를 콕 집어 찾을 이유는 내가 알기론 하나밖에 없었다. 시벨리우스가 여기서 이러고 있는 이유와도 상통하는 이유였다. 라미아스의 눈에도 이채가 돌고 있었다.

"블루 엘프 말인가. 맞네, 주방 식구 중에 한 사람 있지. 그런데 그에겐 무슨 용건으로?"

"저희가 찾는 분이 있습니다. 큰 신세를 져서 꼭 인사를 드려야 하는 분인데 그 요리사와 많은 부분이 겹칩니다. 그가 우리가 아는 분인지 확인하고 싶습니다."

"아아, 그런가. 이렇게 간절히 찾을 정도면 꽤 친밀한 사이였나 보군?"

"예, 물론입니다."

"그렇다면 굳이 만날 필요까진 없을 것 같은데그래. 이미 결론이 나온 것 같으니 말이네."

"예? 그게 무슨 뜻인지……?"

"지금 그대들이 먹은 케이크며 차며 전부 그가 만든 것이거든. 특히 이런 케이크 종류는 만드는 사람마다 고유의 감각이 묻어난

다네. 아는 사람이라면 맛보는 순간 알았을 것 아닌가.”

그 말에 당당하던 신관들이 처음으로 당황한 기색을 보였다. 설마 그런 부분을 지적받을 거라곤 생각지 못했다는 얼굴이었다.

“……그분의 요리를 먹어본 적이 없어 이런 거로는 잘 모르겠습니다.”

“저런, 그렇다면 더더욱 아니겠군. 내 실력 있는 주방장은 굳이 일할 때가 아니라도 요리를 대접하는 걸 매우 즐거워하거든. 그런 그에게서 빵 한 조각 얻어 먹어본 적이 없다면 아는 사람이라고 보기도 어렵지 않겠나?”

그러니 함부로 만나게 해줄 수 없다, 느긋하게 웃는 얼굴에 떠오른 의도가 선명히 읽혔다. 큰 가문을 꾸려온 사람답게 연륜이 느껴지는 미소였다. 반대로 얼굴을 굳힌 신관들의 사이에선 여유가 완전히 사라졌다. 그걸로 끝났으면 서로 편했으련만, 상황이 그렇게 원하는 대로 흘러갈 리는 없었다.

“솔직히 말씀드리겠습니다. 사실 그는 죄인입니다. 세상에서 하나밖에 없는 귀한 보물을 감히 훔쳐서 달아난 자이지요. 그를 찾기 위해 각지를 탐색하던 추적자 중 한 명의 신호가 이 제국의 수도에서 끊겼습니다. 우리는 이곳에 있는 이가 가장 확률이 높다고 판단하고 있습니다.”

지금 대답한 자는 솔직의 뜻을 잘못 알고 있는 게 분명했다. 기분이 확 상해서 얼굴을 찌푸리려니 시벨리우스가 내 팔을 붙잡았다. 나도 모르게 몸을 앞으로 내밀었는데, 그게 튀어 나갈 것처럼 보였나 보다.

"처음부터 그렇게 말하지 그랬나. 하지만 그게 사실이라면 더더욱 내 주방장과는 상관없는 일인 것 같군. 그는 남의 걸 훔칠 위인이 아니라네."

"겉으로 보이는 모습으로 한 사람의 전부를 어찌 확신할 수 있겠습니까. 모든 이에겐 이면이 있다는 걸 공작님께서는 부디 숙고해주시길 바랍니다."

"맞습니다. 그리고 정말 상관없으시다면 그를 보여주셔도 되는 거 아닙니까?"

"우리가 아는 자가 맞는지 확인할 수 있게만 해주십시오. 죄인을 숨겨 두고 있다는 게 알려지면 공작님의 명성에도 도움이 되지 않을 겁니다."

말투가 정중하다고 해서 예의를 갖춘 건 아니다. 지금 쏟아지는 말들이 그 적절한 예였다.

"그대들은 내가 참 우습게 보이는 모양이군."

라미아스의 미소가 더 짙어졌다. 분명 웃고 있는데도 불쾌하게 여기는 기색이 확연했다. 압박감을 느낀 이들이 몸을 움찔하며 서로를 바라보았다. 잠시간 무언으로 시선이 오간 후, 주도해서 말하던 이가 각오를 다진 얼굴로 입을 열었다.

"한 가지 더 말씀드릴 것이 있습니다. 우리는 사실 신관이 아닙니다. 평범한 인간인 건 더더욱 아니죠."

그와 동시에 그의 이마에서 금빛의 긴 뿔이 돋아나기 시작했다.

아무리 눈치가 없는 사람이라도 정체를 몰라볼 수가 없는 모습이었다. 이미 다 알아차렸을 텐데도 라미아스는 놀랐다는 듯이 눈을 휘둥그렇게 떴다. 그 모습에 자신감을 얻은 유니콘들의 표정이 의기양양해졌다.

“우리는 되도록 이 상황을 조용히 해결하기를 원합니다. 이쪽 일로 굳이 인간 사회에 피해를 주고 싶지 않습니다.”

그들 딴엔 회심의 한 수였던 듯했다. 다만 협박할 사람을 잘못 골라도 한참 잘못 골랐다는 건 몰랐다.

“이거 참 듣던 중 반가운 소리군. 실은 나도 그리 평범하진 않거든.”

대답과 동시에 라미아스를 감싼 기류가 달라지기 시작했다. 평소엔 갈무리하고 있던 초월자의 기운을 드러낸 것이다. 드래곤이라는 게 드러날 정도까지는 아니었지만 힘으로 그들보다 우위에 있다는 점을 알려줄 정도는 됐다. 정체를 밝히면서 자신만만해하던 유니콘의 표정이 빠르게 무너졌다. 세피온 공작이 뛰어난 마검사라는 건 이미 알고 있었을 텐데, 그래 봤자 인간이라는 생각에 만만히 여겼던 모양이다.

“……그저 확인하게 해달라는 것뿐입니다. 이렇게까지 강경하게 거부하시는 이유를 모르겠군요. 귀물을 훔친 자이니 이곳의 귀물도 노릴지도 모릅니다. 공작님은 그런 자가 식솔이어도 상관없으신 겁니까?”

“글쎄, 그대들이 찾는 이가 정말 범죄자가 맞기는 한 건가?”

"우리가 거짓말을 한다고 생각하시는 겁니까?"

"생각하는 게 아니라 그대들은 이미 내게 여러 차례 거짓말했지. 처음엔 신세를 져서 찾는다더니 아니었고, 친밀한 사이라더니 그렇지도 않았네. 파견 신관으로서 알현을 요청하더니 신관조차 아니었고 말이야."

"그건……."

"애초에 내가 그대들의 알현 요청을 받아들인 건 루세프의 신관이라고 했기 때문이네. 신전은 이미 다 사라진 지 오래고, 이제 자발적으로 따르는 신도밖에 남지 않은 영세 교단에서 급하게 날 찾을 용건이 뭐가 있는 건지 궁금했거든. 내가 이런 그대들을 어떻게 믿고 아끼는 주방장을 보여주겠나? 그자가 맞다고 우기면서 애먼 사람을 끌어가면 어쩌려고."

"우, 우리가 그럴 리가 없잖습니까."

"유감이군. 그런 말은 처음 거짓말한 순간에 이미 효력을 잃었다네."

유니콘들의 표정이 어두워졌다. 드디어 무슨 말로도 설득할 방도가 없다는 걸 깨달은 것 같았다. 그때 한 사람이 일어나 발작하는 것처럼 소리쳤다.

"시벨리우스 님! 여기에 있다는 걸 알고 있습니다! 이런 식으로 나와봤자 해결되는 건 아무것도 없습니다! 듣고 있습니까, 시벨리우스 님!"

숨을 멈춘 시벨리우스의 어깨가 딱딱하게 경직됐다. 이번엔 내가 손을 뻗어 그의 팔을 붙잡았다. 창백한 얼굴로 돌아보는 시선이 불안정하게 흔들렸다. "저런 말에 동요할 필요 없어." 낮게 속삭인 말에 울 것처럼 얼굴을 일그러트리면서도 시벨리우스는 천천히 고개를 끄덕였다.

"역시 날 우습게 보는 게 맞단 말이야."

다행히 라미아스는 그들이 오만방자하게 구는 걸 가만히 두고 보지 않았다. 그의 앞으로 작은 마법진이 떠오르는가 싶더니, 소리를 지르던 이가 바닥으로 쓰러졌다. 갑작스러운 상황에 놀란 다른 유니콘들이 다급히 자리에서 일어섰다. 쓰러진 유니콘은 의식은 있었지만 식은땀을 흘리기만 할 뿐 꼼짝도 하지 못했다.

"대체 무슨 짓을!"

"중력 마법을 가볍게 걸어둔 것뿐일세. 조금 무게가 있는 바위에 깔린 기분이겠군. 하지만 여기서 더 소란을 피운다면 그 무게가 숨통을 짓이기게 될 거네."

친절한 설명이 이어질수록 유니콘들의 얼굴은 굳어갔다. 분한 얼굴로 주먹을 움켜쥐는 모습들을 느긋하게 돌아본 라미아스는 홀로 처음의 여유로운 태도로 돌아가 물었다.

"여기서 제 발로 나갈 텐가, 아니면 영원히 돌아가지 못하는 몸이 될 텐가?"

그날 유니콘들은 얌전히 돌아가는 걸 택했다. 이러면 후회할 거라는 둥, 이대로 포기하지 않을 거라는 둥 거친 언사를 했지만 다시 찾아오지는 못했다. 아니 정확히 말하면 불법 침입을 시도하긴 했으나 저택에 깔린 보안 마법을 뚫지 못했다고 한다.

그러다 나중엔 작전을 바꿔 시벨리우스가 외출하는 순간을 기다렸는데, 이 또한 성과를 전혀 얻지 못했다. 그들 딴엔 한두 번은 틈이 날 거라 여겼던 것 같지만, 안이할 정도로 허술한 판단이었다. 평생 한정된 공간에서 속박된 채 자란 시벨리우스는 외출하지 않아도 불편함을 전혀 느끼지 않는 성격이었다. 감쪽같이 위장하고 은밀히 돌아다니는 것도 잘했다. 본인들이 뿌린 씨앗을 알차게 거둔 셈이었다.

그 뒤로는 수도를 배회하다가 어느 순간 모습을 감췄다. 자꾸 걸리적거리는 게 귀찮았던 라미아스가 온 대륙에 블루 엘프 요리사에 관한 가짜 정보를 뿌렸는데 그게 효과를 본 것 같았다. 그런 중에도 공작저 앞으로 시벨리우스에게 보내는 편지 한 통을 남기긴 했다.

주인님을 직접 찾아뵐 다른 방법을 찾았음. 본격적으로 절차를 진행할 예정. 잘못을 참회할 수 있는 마지막 기회이니 그 전에 돌아오는 게 좋을 것.

요약하자면 이런 내용이었다. 그때는 시벨리우스를 꼬여내려고 별 수단을 다 쓰는구나 싶어서 크게 신경 쓰지 않았다. 어르고 달랠 생각은커녕 편지에서마저도 끝까지 협박만 하는 게 참 한결같이 못된 사람들이라는 감상이 전부였다.

억지로 떠올리지 않으면 실감이 나지도 않는, 잔재 속에 묻혀 있는 이런 기억을 내가 굳이 상기한 이유는 간단하다. 그날 무심결에 넘겼던 문장 하나가 어떤 의미였는지 깨달아버렸기 때문이다.

"하이튼의 신물? 그거 유니콘한테 빌려줬어."

소파에 다리를 겹친 자세로 앉아 느긋하게 담배를 태우는 란타샤의 모습은 어느 암흑가를 다룬 영화 속 한 장면을 연상시켰다. 입고 있는 현란한 꽃장식 잠옷과 머리에 주렁주렁 달린 리본 덕분에 오히려 더 실세처럼 보인다는 점이 그랬다. 덕분에 무슨 말을 들은 건지 한 발짝 늦게 이해했다.

"……빌려줘요? 유니콘한테요?"

"어, 한 1년 전쯤인가. 신물에 대한 소문을 듣고 왔다며 잠시 빌리고 싶다고 부탁하더라고. 꼭 필요하다고 간곡하게 애원하는데 사정이 참 딱하게 보이지 뭐야. 그래서 빌려줬지, 뭐. 그러고 보니 돌려받는 걸 잊고 있었네."

〈주인님을 직접 찾아뵐 다른 방법을 찾았음.〉

설마 그게 이런 뜻이었을 줄이야. 신물을 통해 루세프를 직접 강신하려는 거구나. 란타샤에게 거절당하면 당했지, 설마 유니콘에게 선수를 빼앗길 거라곤 상상도 하지 못했던 일이라 머릿속이 아연했다.

“뭐야, 너도 그게 필요했던 거야?”

“네…….”

“그걸 왜 찾아? 운명의 짝이라도 찾아보려고? 그거 반드시 좋은 인연만 비추는 건 아냐. 재수 없으면 운명의 악연이랑 엮이게 될지도 몰라. 그렇게 잘못 엮여서 파탄 난 짝들 내가 여럿 봤다.”

이 시점에선 신물의 부가기능이 아직 밝혀지지 않았다고 했다. 그래서 란타샤는 당연히 내가 거울의 원래 기능을 원한다고 여겼다. 소유주도 몰랐던 정보를 유니콘들은 대체 어떻게 알고 찾아온 건지 모르겠다. 어쩌면 그들로 인해 부가기능이 세상에 알려지게 된 걸 수도 있었다. 어쨌든 한발 늦은 입장에선 속이 쓰렸다.

“그런데 나한테 하이튼의 신물이 있다는 건 어떻게 알았어?”

“어, 그게, 누가 알려줬어요.”

“누구? …혹시 랄스 그 자식이니?”

담배를 태우는 동안 느른하게 풀어졌던 눈동자가 대번에 날카로워졌다.

“아뇨, 아닌데요.”

“아니긴. 그 자식이 아니면 누가 너한테 그런 걸 알려줬겠어. 그 자식이 내 거울에 비친 게 자신이었다고 미주알고주알 떠들디? 아무튼 입 한번 싸다니까.”

……잘못 엮여서 파탄 난 짝들에 본인 이야기도 포함이었구나.

어차피 계속 부정해봤자 믿을 기세도 아니었고, 누구한테 들었는지 솔직히 말할 수도 없었기 때문에 그냥 얌전히 있기로 했다. 악연이 될 만한 상황이 계속 추가된다는 점에서 그 거울이 신통하긴 한 모양이다.

"어쨌든 여기까지 올 정도면 넌 그 거울이 꼭 필요한 거지?"

"네, 필요해요."

"그럼 이렇게 하자. 내가 유니콘 장로 앞으로 서신을 써줄게. 네가 나 대신 가서 신물을 받아오는 거야. 그런 김에 네 용건도 같이 해결하면 되지 않겠어?"

순간 멈칫한 건 미래를 아는 상황에선 어쩔 수 없는 일인지도 모른다. 예리한 란타샤는 그 잠깐의 망설임을 놓치지 않았다.

"왜, 이 방법은 싫어?"

"아, 아뇨! 그렇게 해주시면 감사하죠. 무례한 부탁이었을 텐데 고마워요, 란타샤."

바로 정신 차리고 대답하자 묘한 시선으로 바라보던 란타샤가 곧 쓰게 웃었다. 그리곤 그 자리에서 바로 서신을 적은 후 각인까지 해서 건네줬다.

"자, 가져가. 딱히 고마워할 건 없어. 어차피 내 서신이 있어도 돌려받는 과정이 쉽지는 않을 거야. 유니콘은 이종족에게 호의적이지 않거든. 인간에겐 특히 더하고."

"각오하고 있어요."

"그래, 행운을 빌어."

작별은 담백하게 이뤄졌다. 다행이라면 란타샤가 다음에 올 땐 결계를 부수지 말라고 당부했다는 점이다. 신물을 찾아와도 이프리트를 통해 전해달라고 할 줄 알았는데, 적어도 내 얼굴을 다시 볼 의향은 있다는 소리였다.

그것도 이제 벌써 이틀 전의 일이다. 그동안 얼마나 진척이 있었냐 하면, 출발하기는커녕 아직 시벨리우스에게 말을 꺼내 보지도 못했다. 몇 번 시도해보긴 했는데 아무것도 모르는 시벨리우스의 얼굴을 보면 차마 입이 떨어지지 않았다.

왜 하필 신물을 가져간 게 유니콘일까. 굳이 동행할 필요 없이 나 혼자 다녀오면 되지만 이 여정 자체가 꼭 시벨리우스가 서클렛에 갇히는 전초전인 것만 같아서 마음이 무겁다. 친구의 암울한 과거에 내가 결정적인 역할을 하는 건 지난 사건만으로 이미 충분히 차고 넘치지 않나. 이제 정말 그만해줬으면 좋겠다.

**"어차피 일어날 일이라면 일어나야지 않겠어?"**

라피스는 자기 일 아니라고 속 편한 소리를 했다. 맞는 말이다. 일어나야 할 일은 일어나겠지. 나도 그게 나 때문에 벌어지는 게 아니라면 한 발짝 떨어진 기분으로 지켜볼 수 있었을 거다.

'불행의 씨앗이 된 기분 알아?'

**"얼씨구."**

'아냐, 생각해봐. 막을 수 있는 일을 방관하는 거나 다름없잖아. 내가 돌아가서 시벨의 얼굴을 어떻게 봐?'

**"또 시작이냐. 그 고민은 이제 끝난 거 아니었어?"**

'무슨 소리야?'

**"너 자꾸 그런 잡생각 때문에 미래를 틀어보려고도 했었잖아. 아니야?"**

"……!"

**"맞지? 내가 경고해도 들은 척하지도 않았잖아."**

카류안을 죽이기로 결심했을 때를 말하는 건가 보다. 누군가가 경고하는 듯한 소리가 울리는 것 같았는데, 그것도 라피스였구나. 그 지독하던 순간에도 사실은 혼자가 아니었다는 것에 가슴이 술렁거렸다. 그러고 보니 카노스를 만났던 자리에도 라피스는 함께 있었다. 그는 그 순간을 어떻게 기억하고 있을까. 보석인 상태에서도 기억이 조작될 수 있는 걸까.

**"있어."**

라피스에게도 지난 기억이 있는 건지 궁금해서 슬쩍 물었더니 짧은 대답이 돌아왔다. 마신을 만난 직후까지도 상황을 선명히 파악하고 있었는데 이후 본격적으로 대화를 나누면서부터는 아무런 소리가 들리지 않았다고 했다. 그러다 내가 기절했고, 의식을 차린 후에는 아무렇지 않게 일상으로 돌아갔다고. 내 기억에 심어진 흐름 그대로였다.

**"그래서 난 네가 마신이랑 대화하고 난 후에 설득된 줄 알았지. 그런데 이런 걸 물어보는 걸 보면 네 기억은 나와 다른 모양이네?"**

'실은 그게 좀 복잡해. 난 그냥 환상을 봤을 뿐이거든.'

**“자세히 말해봐.”**

한층 진지해진 어조에 기대어 지난 경험을 설명했다. 카노스가 사라진 후로 갑자기 어둠에 삼켜진 것부터 그 뒤로 줄줄이 이어진 환상들까지. 그게 주로 바람의 검이 만들어지는 과정을 비롯한 미네르바의 계약자와 관계된 환상들이었다는 것도.

‘그런데 그 환상이 다 끝나고 나니까 2년이 지나 있더라고.’

**“허……. 근데 너 기억은 다 있지 않아?”**

‘응. 생각하려고 하면 떠오르긴 해. 그래서 기억이 조작된 건가 했어.’

**“그건 아닐걸. 단순 기억 조작으로 시간의 흐름까지 느껴질 리가 없지. 나 같은 영체나 정령왕들의 기억까지 전부 정교하게 조작한다는 것도 말이 안 돼. 그냥 네가 홀려 있던 것 같은데?”**

역시 그런 건가. 하긴 그저 만들어진 기억이 이렇게 섬세할 순 없겠지. 다른 사람들은 몰라도 정령왕들의 감각을 완전히 속인다는 건 확실히 불가능하다. 적어도 엘뤼엔은 못 속인다. 라피스는 이 모든 상황을 한마디로 결론지었다.

**“아주 애를 가지고 놀았구만.”**

노골적인 평을 들으니 차라리 마음이 편했다. 나만 알고 있다고 생각한 서러움을 드디어 누군가가 알아주는 기분이라 그런가 보다. 갈수록 감동하는 지점이 낮아지는 것 같다는 점에서 이게 괜찮은 현상인지는 잘 모르겠지만.

결국 고민 끝에 시벨리우스에게 모든 경위를 털어놓았다. 안 그래도 할 말이 있는 것 같은데 하지 않아서 마음이 쓰였다던 그는 내가 유니콘 마을을 방문해야 할 것 같다고 하자 표정이 흐려졌다.

"그래서 잠시 다녀와야 할 것 같아. 금방 해결하고 돌아올 테니까 넌 그냥 이곳에 있어. 마을 위치만 짚어줄 수 있을까?"

"……유니콘 마을은 진법이 깔려 있어서 위치를 알아도 들어가기 힘들어. 경계심들도 강해서 선뜻 협조하진 않을 거야."

"그건 어떻게든 해야지, 뭐. 정 안 되면 아버지도 있으니까."

인간인 나는 무시할 수 있어도 정령왕을 무시하진 못할 거다. 시벨리우스도 그 부분엔 할 말이 없었는지 바로 수긍하는 얼굴이 됐다. 하지만 정작 우리가 생각지 못한 부분이 있었다. 시벨리우스는 유니콘 마을에 동행하지 않아도 항상 위험한 상태라는 것 말이다.

경각심을 되찾는 순간은 불시에 찾아왔다. 마침 사냥감을 처분할 시기라 유니콘 마을로 출발하기 전에 민가를 먼저 방문하기로 했다. 여느 때처럼 헌터 협회 지부에 들어서려는데 뒤따라오던 시벨리우스가 다급히 내 팔을 붙잡아 멈춰 세웠다. 당황해서 돌아보니 그는 굳어진 얼굴로 문을 뚫어지게 노려보고 있었다. 마치 그 안에 있어선 안 되는 것이 있는 것처럼.

불길한 예감에 기척을 줄이고 문을 살짝 열어 안쪽을 들여다보았다. 늘 손님 없이 한가하던 곳에 오늘은 선객이 있었다. 코끝까지 후드를 깊게 눌러쓴, 한눈에도 타지인으로 보이는 사람들이었다. 지부장은 그들이 건네준 것으로 보이는 그림을 한참 이리저리 들여다보는 중이었다.

"음, 맞소. 이 얼굴이었소."

"확실한가?"

"틀림없소. 이렇게 생긴 얼굴이 둘일 리는 없지. 다른 일행이 워낙 화려한 외모라 그에 비해 가려지는 편이긴 한데, 이쪽도 훤칠하게 잘생긴 얼굴이라 확실히 기억하고 있소. 애초에 이 지역엔 블루 엘프가 흔하지도 않고."

블루 엘프. 누굴 겨냥한 건지 모를 수가 없는 단어가 귀에 박혔다. 마침 지부장이 그들에게 그림을 돌려주면서 내가 있는 방향에도 안쪽이 선명히 보였다. 푸르스름한 피부에 긴 귀, 은발을 지닌 청년의 그림은 한눈에 봐도 시벨리우스였다. 심지어 외형 특징을 바꿨을 가능성까지 고려했는지 다양한 종족별로 그려져 있었다.

'유니콘이구나.'

그들이 시벨리우스가 이곳에 있다는 걸 알아낸 거다.

이제 그들은 지부장으로부터 우리가 활동하는 지역에 대한 정보를 듣고 있었다. 눈으로 신호를 주고받은 다음, 기척을 들키지 않도록 조심하며 빠르게 그 장소를 벗어났다. 이후엔 서둘러 천막으로 돌아가 머물던 흔적을 전부 지우고 지역을 옮겼다.

우리가 떠난 것을 눈치채더라도 금방 따라붙을 수 없도록. 유추조차 할 수 없게 연고가 전혀 없는 장소로 이동하고 나서야 겨우 안심이 됐다. 엘뤼엔이 공간 이동 마법을 할 줄 안다는 게 오늘처럼 다행스러울 수가 없었다.

"와, 아직도 추격하고 있었구나. 진짜 큰일 날 뻔했다. 그치?"

"……응."

고개를 끄덕이는 시벨리우스는 침울한 모습이었다. 잠깐의 평화 속에서 잊고 있던 처지를 다시 상기하게 된 것 같았다. 그건 나 역시 마찬가지였다. 당장은 위기를 넘기긴 했는데 이렇게 되니 현실적인 문제를 고려하지 않을 수가 없었다.

내가 잠시 자리를 비운 사이에 또 시벨리우스가 추격자에게 발각된다면? 그땐 이번처럼 요행으로 도주하기도 쉽지 않을 거다. 그렇다고 함께 가서 돌파하는 쪽을 택하기엔 거기서 무슨 일이 벌어질지 몰라 무섭다. 이도 저도 못 한다는 게 바로 이런 경우인가. 상황이 전부 어렵게 꼬였다. 비 맞은 강아지처럼 처량해진 시벨리우스를 바라보다가 한숨을 내쉬었다.

"……일단 밥 먹고 생각하자."

## 2.

엘뤼엔이 선정한 장소는 꽤 큰 도심지였다. 여행자가 많은 곳인지 오가는 사람에 무심한 분위기라 행적을 가리기는 더 쉬울 것 같았다. 그래도 천막을 칠 수 있는 환경은 아니다 보니 근처에 있는 아무 식당에나 들어가기로 했다. 마침 길을 나서자마자 곧바로 작은 식당 하나가 보였다.

아직 애매한 시간대라 그런지 식당 안엔 손님이 없었다. 주인이 혼자 운영하는 식당인 듯 근무자도 한 사람뿐이었다. 갑자기 들어온 손님에 놀라 당황한 얼굴을 하던 남자가 허둥지둥 우리를 자리로 안내하고 주문을 받았다.

간단히 요기할 만한 종류로 주문을 마치고 나니 주변의 광경이 제대로 눈에 들어왔다. 꽤 먼 곳으로 왔다는 건 알겠는데 이제 보니 건물 조형이라든가 사람들의 복식까지 미묘하게 달랐다.

"그런데 여긴 대체 어디야, 아버지? 에펜 왕국은 아닌 것 같은데."

"체르바 연합국이다."

처음엔 낯설기만 하던 이곳의 지명도 이젠 꽤 익숙해졌다. 에펜 왕국이 북쪽에 있다면 체르바 연합국은 남부에 있는 나라였다. 거의 끝에서 끝으로 이동한 셈이었다.

"나 때문에 이렇게 돼서 미안해, 엘. 아직 숲을 다 탐사하지도 못했는데……."

시벨리우스는 여전히 침울한 모습이었다. 여러 가지로 고려할 부분이 많다 보니 아직 모두에겐 영혼의 보석을 찾았다는 사실을 밝히지 못했다. 이참에 그냥 솔직히 털어놓기로 했다.

"신경 쓰지 마. 사실 그 숲은 이만 떠날 생각이었어."

"거기서 찾으려던 게 있던 거 아니었어?"

"으음, 실은 그게 말이지. 찾은 것 같거든."

"헉, 정말?"

깜짝 놀란 시벨리우스가 눈을 크게 떴다. 그는 곧 다른 의미에서도 깨달음을 얻은 것 같았다.

"설마, 그 목걸이?"

최근 인상적인 사건이 그것밖에 없긴 했다. 화석 안에 들어 있는 조각이 라프네리아 결정이라는 걸 짚어 낸 장본이기도 했으니까. 어색하게 고개를 끄덕이니 시벨리우스는 더욱 놀라워했다. 그에 비해 엘뤼엔은 여전히 무심한 태도라서 오히려 신경 쓰였다.

"아버지는 왜 안 놀라?"

"대충 짐작은 했다. 최근 들어 숲을 탐색하는 태도가 묘하게 건성이더군."

……이쯤 되면 엘뤼엔은 사실 내가 미래에서 왔다는 것까지 이미 눈치채고 있는 게 아닐까. 일부러 모르는 척하고 있는 거라고 해도 놀랍지 않을 것 같다. 알아차린 시점에서 이미 주술이 풀렸을 테니 설마 그건 아니겠지만.

"그런데 그 목걸이, 거기서 만난 꼬마한테서 받았던 거 아닌가?"

"어어, 음, 맞아."

"그때가 네가 그곳에 도착한 직후였다고 했지."

"……응."

이미 무슨 상황인지 파악했으면서 자꾸 확인 사살 좀 하지 말았으면 좋겠다. 얼굴을 보지 않아도 지금 그가 무슨 표정을 짓고 있는 건지 다 알 것 같았다.

"운이 좋은 녀석인 건지, 나쁜 녀석인 건지."

나직하게 혀를 차는 소리에 마른세수가 절로 이어졌다. 그걸 누구보다 알고 싶은 사람은 바로 나다. 하지만 정작 나를 초조하게 하는 건 이런 소소한 것들이 아니었다. 차마 그동안 라피스를 찾았다고 솔직히 밝힐 수 없었던 가장 결정적인 이유. 기다리던 본론이 아직 나오지 않았다.

"내가 널 돕기로 한 건 그걸 찾을 때까지였지."

바로 이거 말이다.

그래, 내가 그 말이 나올 줄 알았지. 사람은 기억 못 하면서 왜 이런 건 확실히 기억하고 그러는지 모르겠다. 각오하고 있었으면서도 심장이 철렁했다. 처음 듣는 이야기에 놀란 시벨리우스도 다시 눈이 동그래졌다.

"……계약 끊을 거야?"

"글쎄."

"아버지? 나 아버지 아들인데?"

"아들은 언젠가 아버지를 떠나 독립하기 마련이지."

"싫어, 난 평생 아버지랑 같이 살 거야."

억지로 팔짱을 끼고 달라붙자 엘뤼엔은 황당해하는 듯하면서도 별다른 말은 안 했다. 싫었다면 바로 내쳤을 텐데 판단을 좀 더 보류하려는 건가 보다. 이런 걸 보면 그는 의외로 응석에 약하다. 앞으로 계속 이 방법을 쓰면 되지 않을까.

**"잘들 논다, 진짜."**

내게만 들리는 투덜거리는 소리는 못 들은 척했다. 부자지간에 좀 화목한 모습을 보인다는데 왜 시비를 거는지 모르겠다.

"어쨌든 찾아서 다행이야, 엘. 축하해."

그에 비하면 시벨리우스는 얼마나 착한가. 그간 헛수고를 한 거나 다름없는데도 내 일정을 망치지 않았다는 사실에만 안심했는지 그는 무척 표정이 밝았다. 때마침 주문한 음식이 나오면서 한결 편안한 분위기로 식사가 시작됐다.

"아, 이거 맛있다."

"그래?"

"내가 좋아하는 맛이야."

요리를 좋아하는 시벨리우스는 맛에도 까다로운 편이다. 그가 이렇게 말한다는 건 정말 맛있다는 소리였다. 그냥 보이는 대로 들어온 곳인데 다행히 맛집이었나 보다. 대화 소리가 들렸는지 멀찍이서 우리 반응을 살피고 있던 식당 주인이 눈에 띄게 좋아하는 게 보였다.

그때 종소리가 울리며 누군가가 식당 안으로 들어섰다. 다음 음식을 향해 포크를 움직이던 시벨리우스의 손길이 우뚝 멈췄다. 왜 그러냐고 물으려는데 낯선 이가 우리 좌석에 걸터앉는 게 더 빨랐다. 당황해서 돌아보자마자 보이는 얼굴에 그대로 몸이 굳었다. 예전에 본 적이 있던 사람이었다. 다부진 체격, 짙은 흑발에 보라색 눈동자. 다비안과도 일치하는 조합이었지만 인상이 한층 사납다는 점에서 분위기는 전혀 달랐다. 그날 노예 시장에 잡혀 있던 유니콘 중 한 명이었다.

'어떻게 이렇게 빨리?'

"그냥 앉아 계십시오, 시벨리우스 님. 모시러 온 거 아닙니다. 거기, 너도."

반사적으로 몸을 일으키는 순간 무뚝뚝한 목소리가 이어졌다. 귀를 의심하게 하는 말에 어정쩡하게 몸이 멈춰 섰다. 다음 행동에 갈피를 잡지 못한 건 시벨리우스 역시 마찬가지였다. 남자가 나직하게 한숨을 내쉬었다.

"정말이니까 앉으세요."

미간을 문지르는 행동에 피로감만 가득한 걸 보면 속일 의도는 없는 모양이다. 내가 먼저 자리에 앉자 시벨리우스도 우물쭈물 의자에 엉덩이를 붙였다. "오랜만이야, 아렐." 기어들어 가듯이 이어진 인사를 듣고 나도 남자의 이름을 기억해 냈다. 그날 만난 세 유니콘 중에서 제일 까칠한 성격이었다는 것도. 남자, 아렐이 다시 한숨을 내쉬었다.

"시벨리우스 님. 당신이란 분은 도대체……."

"내가 여기에 있는 건 어떻게 알았어?"

"지금 그런 게 중요합니까?"

노려보는 눈동자가 형형하게 타올랐다. 안 그래도 어색하게 굳어 있던 시벨리우스의 얼굴이 움찔 떨렸다. 방황하는 시선이 갈 곳을 잃은 걸 보고 아렐을 돌아보았다.

"애 압박하지 말죠?"

"……뭐?"

"험악하게 노려보지 말라고요. 말투도 사납게 하지 말고요. 긴장하잖아요."

입을 벌린 아렐은 기가 막힌다는 기색을 숨기지 못했다. 그래서 네가 뭐 어쩔 건데라는 시선으로 맞받아쳤더니 헛숨을 삼킨 그가 이내 우물거렸다.

"……노려본 게 아니라 원래 이런 인상이고 이런 말투다."

"좋아요. 마음엔 안 들지만 악의는 없었다니 이해할게요. 그럼 이번엔 질문에 대답해요. 여긴 어떻게 알고 쫓아왔어요?"

"쫓아온 게 아니라 난 원래 이곳에 있었다. 나야말로 시벨리우스 님이 여기로 오실 줄은 몰랐…… 그런데 왜 내가 이런 걸 너한테 설명해야 하지?"

"그러게 말이에요. 처음부터 시벨의 질문에 대답했으면 이런 과정이 필요 없었겠지요?"

일을 번거롭게 만든 건 너라는 뜻으로 웃어주니 아렐은 할 말을 잃은 표정을 지었다. 다시 시벨리우스를 돌아보는 얼굴엔 체념이 가득했다.

"정말 시벨리우스 님이 여기로 오실 줄 몰랐습니다. 저야말로 묻고 싶군요. 엊그제 당신의 마지막 행적이 보고된 게 에펜 왕국이라고 들었습니다. 하루 이틀 만에 넘어올 거리는 아닌데, 대체 어떻게 되신 겁니까?"

"음, 그렇게 됐어."

"게다가 오셔도 하필이면 이곳에……. 이걸 대체 뭐라고 말씀드려야 할지도 모르겠군요. 이 나라는 유니콘 사냥꾼이 가장 많습니다. 알고는 계신 겁니까?"

뭐야, 그렇게 위험한 나라였어? 갑갑하다는 얼굴로 머리를 쓸어 넘기는 아렐을 보다 이어진 말에 뜨악해서 엘뤼엔을 돌아보았다. 그는 창밖을 구경하고 있을 뿐 이 상황 자체에 무심한 모습이었다. 그가 일부러 이 나라를 택했다는 상상은 피하기로 했다. 살다 보면 모르는 게 더 약인 일도 있는 법이다.

"몰랐지만 딱히 상관없어. 덕분에 모두가 꺼리는 곳이라면 오히려 더 잘됐네."

"……하아, 물론 그러시겠죠. 어떻게 이런 점마저…… 아니, 아닙니다. 어쨌든 그동안 잘 지내셨던 것 같군요. 건강해 보이셔서 다행입니다."

"고마워."

"여전히 돌아오실 생각은 없으신 겁니까?"

멈칫한 시벨리우스가 곧 고개를 끄덕였다. 심경이 복잡해 보이던 아렐도 그럴 줄 알았는지 그리 실망하지 않은 얼굴이었다. 대신 나를 불만스럽게 한 번 노려보았다.

"저 인간이 대체 뭐라고 당신을 꼬신 건지 모르겠지만……."

"마을을 나오기로 한 건 내 의지야. 그리고 엘은 좋은 사람이야. 내 친구고. 그런 식으로 말하지 마."

"……설마 영원히 돌아오지 않으시려는 건 아니겠지요?"
"그건 아냐. 하지만 지금은 이대로가 더 좋아."
쓴웃음을 지으면서도 시벨리우스는 솔직하게 대답했다.
"처음으로 살아 숨 쉬는 기분이야."
"……."
"부탁해, 아렐. 날 보지 않은 거로 해줘. 때가 되면 내 발로 돌아갈게. 모두가 염려하는 일은 절대 일어나지 않을 거야. 루세프님의 이름으로 맹세해."
얼어맞은 것처럼 굳어 있던 아렐이 겨우 정신을 차린 듯 숨을 내쉬었다. 그는 할 말이 많은 표정으로 시벨리우스를 바라보다가 매우 피곤한 낯으로 마른세수했다.
"조건이 너무 빈약하군요. 염려하는 일은 당연히 일어나지 말아야 합니다. 그 정도의 자각도 없으신 분이었다면 저도 이렇게 얌전히 대화만 하고 있진 않았을 겁니다."
돌아온 대답은 여전히 쌀쌀맞기만 했다. 바늘 하나 들어가지 못할 것처럼 견고한 태도에 시벨리우스의 표정이 빠르게 어두워졌다. 그 침울한 모습을 가만히 지켜보던 아렐이 깊은 한숨을 내쉬었다. 다음 순간 그가 자리에서 몸을 일으켰다.
"간간이 소식이나 전해주십시오."
"……!"
움찔한 시벨리우스가 고개를 번쩍 들었다. 그가 이렇게 나올 줄은 나도 몰랐다. 아렐이 멋쩍은 듯이 시선을 피했다.

"저와 카리안은 웰디 님의 젖 형제지만 어릴 때부터 쭉 지켜봤던 건 당신도 마찬가지입니다. 그동안 부담감이 크셨겠죠. 저 같은 사람은 상상하지도 못할 의무와 책임감에 짓눌리셨을 거라는 거 잘 압니다."

"아렐……."

"그간 어쩔 수 없다는 핑계에 휘둘려 당신께 못 할 짓을 많이 했습니다. 깨닫는 게 너무 늦어서 죄송할 뿐입니다. 제가 책임지고 개선하겠습니다."

그래도 유니콘 전부가 문제인 건 아니었구나. 시벨리우스가 한 순간에 불현듯 내려놓기를 결정한 것처럼, 지난 시간 동안 그에게도 깨달은 바가 있었던 모양이다. 이번에 표정이 흔들린 건 시벨리우스 쪽이었다. 설마 이런 말을 들을 줄은 몰랐다는 듯 당혹감을 드러낸 그는 여러 번 입을 벙긋하다 한참 만에 입을 열었다.

"……고마워."

"인사를 듣자고 드린 말씀이 아닙니다. 마을이 중요한 회의를 앞두고 있다는 건 당신도 알고 계실 테지요. 길어봤자 몇 년 안으로 결정이 날 겁니다. 그전까지 방황은 적당히 하고 돌아오십시오."

관점이란 참 신기하다. 끝까지 무뚝뚝한 말투에 냉정한 얼굴인데도 이제 그가 하는 말들이 전혀 다르게 들렸다. 하긴 누구라도 빨갛게 달아오른 귀 끝을 발견하면 어쩔 수 없을 거다.

아렐은 그대로 문을 박차고 나가려 했다. 굴러 들어온 기회를 얌전히 떠나 보낼 생각은 없던지라 얼른 다가가 그의 팔을 붙잡았다. 갑자기 멈춰 세우는 손길에 당황하던 그가 붙잡은 사람이 나라는 걸 확인하곤 눈을 치켜떴다. 아랑곳하지 않고 방긋 웃어줬다.

"혹시 지금 한가해요?"

"……뭐?"

홉뜬 눈동자에 당혹감이 더 짙어졌다. 위기감을 느꼈는지 억지로 빼내려는 팔을 더 강하게 잡고 움직이지 못하게 했다. 사실 바빠도 상관없었다. 어차피 결과는 똑같을 테니까.

"심부름 하나 하지 않을래요?"

## *3.*

동서고금을 막론하고 내가 움직일 수 없는 상황에서 취할 수 있는 가장 적절한 방법은 하나다. 다른 사람을 부리는 거다. 마침 눈앞에 이보다 더 완벽할 수 없는 적임자까지 있었다. 이걸 놓치는 건 차려진 밥상을 걷어차는 거였다.

"정말 드래곤의 각인이군."

상황을 설명하는 내내 경계를 멈추지 못하던 아렐은 내가 건네준 란타샤의 서신을 읽어보고서야, 그리고 하단에 새겨진 란타샤의 각인이 진짜라는 걸 확인하고 나서야 겨우 내 말을 믿었다. 끝까지 못마땅한 표정을 감추지는 못했지만.

"인간인 네가 어떻게 드래곤과 친분을 쌓은 거지?"

"그런 걸 설명할 필요는 없을 것 같은데요. 내 교우관계 사정까지 밝혀야 하나요?"

"하긴, 룬도 꼬여낸 인간이니……."

아렐의 한숨이 깊어졌다. 그들 앞에서 대놓고 시벨리우스에게 찾아오라고까지 말한 전적이 있는 데다가 실제로 지금 같이 다니고 있으니 원망을 사는 것도 어쩔 수 없긴 했다. 그가 엘뤼엔을 힐끔거렸다.

"저자도 인간은 아닌 것 같은데."

"네, 뭐……."

인간이 아닌 정도가 아니라 정령왕이지만, 이건 그의 심장 건강을 위해 밝히지 않기로 했다. 같은 생각을 했는지 시벨리우스도 뭐라 말하려다가 얌전히 입을 다물었다. 자신이 무슨 배려를 받는지 모르는 아렐은 나를 기묘한 생물인 것처럼 바라보는 중이었다.

"하이튼의 신물은 아직 필요해서 바로 돌려드리긴 어렵다. 애초에 따로 기한을 정하고 빌린 것도 아니라 이 서신을 장로께 가져가 봤자 조금 더 유예를 달라는 답신을 주실 뿐일 거다."

"음, 그럼 잠깐 빌리는 건 안 될까요? 이삼일 정도면 되는데요."

"드래곤 란타샤가 네게 신물의 인도를 맡긴다고 했으니 그 정도를 요청할 권리는 있을 것 같군. 이건 내가 장로께 잘 말씀드려 보도록 하지."

"와, 고맙습니다. 그럼 부탁할게요."

사람 하나는 잘 골랐다는 생각에 속으로 쾌재를 부르는데 어째선지 아렐의 표정은 더욱 복잡해졌다. 그는 불안해하는 시선으로 나와 시벨리우스를 번갈아 바라보다 힘겹게 입을 열었다.

"시벨리우스 님, 잠깐 저와 대화 좀 하시겠습니까?"

뜬금없는 요청에 당황한 시벨리우스가 긴장한 얼굴로 그에게 다가갔다. 두 유니콘은 멀찍이 떨어진 자리로 가서 한참을 수군거렸다. 뭔가를 추궁하는 듯하던 아렐이 곧 나를 곁눈질하면서 경악하는 걸 보니 대충 무슨 내용이 오가는 건지 뻔했다. 그러고 보니 그날 만난 세 유니콘은 날 여자로 알고 있다고 했었지. 이제야 그 오해가 풀렸나 보다.

"염색하고 머리도 잘랐는데 왜지?"

"내 머리가 길어도 남성이라 보는 것과 같은 이치겠지."

"……."

현실도피 좀 해보겠다는데 하나밖에 없다는 아버지가 도와주질 않는다. 야멸차게 비수를 박고도 무신경한 얼굴을 가만히 노려보다가 근처에서 쭈뼛거리고 있던 식당 주인과 눈이 마주쳤다. 느닷없이 아렐이 나타났을 때부터 싸움이 날 거라 생각한 건지 그는 내내 이쪽을 조마조마하게 주시하던 중이었다. 가까이 오라는 손짓을 보내니 당황한 남자가 곧장 다가왔다.

"예, 손님. 뭔가 더 필요한 게 있으십니까?"

"딱히 별건 아니고요. 그냥 하나 물어보고 싶은 게 있는데요."

“네, 말씀하세요.”

목소리를 낮추니 긴장한 식당 주인도 덩달아 목소리를 낮췄다.

“사장님이 보시기엔 제 성별이 뭐인 거 같아요?”

“네? 여성분 아니십니까?”

젠장, 정말 아무런 효과가 없나 보다. 아무리 그래도 그렇지, 잠시 고민하는 척이라도 해줘야 하는 거 아니야? 어떻게 저렇게 곧바로 답할 수가 있어! 옆에서 엘뤼엔이 피식 웃는 게 적나라하게 느껴져서 더 심란했다.

“불합격이에요.”

“아, 죄, 죄송합니다?”

“사과는 됐어요. 헷갈리게 생긴 제가 먼저 잘못했죠. 하지만 합격은 못 하셨으니까 다음 질문에도 대답하셔야겠어요.”

“아하하, 알겠습니다. 이번엔 뭘 대답하면 됩니까?”

“아렐을 부른 거 당신이죠?”

어색하게 웃던 가게 주인이 그대로 뻣뻣해졌다. 거짓말은 잘 못하는 성격이구나, 사시나무처럼 파르르 떠는 남자의 입술을 보면서 속으로 생각했다. 역시 짐작대로였다. 아무리 아렐이 이 지역에 머물고 있다지만 때마침 우리와 한 가게에서 우연히 마주친 건 너무 억지스럽다. 그조차 자신이 오게 된 경위를 정확히 설명하지 않고 흐지부지 넘기지 않았던가. 그보다는 시벨리우스를 알아본 누군가가 그에게 몰래 연락했다는 쪽이 더 이치에 맞을 거다. 이 가게 안에서 그럴 수 있는 사람은 단 한 명뿐이었고 말이다.

"그게 무슨, 말씀이신지, 저는 잘……."

"계속 모르는 척해도 상관없어요. 대신 시벨한테 당신이 밀고자라고 밝힐 생각인데, 괜찮겠어요?"

"그건 안 됩니다!"

반사적으로 대답한 남자가 깜짝 놀라 얼른 손으로 입을 틀어막았다. 소리를 들은 시벨리우스가 이쪽을 돌아보는 게 느껴졌다.

"아, 그렇구나. 아이스크림은 안 돼요? 그럼 어떤 게 되는 건지 말해주세요."

"예? 아……."

대충 상황에 맞추라는 시선을 보내니 남자가 복잡한 얼굴로 마른 침을 삼켰다.

"……사과 파이와 스콘은 됩니다. 푸딩도 되고요."

"그럼 그거 전부 주시고요. 음료는 뭐가 있을까요?"

"아, 음료 종류라면……."

주문을 추가하는 것처럼 시간을 끄는 동안 이쪽에 닿았던 시선이 사라졌다. 아렐조차 이상한 점을 느끼지 못한 것 같았다. 긴장해서 얼어 있던 남자가 안도한 얼굴로 천천히 숨을 내쉬었다.

"이제 솔직히 대답할 마음이 생겼어요?"

작은 소리로 물은 말에 떨떠름한 표정을 지은 남자가 어쩔 수 없다는 듯이 고개를 끄덕였다.

"제가 알린 게 맞습니다. 하지만 위험하게 하려는 건 아니었습니다. 아렐은 제 친구입니다. 저 아이를…… 시벨리우스를 이해하는 사람이기도 하고요. 도움이 될 거라고 생각했습니다."

"그런 것 같아서 저도 그냥 넘어가는 거예요. 당신도 유니콘인 거죠?"

남자가 의외라는 듯이 눈을 깜빡였다.

"그걸 알아보시겠습니까?"

"정황상 유추예요. 평범한 인간이 시벨리우스를 한눈에 알아볼 리가 없으니까요. 평생 마을에 갇혀 살던 룬의 얼굴을 아는 사람이라면 유니콘밖에 없겠죠."

"아, 그건 그렇군요."

"정작 시벨리우스는 당신을 모르는 것 같지만요."

"저 아이가 어릴 때 보긴 했지만, 기억이 남아 있지는 않을 겁니다."

씁쓸하게 대답한 남자는 이제 변명은 완전히 단념한 분위기였다. 시벨리우스를 아이라고 표현하는 걸 보면 생각보다 나이가 많은 편인가. 왠지 너무 오래돼서 잊어버렸을 거라는 뜻 같지는 않다. 자신을 잊어버린 게 당연하다는, 강한 확신에 더 가까웠다.

그가 무심결에 머리칼을 쓸어올리면서 덥수룩한 앞머리에 가려져 있던 눈동자가 보였다. 결 좋은 갈색 머리칼과 아주 잘 어울리는 깨끗한 녹안이었다. 후줄근한 차림에 내내 자세를 움츠리고 있어 몰랐는데 이렇게 보니 꽤 단정한 분위기의 미인이다. 그 얼굴에서 누군가가 연상되는 건 그저 기분 탓일까.

"사실 이런 데서 마주칠 줄은 몰라서 저도 조금 얼떨떨합니다.

저 아이가 인간 친구를 만들 줄은 더 몰랐습니다. 실례가 되지 않는다면 이름을 물어봐도 될까요?"

"그럼요. 전 엘이라고 해요. 당신은요?"

물어보면서도 돌아올 대답은 이미 예상했다. 처음 아렐이 했던 말 중에서 유난히 마음에 걸린 부분들이 있었다. '오셔도 하필이면 이곳에.' '어떻게 이런 점마저.' 그저 평범한 타박이라기엔 끝까지 말을 잇지 못하고 스스로 삼키는 모습에서 누군가를 의식하는 게 느껴졌다. 그 누군가가 꽤 높은 확률로 눈앞에 있는 이 남자일 거라는 생각이 들었다.

"전 리글레오라고 합니다."

남자가 제 이름을 선뜻 대답했다. 아마 그 정도로는 자신이 누군지 바로 알아 차라지 못할 거라 여긴 듯하다. 내가 생각보다 많은 걸 알고 있다는 걸 알면 어떤 표정을 지을지 모르겠다.

"리글레오 룬."

언젠가 들었던 낮은 목소리가 떠올랐다. 비틀린 미소를 꾸역꾸역 삼키던 입술이 그다음 말을 내뱉기까지 얼마나 힘겨워했는지도.

"내 형님이야."

그렇기에 나도 한숨을 내쉴 수밖에 없었다. 시벨리우스의 일평생을 장악한 사람이자, 그가 싫어했다고 고백한 사람. 하지만 어쩌면 진심은 그렇지도 않았을 사람.

말로만 듣던 아셀의 시조님이었다.

"와, 이거 정말 맛있다."

얇게 저민 사과가 한가득 올려진 파이에선 달콤한 냄새가 진동했다. 크게 한입 베어 문 시벨리우스는 이번에도 감탄을 숨기지 못했다. 어린애처럼 좋아하는 모습을 보니 나도 웃음이 나왔다.

"너 아까부터 계속 같은 말만 하는 거 알아? 여기 음식이 다 취향에 맞나 보네."

"응, 크게 특별한 맛인 건 아닌데 뭔가 그리운 느낌이 나는 것 같아. 특히 이 파이는 더 그렇네. 어릴 때 자주 먹던 거라 그런가?"

"어릴 때 사과 파이를 자주 먹었어?"

"누가 곧잘 만들어줬거든. 서툴러서 처음엔 망친 게 대부분이었는데 갈수록 맛이 좋아졌지. 날 주려고 일부러 연습했던 것 같아. 그래서 더 좋아했어. 그러고 보니 그 사람이 누구였더라."

"……그렇구나."

기억은 잃어도 몸은 기억하고 있는 건가. 그러고 보니 평소에도 시벨리우스가 제일 자주 만드는 간식이 애플파이였다. 갓 부화한 아스에게 제일 먼저 건네준 음식도 그거였고. 아무래도 그때의 영향이었던 모양이다. 어쩌면 시벨리우스가 요리를 배우게 된 것 자체가 그 때문인지도 모르겠다. 뭐라고 운을 떼야 할지도 모를 애매한 기분이라 그냥 어색하게 웃었다. 심부름을 핑계로 일찌감치 자리를 뜬 아렐이 부러울 지경이었다. 정작 나를 이런 기분에 빠트린 장본인은 그저 신이 나 있었지만.

"후식도 입에 맞으십니까, 손님? 잘 드시니 만든 사람으로서 기분이 좋네요. 만들다 보니 너무 많이 만들어버렸는데 괜찮으시다면 좀 가져가시겠습니까? 가격은 따로 안 받겠습니다."

권하는 말이라기엔 이미 포장한 음식을 바구니에 담아온 상태였다. 심지어 주문한 것보다 더 많은 양이다. 얼결에 바구니를 받아든 시벨리우스가 당황한 표정을 지었다.

"고맙지만 이런 건……."

"괜찮습니다. 보다시피 작은 가게라 손님이 별로 없거든요. 후식을 주문하는 분들은 더 없고요. 남겨놔 봤자 어차피 버리게 될 거라 좋아하시는 분께 보내드리는 게 저도 더 마음이 좋을 것 같습니다."

"하지만……."

"정 부담되시면 친구분들께 맛있다고 소문이나 내주세요. 다음에 또 와주시면 더 좋고요."

선량하게 웃는 얼굴엔 아무런 사심이 없었다. 어딜 봐도 그냥 인심 좋은 사장님이 단골손님을 확보하려는 투였다. 그 태도가 얼마나 천연덕스러웠는지 경계하던 시벨리우스도 차츰 긴장을 풀었다.

"고맙습니다. 그럼 잘 먹겠습니다."

세상에 공짜를 싫어하는 사람은 없다. 그게 맛있는 음식이라면 더더욱. 바구니를 소중히 끌어안는 시벨리우스 역시 얼굴이 살짝 상기된 채였다. 그 모습을 부드럽게 응시하는 식당 주인, 리글레오를 보자니 한숨이 절로 흘러나왔다.

"저 아이에겐 제 이름을 알리지 말아 주시겠습니까? 일족을 배신한 자의 이름이라 싫어할 겁니다."

조금 전 그가 했던 당부가 머릿속을 맴돌았다. 물론 그런 말을 하지 않았더라도 내가 멋대로 밝힐 수는 없었을 거다. 실제로 시벨리우스가 그 이름을 들었을 때 보였던 반응도 그리 좋지 않았으니까.

"그 사과 파이가 정말 마음에 드셨나 보네요. 레시피 적어드릴까요?"

"그래도 괜찮습니까?"

"얼마든지요. 딱히 특별한 비법이 들어간 것도 아닌걸요."

하지만 나중에 모든 사실을 알게 되면 충격이 더 크지 않을까. 한창 둘만의 세계에 빠진 형제를 바라보다 다시 한숨을 쉬었다. 화목한 광경이 너무 잘 어울려서 그만큼 더 씁쓸했다.

"아버지는 알고 있었지?"

중얼거리듯 건넨 말에 엘뤼엔이 고요한 시선을 보냈다. 어떤 과정이 전부 우연히 맞아떨어지는 일은 매우 드물다. 여기서 아렐과 마주친 것만큼이나, 때마침 도착한 장소가 유니콘이 운영하는 가게 앞이었던 것도 짚어볼 문제라고 생각했다. 그 주인의 정체가 시벨리우스의 형이라는 걸 깨닫고 나니 다분히 의도된 결과였다는 걸 모를 수가 없었다.

“스스로 날개를 꺾은 천마가 최근 일족 하나와 작은 인연을 이어가고 있다는 이야기를 들었을 뿐이다.”

짐작대로 엘뤼엔은 부정하지 않았다. 유니콘 마을을 방문하는 문제를 앞두고 고심만 깊어진 내게 그가 안배를 내려준 거다. 아니, 어쩌면 어린 동생을 위해 서툰 솜씨로 사과 파이를 만들어주던 형을 위한 안배인 건지도 모르겠다.

그래서 나도 그냥 입을 다물기로 했다. 나중에 시벨리우스에게 원망을 듣더라도 어쩔 수 없었다. 지금은 그냥 좋은 기억만 나눴으면 좋겠다. 이미 상처투성이인 남자가 사랑하는 동생이 자신을 원망하는 눈길로 바라보는 기억까지 감당하지 않길 바란다. 그건 결국 시벨리우스에게도 다시 상처가 될 테니까.

*　　*　　*

아렐을 다시 만난 건 그로부터 며칠이 지난 오후였다. 만남은 이번에도 리글레오가 운영하는 식당 안에서 이뤄졌다. 첫 방문에서 이미 마음의 문을 연 시벨리우스는 반갑게 맞이하는 리글레오와 웃으며 인사했고, 요리에 관련된 주제로 손쉽게 수다 삼매경에 빠졌다.

뒤늦게 도착한 아렐이 화기애애한 두 사람을 발견하고 멈칫하다가 이내 모르는 척 자리에 앉았다. 애써 내색하지 않는 모습이었지만 심경이 복잡해 보이는 건 어쩔 수 없었다. 지금 내 표정도 그와 비슷할 거라 서둘러 본론에 들어갔다.

"허가를 받았다."

다행히 그가 들고 온 소식은 긍정적이었다. 본인들도 빌린 것이다 보니 아무래도 까다롭게 굴기는 어려웠나 보다. 아렐이 그들 일족에게 나를 '드래곤의 대리인'이라 설명한 덕분도 있었다.

"다만 조건을 하나 붙이셨다. 신물을 대여하는 동안 우리 측 담당자가 동행한다는 조건이다."

내가 신물을 들고 도망갈지도 모른다고 생각한 건가. 하긴 나라도 만약의 사태는 대비해 둘 것 같다. 그거야 아렐이 맡으면 되겠다는 생각에 대수롭지 않게 고개를 끄덕이려는데 그가 난처한 표정을 지었다.

"담당자도 장로께서 직접 지정하길 원하셨다."

"으음, 그건 곤란한데요. 그냥 당신이 맡으면 안 돼요?"

"이 대답을 원하는 건 아니겠지만 결과적으로는 나 역시 함께하게 될 거다. 내가 호위하는 분이 담당하시게 될 것 같으니."

"그게 무슨…… 아, 설마……."

불길한 기분에 얼굴을 찌푸리니 아렐이 고개를 끄덕였다.

"그 설마가 맞다. 웰디 님이시다."

어쩐지 웬일로 일이 술술 잘 풀리나 했다. 그야 중요한 물건일수록 가장 신뢰할 수 있는 사람에게 맡기고 싶겠지. 혈육만큼 신뢰할 수 있는 존재는 없을 테니 장로가 왜 그런 결정을 내렸는지는 이해된다. 하지만 바로 그의 손녀이기 때문에 이쪽은 더 곤란했다. 이건 아예 적의 척후병을 본거지에 들이는 꼴이잖아. 전에 봤을 땐 성격이 좋아 보이긴 했지만 인성과는 상관없는 문제였다.

"그럼 어쩔 수 없네. 시벨, 우리가 당분간 따로 행동을……."

"아니, 나도 같이 있을래."

신물을 대여하는 동안 나 혼자서 유니콘들을 상대할 생각으로 운을 떼는데 시벨리우스의 대답이 곧장 돌아왔다. 당황해서 바라보는 나를 그는 담담한 눈길로 마주했다.

"무슨 생각이야, 너. 얼굴을 가리는 것만으로는 한계가 있어. 분명 들킬 거야."

"응, 그렇겠지."

"그런데 왜……."

"웰디는 괜찮아. 아마 괜찮을 거야."

호기롭게 나선 것과는 다르게 말투는 영 자신이 없다. 미심쩍게 바라보니 그가 쓰게 웃었다.

"오히려 나쁘지 않은 기회 같아. 웰디는 차기 장로로 내정된 아이고, 현 장로의 측근 중에선 그나마 말이 통하는 상대야. 어릴 때부터 쭉 같이 자라서 서로 잘 알기도 하고. 그 애를 설득할 수 있다면 앞으로 한결 순탄해질 거야. 반대로 그 애조차 설득할 수 없으면 난 앞으로도 제대로 설 수 없겠지."

"……하기 싫은 일을 억지로 할 필요는 없어. 난 네가 힘들어지는 건 싫어."

"아니야, 엘. 내가 바라는 거야. 요 며칠간 나도 많이 생각해봤거든. 내가 원한 삶은 아니지만 이미 이렇게 태어난 거잖아. 언제까지 외면하고 피해 다닐 수만은 없는 문제인 것 같아. 한번 부딪혀볼래."

자신 있게 답하는 그는 오랜 번민에서 벗어나 홀가분한 얼굴이었다. 아렐과의 관계가 원만히 풀린 영향일까. 마을을 떠나 있던 지난 몇 년간의 삶이 그에게 여유를 가져다준 것도 있을 거다.

정작 결정을 내리지 못하는 건 나였다. 그는 앞날을 모르니 좀 더 단순하게 생각해도 된다. 그러나 나는 아니었다. 나까지 이 문제를 낙관적으로 여겨선 안 된다. 좀 더 많은 부분을 고려하고 신중하게 판단해야 하지 않을까. 아무것도 모르는 순진한 어린애를 내 손으로 악의 구렁텅이에 밀어 넣는 기분을 지우지 못하겠다.

"엘, 정말 괜찮아. 날 믿어줘."

하지만 이어진 말엔 별수 없이 고개를 끄덕일 수밖에 없었다. 믿어달라고 하는 사람에게 내 일방적인 판단과 결정을 어떻게 앞세우겠어. 지금 이 말을 외면한다면 지금까지 시벨리우스를 믿지 못하던, 그의 일족들과 똑같은 사람이 되는 거다.

"알았어. 그렇게 하자."

정 안 되면 다시 도망치는 방법도 있으니까. 뭐 어떻게든 되겠지. 적어도 내 눈앞에서 시벨리우스가 봉인되는 참사만 일어나지 않으면 된다. 지금은 그게 목표였다.

# 제3화

## 1.

인간들이 유니콘을 사냥하려는 목적엔 여러 가지가 있지만 가장 큰 이유는 그들의 외형 때문이다. 대부분의 유니콘은 멀리서도 한눈에 띌 만큼 빼어난 외모를 타고난다. 엘프도 준수한 일족이지만 유니콘은 닿아선 안 될 것 같은 신비롭고 묘한 분위기까지 있었다. 특히 유니콘 여성은 설탕으로 빚어낸 것처럼 화려하고 달콤하게 생겼다는 평이었다.

그런 점에서 웰디는 전형적인 유니콘 여성의 외모를 갖춘 사람이었다. 빛이 감도는 것처럼 깨끗하고 하얀 피부, 오밀조밀하게 귀여운 얼굴, 질 좋은 루비를 연상시키는 보석 같은 눈동자. 풍성하고 화려한 은발엔 은은한 분홍빛이 감돌았다. 솜사탕으로 사람을 빚는다면 이런 느낌이 되지 않을까 싶다. 스쳐 지나가도 기억에 남을 수밖에 없는 외모다 보니 수행원 사이에 있는 리더를 알아보는 덴 전혀 지장이 없었다.

"안녕하세요. 또 보네요."

사전에 협의한 접선 장소는 도시에서 마차로 몇 시간 떨어진 곳에 있는 숲 안이었다. 엘프의 관할 구역이라 인적이 거의 없는 곳이기도 했다.

"당신은……."

긴장한 상태로 대면을 기다리고 있던 웰디 역시 나를 한눈에 알아봤다. 흐트러진 얼굴엔 설마 내가 드래곤의 대리인일 거라곤 생각도 하지 못했다는 당혹감이 가득했다. 물론 내 뒤에 있는 사람을 발견한 충격에 비할 바는 아니었다.

"설마, 시벨리우스 님……?"

"오랜만이야, 웰디."

어차피 마주할 작정으로 왔던 시벨리우스는 쓰고 있던 후드를 선뜻 벗고 얼굴을 드러냈다. 짐작하면서도 정말일 줄은 몰랐는지 정면에서 마주한 웰디가 얼어붙은 것처럼 굳었다. 그를 알아본 유니콘 수행원들도 경악에 차 술렁거렸다.

"아렐, 너……?"

그중 한 남자가 혼란스러운 얼굴로 아렐을 돌아보았다. 그날 잡혀 있던 세 유니콘 중에서, 아렐과 함께 웰디를 호위하던 카리안이란 자였다. 그의 한마디를 시작으로 모든 유니콘의 시선이 아렐을 향했다. 아렐은 그 시선을 담담히 받아들였다.

"이게, 이게 대체 어떻게 된 거예요, 아렐? 이런 얘기는 전혀 없었잖아요."

"죄송합니다, 웰디 님. 미리 말씀드릴 수가 없었습니다."

"그게 대체……!"

"아렐을 탓하지 마. 내가 말하지 말라고 했어."

급히 나선 시벨리우스가 어수선한 분위기를 수습했다. 굳은 얼굴로 아렐을 노려보던 웰디가 그 말에 겨우 정신을 차린 듯 다시 시벨리우스를 돌아보았다.

"이게 다 무슨 일인지 모르겠네요. 전 할아버지께 임무를 받고 나온 거예요. 드래곤의 대리인이 하이튼의 신물을 잠시 대여한다고 해서요. 그런데 설마 모두를 속이신 건가요?"

"속이지 않았어. 여기 있는 엘이 드래곤의 대리인이야. 신물 때문에 만나는 거고, 난 엘의 일행으로 동행한 것뿐이야."

"하지만 저 사람은 인간이잖아요."

"네, 맞아요. 인간이죠. 인간은 드래곤의 대리인이 되지 말라는 법이라도 있나요?"

웃으며 물은 말에 웰디는 선뜻 답하지 못했다. 대신 분한 듯이 입술을 깨물었다.

"전에 봤을 때도 평범한 분은 아니라고 생각했어요. 하지만 설마 드래곤과 친분이 있으실 줄은 몰랐네요. 신물을 핑계로 저를 끌어내어 무엇을 이루려는 거지요? 유감이지만 그게 무슨 목적이든 이루지 못할 거예요."

순간 수행원들의 기세가 사나워지더니 다들 경계태세에 돌입했다. 시벨리우스의 등장이 너무 충격이 컸나. 아무래도 뭔가 엉뚱한 오해를 하게 된 것 같았다.

"음, 제 목적은 신물을 가지고 돌아가는 건데요. 당장은 돌려주기 어렵다고 하셔서 일단 잠깐 대여하는 거고요."

"정말 그것뿐인가요?"

"왜 다른 계획이 있을 거라고 생각하는 건지 모르겠네요. 애초에 유니콘 측 파견 여부를 결정한 것도, 그 담당자를 정한 것도 제가 아닐 텐데요."

본인들도 너무 잘 알다시피 그건 전부 그들 장로의 결정이었다. 이번에도 웰디는 아무런 대답을 하지 못했다. 그러다 뭘 깨달았는지 돌연 밝아진 얼굴로 시벨리우스를 돌아보았다.

"그 말을 믿을게요. 그럼 이제 시벨리우스 님은 저희에게 돌아오시는 건가요?"

"……아니."

"아니라고요?"

재차 충격에 빠진 웰디가 믿을 수 없다는 표정으로 그를 바라보았다.

"어째서? 저희가 그동안 당신을 얼마나 찾아 헤맸는지 아세요? 이곳에 오면 저를 만나게 된다는 걸 알면서도 나오신 거잖아요. 그건 돌아오신다는 뜻이 아닌가요?"

"그 반대야, 웰디. 돌아갈 마음이 없으니 이제 그만 포기하라고 말하러 나온 거야."

"시벨리우스 님!"

"웰디 님, 그렇게 흥분만 하실 일이 아닙니다. 일단 시벨리우스 님의 말씀도 들어봐 주십시오."

옆에 있던 아렐이 서둘러 입을 열었다. 웰디가 원망스럽게 그를 노려보았다.

"여기서 무슨 이야기를 듣겠어요? 아렐은 방금 시벨리우스 님이 하신 말을 듣지 못했어요? 돌아올 마음이 없으시다잖아요! 이런 일은 할아버지께서 허락하지 않으실 거예요!"

"웰디 님, 시벨리우스 님이 룬이십니다."

"그게 무슨……!"

"일족의 그 누구도 룬보다 신분이 높지 않습니다. 룬이 허락을 구해야 한다면 그 대상은 루세프 님뿐입니다."

웰디가 멍한 얼굴로 그를 돌아보았다. 시벨리우스조차 놀란 표정이었다. 그의 변화가 놀랍기는 나도 마찬가지였다. 리글레오는 그가 시벨리우스를 도와줄 수 있는 사람이라고 했지만 원래도 그랬던 건 아니었을 거다. 처음 봤을 때 그의 태도가 가장 고압적이었던 걸 생각해봐도 그렇다. 아마 리글레오에게 감화되면서 시벨리우스를 대하는 태도 역시 바뀐 거겠지. 제일 쌀쌀맞던 남자가 어쩌다 전대 룬과 인연이 닿은 덕분에 지금은 가장 협조하는 사람이 되다니, 정말 사람 일은 모르는 거다.

덕분에 분위기가 달라진 건 사실이었다. 웰디에 동조해 날카로워졌던 유니콘들의 기세가 그 한마디에 한풀 꺾인 것이 느껴졌다. 아무리 은연중에 만만히 여겼더라도 룬의 상징성과 대외적인 신분을 외면하긴 어렵겠지. 지금까지 해온 방식이 있는데 바로 달라지겠냐만은, 당장은 다들 갈피를 잡지 못하는 혼란스러운 얼굴들이었다. 하나둘 입을 다문 사람들 사이에 정적이 흐르기 시작하면서 주변의 공기가 무겁게 가라앉았다. 그 흐름이 질식할 것처럼 부담스럽게 여겨질 때쯤, 나직이 한숨을 내쉰 시벨리우스가 입을 열었다.

"미안해, 웰디. 지금은 돌아갈 생각이 없어."

"시벨리우스 님……."

"모두가 걱정하는 일은 일어나지 않을 거야. 나를 조금만 믿어줬으면 좋겠어. 물론 처음엔 충동적으로 나온 게 사실이야. 하지만 세상을 다니면서 얻은 것들이 많아. 새로운 것들을 깨우치고 배울수록 나아갈 길이 보이는 것 같아. 난 이 경험이 모두에게도 좋은 결과로 이어질 거라고 생각해."

"그 말씀은……."

"부탁해, 웰디. 난 떳떳한 룬이 되고 싶어. 이름뿐인 룬이 아닌, 모두에게 도움이 될 진짜 룬."

창백한 얼굴로 얼어붙은 웰디는 한동안 아무런 말도 하지 않았다. 괴로운 건지 슬픈 건지 홀로 복잡한 감정을 꾸역꾸역 삼키다 이내 생각을 차분히 정리하는 것 같았다. 이윽고 물기가 가득한 눈이 닿았다.

"시벨리우스 님은 이 여행이 진정한 룬이 되는 길에 도움이 된다고 생각하시는 거군요."

"그래, 맞아."

"일족을 떠나기 위한 것이 아니라 당당하게 돌아오시기 위한 여행인 거예요. 그렇죠?"

시벨리우스가 진지한 얼굴로 고개를 끄덕였다. 그제야 겨우 안심한 듯 웰디의 표정이 풀렸다. "그럼 알겠어요." 나직하게 이어진 말에 시벨리우스의 표정도 밝아졌다. 만일을 위해 대비하고 있던 나도 안심했다. 그나마 가장 말이 통하는 상대라는 게 사실이긴 한가 보다.

"하지만 아무리 그래도 여성분과 같이 다니시는 건 솔직히 안심이 안 돼요. 전 물론 시벨리우스 님을 믿지만요. 사고라는 건 원래 한순간에 일어나는……."

"아, 웰디 님. 그 점은 걱정하지 않으셔도 될 것 같습니다. 그게 실은 저 사람은……."

"네?"

또 이러기냐. 아렐이 건넨 귀엣말을 듣고 경악하는 웰디의 시선을 모르는 척 외면했다. 이거야 원, 이마에 남자라고 써 붙이고 다닐 수도 없고.

"……일단 신물부터 보여주시겠어요?"

어느 정도 사태가 수습된 것 같아 원래 용건을 꺼내기로 했다. 다행히 본론에 들어서니 그들도 곧 정신을 차리는 분위기였다. 웰디가 눈짓을 보내자 뒤에 있던 수행원들이 작은 나무함을 가지고 앞으로 걸어 나왔다. 건네받은 후 뚜껑을 열자 작은 쟁반만 한 거울이 보였다. 신물이라기엔 아무것도 느껴지는 게 없었지만 진품이라는 덴 의심의 여지가 없었다. 예전에 신계에 갈 때 봤던 연결의 거울을 그대로 축소해둔 듯한 모양이었으니까.

덕분에 나도 모르게 무심코 표면을 만져봤다. 그때처럼 출렁거리지 않을까 내심 기대했는데 와 닿는 건 딱딱한 감촉이었다. 이름은 같아도 확실히 기능은 다른 모양이다. 내가 지금은 인간이라 그럴지도 모르겠지만.

"이게 그 신물이야?"

"응, 인연을 비추는 거울이래."

"손잡이를 잡고 얼굴을 비추면 닿아 있는 인연이 나타날 거예요."

신기해하며 구경하는 나와 시벨리우스를 향해 웰디의 차분한 설명이 이어졌다. 성별에 대한 오해는 이제 풀린 것 같은데, 밀착한 우리를 보는 얼굴은 여전히 심경이 복잡해 보였다. 일족의 룬이 인간과 친하게 지낸다는 사실 자체가 마뜩잖나 보다.

거울을 들어 올려 얼굴을 똑바로 비추자 잔잔한 파문이 일면서 정말로 무언가가 나타나기 시작했다. 이게 목적이었던 건 아니지만 그래도 인연을 비춘다고 하니 괜히 긴장됐다. 내가 아는 사람이 나올지 전혀 모르는 사람이 나타날지 설레는 기분이 드는 것도 사실이었다.

이윽고 뚜렷한 형태가 완전히 모습을 드러냈다. 한눈에 들어온 건 끝도 없이 펼쳐진 광활한 바다였다. 바닥이 다 들여다보일 정도로 투명한 물결 위에 눈 부신 태양 빛이 보석 가루처럼 흩뿌려져 있었다. 보는 것만으로도 가슴이 탁 트이는 광경이었다. 하지만 그게 전부였다.

"……."

그래, 물이군. 물이구나. 확실히 내가 물이랑 인연이 깊긴 하지.

아니, 그치만 이건 좀 아니지 않아? 사람만 비추는 거 아니었어? 물론 누군가가 비쳤다면 그건 그것대로 심경이 복잡했을 것 같지만, 어쨌든 괜히 기대했다. 나도 모르게 허탈한 기색을 비친 모양이다. 시벨리우스가 의아해하며 물었다.

"왜 그래, 엘? 뭐가 보이길래?"

"음? 넌 안 보여?"

"내 눈엔 네 모습만 비추고 있는 것 같은데?"

아무래도 거울이 보여주는 건 장본인한테만 보이나 보다. 시벨리우스한테도 권했더니 그는 난처하게 웃으며 고개를 저었다. 괜히 그런 걸 알고 싶지는 않다는 거절이었다. 좋은 결과만 있는 건 아니니 현명한 선택이긴 했다. 정작 웰디는 그 결정을 아쉬워하는 것 같았지만.

"거울을 보셨으니 이제 용건이 끝난 건가요?"

"아뇨, 본래 목적은 이게 아니라 조금 더 기다리셔야 할 것 같네요. 일단 장소를 옮기죠."

"장소를 옮긴다고요?"

"애초에 며칠간 빌릴 예정이라고 말씀드리지 않았나요? 사용할 용도에 적합한 곳으로 이동할 거예요. 싫으시면 굳이 따라오지 않아도 괜찮아요. 대여하겠다는 약속은 지킬 테니까요."

"아니에요. 가겠어요. 그곳이 어디죠?"

"마신전이요."

문장이야 나한테도 있지만 괜히 공개해봤자 골치만 아파진다. 게다가 강신에 어떤 부작용이 따를지 알 수도 없고. 원래 신은 지상에 강림할 때 시간제한이 있다. 강림했을 때 지상에 미치는 여파도 크다고 들었다. 지난번 카노스는 아무렇지 않게 나타나긴 했지만 강신할 때도 그럴지는 장담할 수 없는 일이었다. 이런 문제들을 최대한 방어하기 위해서라도 가능한 한 안전한 장소에서 시도하는 게 나았다. 신이 강림해도 괜찮을 만한 장소라면 역시 신전뿐이었다.

목적지를 들은 웰디의 표정은 눈에 띄게 달라졌다. 안 그래도 경계하고 있던 시선이 불길한 것을 보는 듯이 일그러졌다.

"당신 설마…… 그 신물에 숨겨져 있는 다른 기능을 알고 있는 건가요?"

어깨를 으쓱이니 웰디는 더욱 혼란스러운 시선을 보냈다. 자세한 사정을 알지 못하는 시벨리우스가 어리둥절한 표정을 지었지만 굳이 설명하지 않았다.

"말도 안 돼요. 그건 우리도 고서적을 보다가 우연히 발견한 거예요. 중간계에 몇 개 남지 않은 희귀 서적이고, 쭉 우리 마을에서만 보관했어요. 드래곤 란타샤를 비롯해 역대 신물의 소유주 중 아무도 그 기능을 알지 못했다고요. 그런데 인간인 당신이 그걸 어떻게 알고 있는 거죠?"

"미안한데, 그건 알려 드리기 어렵겠어요. 영업 비밀이거든요."

황당해하는 유니콘들이 할 말을 잃는 동안 머릿속에선 웃음소리가 퍼졌다. 졸지에 영업 비밀이 된 라피스는 이 상황이 퍽 재밌는 모양이다. 그래, 너라도 재밌으니 됐다. 속으로 중얼거리며 신물을 다시 나무함에 집어넣은 뒤 배낭 속에 잘 갈무리했다. 당황한 유니콘들은 내가 배낭을 메고 일어서니 어쩔 줄 몰라 하는 기색이었다. 막상 정말 출발할 것 같으니 부담스러운 것 같았다.

그러고 보니 이 나라에 유니콘 사냥꾼이 많다고 했던가. 형벌의 신전은 인적이 닿지 않는 산꼭대기에 있었지만 그건 어디까지나 특별한 경우고, 대개 신전은 비옥토에 세워진다. 그래서 그를 중심으로 마을이 형성되는 경우가 잦았다. 사전에 미리 조사해둔, 내가 목적지로 삼은 마신전만 해도 마을 한가운데에 있었다. 가장 가까운 곳으로 정한 것뿐이었지만 어쨌거나 반드시 인간들과 마주쳐야 한다는 소리였다. 누가 봐도 꺼리는 기색이었으나 굳이 그들의 사정을 헤아려줄 마음은 없었다.

"그럼 이만 출발할까요?"

## 2.

세 개의 소왕국이 결성하여 만들어진 체르바 연합국은 고산 지대가 많아 비조를 주 교통수단으로 활용하는 나라였다. 한 가구당 비조 하나를 키우는 걸 당연시할 정도라, 하늘이 닫힌 이후로 가장 피해가 큰 나라이기도 했다. 그간 비조에만 투자하다 보니 다른 행로가 거의 발달하지 못했기 때문이다.

기차는 턱없이 부족하고, 닦여진 길도 그리 많지 않았다. 다른 지역으로 가려면 차라리 걸어서 산맥을 넘는 게 더 빨랐다. 마신전까지 가는 여정도 마찬가지라 가는 길만 꼬박 하루를 투자하게 됐다.

엘뤼엔에게 이동 마법을 부탁하는 방법도 있었지만 한 번에 옮길 수 있는 정원이 서넛 정도란 말에 그만뒀다. 큰 마법을 쓰고 나면 다시 마력도 보충해야 하는데 수행원을 다글다글 달고 온 웰디 측은 전부 일곱 명이나 된다. 별로 친하지도 않은 사람들을 위해 그런 수고를 부탁하고 싶지는 않았다. 애초에 엘뤼엔이 들어줄 리도 없겠지만.

**"뭐야, 고작 십수 명도 한 번에 못 옮겨? 역대 최강 정령왕도 별거 없네. 난 할 수 있는데."**

'……정령왕이 마법을 쓰는 것 자체가 엄청난 거거든?'

애초에 비교하는 게 불가능한 영역을 두고 으스대는 라피스를 한심하게 여겨주고 엘뤼엔을 돌아보았다. 그러고 보니 그에게 비법을 배운다는 걸 잊고 있었다. 이참에 다른 정령왕도 마법을 배울 수 있는 거냐고 지나가듯이 물었더니 그는 의외로 대수롭지 않게 대답했다.

"할 수는 있겠지. 통로를 만들기만 하면 되니."

"통로?"

이어진 설명은 나도 알고 있는 마법 상식이었다. 마나는 육체에 스며들어 순환하는 동안 마력으로 치환된다. 이때 얼마나 많은 양을 빠르게 치환하여 쌓을 수 있느냐에 따라 마법사의 자질이 결정됐다. 하지만 정령은 육체가 없기 때문에 애초에 이 순환 체계가 이뤄지지 않았다.

"그러니 육체의 기능을 대신할 수 있는 통로를 만들어 주면 되는 문제지. 물론 진짜 육체에 비하면 기능은 떨어진다."

참 쉽게도 말하지만 한마디로 몸에 새로운 장기나 혈관을 만들면 된다는 논리다. 잠시 할 말을 찾지 못해 방황하다 간신히 입을 열었다.

"……아버지는 그게 언제부터 가능했어?"

"7천 년 정도 꾸준히 시도해보니 되더군."

하핫, 괜히 물어봤네. 어차피 안 되는 거였잖아? 누울 자리에 다리를 뻗어야 한다고, 괜한 희망을 깨끗이 접었다. 된다고 해도 내겐 7천 년이나 시도할 끈기와 집념 같은 거 없다. 역시 천재는 아무나 되는 게 아니었다.

어쨌든 그렇게 시작된 여정은 생각보다 순탄했다. 앞서 걷는 우리 일행을 묵묵히 뒤따르는 유니콘 일행은 꼭 필요한 말 외에는 대화도 잘 걸지 않았다. 특히 내내 잠잠한 엘퀴엔을 가장 경계하는 것 같았다. 그가 후드를 눌러 쓴 수상한 행색이라 그런 것도 있겠지만, 외모를 가리고 있는데도 강렬하게 느껴지는 존재감을 의식하는 듯했다. 그래도 자존심 때문인지 끝까지 정체가 뭐냐고 물어오지는 않는다. 나야 굳이 설명할 필요가 없어서 편했다.

"꽤 많이 걸었네요. 끼니때도 된 것 같은데, 잠시 쉬었다 갈 겸 여기서 식사할까요?"

"네, 그러죠."

내 제안에 담담히 동의한 웰디가 일행에게 휴식을 지시했다. 타고난 근력이 좋아도 익숙지 않은 산행은 고됐는지 지쳐 있던 유니콘들의 얼굴이 밝아졌다.

"엘, 여기서 점심 먹는 거야? 그럼 바로 준비할게."

이젠 식사 준비를 자신의 숙명으로 여기는 시벨리우스가 자연스럽게 일을 시작했다. 갖가지 조리도구의 등장에 어리둥절해하던 웰디는 시벨리우스가 본격적으로 불을 지피고 요리를 시작하자 큰 충격에 빠졌다.

"지금 뭘 하시는 거예요, 시벨리우스 님?"

"보는 그대로, 식사 준비하는데."

"안 돼요! 그냥 계세요! 룬이 어떻게 이런 일을 직접! 식량은 우리도 준비해왔어요. 이런 건 수행원들이 하게 두세요!"

"그래? 뭘 가져왔어?"

그 말에 수행원들이 머뭇거리며 배낭에서 꾸러미들을 꺼내 들었다. 그 안에서 나온 건 흰 빵 여러 덩이, 그리고 마른 건량과 육포 종류였다. 빙긋 웃은 시벨리우스가 그대로 요리를 계속했다. 웰디의 얼굴이 빨갛게 달아올랐다.

"저 정도면 여행 식으로는 충분하잖아요!"

"난 싫어. 한 끼를 먹더라도 제대로 먹을 거야. 다른 사람들도 마찬가지니까 가져온 건 도로 집어넣도록 해. 나와 있을 때 그런 부실한 걸로 배 채울 생각하지 마."

단호한 대답에 수행원들이 슬그머니 다시 배낭을 채웠다. 이왕이면 맛있는 걸 먹고 싶은 본능이 리더의 눈치를 이긴 듯했다. 그 모습을 당황한 표정으로 돌아본 웰디가 입술을 깨물었다. 왠지 나를 약간 노려본 것도 같았다.

"식사 준비를 당연시하시다니, 대체 마을을 떠나 계신 동안 얼마나 이런 일을 자주 하신 거예요? 인간들의 나라에서 요리사로 일하신다는 얘긴 들었는데, 설마 정말 그러셨던 건 아니죠?"

"맞아."

"맙소사!"

"내가 좋아서 한 거야. 원래 요리 좋아하는 거 알잖아."

"하지만……!"

"제가 뭐 도와드릴 건 없습니까? 이 감자를 깎으면 됩니까?"

그 순간 자연스럽게 스며든 아렐이 화제를 전환하면서 두 사람의 대화가 중지됐다. 누가 봐도 의도적인 행위에 웰디가 기막힌 얼굴로 그를 바라보았다. 일전만 해도 가장 앞서서 시벨리우스의 취미를 구박하던 이의 태도가 느닷없이 돌변했으니 그럴 만도 했다. 아렐은 민망한 기색도 없이 어깨를 으쓱였다.

“가족 내력은 어쩔 수 없는 거 아니겠습니까. 저도 어머니를 닮아 낚시를 좋아하거든요.”

“무슨 말이에요, 아렐?”

“아, 그게 실은 저도 최근에 알게 된 겁니다만. 선대 룬들도 종종 요리를 즐기셨다더군요. 라이넬 님께서는 직접 만드신 음식으로 연회를 베푼 적도 있었다고요.”

“라, 라이넬 님께서요?”

“예, 저희가 태어나기 전의 일 같긴 합니다만.”

“……그렇구나. 아버님께서…….”

누구를 말하는 건가 했더니 시벨리우스의 아버지 이야기였다. 중얼거리는 시벨리우스는 매우 묘한 표정이었다. 아렐이 그 모습을 잠시 힐끔거렸다.

“전대께서도 곧잘 하셨고요.”

덧붙인 한마디에 순간 주위가 고요해졌다. 다들 경악한 시선으로 아렐을 바라보고 있었다. 빠르게 다가온 카리안이 다급히 아렐을 낚아채 끌고 갔다. 지금 제정신이냐며 추궁하는 소리가 속닥거렸다. 저 한마디에 이 난리가 일어나는 걸 보니 리글레오의 존재 자체가 금기시된 건 확실히 알겠다.

재료를 다듬다 말고 우뚝 멈췄던 시벨리우스가 말없이 다시 팔을 움직였다. 미묘하게 가라앉은 분위기 속에서, 그는 묵묵히 장작불에 솥을 올리고 물과 함께 다듬은 재료를 썰어 넣었다. 그렇게 끓기 시작한 스튜에서 맛있는 냄새가 풍기기까진 그리 오랜 시간이 걸리지 않았다.

"먹어 봐."

국자로 스튜를 떠서 작은 접시에 덜어낸 시벨리우스가 그의 눈치를 보고 있던 웰디 앞에 내밀었다. 웰디는 할 말을 삼키는 얼굴로 우물거리다 마지못해 접시를 받아들었다.

"……맛있어요."

"다행이다."

부드럽게 웃는 얼굴에 웰디의 표정이 흔들렸다. 덕분에 분위기가 풀린 탓일까. 여기서 물러서면 안 된다고 생각했는지 다시 꿋꿋한 잔소리가 이어졌다.

"어, 어쨌든 취미로 가끔 즐기는 것과 주업으로 삼는 건 달라요! 전 시벨리우스 님이 아예 이런 일을 하지 않으셨으면 좋겠어요."

"그 이야기는 이제 그만하자."

"그런 식으로 어물쩍 넘기시려고요? 제가 싫단 말이에요. 전 시벨리우스 님의 반려가 될 사람이에요. 이 정도 요청은 들어주셔도 되잖아요."

인원에 맞춰 스튜를 그릇에 담던 시벨리우스가 다시 손을 멈췄다. 살짝 시선을 내리깐 그에게서 낮은 한숨이 흘러나왔다.

"웰디, 일단 말해두겠는데."

"왜요, 제가 너무 철부지 같다고 하시려고요?"

"난 널 반려로 맞겠다고 한 적 없어."

……제2차 정적이었다. 게다가 타격은 이번이 더 큰 것 같았다. 그 자리에서 얼어붙은 웰디를 비롯하여 한창 속닥거리고 있던 아렐과 카리안도 멍하니 입을 벌렸다. 다른 유니콘들의 반응은 돌아볼 것도 없었다.

"어, 음. 아, 배고프다! 다들 시장하지 않아요? 음식도 다 된 것 같은데 얼른 먹죠!"

처참한 분위기를 수습할 겸 억지로 밀어붙여 배식을 시작했다. 그러나 막상 식사를 받아든 후에도 웰디는 아무것도 입에 대지 않았다. 리더가 먹지 않으니 다른 유니콘들도 선뜻 수저를 들지 못했다. 가장 아늑해야 할 식사 자리가 초상집처럼 음울하기 짝이 없었다. 당연히 그들을 지켜보는 시벨리우스의 표정도 좋지 않았다.

"와, 와아! 이거 정말 맛있다! 둘이 먹다 하나가 죽어도 모르겠다는 게 바로 이런 맛인가 봐! 아버지! 아버지도 얼른 먹어 봐!"

덕분에 호들갑을 떠는 건 내 몫이었다. 엘뤼엔 옆에 달라붙어 그릇을 들이밀자 그가 미쳤냐는 시선을 보냈다. 아랑곳하지 않고 포크로 찍어 아예 더 들이밀었다. 어떻게든 물러나지 않겠다는 의지를 읽었는지 한숨을 내쉰 엘뤼엔이 이번엔 얌전히 받아먹었다.

"맛있지?"

"그래."

"시벨, 들었어? 아버지도 맛있대!"

그제야 시벨리우스가 희미하게 웃었다. 내심 안도하려니 옆에서 따가운 시선이 닿았다. 엘뤼엔이 내게 못마땅하다는 눈길을 보내고 있었다.

"하하, 이거 더 먹어볼래, 아버지?"

"방금 그건 광대를 흉내 낸 건가?"

"아니거든! 분위기를 전환한 거잖아."

"진짜 분위기를 전환하는 법을 모르는군."

문득 손이 허전하다 싶더니 눈앞에서 음식이 사라졌다. 엘뤼엔이 내가 들고 있던 그릇을 낚아채 간 거였다. 당황해서 눈을 깜빡이는 동안 그가 그릇 안의 음식을 빠르게 비우기 시작했다. 텅 빈 그릇을 돌려받고 나서야 무슨 일이 일어났는지 깨달았다.

"내 밥!"

"잘 먹었다."

"으아아아!"

"이런 걸 원한 게 아니었나? 교훈이 됐다면 앞으론 다른 데 신경 팔지 말고 네 식사에나 집중해라. 먹는 것도 좋아하는 녀석이."

기가 막히고 망연자실한 기분으로 엘뤼엔을 바라봤다. 지금 내 앞에 있는 이 유치하고 뻔뻔한 정령왕은 대체 누구지? 분명 내가 아는 얼굴인데 전혀 모르는 사람이었다.

"아버지, 캐붕이라는 말 알아?"
"의미불명이군."
"맞아, 그거야! 지금 내 기분이 딱 그래!"
"정말 의미불명이군."

파란만장한 시간은 시벨리우스가 스튜를 더 담아주는 것으로 평화를 맞이했다. 혹시 몰라 넉넉하게 만들었다는 말이 오늘처럼 고맙게 들릴 수가 없었다. 끝까지 음식을 입에 댈 기세가 없던 웰디도 걱정하는 수행원들이 강권하는 것을 못 이겨 억지로 식사를 마쳤다.

이후엔 날이 저물 때까지 다시 계속 걸었다. 밝은 시간 안에 산을 건너는 건 불가능했기 때문에 완전히 어두워지기 전에 야영할 곳을 정했다. 평지가 비좁아 천막을 칠 수 없어 모닥불을 피우고 침낭을 쓰기로 했다. 저녁때도 시벨리우스는 식사 준비를 자청했다. 괜한 참견이 화를 부른다는 교훈을 얻은 건 웰디도 마찬가지였는지, 이번엔 아무런 간섭도 하지 않았다.

"할 말이 있어요."

그런데 알고 보니 체념한 게 아니라 표적을 바꾼 거였다. 모두가 잠든 밤의 시간, 첫 차례로 불침번을 서게 된 김에 몸도 풀 겸 가볍게 주위를 돌아보고 있는데 기척 하나가 따라붙었다. 가장 먼저 잠든다며 일찌감치 침낭에 들어갔던 웰디였다.

"안 자고 있었어요?"

"자려고 했는데 좀처럼 잠들 수가 없더군요. 당신과 이야기를 해봐야 할 것 같아서요."

시선을 틀어 조금 떨어져 있는 야영지를 돌아보았다. 희미하게 피어있는 모닥불 앞에 깨어 있는 건 나와 함께 불침번을 맡은 엘뤼엔뿐, 다른 사람들은 모두 세상 모르게 잠들어 있었다. 침낭이 익숙지 않아 계속 몸을 뒤척이던 시벨리우스가 드디어 잠잠해진 시점이기도 했다. 굳이 그가 잠들기까지 기다렸다 할 만한 이야기라면 뻔했지만 모르는 척 이어질 말을 기다렸다. 용건은 예상한 그대로였다.

"시벨리우스 님께 대체 무슨 짓을 한 거죠?"

"무슨 짓이라니요?"

"예전의 시벨리우스 님은 저런 분이 아니었어요."

차분하게 답하는 웰디는 화를 참는 기색이 역력했다. 모범생을 꾀어내 나쁜 물을 들인 불량아를 바라보는 시선이었다.

"원래 요리를 좋아하시긴 했지만 사람들이 반대하는 것도 이해하셨어요. 그래서 대외적으론 자제할 줄 아셨고요. 이번처럼 막무가내로 고집을 피우고 충동적으로 구신 적은 없었어요."

"음……."

"애초에 마을을 나가신 것부터가 그분답지 않은 결정이었지만요. 인간들의 사회에 섞여 그들과 어울리다니. 시벨리우스 님은 누구보다 룬의 사명을 잘 이해하시는 분이셨어요. 무책임한 전대처럼 되지 않으시려고 어릴 때부터 필사적으로 노력하셨단 말이에요. 그렇게 곧고 바르던 분이 이런 식으로 변하신 건 말이 안 돼요. 누군가가 강제로 홀린 것이 아니고서야……!"

"아, 그래서 제가 최면이라도 걸었다고 보는 건가요?"

"……."

대답을 못 하는 걸 보니 정말 그렇게 의심하나 보다. 황당한 기분으로 바라보니 웰디가 붉어진 얼굴로 고개를 숙였다. "그런 게 아니라면 이해가 되지 않으니까요." 분해서 울먹거리는 목소리를 들으니 화낼 마음조차 들지 않았다.

"제가 보기엔 오히려 지금이 최면에서 깨어난 것 같은데요."

"뭐, 뭐라고요?"

"참고 참다가 결국 터진 거라는 생각은 안 드세요? 사방에서 압박하고 강요만 하는데 누가 기쁘게 감당하겠어요."

"시벨리우스 님이 그렇게 말씀하시던가요? 우리가 그분을 압박하고 강요했다고?"

"아뇨, 그 녀석은 자기 얘기를 잘 안 해요. 그냥 제 짐작이죠. 하지만 틀린 것 같진 않은데요. 요리하는 취미 하나조차 허용하지 않는 분들이라면 시벨리우스의 다른 부분들도 간섭하고 제지하셨을 것 같거든요."

"그건…… 전부 룬을 위한 거예요."

그래도 그런 적 없다는 말은 하지 않는구나. 이걸 양심은 있다고 봐야 할지, 다 알면서도 이러는 걸 뻔뻔하다고 해야 할지 모르겠다.

"룬이 아니라 당신들 체면을 위한 거겠죠. 본인들의 이상을 채울 룬의 모습만 요구하는 건 아니고요?"

"룬은 왕이에요. 이상적인 군주를 바라는 게 나쁜 건 아니잖아요."

"그 이상이 뭔데요? 자기 취향이며 삶도 전부 버리고 오직 일족만 위하고, 일족만 생각하고, 일족이 바라는 건 뭐든지 다 하는 일꾼이요? 안 되는 걸 어떻게든 되게 해야 하고, 왜 잘하지 못하느냐는 핍박과 비난을 묵묵히 감수하면서?"

안색이 창백해진 웰디가 자신의 옷자락을 꾹 움켜쥐었다.

"그런 식으로 평하지 말아요. 그만큼 엄격하고 힘든 자리이기에 사명이라고 하는 거예요. 그 막중한 사명을 감당하고 싶어도 하지 못하는 이들도 많아요."

"그 사람들도 막상 감당하면 도망칠걸요?"

"말도 안 되는 소리를……!"

"겪어본 적 없잖아요. 누구나 다 남의 일은 쉽게 여길 수 있어요."

남의 눈의 대들보보다 내 눈에 박힌 티끌이 더 아픈 건 유니콘도 마찬가지다. 애초에 타인의 고통은 누구나 완벽히 이해하지 못한다. 그러니 자신은 선뜻 할 수 있다고 여기는 거다.

"물론 감당할 수 있다 해도 그게 하지 못하는 이를 비난하고 학대할 자격이 되는 건 아니고요."

스스로 원해서 시작한 일이라도 마찬가지인데, 하물며 시벨리우스는 자신이 선택한 삶인 것도 아니다. 말하다 보니 나도 화가 나서 얼굴이 굳어졌다.

"아까 본인 입으로 시벨리우스는 사명을 잘 이해한다고 말했죠. 그만큼 노력도 했다고요. 그럼 그 녀석은 자신이 할 일을 다 했네요. 그러는 동안 다른 사람은 뭘 했어요?"

"뭘 하다니요?"

"모든 관계는 한 사람의 노력만으론 유지되지 않아요. 누군가가 일족을 위해 어려운 사명을 감당하고 있다면 그걸 잘 버틸 수 있도록 주위에서도 도와야죠. 숨통을 틀어막고 더 잘하라고 다그치기만 할 게 아니라."

물론 나 역시 그들의 사정을 다 알지는 못한다. 남을 이런 식으로 훈계하는 게 주제 넘는다는 것도 알고 있다. 하지만 야박한 시선들을 꾸역꾸역 혼자 견뎌냈을 어린 시벨리우스를 위해서라도, 그리고 지금도 자책감을 완전히 버리지 못하는 시벨리우스를 위해서라도 이 정도는 말하고 싶었다. 웰디는 잠시간 아무 말도 하지 않았다. 그걸 수긍이라 여기고 싶었던 건 너무 큰 바람이었을까.

"평소 그분을 닦달하는 말들이 없는 건 아니에요. 하지만 그건 시벨리우스 님이 아직 룬의 힘을 완성하지 못하셨기 때문이에요. 제대로 룬의 역할을 하실 수 있게 되면 다 괜찮아질 거예요."

거짓말.

맥이 탁 풀리며 허탈한 웃음이 흘러나왔다.

"끝까지 외면해야 속이 편하신가 봐요."

빈정거린 말에 웰디가 수치심을 느낀 얼굴로 나를 노려보았다.

"어차피 외부자는 우리를 이해하지 못해요."

쏘아붙이고 돌아서는 뒷모습에선 시린 찬바람이 불었다. 돌이켜볼 계기가 되기는커녕 오히려 벽만 더 견고하게 쌓은 것 같다. 하기야 고작 몇 마디 말로 해결될 일이었다면 전대가 스스로 날개를 꺾었을 때 이미 바뀌었겠지. 그럴 줄은 알았지만 입맛이 쓴 건 어쩔 수 없었다.

말이 통하는 사람이긴, 무슨. 이래서 주변 환경이 중요한 거다. 얘가 벽창호들 하고만 살아서 기준이 낮아도 너무 낮잖아. 시벨리우스 이 멍청아. 넌 속았어. 저건 이해한 게 아니라 그냥 일단 두고 보는 거였다고.

이변을 느낀 건 바로 그 직후였다. 갑갑한 마음에 긴 한숨을 내쉬는데 문득 멀리서 낯선 기척이 느껴졌다. 누군가가 우리가 있는 이쪽으로 다가오고 있었다. 한 명이 아닌 여럿. 간헐적으로 금속음이 울리는 걸 보면 무장한 차림이었다.

'습격? 아니면 그냥 지나가는 사람인가?'

사람들을 깨울까 고심하다 일단 살펴볼 생각에 나무 위로 뛰어올랐다. 나보다 먼저 기척을 느꼈을 엘뤼엔이 잠자코 있다는 건 위험한 상황은 아니라는 뜻이다. 반대 방향에서 오는 걸 보면 우리를 뒤쫓은 거라기보다는 그저 산을 넘는 여행자일 수도 있었다.

이런 야심한 시각에 이동하는 게 좀 수상하긴 하지만, 일정이 촉박한 건지도 모르니까.

나무 사이를 이동해서 살그머니 다가가 보니 마법 등을 들고 있는 무리가 보였다. 총인원은 다섯 명. 그중 무기를 지닌 사람은 세 명이었고, 나머지 두 사람은 배낭조차 들지 않은 맨 몸이었다. 무장한 쪽의 절도 있는 자세도 그렇고, 두 사람을 보호하는 듯한 배치를 봐선 귀족과 호위 기사인 건지도 몰랐다. 어쨌든 습격자로 보이는 모습은 아니었다. 그런데 경계를 풀고 다시 돌아가려고 했을 때였다.

"말씀하신 대로 저쪽에 불씨가 보입니다."

"우리가 제대로 찾아왔군요."

들려오는 대화 소리에 자리를 떠나려던 걸 멈췄다. 그들이 바라보는 방향이 우리가 야영지로 삼은 곳이었다. 아무래도 목적지가 우리가 있는 곳인 것 같았다.

이 나라 자체가 생소한 나와 연고가 있을 리는 없고. 설마 유니콘 사냥꾼인 건 아니겠지. 아니, 그러기엔 행적이 드러날 만한 부분이 전혀 없었다. 설령 그렇다 해도 다섯 정도에 당할 리는 없지만, 안 그래도 인간을 경계하는 유니콘들이 기겁할 걸 생각하면 그냥 두고 볼 일은 아니었다. 일단 목적이라도 알아낼 생각에 그대로 훌쩍 나무에서 뛰어내렸다.

"누, 누구냐!"

갑자기 하늘에서 사람이 떨어지자 깜짝 놀란 사람들이 허둥지둥 검을 뽑아 들었다. 조용히 하라는 뜻에서 검지를 입에 대봤지만 별로 소용은 없는 것 같다. 그래도 섣불리 덤벼들지 않는 게 조짐이 나쁘진 않았다.

"잠깐 실례할게요. 미안하지만 이 앞으로 가려면 용건부터 말해주셔야겠어요."

"무슨……!"

말하면서 천천히 일행의 모습을 살폈다. 순식간에 경계태세를 갖춘 이들은 맨 몸인 두 사람을 보호하는 걸 최우선으로 여기고 있었다. 역시 습격하러 온 것처럼 보이진 않는다. 미처 야영 준비를 하지 못한 상황에서 해가 떨어지는 바람에 방황하다가 우연히 발견한 모닥불 빛을 따라온 걸까. 산행이 처음이라면 충분히 할 수 있는 실수였다. 이대로 합류를 허락하는 건 곤란하고, 다른 장소로 적합한 곳을 알려주면 될 것 같았다. 그런데 그때 가장 앞에서 나를 견제하던 이가 한 걸음 앞으로 나섰다.

"혹시, 엘……?"

순간 들려온 말에 반사적으로 눈을 깜빡였다. 내 이름을 부른 것도 그렇지만, 무엇보다 목소리가 익숙했다.

"어?"

얼빠진 반응만 드러낸 동안 상대가 쓰고 있던 후드를 뒤로 젖혔다. 천 자락 속에 가려져 있던 긴 머리칼이 경쾌하게 솟구쳤다. 그와 함께 똑바로 드러난 얼굴에 그대로 얼떨떨해졌다.

"설마 아이라?"

"역시 엘이 맞았군요."

믿을 수 없다는 얼굴을 하면서도 아이라가 환하게 웃었다. 하지만 놀람은 거기서 끝이 아니었다.

"엘이라고요?"

보호받고 있던 두 사람 중 한 명이 입을 열었다. 이번에도 익숙한 목소리였다. 젖힌 후드 속에서 나풀거리는 머리칼과 함께 단아한 얼굴이 드러났다.

"마신의 안배에 영광이 있기를. 엘, 여기서 당신을 만나는군요."

반갑게 웃는 얼굴을 보고 마른 침을 꿀꺽 삼켰다. 긴 망토 자락 사이로 가려져 있던 사제복이 이제야 눈에 들어왔다.

"에디스."

아이라와 에디스.

제국에서 헤어졌던 마신관 일행이었다.

## 3.

"흑발이라 몰라볼 뻔했습니다. 머리는 대체 언제 바꾸신 겁니까?"

"좀 됐어요. 이상한가요?"

"아뇨, 잘 어울리십니다. 그래도 머리칼 꽤 긴 편 아니셨습니까? 주위에서 반대가 많았을 것 같은데 용케 자르셨네요. 말으려는 이발사가 있긴 했습니까? 아무도 안 한다고 했을 것 같은데.”

“말도 마세요. 설득하느라 얼마나 애먹었다고요.”

새벽녘에 이뤄진 뜻밖의 재회는 아주 화기애애했다. 제국을 떠난 이후로는 서로의 근황을 전혀 알지 못한 상태였다. 서서 대화를 나눌 건 아닌 것 같아 아예 자리를 잡고 둘러앉아 그간의 이야기들을 나눴다. 하지만 반가운 건 반가운 거고, 이런 곳에서 마주친 건 의외일 수밖에 없었다. 어떻게 된 일이냐 물은 말에 에디스는 산뜻하게 웃는 얼굴로 대답했다.

“신탁을 받았어요.”

“신탁이요?”

그렇게 시작된 이야기는 지금으로부터 보름 전, 마신교 본단에서 열린 집중 기도회에서부터 출발했다. 신관들이 모여 한창 예배를 드리고 있는데 별안간에 대신관이 자리에서 벌떡 일어나더니 시조 같은 말을 읊었다고 한다. 마신으로부터 신탁을 받은 것이다.

*인비디아가 눈을 뜨는 날, 나시크의 시간이 깊어지는 때. 늙은 용이 잠든 품에서 인도하는 빛이 이르리니. 진실을 뒤쫓는 가련한 귀인을 만나리라.*

듣기만 해도 뭔 소리인가 싶은 내용이었는데, 전문가인 신관들은 용케도 이걸 잘 해석했다.

"질투의 신 인비디아는 2월의 신이기도 하죠. 눈을 떴다는 건 초반을 의미하고요. 나시크는 달의 신이고, 이 산의 이름이 고대어로 늙은 용이란 뜻이에요. 하늘에서 보면 용이 웅크리고 있는 모습처럼 보인다고 해서 그런 이름이 붙여졌나 봐요. 그래서 저희는 2월 새벽에 산의 중심부로 가면 귀인을 만날 거라는 의미로 해석했어요."

그리하여 마신전에선 신탁을 확인하기 위해 두 명의 신관과 성기사 셋을 특별 파견했다. 그게 바로 지금 눈앞에 있는 에디스 일행이었다. 정확한 일자와 위치까진 알 수 없어 지난 일주일간 계속 산을 탐사했다는 이들은 지친 기색 없이 표정이 매우 밝았다. 고생 끝에 낙이 왔다며 웃는 에디스는 특히 들뜬 얼굴이었다. 바라보는 시선이 매우 의미심장해서 당황스러울 찰나, 이어진 말에 그대로 어안이 벙벙해졌다.

"이렇게 엘을 만난 걸 보니 저희가 제대로 해석했네요. 그 귀인이 엘이었나 봐요."

"네? 저요?"

"엘이 귀인이긴 하죠."

이게 무슨 소리인가 싶은데 아이라까지 흐뭇한 얼굴로 동조했다. 하지만 다시 생각하고 보니 이건 확실히 나를 저격한 내용이었다. 달과 시간대, 장소까지 다 들어맞는데 아닐 수가 없잖아. 아니, 잠깐만. 이렇게 되면 그 앞의 수식어가 참 신경 쓰이는데요.

"그러니까…… 저란 말이죠."

"네, 귀인이요."

낯부끄러운 기분에 얼굴이 다 화끈거리는데 정작 다른 사람들은 아무렇지 않은 얼굴이다. 태연한 표정들에 오히려 더 당황스러웠다. 수식어를 나만 들은 건 아니잖아. 지금 나만 신경 쓰이는 거야? 왜 다들 그건 대수롭지 않게 넘어가는데?

**"야, 마신이 너보고 가련하대. 아이고, 가련한 귀인이셨어요?"**

그렇다고 이런 반응을 바란 것도 아니었다. 낄낄거리는 라피스에게 닥치라고 해준 다음 지끈거리는 머리를 짚었다. 뜬금없이 또 이런 신탁이라니. 아무리 불러도 반응이 없더니 이런 식으로 뒤통수를 치려고 그랬나 보다. 신기하다는 듯이 힐끔거리는 눈길들을 의식하니 더욱 마음이 복잡했다. 아무래도 이야기가 예상보다 더 길어질 느낌이었다.

"음, 그래요. 귀인은 그렇다 치고, 지금 마신전이 신탁을 받을 만큼 도움이 필요한 상황이라는 거네요?"

"네, 중요한 임무를 앞두고 있거든요."

"무슨 중요한 임무요?"

"곧 신전이 복원될 거예요."

설명인즉 에펜 왕국과 세이크 제국에서 사라진 마신의 신전이 다시 세워질 거라는 소식이었다. 들어도 무슨 상황인지 이해가 되지 않아 멍하니 에디스를 바라보았다.

"신전 복원에 사제들이 나설 게 있나요? 그건 그냥 신이 알아서 하는 거 아니에요?"

"맞아요. 하지만 지금 그 땅들은 혼탁한 가짜 신의 힘으로 오염됐기 때문에 정화부터 할 필요가 있거든요. 일종의 밑 작업을 해야 하는 상황이에요."

"가짜 신? 오염이요?"

"세이크 제국이 전쟁을 일으키며 선포했던 천명을 기억해 보세요."

그게 뭐였는지 떠올리기는 쉬웠다. 왕세자의 회유에 넘어간 황제가 대대적으로 세상에 공표했던 천명은 잊혀진 신 세이렌을 부활시킨다는 거였다. 대다수가 황당해하는 반응이었지만 황제가 제정신이 아니다 보니 어쩔 수 없이 따르긴 했다. 지난 2년간의 기억 속엔 인어의 그림을 인장으로 내세운 단체가 광장에서 대놓고 포교를 하는 광경도 있었다.

"하지만 그건 그냥 명분을 만들기 위해 한 말 아니었어요?"

"아니에요. 세이렌은 실제로 부활하려고 했어요."

"헐."

"인어의 힘을 키우던 것도, 황제를 끌어들여 포교를 시작한 것도 전부 그 과정이었죠. 모두에겐 다행스럽게도 전혀 생각지 못한 일로 실패했지만요."

심지어 그 실패엔 미네르바가 연관되어 있었다. 금지된 술법으로 세이렌이 혼을 이어받으며 명맥을 유지한 아일브라 백작 가문은 인어들과 함께 아주 오랫동안 세이렌의 부활을 준비해 왔다. 새로이 완성한 흑주술로 인어의 힘이 강해진 지금이 바로 그 적기였고, 이를 위해 아나이스 왕녀의 몸에도 일찌감치 주술을 준비해 뒀다고 한다. 세이렌이 그 몸에 깃들어 부활할 예정이었기 때문이다. 그런데 부활을 시도해보기도 전에 왕녀가 덜컥 사망해버린 거다.

"허……."

"그들의 대업은 수포가 됐어요. 하지만 지난 2년간 제국이 적극적으로 포교한 탓에 세이렌을 따르는 신도가 많아졌죠. 그들의 신앙이 다시 세이렌에게 힘을 부여하고 있고요. 이 악순환으로 인해 두 나라엔 지금 탁기가 흐르고 있어요."

사이비라도 신앙은 신앙이라 뭉치면 위험한 힘이 된다. 이런 힘은 근본부터가 탁하기에 대부분 세상에 해악을 끼치는 편이었다(내 시대에서 증명할 수 없는 능력을 종교 재판으로 엄벌하는 이유이기도 하다). 그나마 세이크 제국은 황제가 정신을 차린 이후로 알아서 자정하고 있지만, 구심점이었던 에펜 왕국은 오히려 더 악화한 것 같았다. 아예 세이렌을 위한 성역까지 만들어지면서 광신도들의 집합체가 된 모양이었다. 듣기만 해도 갑갑한 이야기에 마음이 무거워졌다.

"왕세자가 붙잡힌 걸로 끝난 게 아니었네요."

"맞아요. 진짜 해결은 이제부터죠. 그 왕세자도 다시 복권했지만요."

"네? 복권이요? 왕세자가요?"

"모르셨군요. 그간 에펜 왕실의 소식을 들으신 게 없나요?"

그렇다는 뜻으로 고개를 끄덕였다. 내가 아는 소식은 왕세자가 제국에 구금된 게 마지막이었다. 그 뒤로는 에펜 왕국 영토에서 지내면서도 딱히 정세를 알아본 적이 없었다. 워낙 동떨어진 시골이기도 했고, 일부러 찾아보려 하지 않은 것도 있었다. 에디스는 그럴 줄 알았다는 표정을 지었다.

"아마 생각보다 더 나쁜 소식이 될 거예요."

그렇게 시작한 이야기는 충격적이었다. 처음엔 에펜 왕국도 알아서 잘 해결되는 것처럼 보였다고 한다. 미혹의 힘을 지닌 왕세자가 구금되고 나자 국왕이 세뇌에서 풀려나 정신을 차렸기 때문이다. 분노한 국왕은 왕비를 탑에 유폐했고, 아일브라 가문에 군대를 보내 그들 혈족을 전부 몰살했다. 왕국에서 인어를 몰아내려 대규모의 토벌군도 일으켰다. 하지만 탑에서 탈출한 왕비에게 역습을 당하면서 한순간에 상황이 반전됐다.

"지금 에펜 왕국은 왕비가 실권을 장악했어요. 국왕은 실종된 상태로 생사를 알 수가 없고요. 그리고 바로 얼마 전에 제국에 구금되어 있던 왕세자가 귀국했죠. 조만간 대관식을 치른다고 해요."

"……황제가 왜 왕세자를 풀어준 거죠?"

"왕국에서 재정 전부를 쏟아부어 보석금을 치른 모양이에요. 지난 전쟁 때문에 손해가 막심했던 제국으로선 할 만한 거래라 본 거 같아요."

그렇다고 자길 암살하려던 놈을 풀어줘? 아무튼 인생에 도움이 되지 않는 황제였다.

"이제 아일브라의 혈통은 왕비와 왕세자뿐이죠. 왕비는 전국 각지에서 가임기의 여성들을 모으고 있어요. 왕세자의 아이를 낳게 해서 세이렌이 부활할 몸을 다시 준비하려는 것 같아요."

들을수록 엄청난 내용에 마른세수가 절로 나왔다. 흑막이 왕비라는 건 알고 있었지만 역시 진짜가 나서자 규모가 달랐다. 하지만 정작 에디스는 그 부분은 크게 신경 쓰지 않았다. 왕세자가 귀국해서 오히려 더 잘됐다며, 어차피 마지막 발버둥이 될 거라고 대수롭지 않게 평했다. 그들이 무슨 계획을 세우건 간에, 마신의 신전이 다시 세워지면 전부 다 끝날 거라는 예언이었다.

"교황 예하께서 기도하시는 중에 응답을 받았어요. 수많은 마신관을 학살한 에펜 왕국엔 신전이 다시 세워지는 동시에 징벌의 힘이 임할 거예요."

"징벌의 힘이요?"

"마신의 적을 사멸하는 심판의 힘이죠. 가장 자비심이 없는 무서운 힘이기도 해요."

차분히 답하는 에디스의 얼굴은 어두웠다. 이어진 말의 무게를 생각하면 그럴 수밖에 없었다.

"징벌의 힘은 예외를 두지 않아요. 그 힘이 지상에 임하면 세이렌을 따르는 모든 이들을 멸하겠죠. 왕국에 그 성역이 있으니 백성들도 책임을 면하지 못해요. 전부 다 죽게 될 거예요. 왕비와 왕세자, 인어만이 아니라…… 에펜 왕국의 모든 인구가요."

"……!"

"저희는 그걸 대비하려는 겁니다. 그들의 성역을 없애면 피해를 최소화할 수 있으니까요."

아이라가 씁쓸한 표정으로 설명을 덧붙였다. 나도 모르게 멈췄던 숨을 크게 한 번 내쉬었다. 지금 느끼는 복잡한 감정을 뭐라고 표현해야 할지도 모르겠다. 내가 영혼의 보석을 찾는답시고 한가로이 숲이나 헤매고 있을 때, 다른 한쪽에선 이런 어마어마한 일들이 벌어지고 있었다. 누가 신의 영역 아니랄까 봐, 완전히 별세계 이야기였다.

"성역을 없앨 방법은 있는 거예요? 아까 정화할 거라고 했었죠?"

"맞아요. 대개 이런 가짜 성역엔 상징이 되는 주축이 존재해요. 신도들의 신앙이 모여드는 곳이기도 하죠. 이곳에선 그게 세이렌의 동상이에요. 그걸 마신의 힘으로 정화화면 돼요."

"문제는 우리의 힘으론 그곳에 접근할 수 없다는 겁니다. 지금 그곳은 지독한 안개에 가려져 있어서 아무도 접근할 수 없는 상태입니다. 지금까지 여러 차례 정화를 시도해 봤지만 안에 들어간 이들은 모두 돌아오지 못했습니다. 그걸 해결할 방안을 강구하는 중에 신탁을 받은 거고요."

그다음 말은 듣지 않아도 알 것 같았다. 차마 대놓고 욕설을 내뱉을 수는 없어서 멀거니 하늘을 바라보았다. 마신을 닮은 밤하늘이 오늘따라 참 검었다.

"무슨 말인지 이해했어요. 제가 그 일을 해결할 수 있는 사람이라는 거죠?"

"네, 맞아요."

"신탁에서 말한 귀인이 제가 아닐 가능성은요?"

"아무리 봐도 엘이에요."

단호하게 답하는 에디스는 다른 가능성은 안중에도 두지 않는 모습이었다. 아이라는 물론이고 초면인 다른 사람들조차 확신에 찬 표정이었다. 솔직히 나도 그런 것 같긴 해서 이에 관해선 할 말이 없었다.

"어려운 일인 걸 알지만 부탁할게요, 엘. 저희를 도와주지 않으시겠어요? 징벌이 임하기로 한 날이 얼마 남지 않았어요. 최대한 서둘러야 하는 일이에요."

"으음, 잠시만요. 전……."

이게 게임이라면 화면 창에 수락 버튼만 있을 것 같다. 진땀이 흐르는 기분에 입만 연신 벙긋거렸다. 사정이야 충분히 알았고, 돕고 싶은 마음이 없는 것도 아니지만 선뜻 그러겠다는 답이 떨어지지 않았다. 다른 것도 아니고 하필 강신을 앞둔 상황에서 이런 일이 벌어지니 아무래도 석연치가 않다. 분위기를 봐선 바로 출발해야 할 기세인데, 신물의 대여 기간이 촉박하다는 점이 특히 그렇다. 수락할 땐 하더라도 일단 마신전부터 들르는 쪽으로 방향을 잡아보는 게 좋지 않을까 싶었다. 그런데 그 순간 에디스의 표정이 갑자기 멍해졌다.

*"이거 도와주면 내가 만나러 갈게. 그런 재미없는 장난감 같은 거 쓰지 말고."*

"……네?"

"……제가 지금 뭐라고 했죠?"

에디스가 어리둥절한 표정으로 되물었다. 방금 자신이 한 말을 본인도 모르고 있는 것 같았다. 아이라와 다른 사람들 역시 얼떨떨한 표정으로 굳어 있었다. 다만 그들은 나보다는 정신을 차리는 게 더 빨랐다. 잠시간 침묵 끝에 이어진 말은 당황스러웠다.

"아무래도 신탁인 것 같습니다."

……신탁을 이런 식으로 내리지 말라고.

물론 기가 막힌 건 나뿐이었고, 마신관들에게는 의미가 달랐다. 주위가 순식간에 소란스러워졌다.

"세상에, 마신이시여! 무슨 언어인지 알겠어요?"

"아, 아뇨. 처음 들어보는 언어입니다. '이히 흐 키움……' 그다음이 뭐였죠?"

"그게 아니라 '이키 크 리움' 아니었습니까?"

"저는 '키피 투히 티툼……'으로 들렸는데요."

게다가 다른 사람들한테는 전혀 알아들을 수 없는 언어로 들렸던 모양이다. 무슨 조화를 쓴 건지 발음조차 제대로 기억하는 이가 없었다. 해석을 시도하기는커녕 적어둘 수도 없어 혼란에 빠진 사람들을 멀거니 바라보다 한숨을 내쉬었다. 뭐가 어떻게 되어가는 건지는 몰라도 한 가지는 분명히 알 것 같다. 카노스가 강신을 피하려고 수작을 부리는 거다. 문제는 그걸 다 알면서도 이 제안을 거절할 수가 없는 나였다.

'……어디 약속 안 지키기만 해 봐.'

마신교 본단에 쳐들어가서 나타날 때까지 농성할 거다. 기도실이든 회당이든 예배당이든 아무 데나 자리 잡고 몇 날 며칠이고 드러누울 거야. 진상이라는 게 바로 이런 거라는 걸 처절하게 보여줄 거라고!

"그래서, 제가 뭘 어떻게 하면 돼요?"

이를 악물며 묻고 나서야 우왕좌왕하고 있던 신관들이 겨우 혼란을 수습했다. 어차피 해석할 방도가 없는 신탁은 당장 어쩔 수 있는 게 아니니, 내가 도와준다는 사실에 집중하기로 한 것 같았다.

"고마워요, 엘. 말씀드린 대로 세이렌의 성역으로 가시면 돼요."

"그 성역의 위치는요?"

"아일브라 백작가의 별장이 있던 숲이에요. 기형으로 태어나 죽은 백작가의 여아들을 매장한 곳이기도 하죠. 지금은 인어의 숲이라고 불린다고 해요."

지도를 꺼내든 에디스가 왕국에서 조금 아래로 내려오는 지점을 손가락으로 짚었다. 사람의 몸으로 치면 심장이 위치한 부근이다. 그냥 보기에도 주술적인 의미가 있을 것 같은 장소 선정이었다. 이래서 고작 성역 하나에 왕국민 전체가 연대 책임을 지게 되는 건가 보다.

"이 안에서도 가장 중심부에 세이렌의 동상이 있을 거예요. 그 머리에 마신의 성물을 올려주세요."

생각보다는 싱거운 방법이었다. 고개를 끄덕이니 성기사 중 한 명이 냉큼 배낭 속에서 상자 하나를 꺼내 내밀었다. 그 안에 성물이 들어 있다는 건 굳이 묻지 않아도 알 것 같았다. 시간이 촉박하다더니 준비성 하나는 철저하구나. 아무 생각 없이 받아들고 내용물이 뭔지부터 확인했다. 순간 보이는 광경에 숨이 턱 막혔다.

"이게…… 성물이에요?"

"네, 조금 의외죠? 그렇게 보여도 성물 맞아요. 머리에 채울 거라 그에 맞춰 제작된 거예요."

에디스가 웃으며 설명했다. 이후로도 뭔가 더 말이 이어지는 것 같았지만 하나도 귀에 들어오지 않았다. 날벼락이라도 맞은 것처럼 그냥 머리가 멍하기만 했다.

안에 들어 있는 건 우아한 형태의 장신구였다. 시린 달빛을 머금은 듯한 은색의 둥근 틀, 정 가운데엔 짙은 바다를 떠올리게 하는 푸른 보석이 박혀 있었다. 이 시대에서는 금보다 귀하게 여겨지는 라피스 라줄리다. 성물답게 값비싼 재료를 쓴 거겠지만, 지금은 그게 문제가 아니었다.

**"그게 왜 여기서 나오냐?"**

황당해하는 라피스의 목소리가 지금 내 심경을 대변했다. 동조하는 마음으로 천천히 훑어내리다 그냥 상자 뚜껑을 덮어버렸다.

너무 어이가 없으면 헛웃음만 나온다는데 지금이 딱 그런 심정이다.

이제 이런 일 좀 안 생기면 안 되나? 오늘 처음 본 장신구가 너무 친숙해서 이루 말할 수 없이 속이 복잡했다. 라피스가 내게 준, 그리고 지금도 내 이마를 장식하고 있을 바로 그 서클렛이었다.

## 4.

한밤의 손님들이 떠나고 난 뒤 찾아든 아침은 매우 화창했다. 갑자기 변경된 일정을 전하기에도 그리 민망하지 않을 만큼 좋은 날씨였다. 물론 어디까지나 내 기분이 그랬다는 거고, 받아들이는 쪽에선 그렇지 않았나 보다. 다른 일정이 생겼으니 여기서 헤어지자고 전하며 신물을 돌려주자 웰디는 매우 당황스러워했다.

"정말 그만두시겠다고요? 이대로 돌아가면 저희가 신물을 다시 중간에 내드리는 일은 없을 거예요. 이번 기회를 놓치시면 아주 오래 기다리셔야 할 텐데요."

"어쩔 수 없죠. 그 정도는 감수하는 수밖에요. 다시 빌려달라고 하진 않을 테니 염려 마세요."

"그러시다니 알겠어요. 그럼 시벨리우스 님은……."

"물론 엘이랑 같이 갈 거야."

일정이 바뀌었다는 말을 듣자마자 일찌감치 뒷정리를 마친 시벨리우스는 이미 모두와 작별할 생각으로 만만했다. 아쉬움이라곤 조금도 내비치지 않는 산뜻한 얼굴에 웰디는 야속해하는 시선을 숨기지 않았다. 하지만 차기 장로는 역시 만만치 않은 사람이었다.

"다른 급한 용무가 생겼다고 하셨죠. 목적지가 어떻게 되시나요?"

"아, 여기서 좀 멀어요. 에펜 왕국으로 갈 예정이거든요."

"에펜 왕국이라고요? 잘됐네요. 저도 같이 갈래요."

"네?"

"저도 같이 가겠다고 말씀드렸어요."

설마 여기서 이런 수를 택할 줄이야. 생각지도 못한 대답에 나는 물론 시벨리우스도 당황한 표정을 숨기지 못했다.

"사실 저희도 일정이 이것만 있는 게 아니에요. 자세한 이유는 말씀 못 드리지만 이번 일정을 끝마치는 대로 에펜 왕국으로 이동할 예정이었죠."

이게 즉석에서 급조한 변명이라는 건 주변 유니콘들 반응만 봐도 뻔했다. 다들 금시초문이라는 얼굴로 당황해하고 있었으니까. 하지만 명분은 그럴듯하니 대놓고 거절하기도 어려웠다. 그래서 최대한 부드러운 사유를 내세웠다.

"음, 그래도 좀 곤란하겠는데요. 서둘러야 하는 일이라 공간 이동을 해야 하는데 정원에 제한이 있거든요."

"공간 이동이요? 당신은 정령사가 아니었나요?"

"제가 아니라 저분이 하실 거예요."

엘뤼엔을 가리키자 웰디의 표정이 시시각각 달라졌다. 수상하리만치 존재감이 강했던 저 사람이 마법사였냐는 놀람에서, 혹시 드래곤이 아닐까 하는 긴장으로 이어지다, 설마 그럴 리 없다고 여기고 다시 평온해지는 순서였다. 드래곤이라면 공간 이동 마법 정도는 인원 제한 없이 거뜬히 할 수 있다는 것에 생각이 미친듯했다.

"가능한 인원이 몇이죠?"

"네 명 정도요."

이어진 대답에 웰디는 더 편안한 얼굴이 됐다. 역시나 드래곤은 아니겠다고 생각하는 게 훤히 보였다. 드래곤이 아닌 대신 정령왕인 걸 알게 되면 무슨 표정을 지을지 조금 궁금해졌다.

"그럼 이렇게 하죠. 제가 마석을 갖고 있어요. 그걸 쓰면 한 명 정도는 더 감당할 수 있을 거예요. 아렐, 당신은 신물을 갖고 모두와 함께 마을로 돌아가세요. 다음 일정은 저와 카리안만 가겠어요."

"예? 웰디 님, 그건……."

묵묵히 듣고 있던 아렐이 당황해서 고개를 들었다. 웰디는 그와 시선을 맞추지 않았다.

"어쩔 수 없잖아요. 인원은 추려야 하고, 돌아가는 길을 통솔할 사람도 필요하니까요. 아렐, 당신이 이번 신물 대여를 주도했으니 마지막까지 책임을 다해 주세요. 당신을 의지하기에 맡기는 일이에요."

언뜻 듣기로는 흠잡을 수 없는 답변이긴 했다. 하지만 단순히 그것만이라기엔 묘한 기류가 읽혔다. 마치 더는 다가오지 말라고 경고하는 듯한, 선을 그어둔 것 같은 감각이었다. 아렐이 그들의 세계에서 배제된 거다. 아마 몇 차례 시벨리우스를 두둔하려고 한 것 때문이겠지. 아렐도 나와 같은 걸 느꼈는지 눈빛이 변했다. 동요하던 얼굴이 이내 차분해졌다.

"……잘 알겠습니다."

웰디가 만족스러운 얼굴로 나를 돌아보았다.

"이제 문제가 해결됐군요."

"……."

몰라도 되는 걸 너무 많이 알고 있는 탓인가. 여러모로 중의적인 답변이란 생각이 들었다. 지난밤 간신히 다스렸던 머릿속이 다시금 복잡해지는 건 어쩔 수 없었다. 대놓고 얼굴을 찌푸릴 수도, 그렇다고 태연할 수도 없는 기분에 그냥 시벨리우스를 바라보았다. 아무것도 모르는 순진한 눈동자가 의아한 눈길로 마주해 왔다. 선명한 푸른 눈동자를 보니 처음 그를 만났던 순간이 떠올랐다.

이 시대가 아닌 다른 곳에서 이뤄졌던 내 기억 속의 진짜 첫 만남. 그때도 그의 눈동자는 지금처럼 푸르게 빛나고 있었다. 당시엔 다른 사람을 배려할 겨를도 없을 만큼 나도 궁지에 몰렸던 시기라 미처 돌이켜보지 못했지만, 지금은 때때로 생각한다.

시벨리우스는 아주 오랫동안 갇혀 있었다.

4천 년이란 갓 부화한 헤츨링이 성룡이 되고도 남는 세월이다. 한 문명이 멸망하고, 폐허를 딛고 일어선 인류가 다시 전 세계를 주도하게 되는 기간이기도 하다. 그 아득할 정도로 기나긴 시간 동안 그를 가둬둔 건 주술로 이뤄진 공간이었다.

'완전한 밀봉', '밀폐된 독실', '시간의 정지', '돌아올 수 없는 이방인', '세상과의 격리', '지독한 고독'이라 했던가. 속박을 위해 완성된 언령은 전부 다정하지 않은 단어들뿐. 누군가를 증오하고 미워하는 감정이 아니라면 만들 수 없는 암실이었다. 죄인의 영원한 형벌을 위한 것이라고 했다. 그 감옥이 지금 내 배낭 안에 있었다.

"엘, 저 녀석이 억지 부리는 거 다 받아주지 않아도 돼. 곤란하면 내가 뭐라고 할까?"

"아니, 괜찮아."

기꺼운 제안이었지만 쓰게 웃으며 고개를 저었다.

"일단 지금은 두고 보자."

이게 정말 일어나야 하는 일이라면 피하기만 하는 것도 소용이 없을 테니까. 모르는 사이 벌어지는 일에 휘말리느니 조금이라도 통제할 수 있는 상황에 두는 게 더 낫다.

정화를 위해 만들어진 성물이 어쩌다 유니콘의 손에 들어가는 건지는 알 수 없으나 그 유통 과정에 내가 있다는 건 분명한 사실이었다. 마신전에 장식되어 있던 걸 훔쳐온 거라더니, 장물을 받은 대가를 여기서 이렇게 치르는구나. 역시 세상에 공짜는 없었다.

"참, 그 소식은 들으셨어요, 엘?"

새삼 회한에 잠기고 보니 가장 아픈 값을 치른 기억도 같이 떠올랐다. 헤어지기 전 에디스가 했던 말이 계기였다.

"아인 이드리스라고 했던가요? 그 미네르바의 계약자 말이에요. 그날 이후로 계약이 파기됐대요. 더는 정령사가 아니게 되었다나 봐요."

"아, 그래요……?"

"저도 얼마 전에 알게 된 건데 지금은 제국을 떠난 것 같더라고요. 정령 계약이 끊길 수도 있다는 건 처음 알았어요. 세간에 도는 소문처럼 정말 그가 잘못해서 바람의 왕이 폭주하게 된 걸까요?"

혼잣말처럼 이어진 질문엔 차마 아무런 반응도 할 수 없었다. 누군가가 선뜻 논할 수도, 대답할 수 있는 일도 아니었다. 어쨌든 그조차 끝은 아닐 것이다. 내가 무서운 건 그거였다.

시선을 들어 겨울 냄새를 짙게 풍기는 숲을 바라보았다. 올해는 유독 겨울이 추워서 봄이 늦어질 거란 예측이 많았다. 실제로 이 시기에 피어야 할 나무들이 아직 싹을 내지 못하고 있다. 그게 단지 봉인된 바람 때문만은 아니라는 걸 아는 사람들은 다 알았다.

애써 외면하고 있던 부분을 굳이 직면하게 되는 건 때가 이르렀기 때문인가. 나는 또 어디까지 버텨야 하고, 버틸 수 있을까. 흐려지는 마음에 눈앞이 어지러웠다. 다가올 시작이, 미리 마음의 준비를 하라고 경고하는 것 같았다.

*　　　*　　　*

끼이익, 낡은 나무문은 열고 닫힐 때마다 듣기 싫은 소음을 울렸다. 그 소리가 날이 저물기도 전에 울리는 일은 무척 드문 편이었다. 한창 재료를 다듬던 가게 주인은 안으로 비틀거리면서 들어오는 남자를 찌푸린 눈으로 응시했다. 이런 가게를 찾는 이들은 대개 다 그렇지만 한눈에도 궁핍한 사정이 보이는 초라한 차림새였다.

"여긴 선불이오."

때문에 자리를 잡고 앉는 남자에게 가장 먼저 할 말도 정해져 있었다. 남자는 주섬주섬 주머니를 뒤져 동전 몇 개를 내밀었다. 거지는 아니었군. 그제야 주인의 미간이 좀 펴졌다.

"뭘 드시겠소?"

"아무거나, 술이면 좋습니다. 간단한 안주와 같이 주십시오."

대답하는 말투도 의외로 단정해서 가게 주인은 다시 새삼스러운 눈길을 보냈다. 하지만 누가 봐도 허름한 차림과 음울한 얼굴을 보곤 속으로 혀를 찼다. 남부러울 것 없이 잘 살다가 하루아침에 패가망신한 사람들 짝이 딱 저랬다. 머리가 굵어지기도 전에 장사에 뛰어들어 온갖 형상을 다 접한 그는 사람 보는 눈 하나는 좋다고 자부하고 있었다. 저런 이들은 대체로 말로도 좋지 않았다. 대충 싸구려 술이나 먹여 얼른 내보내야겠다고 생각하며 그는 주방으로 이동했다.

만드는 사람의 속 생각이 어떻든 간에 요리 과정은 공평했다. 음식 냄새가 풍기기 시작하자 굳어 있던 남자의 안색이 한결 풀어졌다. 그제야 여유가 생긴 그가 천천히 주위를 둘러보았다. 아직 이른 시간이라 손님이라곤 저 하나뿐인 가게 안은 금방이라도 허물어질 것처럼 좁고 낡은 데다가 불결했다. 얼룩이 그대로 남은 식탁이라든가, 기름때가 잔뜩 낀 조리도구들만 봐도 위생은 전혀 신경 쓰지 않는다는 게 훤히 보였다. 이런 가게라 들어올 수 있었던 거지만 새삼 자신의 처지가 씁쓸해지는 건 어쩔 수 없었다. 예전엔 이런 가게에서 식사한다는 건 상상조차 할 수 없었던 일이었다. 고작 몇 개월 전만 해도 그랬다.

'전부 꿈인 것 같아.'

피로한 눈가를 문지르며, 그는 이미 몇 번째인지 알 수 없는 한숨을 곱씹었다. 그날 이후부터는 한숨을 쉬지 않는 순간이 더 드물었다.

누구나 후회하는 순간이 있다. 남자에게는 지난 반년 전의 일이 그랬다. 시간을 돌릴 수만 있다면 백 번이고 천 번이고 그날로 다시 돌렸을 것이다. 잠들 때마다 그는 간절히 기도했다. 이 모든 게 사실은 다 지독한 악몽에 불과하기를. 다음날 눈을 뜨면 모든 게 원래대로 돌아가 있기를. 하지만 아무리 빌고 또 빌어도 그런 기적은 일어나지 않았다. 눈을 뜨면 그저 하루가 지나갔을 뿐, 그는 여전히 잔인하고 건조한 현실에 남겨져 있었다.

아인 이드리스. 대륙에서 가장 뛰어난 바람의 정령사. 미네르바의 사랑을 받는 축복받은 총아. 한때 모든 정령사들의 부러움을 받았던 이는 이제 더는 이 세상에 존재하지 않았다.

그 사실을 깨달은 건 병동에서 눈을 떴을 때였다. 큰 부상으로 오랫동안 의식을 차리지 못했던 그는 깨어나자마자 자신의 일부가 사라졌음을 직감했다. 사지는 전부 멀쩡했지만 그보다 더 중요한 것이 느껴지지 않았다. 지니고 있을 때는 알지도 못했던 감각을 잃고 나서야 알았다. 그는 하루아침에 그를 이루던 세계에서 단절되었다.

뭐가 어떻게 된 건지 도저히 파악할 수가 없었다. 사람들은 이상한 말들만 했다. 바람의 정령왕이 폭주했다고 했다. 그걸 엘이 막았다고도 했다. 알고 보니 엘도 정령왕의 계약자였다는 믿어지지 않는 이야기도 들었다. 심지어 지금까지 단 한 번도 인간에게 소환된 적이 없는 엘퀴네스의 계약자였다.

쏟아지는 소식들이 하나같이 충격적인 것뿐이라 배신감이고 놀라움이고 느낄 겨를도 없었다. 사람들은 그에게 태평하게 있을 때가 아니라고 성화를 부렸다. 뒤처지지 않으려면 미네르바를 어서 달래야 한다고 했다. 그도 동의했다. 하지만 그럴 수가 없었다. 이제 그는 미네르바를 부를 수가 없게 되었으니까.

처음 며칠간은 믿어지지 않아 멍해 있기만 했다. 그게 일주일이 되고 한 달이 되고, 몇 달이 됐다. 반년이 넘어가고 나서야 겨우 머리가 받아들였다. 미네르바가 그를 떠났다. 있을 수 없는 일이 일어났는데, 그게 정말이었다.

정령왕의 계약자가 아닌 그는 정령사조차 아니었다. 아무리 소환진을 그리고 주문을 읊어도 바람은 그에게 응답하지 않았다. 다른 정령들도 마찬가지였다. 자연의 가호를 받지 않는 그는 그저 평범한 청년에 불과했다. 궂은일도 마다하며 성실히 쌓았던 친분과 인맥은 평범해진 그 앞에선 허물어지는 짚단과 같았다. 앞다투어 도착하던 초대장이 뚝 끊겼다. 이젠 어느 가문에서도 그를 찾지 않았다.

이럴 줄 알았다면 황제가 작위를 주겠다고 했을 때 받아둘 걸 그랬다는 후회는 아무런 소용이 없었다. 가는 곳마다 따라붙는 수군거림과 동정의 눈길은 더 견디기가 힘들었다. 그는 새로운 곳에서 새 출발 하자는 지인의 권고를 받아들여 재산을 정리하고 다른 나라로 옮겼다. 하지만 그게 더 큰 실수였다. 함께 동업하기로 한 지인은 투자금을 받자마자 그대로 잠적했다. 계약했다는 건물도, 관련 서류들도 알고 보니 전부 가짜였다. 사기를 당한 거였다.

그에게 임한 불행을 함께 성내주던 또 다른 지인은 기분 전환을 하자며 향락가로 그를 이끌었다. 술을 마시고 가볍게 카드놀이를 몇 번 했을 뿐인데 어느 순간 정신을 차리고 보니 그 앞으로 쌓인 청구서가 어마어마했다. 이런 일이 몇 번 반복되니 그 많던 재산도 순식간에 파탄이 났다.

무일푼이나 다름없는 몸이 되고 보니 결국 돌아갈 곳이 하나밖에 없었다. 그렇게 그는 바다를 건너 고향 대륙을 다시 밟았다. 꿈꾸던 금의환향의 모습과는 거리가 멀었지만 막상 본국이 가까워지니 잘 결정했다는 생각이 들었다. 본국에서 그는 백작 작위가 있었고, 작지만 영토도 갖고 있었다. 왕국에도 그의 소식은 전해졌겠지만, 이미 내린 작위를 어쩌진 못할 것이다. 제 영지 안에서 조용히 살면서 다시 재기할 기반을 갖추면 된다.

무엇보다 그 나라는 그가 미네르바를 만난 곳이기도 했다. 그의 마음을 고백했던 장소도, 처음 둘이서 함께 살았던 저택도 전부 그대로일 것이다. 그곳으로 돌아가면 미네르바를 되찾을 수 있을지도 몰랐다. 그가 자신을 용서해줄지도 몰랐다.

"정말 그렇게 생각해?"

"……!"

순간 들려온 목소리에 아인은 퍼뜩 고개를 들었다. 조금 전까지만 해도 아무것도 없던 맞은편 공간에 누군가가 앉아 있었다. 후드를 깊게 눌러쓴 차림인데도 무시할 수 없는 존재감이 느껴지는 이였다. 누가, 언제 온 거지? 다가오는 기척을 느끼기는커녕 문이 열리는 소리조차 듣지 못했다.

한창 요리하느라 바쁜 가게 주인은 새로 들어온 손님을 인지조차 하지 못하는 듯 보였다. 물론 가장 거슬리는 건 상대가 조금 전 건넸던 질문이었다. 정말 그렇게 생각하냐고 물었다. 마치 조금 전 그가 한 생각을 알고 있다는 것처럼. 오싹한 감각이 등줄기를 스쳤다. 아인은 조심스럽게 물었다.

"누구신지……."

그 말에 피식 웃은 상대가 한 손으로 후드를 젖혔다. 새카만 흑발 아래 짙은 피부를 지닌 소년의 얼굴이 모습을 드러냈다. 황금을 그대로 녹여낸 것 같은 찬란한 눈동자를 마주한 순간 아인은 마른 침을 꿀꺽 삼켰다. 처음 보는 얼굴이었으나, 누군지 알 것 같았다.

그 사람은, 엘은 알려진 부분이 극히 적었지만, 알음알음 퍼진 인적사항이 몇 가지는 있었다. 그중 하나가 형제들과 함께 산다는 것이었고, 그들의 미모가 하나같이 출중하다는 것이었다.

그들이 딱히 이목을 신경 쓰지 않는 덕에 목격한 사람들의 묘사도 상세했다. 양부이기도 한 큰 형은 바다처럼 신비한 푸른 머리칼에 청금석 같은 눈동자를 지닌 청년이었고, 소년처럼 보이는 둘째 형은 비단 같은 흑발에 다크 엘프처럼 짙은 피부, 화려한 금안을 지니고 있다고 했다.

그런데 큰 형이라고 알려졌던 이가 알고 보니 정령왕 엘퀴네스였다. 그 자체로도 엄청난 일이라 당시엔 주목하는 이가 없었지만, 이후 사람들은 둘째 형의 정체도 궁금해했었다. 아인은 땅의 정령왕 트로웰이 흑발과 금안을 지니고 있다는 사실이 결코 우연은 아닐 거라 생각했다. 지금 눈앞에 아무렇지 않게 나타난 소년을 보니 그 짐작이 틀리지 않았다는 걸 확인받은 기분이었다.

"이걸로 대답이 됐어?"

생긋 웃는 얼굴에 아인은 마른침을 꿀꺽 삼켰다. 긴장으로 손끝이 굽었다. 하지만 한편으로는 기대감도 솟았다. 정령왕이 자신의 눈앞에 나타났다는 건 아직 돌이킬 기회가 있다는 의미인지도 몰랐다.

"그래, 여전히 정신은 못 차렸구나."

물론 이어진 말에는 식은땀이 흘렀다. 아인은 초조한 기분을 숨기지 못한 얼굴로 소년, 트로웰을 바라보았다.

"지금에 와서 무슨 말씀을 드려도 전부 변명이라는 걸 압니다. 하지만 제 말씀도 들어봐 주십시오."

"말해."

"그날은, 제가 진심이 아니었습니다. 저도 그렇게까지 심하게 말할 생각은 없었습니다. 충격이 커서 이성을 잃은 나머지 제가 무슨 말을 하는지도 모르고 함부로 내뱉었습니다."

"아, 그래?"

"계약을 파기당해도 할 말이 없는 일이었다는 거 압니다. 저도 제가 왜 그랬는지 모르겠습니다. 진심으로 후회하고 반성하고 있습니다."

트로웰은 사람의 생각을 읽을 수 있는 정령왕이었다. 그 앞에선 거짓이 통하지 않는다. 하지만 아인은 조금도 위축되지 않았다. 지금 하는 모든 말들이 진심이었다. 그는 정말 그런 식으로 미네르바를 상처 입힐 생각이 없었다. 그날은 정말 제정신이 아니었다.

사실 지금도 자신이 틀린 말을 하지는 않았다고 생각한다. 아무리 화가 났어도 왕녀를 죽일 필요까진 없었다. 온화하다고만 생각한 미네르바가 죄 없는 사람을 아무렇지 않게 죽였다는 사실이 충격적이기도 했다. 지금까지 자신이 알던 모든 것들이 부정당한 것만 같아서 혼란스러웠다.

하지만 그렇다 해도 너무 심하게 말한 건 사실이었다. 미네르바는 인간이 아니니 살인의 기준이 인간의 윤리와 다르다는 점을 감안했어야 했다. 아니, 애초에 이런 멍청한 짓을 저지르는 게 아니었다. 그땐 꽤 절박했다고 생각했는데, 시간이 지나고 보니 왕녀에게 그렇게까지 애틋하지도 않았던 것 같았다. 그에 비해 미네르바와 쌓은 추억은 너무도 많았다. 빈자리를 깨닫고 나니 그가 무엇을 잃었는지가 눈에 보였다.

그 덕분에 쌓은 명성과 재산만을 말하는 것이 아니었다. 태어난 순간부터 함께한 것과 다름없는, 일생의 전부였던 이였다. 왕녀가 없는 삶은 상상할 수 있어도, 미네르바를 잃은 삶은 상상이 불가능했다. 그렇기에 차마 다른 이에게 연정이 향한다는 말도 할 수가 없었던 거였다. 그가 자신을 떠날 것이 두려웠기 때문에. 그런 주제에 순간의 분노에 휩싸여 일을 이렇게 만들었다는 게 자신도 믿기지 않았다.

"부탁드립니다. 미네르바를 만나게 해주십시오. 그를 직접 만나 대화하고 싶습니다. 저지른 모든 잘못을 사과드리고 용서를 빌고 싶습니다."

"……재밌는 말을 하네."

중얼거리는 목소리는 건조했다. 입술은 호선을 그리고 있었지만 눈빛이 얼어붙은 것처럼 싸늘해서, 아인은 착각으로라도 그가 웃는다고 생각할 수가 없었다. 긴장한 아인은 다시금 마른침을 삼켰다. 무릎에 올려둔 손바닥 안이 축축해졌다.

"불쾌하실 거 압니다. 제가 미네르바를……."

"불쾌하다는 거 알면."

가라앉은 목소리가 이어지는 말을 가로막았다.

"더러운 입으로 그를 부르지 마."

"……."

숨을 삼킨 아인은 떨리는 입술을 몇 번이나 열었다 닫기를 반복했다. 시선을 마주치지 않았는데도 거대한 태산을 마주하는 감각에 온몸이 압도됐다. 하지만 트로웰이 더는 볼 게 없다는 듯 몸을 일으키자 마음이 다급해졌다.

"제, 제발 부탁드립니다. 한 번만, 딱 한 번만 그분을 뵙게 해주십시오!"

이대로 가면 영영 끝이라는 생각에 그는 마지막으로 용기를 쥐어 짜냈다. 하지만 돌아오는 대답은 이번에도 야멸찼다.

"글쎄, 그럴 수 있는 상황도 아니지만. 가능하다 해도 그 요청은 들어주기 싫은데."

훌쩍 걸어나가는 트로웰은 그를 돌아보지도 않았다.

"넌 자격이 없어."

내뱉어진 한마디가 마치 사형선고처럼 느껴졌다. 문을 열고 나가버리는 그의 뒷모습에선 조금의 여지도 보이지 않았다. 굳어 있던 아인은 뒤늦게 정신을 차리고 허둥지둥 그의 뒤를 쫓아나갔다.

"자, 잠시만! 잠시만 기다려주십시오! 제 말을 조금만 더……!"

하지만 그래선 안 되는 거였던 건지도 모른다.

모든 일은 그가 가게 밖을 나가는 순간부터 시작됐다. 아직 한창 겨울인 세이크 제국과는 달리 본향의 2월은 여름에 접어드는 시기였다. 오늘은 특히 날씨가 좋아 세상이 선명한 녹음으로 가득했다. 그런데 그가 디딘 땅을 기점으로 주변이 빠른 속도로 색을 잃어가기 시작했다. 윤기를 머금고 있던 흙이 순식간에 퍼석해지고 풀이 회색빛으로 빛바랬다. 생기를 잃기 시작한 나무들은 온 가지와 나뭇잎을 우수수 토해냈다. 수확의 계절을 기다리며 한창 싱그럽게 맺혔던 작물들이 모두 바짝 말라 비틀어지고 있었다.

'이게…… 뭐야?'

눈으로 보고도 믿을 수 없는 광경 앞에 아인은 그 자리에 멍하니 주저앉는 말고는 아무것도 할 수가 없었다. 사방에서 당황한 사람들이 허둥거리는 소리가 터져 나왔다. 망연자실해져서 까무러치는 사람, 공포에 질려 비명을 지르는 사람, 막아보려 애쓰며 울부짖는 사람, 그 밖에도 이어지는 수많은 이들의 아우성들이 귀가 울릴 정도로 소란했다.

"보여? 너 때문에 이렇게 되는 거야."

그러나 이 순간에도 한 사람의 목소리만큼은 분명하게 들렸다. 아인은 창백한 얼굴로 고개를 들었다. 트로웰이 눈앞에서 그를 내려다보고 있었다. 이 잔인한 재앙을 주관한 이라고는 상상할 수조차 없는, 평온하고 무심한 모습으로.

"아프지 말고 오래 살아. 너무 싱겁게 죽어버리지 말고."

상냥한 미소를 머금은 얼굴이 부드럽게 속삭였다. 아인은 여전히 아무 말도 할 수 없었다. 절망하며 일그러진 얼굴에 눈물이 흘렀다. 손을 뻗어 눈가를 쓸어주는 얼굴이 더욱 다정해졌다. 마치 그의 슬픔이 값진 보물이라도 되는 것처럼.

"그래야 더 절망하고 비참해질 테니."

# 제4화

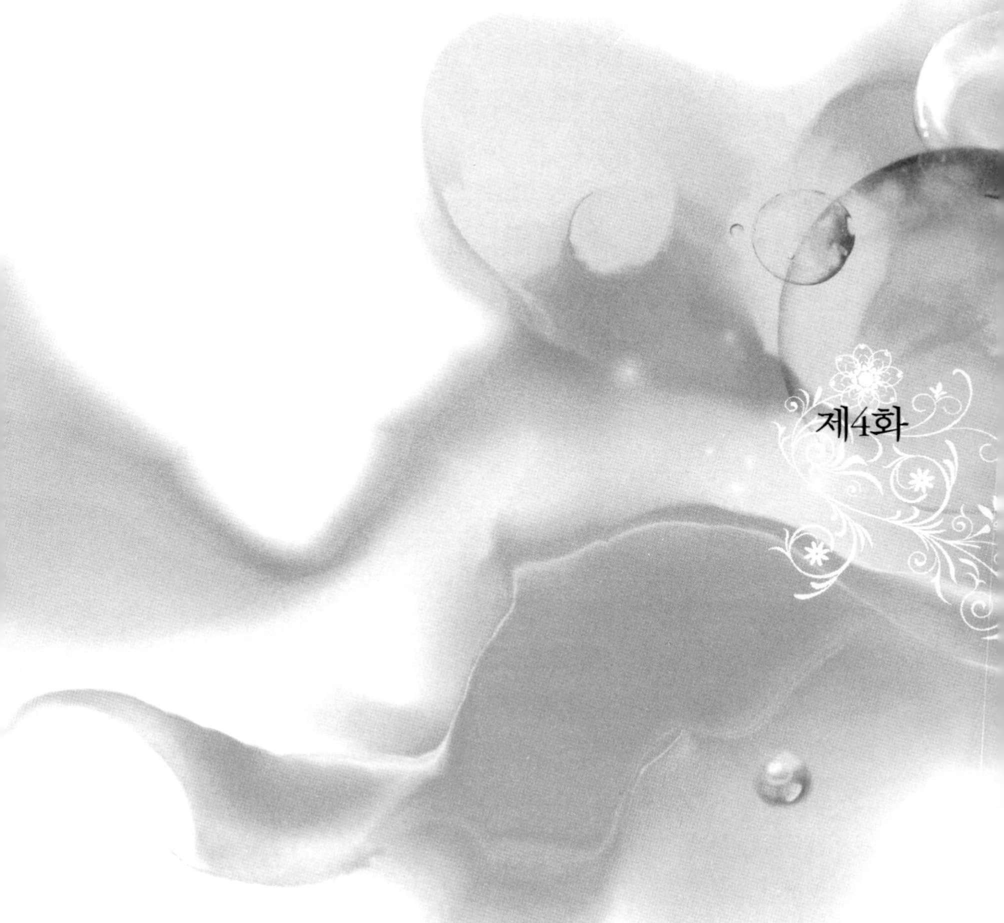

## 1.

“이봐, 그 소식 들었어?”

식사 때를 맞이한 식당은 몹시 붐볐다. 발 디딜 틈 없이 가득 들어찬 내부에 온갖 소음이 섞여드니 공간 전체가 웅웅거릴 정도였다. 남들보다 좋은 청각은 이럴 땐 오히려 단점이라 최대한 의식하지 않고 소리를 흘려보내는 게 최선이었다.

“타라 대륙이 사막이 됐대! 그 넓은 땅이 하루아침에 메말라버렸다더군!”

하지만 아무리 그래도 쩌렁쩌렁하게 울려 퍼지는 외침까지 흘리지는 못했다. 더구나 흘리고 싶어도 흘릴 수가 없는 내용이었다. 아아, 그래. 드디어 시작된 거구나. 늦된 봄이 경고처럼 느껴지던 이유가 있었다. 역시 이런 종류의 예감은 배신하는 법이 없다. 이미 각오한 덕분인가. 심장이 철렁할 줄 알았는데 올 게 왔다는 기분이라 생각보다는 기분이 덤덤했다.

"대륙 전체가 말이야? 에이, 무슨 농담도."

"농담하는 거 아니야. 내 사촌이 라반 제국에서 사는데 아까 급보를 보내왔다니까? 거긴 지금 다들 난리가 난 모양이야. 땅의 정령왕 트로웰이 저주를 내린 거래."

"헉, 정령왕이 대체 왜?"

"아인 이드리스 때문이지 뭐겠어. 그 바람의 정령사가 타라 대륙 출신이잖아."

"허어, 그자가 미네르바를 배신했다는 게 정말이었나? 하지만 좀 너무한데. 고작 한 명 때문에 그렇게 된단 말이야?"

"가장 잔인한 정령왕이라더니……."

문제는 한번 의식하기 시작하니 대화 소리가 계속해서 들린다는 거다. 별로 듣고 싶지 않은 말들도 날처럼 박혀 드니 아무리 무시하고 싶어도 그럴 수가 없었다. 식사를 멈추고 천천히 식기를 내려놓았다. 조금 전까지만 해도 그럭저럭 먹을 만했던 고기가 이상하리만치 비리게 느껴져서 더는 입에 넣을 수가 없었다. 나만큼이나 입맛을 잃은 듯한 시벨리우스가 굳은 시선을 보내왔다.

"엘, 지금 저 얘기들……."

"음, 우리 그냥 아무 말 하지 말자."

착한 시벨리우스는 내 말을 잘 알아들었다. 벌어진 입이 그대로 얌전히 다물렸다. 하지만 모두가 다 그처럼 순순하지는 않았다.

"무슨 일인지 모르겠지만 정령왕의 분노를 사다니, 터무니없는 짓을 저질렀군요."

맞은편에서 식사를 마친 웰디가 우아하게 입가를 닦으며 말했다. 당황한 시벨리우스가 눈치를 줬지만 아랑곳하지 않았다.

"얼마 전에 바람의 왕이 폭주했다는 이야기는 들었어요. 굉장히 위험했다고 들었는데, 그게 계약했다는 인간 정령사 때문이었나 보네요. 감히 정령왕을 배신하다니. 너무 인간다워서 놀랍지도 않아요."

"웰디."

"그냥 개인적인 감상일 뿐이에요."

시벨리우스의 엄격한 시선도 경고가 되지 못했다. 웃으며 받아넘긴 웰디가 나를 바라보았다.

"당신의 정령은 괜찮나요?"

"제 정령이요?"

"왕을 기만한 인간에게 정령들이 더는 호의적이진 않을 것 같아서요. 예전만큼 정령의 도움을 받기가 어려워지지는 않았나 해서 물어본 거예요."

"아……."

"당장 큰 변화가 없다고 너무 안심하지는 않는 게 좋을 거예요. 정령왕들은 이런 모욕을 그냥 넘기지 않아요. 대지의 복수는 이제 겨우 서막에 불과하겠죠. 불과 물의 정령왕도 가만히 있지는 않을 거예요. 그들은 인간 계약자부터 칠지도 모르죠.”

나도 모르게 무심코 옆에 있던 엘뤼엔을 돌아보았다. 그렇다는데 어떻게 생각해, 아버지? 라는 시선을 보내자 그가 피식 웃었다. 웰디가 발끈해서 바라보았다.

“왜 웃는 거죠?”

“정령왕들을 잘 아는 것처럼 구는군.”

“적어도 당신들보다는 아는 게 많아요.”

“딱히 그런 것 같진 않은데.”

“뭐라고요?”

“웰디, 그만해.”

사고를 치는 사람은 웰디인데 고통받는 사람은 따로 있었다. 얼굴이 붉어진 시벨리우스가 차마 고개를 들지 못하고 괴로워했다.

“하지만 시벨 님, 저 사람이 절 비웃었어요. 전 틀린 말은 하지 않았어요. 엘은 특히 물의 정령사라고 했잖아요? 그러니 더 경각심을 가져야죠. 물의 정령왕은 누구보다 냉정하고 무자비하다고요.”

“제발 그만 좀 해.”

이젠 거의 울 것 같은 얼굴이다. 어쩌다 화제가 이렇게 흘러온 거지. 나까지 민망해져서 머쓱하니 얼굴을 긁었다. 딱히 속이려던 아니고 그냥 잠깐 만나고 말 사이에 굳이 엘뤼엔의 정체까지 알릴 필요는 없다 여긴 것뿐인데 아무래도 이젠 진짜 밝히면 안 될 것 같다.

어쨌든 덕분에 잡생각에서 벗어나게 된 건 좋았다. 속내가 훤히 보여서 그런지 대놓고 시비 거는 태도도 크게 얄밉지 않았다. 하지만 시벨리우스를 계속 저렇게 괴롭힐 순 없었으므로, 슬슬 도와주기로 했다. 어차피 웰디를 침묵하게 하는 방법은 간단했다.

"그보다 두 분은 이제 가보셔야 하지 않나요? 에펜 왕국에 다른 일정이 있다고 하셨잖아요. 언제 출발할 예정이에요?"

예상대로 웰디는 곧 조용해졌다. 겨우 안색이 돌아온 시벨리우스가 고문이 끝난 사람처럼 긴 한숨을 내쉬었다. 동족 때문에 참 여러모로 고생이 많은 룬이었다.

지도상의 정식 지명은 은여우 숲, 지금은 인어의 숲으로 더 많이 불린다는 세이렌의 성역은 숲 전체에 흑주술로 된 결계가 둘러쳐 있었다. 엘뤼엔 혼자라면 아무런 문제가 없겠지만, 결계 안은 좌표 계산이 되지 않기 때문에 이동 마법으로 들어가는 게 불가능했다. 할 수 없이 인근 지점으로 타협하고 거기서부터 이동하기로 했다. 그런 김에 비품도 보충할 겸 아예 마을로 들어왔는데, 거기서 헤어지기로 했던 웰디가 꼼짝할 생각을 하지 않았다.

처음엔 인간 세상은 익숙지 않으니 근처까지만이라도 동행해달라고 억지를 부렸다. 하지만 그게 통하지 않자 식사도 하지 않고 헤어지는 건 너무 야박하지 않냐는 핀잔을 주며 물고 늘어졌다. 할 수 없이 가까운 식당을 방문해 식사를 마치고 났더니 주식 후엔 후식을 먹는 게 마땅하다 해서 다과 가게에도 들렀다. 소화할 시간이 필요하다며 산책을 요구하는 것도 들어줬다. 그리고 지금 막 약속한 마을 한 바퀴 순회를 다 끝마친 참이었다.

"이제 헤어지나요?"

"그야……."

"가까운 기차역까지만 해도 거리가 꽤 있어서 날이 저물기 전에 출발하는 게 좋을 거예요. 마차를 수배해 줄까요?"

이번엔 또 무슨 변명을 댈까 싶어 지그시 바라보니 웰디는 선뜻 말을 잇지 못했다. 더는 떠오르는 방법이 없나 보다. 우물쭈물하며 손가락만 꼼지락거리는 걸 지켜보던 시벨리우스가 한숨을 내쉬었다.

"역시 거짓말한 거였구나."

"……네, 맞아요."

결국 솔직하게 인정한 웰디가 억울한 표정으로 고개를 들었다.

"그렇게 해서라도 어떻게든 시벨 님을 따라가고 싶었어요. 그럼 안되나요?"

"거짓말까지 하면서 수행원들과 떨어진 게 잘했다는 거야? 네가 지금 얼마나 위험한 짓을 한지 알아?"

"그러는 시벨 님은요! 시벨 님이야말로 무모하게 나가셨잖아요!"

"난 전사야. 내 몸을 지킬 수 있어."

"저도 카리안이 있으니 괜찮아요! 그리고 세라핀인 시벨리우스

님도 곁에 있잖아요! 그 수행원들을 다 합친 것보다 시벨리우스 님이 더 강한데 무슨 상관이에요?"

논리만큼은 전혀 밀리지 않는 주장이었다. 그 말을 신세를 지는 쪽에서 한다는 점이 양심이 없어서 그렇지. 솔직히 조금 찔리기도 했다. 엘뤼엔이 보기엔 지금 나도 딱 저런 식이 아닐까. 덕분에 그의 기분을 좀 알 게 된 것 같기도 하다. 때때로 뭐 이런 게 다 있냐는 시선을 보내는 이유가 다른 데 있는 게 아니었다. 그 특유의 어이없어하는 표정이 지금 시벨리우스의 얼굴에서도 보였다. 할 말을 잃은 그가 머리를 쓸어넘기는 모습을 보면서도 웰디는 당당했다.

"시벨 님이 뭐라고 하셔도 당신과 저는 반려의 연을 맺을 몸이에요. 그러니 전 당신 곁에 있을 거예요. 우리가 희로애락을 함께 하는 건 당연해요."

하지만 이 말은 하지 않는 게 더 나았을 거다. 그저 골치 아프다는 기색이었던 시벨리우스의 눈빛이 한순간에 서늘히 가라앉았다. 온기 없는 눈동자에 자리 잡은 건 지긋지긋한 걸 바라보는 지치고 쓴 감정이었다.

"넌 대체 왜 내 반려가 되려고 해?"

"당신이 룬이잖아요!"

"그 이유뿐이야?"

"그게 이유가 되면 안 되나요? 반려를 고르는 기준은 다 다른 거잖아요. 전 저와 어울리는 반려를 맞이하고 싶어요."

"미안하지만 난 아니야."

"……제가 당신에게 부족하다는 건가요?"

"누가 더 어울리고 부족하고를 생각해 보진 않았어. 하지만 적어도 난 장로의 핏줄과 혼인할 생각 없어."

단호한 대답에 웰디는 숨을 멈췄다. 크게 떠진 눈동자가 충격을 받아 흔들리고 있었다. 시벨리우스의 눈빛에 서린, 숨길 수 없는 혐오감을 읽어낸 듯했다.

"……이건 나중에 얘기해요. 그게 좋겠어요."

다급히 시선을 피한 웰디가 택한 건 자리를 떠나는 거였다. 도망치듯 빠르게 멀어지는 모습을 따라 병풍처럼 자리를 지키고 있던 카리안도 움직였다. 한바탕 폭풍이 일고 지나간 것처럼 주위에 정적이 찾아들었다.

"일단은 함께 가는 걸로 하자. 돌려보낸다고 순순히 돌아갈 것 같지도 않고."

"……미안해, 엘."

"괜찮아. 네 잘못은 아니잖아. 가서 달래진 않아도 되겠어?"

"내가 나서는 건 역효과일 거야. 카리안이 따라갔으니 알아서 하겠지."

하긴, 이럴 때 달래면 여지를 주는 셈이니 차라리 끝까지 냉정한 게 낫다.

"혼자 멋대로 가버리기나 하고. 여기가 외지라는 자각도 없잖아. 이럴 거면 아렐은 대체 왜 돌려보낸 건지 모르겠어. 카리안 혼자서는 부담이 클 텐데."

그래도 끝내 걱정을 숨기지 못하는 걸 보면 책임감은 어쩔 수 없나 보다. 그런데 유니콘은 전투 종족인 거 아니었나. 단순히 신분 때문에 신경 쓴다기엔 유난히 보호 대상으로 여기고 있는 것 같다. 슬쩍 이유를 떠보았더니 한숨 섞인 설명이 이어졌다. 하나뿐인 손녀를 너무 예뻐한 팔불출 할아버지가 웰디가 어릴 때부터 조금이라도 하기 싫다고 하는 건 안 하게 했다고. 그래서 무술과 주술 모두 기초적인 수준으로만 익혔다는 거다.

대신 그만큼 카리안과 아렐을 철저하게 훈련시켜 늘 곁을 지키는 수호기사로 키운 듯했다. 어차피 마을 밖을 나갈 일은 거의 없는 데다가 장로의 핏줄이기도 하니, 본인이 직접 움직이기보다 사람을 부리는 법을 가르친 듯하다.

그걸 나쁘게 볼 생각은 없지만 누가 받은 대접과는 너무 달라서 배알이 상하는 건 어쩔 수 없었다. 수행원들을 다 합친 것보다 더 강한 능력을 키우기까지, 시벨리우스도 분명 하기 싫은 적이 더 많았을 테니까.

**"배우는 게 싫다고? 이해가 안 되네. 어떻게 배우는 게 싫을 수가 있지?"**

물론 헛소리하는 라피스 같은 경우는 예외다.

어쨌든 시벨리우스의 어린 시절은 참 외로웠을 거란 생각이 들었다. 같은 유년 시절을 보냈을 텐데 웰디에게 허락된 것이 그에겐 허락되지 않았겠지. 본인도 룬의 능력을 각성하지 못하는 만큼 다른 걸 더 잘하려고 애쓰지 않았을까. 형은 기억도 하지 못하니 그에게서 받은 애정도 잊어버렸을 거다. 안쓰러운 마음에 손을 뻗어 그의 머리를 쓰다듬었다. 뜬금없는 손길에 당황한 시벨리우스가 눈을 크게 떴다.

"에, 엘?"

"참 잘 견뎠어. 아주 잘 컸어."

나라도 알아주자는 마음으로 열심히 칭찬하자 머뭇거리던 시벨리우스가 붉어진 얼굴로 고개를 숙였다. 그래도 손길을 피하지 않는 걸 보면 싫지는 않은 것 같아 다행이었다.

"네 앞가림이나 잘해라."

이 모든 광경을 삐딱한 자세로 지켜보고 있던 엘뤼엔이 혀를 차며 빈정거렸다. 모처럼 훈훈한 분위기건만 아무렇지 않게 찬물을 뿌리는 게 이렇게까지 물의 정령왕이란 티를 낼 일인가 싶다.

**"내 말이."**

중얼거리는 라피스도 비슷한 말투였다. 서로 사이도 좋지 않으면서 이럴 때만 합이 맞지 않았으면 좋겠다.

## *2.*

목적지인 숲은 마을에서 도보로 한 시간 정도 떨어진 위치에 있었다. 조금 높은 언덕에 올라가면 대강의 전경을 확인할 수 있는 거리였다. 잿빛 안개가 자욱한 숲은 멀리서도 불길한 기류를 흘리고 있었다. 정상적인 안개가 아니라는 건 정령이 하나도 보이지 않는다는 게 증명했다.

그래서인지 마을은 제법 큰 편인데도 외지인에 대한 경계심이 강했다. 비품을 구매하며 숲에 관한 정보도 살피려 했으나 이렇다 할 소득은 얻지 못했다. 언급이라도 할라치면 다들 경기를 일으키듯 후다닥 사라지거나 버럭 화를 내며 내쫓기 바빴다. 나중엔 어떻게 소문이 돌았는지 상인은 물론이고 오가는 사람들까지 우리와 눈조차 마주치려 하지 않았다.

그렇게 어영부영 시간을 보내는 동안 저녁이 훌쩍 다가왔다. 해가 진 후에 들어가느니 차라리 아침 일찍 출발하는 게 낫겠다는 판단하에 숲 어귀에서 야영하기로 했다.

"저길 들어가겠다고요?"

목전에 다다르고 나서야 우리의 목적지를 알게 된 웰디는 얼굴이 새파랗게 질렸다.

"마음이 바뀌었으면 돌아가도 괜찮아요."

"지금 그게 문제가 아니잖아요! 정령사라면 어느 정도는 느낄 수 있지 않나요? 저 안은 더러운 기운이 가득해요."

"네, 알아요."

솔직히 이 정도로 음산하면 정령사가 아니라도 이상하다는 걸 모를 수가 없었다. 숲 입구에 큼지막하게 박혀 있는 출입금지 팻말이 바로 그 증거였다. 정화하러 들어간 마신관들이 아무도 돌아오지 못했다고 했던가. 그 정도면 민간인 피해도 꽤 있었을 거다. 마을 사람들이 숲을 언급하는 것조차 꺼리는 이유도 그 때문이겠지.

"알면서도 들어가려는 이유가 있나요?"

"더러우니까 정화하려고요. 내버려 두면 위험해진다고 하더라구요."

"그걸 정화하러 가는 건 위험하지 않고요?"

"음, 그런가. 그럴지도 모르겠네요."

마을에선 별다른 정보를 얻지 못했고, 엘뤼엔이 정령의 눈으로 살피는 것에도 한계가 있었다. 아마 틀림없이 위험할 거다. 하지만 들어가야 한다는 결론이 달라지는 것도 아니고, 내가 언제는 그런 걸 따져가며 살았던가. 웰디가 기막히다는 표정을 지었지만 할 수 있는 대답이 진짜 이거밖에 없었다.

오히려 이런 식으로 간섭하는 사람은 오랜만이라 감회가 새롭기까지 했다. 엘뤼엔이나 시벨리우스나 내가 뭘 하자고 하건 그러려니 하는 편이었으니까. 생뚱맞게 성역을 정화하러 간다고 했을 때도 둘 다 보인 반응이 "그래."가 전부였다.

아무것도 모르면서 무조건 수용하는 시벨리우스도 시벨리우스지만, 엘뤼엔은 내가 새벽에 마신관들과 만나서 한 대화도 이미 다 들었을 텐데 그에 관한 언급조차 없었다. 이젠 마신과 무슨 사이냐고 묻는 것도 포기한 모양이다. 이쯤 되면 둘 다 나를 뭐라고 생각하고 있을지 좀 궁금하긴 했다.

"엘, 천막 다 쳤어."

"오, 고마워. 수고했어."

그래도 잠은 편히 자겠구나. 어느새 번듯하게 세워진 천막을 보니 마음이 흐뭇했다. 식사 준비를 할 땐 기겁하던 웰디도 이에 관해선 아무 말도 하지 않았다. 본인도 침낭은 불편했나 보다.

"어떻게 이런 주술을……."

아니, 이제 보니 놀라서 참견할 생각도 하지 못한 거였다. 번듯하게 세워진 천막을 살피는 웰디는 거의 넋이 나간 얼굴이었다. 시벨리우스의 천막을 보는 게 이번이 처음이었구나. 주술사는 다 할 수 있는 건 줄 알았는데, 그들에게도 놀라운 일이었나 보다.

"당신도 못 하나요?"

웰디는 원래 주술을 거의 안 배웠다고 하니 카리안을 바라보았다. 마찬가지로 얼떨떨해하고 있던 그가 고개를 끄덕였다.

"아아, 네. 간단히 설명하면 환상을 일시적으로 실체화하는 주술인데, 기술적으로도 그렇지만 영력 소모도 상당합니다. 작은 물건 정도는 가능합니다만, 이 정도 수준을 구사할 수 있는 건 마을에서도 몇 사람 되지 않습니다."

"그렇구나. 정말 대단한 거였네요."

"범인은 흉내도 내지 못할 재능이죠. 이토록 강한 분이 대체 왜 룬의 힘은 각성하지 못하시는 건지……."

탄식하며 중얼거리는 소리는 듣지 못한 척했다. 정확히는 못 하는 게 아니라 안 하는 거였지만, 본인조차 깨닫지 못하고 있는 시기엔 의미 없는 구분이었다. 이렇게 강한 힘이라 자신의 힘을 속박하는 것도 강한 게 아닐까. 라피스의 영혼이 너무 강해서 되려 찾기 어려워졌던 것처럼 말이다.

그때쯤 누군가가 가까이 다가오는 기척이 느껴졌다. 위험하다고 느껴지진 않아 일단 두고 봤더니 곧 길목에서 작은 형체가 나타났다. 열 살 전후로 보이는 남자아이였다. 설마 사람이 있을 줄은 몰랐는지 당황한 소년은 후다닥 뒤로 물러나 우리를 노려보았다. 잔뜩 경직된 얼굴에 경계심이 그득했다.

"당신들 누구야? 여기서 뭐 하는 거야?"

"음, 우린 그냥 여행자인데. 보다시피 천막을 치고 쉬는 중이고."

"그럼 그냥 사람이야?"

무슨 뜻으로 하는 말인가 싶어서 고개를 기울였다가 일단 고개를 끄덕였다. "맞아, 사람이야." 친절하게 건넨 답에 소년의 얼굴이 복잡해졌다.

"마을에서 숲에 대해 묻고 다녔다는 사람들이 당신들이야?"

"그것도 맞아. 넌 누구니? 마을에 사는 아이야?"

"숲에 가면 안 돼!"

소년은 동문서답을 했다. 그리곤 본인이 낸 큰 소리에 스스로 놀란 듯 얼른 입을 틀어막더니, 화난 표정으로 다시 뒤돌아 뛰어갔다. 그 와중에 돌아보면서 외치는 소리가 다시금 울려 퍼졌다.

"난 분명히 경고했어!"

이름 모를 소년아, 뭔가를 경고하려면 설명을 정확히 해줘야 하지 않을까. 어린애가 혼자 여기까지 온 걸 보면 뭔가 사연이 있는 것 같은데, 너무 당황한 나머지 붙잡을 생각도 하지 못했다. 왔던 것보다 더 빠른 속도로 사라져버리는 작은 뒷모습을 보며 황당한 기분을 삼켰다. 시벨리우스와 다른 이들도 당황해서 눈만 깜빡거리고 있었다.

"저 앤 뭐지?"

"마을 아이 같은데. 숲이 위험하니 들어가지 말라고 말하고 싶었나 봐."

"친절한지 불친절한지 모르겠네."

적절한 표현에 공감하며 피식 웃었다.

"하지만 진짜 위험한 건 맞는 것 같아. 어떡할래요, 두 분? 돌이킬 수 있는 마지막 기회예요. 정말 우리와 같이 갈 거예요?"

돌아보며 물은 말에 웰디는 아무런 대답도 하지 못했다. 가기 싫은 티가 역력하면서도 끝내 솔직하게 말하지 못하는 모습이 딱해 보일 정도였다. 그렇게 느낀 게 나만은 아니었는지 시벨리우스가 적당한 타협점을 내놓았다.

"무리하지 말고 너흰 그냥 마을에 가 있어. 끝나면 내가 데리러 갈게."

"……그렇게 말씀하시면서 따돌릴 생각이신 거죠?"

"그런 짓은 안 해. 난 불가피한 상황을 만들고 싶지 않은 것뿐이야. 만약 안에서 무슨 일이 벌어지면 내가 너희까지 보호해야 하니까.”

“그냥 시벨 님도 안 가시면 안 돼요?”

“내 대답은 이미 알잖아.”

선을 그어 잘라내는 태도에 웰디가 주먹을 꾹 움켜쥐었다. 상처받은 얼굴을 보면서도 시벨리우스의 덤덤한 시선은 변하지 않았다.

“어떻게 할래? 마을까지 데려다줄까?”

“아뇨, 같이 가겠어요.”

단호하게 답한 웰디의 눈빛이 오기로 불타올랐다. 분노가 불안을 집어삼켰는지 망설이는 기색 따윈 더는 찾아볼 수가 없었다.

“무슨 일이 있어도, 한 발짝도 안 떨어질 거예요.”

“……웰디.”

“고집이 센 건 당신만이 아니에요. 시벨 님도 제 대답을 알아두세요. 전 당신을 절대 포기하지 않아요.”

할 말을 마친 웰디는 도도한 얼굴로 천막에 들어갔다. 한숨을 내쉰 시벨리우스가 피곤한 낯으로 미간을 문질렀다. 침울해진 그의 어깨를 다독이며 우리도 이만 들어가자고 말하려는 때였다.

“웰디 님?”

별안간 웰디가 다시 밖으로 튀어나왔다. 막 안으로 들어가려던 카리안이 넘어질 것처럼 휘청거리는 몸을 간신히 받아냈다. 새파랗게 질린 웰디는 크게 놀라 얼이 나간 얼굴이었다. 심상치 않은 모습에 나와 시벨리우스도 급히 다가갔다.

"왜 그래, 웰디?"
"무슨 일이에요?"
"아, 안에……."
뭐야, 천막 안에서 귀신이라도 나타났나? 그럴 리가 없는데? 우선 확인할 요량으로 조심스럽게 들어가 봤다. 하지만 여느 때와 같은 아늑한 거실만 나타났을 뿐, 달리 놀랄 만한 광경은 보이지 않았다.
"뭐지?"
거실 의자에 앉아 책을 읽고 있던 엘뤼엔이 의아한 시선을 보내왔다. 문제가 생겼다면 누구보다 먼저 알아차렸을 그가 태연한 걸 보니 웰디가 헛것을 본 거라는 판단이 더 확고해졌다.
"아버지, 혹시 여기에 뭐 이상한 거 있었어?"
"보면 모르나?"
그 말처럼 봐도 모를 상황이긴 했다. 설마 내부가 너무 아늑해서 저렇게 충격을 받았을 리는 없지 않은가. 하지만 밖으로 나와 살펴본 웰디는 여전히 충격을 다스리지 못한 모습이라 진지하게 물어볼 수밖에 없었다.
"대체 뭘 보고 놀란 거예요, 웰디?"
"당신은 보지 못했어요? 안에……."
"제 눈엔 이상한 게 하나도 없던걸요. 아버지도 아무것도 못 본 것 같구요."
"아뇨, 이상한 게 아니라 안에 신이…… 네? 아버지요?"

울 것 같은 얼굴로 대답하던 웰디가 멈칫해서 되물었다. 근데 방금 신이라고 하지 않았나? 너무 순간적으로 스친 말이라 제대로 들은 건지 확실하지가 않았다. 그래서 그냥 내가 할 수 있는 대답만 했다.

"거실에 아버지 있었잖아요. 못 봤어요?"

"……혹시 지금 말하는 아버지라는 분이 당신이 아버지라고 부르는 그분을 말하는 건가요?"

그럼 아버지가 한 명이지, 또 다른 아버지가 있을 리가?

의미를 알 수가 없어 눈을 깜빡였더니 벌떡 자리에서 일어난 웰디가 다시 천막 안으로 들어갔다. 이번엔 모두가 곧바로 뒤를 따랐다. 웰디는 입구에서 멈춰선 채 어딘가를 멍하니 바라보고 있었다. 넋이 나간 듯한 표정을 보고 의아해졌다가 시선이 향한 방향을 보고 금방 이해했다.

그곳에 있는 건 엘뤼엔이었다. 창가로부터 스며드는 금싸라기 같은 노을빛이 고요히 책을 읽는 그의 모습을 덮어가고 있었다. 내리뜬 눈꺼풀이 천천히 깜빡일 때마다 붉은색이 감도는 물의 머리칼이 흐르듯이 윤을 발했다. 석양 진 바다를 떠올리게 하는, 고즈넉하고 신비한 모습이었다. 그의 외모에 익숙해질 대로 익숙해진 나조차 한순간 감탄할 정도니 면역이 없는 사람은 말할 필요가 없었다.

……아, 그러고 보니 웰디가 엘뤼엔의 얼굴을 보는 것 자체가 처음인가. 지금까진 계속 후드를 쓰고 있었으니까. 슬슬 이게 무

슨 상황인 건지 알 것 같다는 생각이 든다. 무신경한 그도 쏟아지는 시선은 귀찮았는지 살짝 미간을 찌푸렸다. 책에서 떨어진 눈길이 자신을 향하자 웰디가 가볍게 숨을 멈췄다.

"대체 아까부터 뭐하자는 거지?"

"……신이 강림하신 게 아니었다고요?"

"뭐?"

"아, 아무것도 아니에요!"

황급히 고개를 젓는 웰디의 얼굴이 이내 새빨갛게 달아올랐다. 민망해서 어쩔 줄 몰라 하는 걸 보니 자기도 모르게 중얼거린 거였나 보다. 조금 전에 신이라고 했던 게 착각이 아니었구나. 이미 다 들었지만 쥐구멍이 간절해 보이는 웰디를 위해 못 들은 척해 주기로 했다.

'사실 틀린 말은 아니긴 하지.'

본질을 단숨에 간파했다는 점에서 오히려 눈썰미가 좋은 편이었다. 문제는 이게 단순한 감상으로 끝나지 않을 것 같다는 거다.

"저어, 존함이 어떻게 되시죠?"

엉거주춤 다가선 웰디가 엘뤼엔에게 조심스럽게 물었다. '성함'도 아니고 무려 '존함'이다. 나와 시벨리우스의 시선이 자연스럽게 마주쳤다. 말하지 않아도 지금 이 순간 우리가 똑같은 생각을 한다는 걸 알 것 같았다. 자꾸 방해받는 게 짜증이 난듯한 엘뤼엔은 그 사소하면서도 큰 어감의 차이를 전혀 개의치 않는 것 같지 않았지만.

"그걸 묻는 이유는?"

"그, 그야, 앞으로 당분간 일정을 함께 할 사이니까요. 이름을 모르면 불편하잖아요."

발긋한 얼굴에 고와진 목소리, 힘이 잔뜩 들어간 어깨에선 긴장한 티가 역력했다. 홀린 듯이 눈을 떼지 못하는 것만 봐도 감정의 기류가 명확해서 확신을 안 할 수가 없었다. 안 그래도 험난한 웰디의 연애사업이 아무래도 새로운 국면을 맞아버린 듯했다.

"뭐라고 불러야 할지도 알 수가 없고……."

힐끔 눈길을 보내곤 스스로 부끄러워진 듯 얼굴이 더 붉어진다. 지금도 충분히 사랑스러운 외모가 더 사랑스러워지는 행동이었다. 이런 모습을 보고도 야박하게 굴 수 있는 사람은 그리 많지 않을 거다. 하지만 유감스럽게도 상대가 엘퀴엔이었다.

"네가 날 왜 부르지?"

진심으로 이해할 수 없다는 시선에 주위가 고요해졌다. 할 말을 잃은 채 그대로 굳어버린 웰디를 바라보다, 시벨리우스와 함께 고개를 절레절레 저었다. 시작하기도 전에 망한 사업이었다.

## *3.*

관계가 망하는 이유엔 여러 가지가 있겠지만 대체로 두 가지가 가장 크지 않을까 싶다. 눈치가 없거나, 알아도 신경 쓰지 않거나. 엘뤼엔은 명백히 후자에 해당하는 사람이다. 그가 상대가 보이는 호감을 몰라봤다고 생각하기는 어렵다. 이건 분명 고의였다. 아니, 오히려 알아봤기 때문에 더 그렇게 한 건지도.

웰디는 자각하기도 전에 맞이한 실연을 견디지 못했다. 덥지도 않은 공간에서 손 부채질만 반복하며 어쩔 줄을 몰라 하더니 끝내는 바람을 쐬고 싶다며 카리안을 대동하고 밖으로 도망치듯 사라졌다. 시벨리우스와 거북해질 때도 그러더니, 분위기가 불리해지면 일단 자리를 피하고 보는 게 습관인 듯했다.

"이참에 그냥 돌아가겠다고 하면 좋을 텐데."

이 사태를 대하는 시벨리우스의 자세는 냉정했다. 감정적인 변화가 보이기는커녕 다른 기대심만 품은 걸 보니 이 관계도 영 글렀지 싶다. 혹시 시벨리우스가 장로 때문에 진심을 숨기고 있는 건 아닐까 싶기도 했는데, 그 모든 생각이 전부 무색해졌다.

사건이 벌어진 건 그로부터 조금 더 시간이 흐른 후였다. 다가온 저녁 식사 시간에 앞서 식단을 선정하고 있는데, 문이 벌컥 열리더니 카리안이 들어왔다. 이제야 웰디가 좀 괜찮아진 건가. 굳이 부르러 가지 않아도 알아서 시간 맞춰 돌아오는 걸 보니 먹을 복은 있었다.

"마침 잘 왔어, 카리안. 홍합과 토마토로 식단을 짤 건데 넌 밥이 좋아 면이 좋아?"

"시벨리우스 님, 혹시 웰디 님을 보지 못하셨습니까?"

그런데 정작 돌아온 건 당황스러운 질문이었다. 조리할 토마토를 고르고 있던 시벨리우스가 모든 동작을 멈췄다. 나 역시 당황해서 그를 돌아보았다. 이제 보니 카리안의 안색이 푸르죽죽했다. 시벨리우스의 표정도 가라앉았다.

"지금 무슨 말을 하는 거야. 왜 여기서 웰디를 찾아? 너와 같이 나갔잖아."

"그게…… 잠시 혼자 있겠다고 하셔서. 근방만 돌아보실 거라 하셨는데…… 그런데 아무 곳에도 안 계십니다."

횡설수설하는 대답이 채 끝나기도 전에 시벨리우스가 허리에 두르고 있던 앞치마를 벗어 던졌다. 문을 박차고 나가는 그를 따라 카리안과 나도 급히 달렸다. 그사이 해가 떨어진 바깥은 사물을 분간하기 어려울 만큼 어둑해져 있었다.

"웰디를 마지막으로 본 게 어디야."

"저, 저 근방이었습니다."

카리안이 굳은 얼굴로 가리킨 건 숲 입구였다. 설마 안으로 들어간 건 아니겠지. 불길한 기분에 얼굴을 찌푸리고 있는데 어디선가 부스럭거리는 소리가 들렸다. 가장 먼저 반응한 시벨리우스가 곧장 수풀을 헤집었다.

"웰디! 너야?"

"으아악!"

그런데 들려온 건 웰디의 목소리가 아니었다. 그보다 한층 어리고 약간 쉰 듯한 목소리. 당황해서 다가가 보니 수풀 사이에 엉거주춤한 자세로 넘어져 있는 어린아이가 보였다. 조금 전 숲에 들어가지 말라며 경고하고 사라졌던 소년이었다. 커다랗게 눈을 뜬 얼굴이 겁에 질린 채 우리를 올려다보았다.

"너 뭐야. 여기에서 뭘 했어."

"나, 나는 분명히 말했어!"

시벨리우스의 추궁을 받은 소년이 내지르듯 소리쳤다.

"내, 내가 숲에 들어가지 말라고…… 분명히 그렇게 말했는데……."

이어진 말은 그냥 흘려들을 수가 없는 내용이었다. 동시에 시선을 맞춘 것을 신호로 우리는 곧바로 소년에게 다가섰다.

"지금 하는 얘기 더 자세히 해줄래?"

"너 뭘 알고 있어?"

"나는, 난…… 혹시나 싶어서… 그냥 확인하려고……."

"똑바로 얘기해! 뭘 본 거냐고 묻잖아!"

"시벨, 애가 겁먹었잖아. 일단 진정해."

다그치는 시벨리우스를 만류하고 소년 앞에 몸을 굽히고 앉았다. 가까이에서 확인하고 보니 얼굴 가득 흥건한 눈물이 보였다. 눈가가 잔뜩 부어 있는 걸 보면 지금 울기 시작한 게 아니라 이미 전부터 울고 있었던 것 같았다. 시선이 마주치자 소년은 어깨를 흠칫거리며 눈치를 봤다. 최대한 안심시키기 위해 부드럽게 웃었다.

"무섭게 굴어서 미안해. 우리가 지금 일행이 사라져서 찾는 중이었거든. 그래서 말인데, 혹시 뭔가 본 게 있다면 말해주지 않을래?"

다행히 달래는 어조로 말한 게 효과가 있는 것 같았다. 한층 안정된 소년이 팔로 얼굴을 문지르곤 고개를 들었다.

"누구를 찾는 건지 알아. 은발 머리 누나를 말하는 거지?"

"……맞아. 그 누나가 어디로 갔는지 봤어?"

고개를 끄덕인 소년이 손가락을 뻗어 한 방향을 가리켰다. 역시나 숲 쪽이었다. 시벨리우스와 카리안이 동시에 탄식하는 것을 들으며 나 역시 한숨을 삼켰다. 정말 안으로 들어가 버렸구나. 더러운 기운이 가득하다며 기겁을 하더니, 이 밤 중에 왜 혼자 들어간 건지 모를 일이었다. 대책 없이 무모한 짓을 하는 사람은 아니라 더 이해가 되지 않았다.

"나 먼저 가볼게, 엘."

"저도 가겠습니다!"

"앗, 잠깐……!"

돌아봤을 땐 시벨리우스와 카리안은 이미 숲으로 달려간 후였다. 두 사람의 뒷모습이 컴컴한 공간 속으로 순식간에 삼켜졌다. 밤에 들어가는 건 되도록 피하고 싶었는데, 이렇게 된 이상 어쩔 수 없지. 나도 따라갈 생각으로 몸을 일으켰다. 그러자 소년이 내 옷자락을 다급히 움켜잡았다. 불안해하는 표정에 공포가 서려 있었다.

"누나도 저기 갈 거야?"

“어? 아아, 그야 찾으러 가긴 해야지. 근데 일단 오해가 있는 것 같은데…….”

“안 돼! 절대 들어가면 안 돼! 저 숲은 누나들을 잡아먹어!”

“난 누나가 아니라…… 뭐?”

오해를 정정하려다 들려온 소리에 멈칫해서 내려다보았다. 소년은 다시 울고 있었다.

“저 숲이 우리 누나도 잡아갔어! 우리 누나를 구하러 간 다른 누나도! 아까 그 은발 누나도 숲이 잡아간 거야!”

“그게 대체 무슨…… 울지 말고 차근차근 얘기해 봐. 숲이 잡아간다는 게 무슨 말이야?”

서럽게 울기 시작하는 소년을 다시 차분히 달래며 설명을 기다렸다. 간신히 진정된 후에야 듣게 된 이야기는 당황스러웠다.

“숲에서 소리가 들린다고?”

세이렌의 신도들이 숲에 들락거릴 때까지만 해도 이곳은 그냥 평범한 마을이었다고 한다. 그들이 숲을 성역이라 부르며 포교 활동을 하거나 말거나 관심 없는 이들에겐 상관없는 이야기였다. 하지만 숲에 잿빛 안개가 끼기 시작한 이후로 환청을 듣는 사람들이 생기기 시작했다. 숲에서 자꾸 자신을 부른다며, 가봐야 한다고 했단다. 전부 특정 연령대의 여자들이었다.

“그것들은 누나들이 성녀로 선택받은 거라고 했어. 그래서 성역의 부름을 받은 거라고.”

“그것들?”

"저 숲 안에 사는 괴물들."

대답하는 소년의 얼굴이 일그러졌다. "사람처럼 생겼지만 사람이 아니야." 처음엔 신도들을 칭하는 건가 했는데 덧붙여진 말을 들으니 그게 아니었다.

"대화해 보면 알아. 그 괴물들하고는 평범한 대화가 안 돼. 그것들은 미리 외운 말밖에 못 하거든. 사람이냐고 물어보면 걔들은 '난 세이렌의 천사다' 라고 대답해."

아, 그래서 우리한테도 사람이냐고 물어본 거였나. 참 황당한 질문이라고 생각했는데 이런 배경이 있었기 때문이었다. 노랫소리 같은 환청, 인어의 숲에 사는 사람의 형상을 한 괴물들이라. 이쯤 되면 괴물의 정체가 뭔지는 뻔했다.

"제나 아줌마가 그랬어. 그건 인어일 거래. 누나들을 숲으로 끌어들이는 것도 인어가 하는 짓일 거라고 했어."

마을 사람들도 그 정체는 알고 있었다. 인어의 숲이라고 부르기 시작한 것도 이 마을이 주도한 거였다. 아무것도 모르고 들를 여행자에게 위험을 경고하기 위해서였다.

"우리 누나도 환청을 들었어. 하지만 성역엔 안 가려고 했어. 근데 숲에서 자꾸 부른다고…… 내가 아무리 말려도 숲 안으로 계속 들어갔어."

동생이 울면서 옷자락에 매달리는데도 소년의 누나는 넋을 잃은 사람처럼 오직 숲만 응시하며 걸어갔다고 했다. 그때의 상황이 얼마나 무서웠는지 소년은 지금도 몸을 덜덜 떨고 있었다.

시커먼 아귀를 벌린 숲은 정확히 자신이 부른 여자들만 집어삼켰다. 사라진 딸과 누이를 찾아 숲으로 들어간 사람들도 있었지만 그들은 몇 날 며칠간 헤매기만 하다 다시 밖으로 돌아 나왔다고 했다. 때론 넋이 나가 있거나 시신이 된 상태로 발견되기도 했지만 대다수가 귀환하긴 했다. 하지만 환청에 홀려서 들어간 여자들은 아무도 돌아오지 못했다.

"그러니까 누나는 들어가지 마, 응?"

옷자락을 꾹 움켜잡는 소년을 보며 쓴 한숨을 삼켰다. 마신관 납치에 이어 이제 민간 여성들이라니. 인어들이 무슨 짓을 꾸미는 건지 모르겠지만 왕비가 여성들을 모은다고 했던 것과 연관된 일인지도 모르겠다. 아니, 틀림없이 그거였다.

"넌 이름이 뭐야?"

"미온."

"그래, 미온. 난 엘이라고 해. 너희 누나가 숲에 들어간 지는 얼마나 됐어?"

"일주일. 누나 친구가 들어간 건 이틀 정도 됐어."

누나의 학교 동기라는 소녀는 이 지역 주민이 아니라고 했다. 방학 기간이라 놀러 왔다가 친구가 실종됐다는 사실을 알고 구해오겠다며 숲에 들어간 거였다. 하지만 역시 돌아오지 못했다.

'너무 늦지 않았어야 할 텐데.'

그래도 이곳이 본거지인 만큼 납치한 여성들을 다른 장소로 옮기지는 않았을 거다. 오히려 전국에서 모은 여성들을 이곳으로 옮졌을 가능성이 더 컸다. 죽지만 않았다면 구할 기회는 있었다.

—아아아…….

순간 귓가에 기묘한 선율이 흘렀다. 하프와 실로폰을 섞은 연주 같기도 하고, 아름다운 노랫소리 같기도 했다. 반대로 섬뜩한 귀곡성처럼 들리기도 했다.

무언가 속삭이는 말이 빠르게 귓가를 스치는데 너무 작은 소리라 무슨 내용인지 잘 들리지 않았다. 잘 들어보려고 집중할수록 머리가 멍해지는 기분이 들었다. 내가 주위를 두리번거리기 시작하니 미온이 불안한 표정을 지었다.

"누, 누나? 왜 그래?"

"혹시 지금 노랫소리 들려?"

흠칫한 미온이 굳은 얼굴로 고개를 도리도리 저었다. 아, 그래. 나한테만 들리는 소리라 이거지. 달갑지 않은 기시감에 삐딱한 마음이 차올랐다. 악당 놈들은 전부 눈이 옹이구멍인 건가. 대공 놈 때도 그러더니 왜 자꾸 내게 위장 업무를 유도하는 거야?

어쨌거나 초대장을 받았으면 응해주는 게 도리지. 자리를 털고 일어나니 미온이 겁먹은 얼굴로 고개를 들었다. 숲에 홀린 건 아닌지 살피는 기색이 역력한 모습이라 싱긋 웃어주며 안심시켰다.

"난 괜찮아, 미온. 저런 소리엔 쉽게 홀리지 않아."

"진짜? 그럼 숲에 안 들어가는 거지?"

"음, 그건 아닌데. 들어가긴 해야 할 것 같아."

"왜, 왜?"

"내 일행이 저 안에 있잖아. 다들 데리고 나와야지. 사실 그게 아니라도 용건이 있어서 원래 들어갈 생각이었어. 넌 걱정하지 말고 집에 가서 기다리고 있어. 내가 너희 누나도 구해서 올게."

"안 된다니까? 누나들은 못 돌아온다니까?"

"어, 음. 그게 말이지. 그건 괜찮을지도 몰라."

머쓱한 기분으로 답하니 미온이 더 이해할 수 없다는 표정을 지었다. 한 톨의 의심도 없는 순진한 눈동자에 혀끝이 떨떠름해졌다. 말할 기회를 잡지 못한 건 내 탓이 아닌데 왜 죄책감은 오롯이 홀로 감당해야 하는가.

"……내가 일단 누나가 아니거든."

미처 인어들도 몰랐던 것 같긴 하지만 말이다.

## *4.*

놀라서 얼이 빠진 미온을 다독여 돌려보낸 다음 대강 출발할 준비를 마쳤다. 비장한 마음으로 숲 입구 앞에 서니 넘실거리는 안개가 어서 안으로 들어오라고 손짓하는 것 같았다. 이게 단순히 착각이 아닌 이유는 이 순간에도 들려오는 청아한 노랫소리가 증명했다.

미온의 오해는 풀렸지만 인어들의 오해는 풀릴 기미가 없다. 오히려 넘어오지 않는 내가 애타는지 갈수록 소리가 더 아름다워지고 있었다. 정신을 다잡고 있는데도 무심코 귀 기울일 정도라 조금이라도 방심했다간 그대로 홀릴 게 뻔했다.

"왜 그러고 있지?"

어느 순간부터 자연스럽게 옆에 서 있던 엘뤼엔이 물었다. 숲 안으로 들어가지 않는 이유를 묻는 거다.

"하이패스 권을 쓰느냐 마느냐 고민 중."

"무슨 말인진 모르겠지만, 또 무모한 계획을 하고 있다는 건 알겠군."

"하지만 생각해봐, 아버지. 숲에 그냥 들어가면 내가 직접 본거지를 찾으러 다녀야 하잖아. 물론 찾기야 하겠지만 상대 쪽에서도 날 파악할 시간을 갖겠지. 그사이에 납치한 사람들을 다른 장소로 옮기거나 해코지를 할지도 몰라."

하지만 내가 노랫소리에 홀린다면 얘기가 달라진다. 일단 그들은 내게 방심하게 될 거다. 여성으로 오해하는 만큼 알아서 본거지에도 데려가 줄 거고. 즉, 무혈입성이 가능하다는 소리다. 이게 이럴 때 쓰는 말은 아닌 것 같지만.

"근데 이건 확실히 위험한 방법이긴 하거든. 도착한 후에도 의식이 안 깨어날지도 모르잖아."

"……그래서 하려는 말이 뭐냐."

"내 마음 다 알지, 아버지? 내가 믿는 건 아버지밖에 없어."

"무슨……."

"뒷수습을 부탁해!"

설령 깨어나지 못해도 엘뤼엔이라면 어떻게든 해결해 주겠지!

상쾌하게 답한 후 곧바로 노랫소리에 의식을 맡겼다. 급격하게 흐려지는 시야에서 마지막으로 확인한 엘뤼엔은 어디서 많이 본 표정을 짓고 있었다. 아, 그래, 바로 저거였다. 뭐 이런 게 다 있느냐는 표정.

이렇게 비교하고 보니 시벨리우스는 경멸의 표현이 좀 약했구나. 역시 원조가 하는 건 뭐가 달라도 다르다. 이런 쓸데없는 생각이 마지막 기억이었던 것 같다. 그 뒤로는 뭐가 어떻게 된 건지 잘 모르겠다. 현란한 색으로 가득한 공간에 빠졌던 것 같기도 하고 찬란한 빛을 봤던 것 같기도 했다. 햇살에 절여지는 것처럼 온몸이 다 나른했다. 벅차오를 만큼 아주 기분 좋은 꿈을 꾼 것 같기도, 반대로 목놓아 울고 싶을 정도로 서러웠던 것도 같다.

머릿속에서 계속 폭죽이 터졌다. 세상에 존재하는 온갖 감정들을 총망라해서 경험한 기분이었다. 듣기론 마약을 하면 환각을 본다고 하던데, 이게 그거랑 좀 비슷하지 않나 싶다. 그럼 난 지금 약에 취한 건가? 잘 모르겠다.

"이건 또 의외의 수확이군."

멀찍이 느껴지는 감각 속에서 낮은 목소리가 들렸다. 누군가가 나를 앞에 두고 대화를 나누고 있었다.

"인어들이 외모 때문에 착각하고 실수한 모양입니다. 일단 마나 봉인구를 채워두긴 했습니다만, 처분을 어찌하시겠습니까? 죽일까요?"

"아니, 아니. 모처럼 재밌어졌는데 금방 끝내는 건 시시하지. 우선은 이대로 내버려 두는 게 좋겠군. 하지만 의식을 차리면 골치 아파질 테니 깨어나지 못하도록 잘 관리해라."

"예, 알겠습니다. 그런데 또 다른 동행이 있는 것 같습니다."

"암컷을 찾으러 온 유니콘들인가? 이제 보니 그날의 재현이로군. 상관없다. 얼마든지 헤집고 다녀보라고 해. 놈들도 그리 오래 버티진 못할 거다."

정체를 알 것 같기도, 모를 것 같기도 한 이상한 대화들. 그 밖에도 두런거리는 시끄러운 목소리들. 더 듣고 싶지 않아 귀를 틀어막았다. 실제로 막았는지 안 막았는지는 잘 모르겠다.

—내 말 들리나?

문득 뺨에 차가운 감각이 느껴졌다. 물방울이 도르륵 떨어져 규칙적으로 와 닿는 것 같은 느낌. 혹시 비가 오고 있나? 그마저도 기분이 좋아서 실실 웃었던 것 같다. 착각인지 진짜인지 구분도 안 되는 감각 속에서 누군가가 혀를 차는 소리가 들렸다.

—썩 보기 좋은 꼴은 아니군. 이만 정신 차려라.

목소리 자체가 좋아서 그런가. 아까 전의 목소리는 소름이 돋을 만큼 싫었는데 이번 목소리는 타박하는 말투인데도 이상할 정도로 기분이 좋다. 자장가 같아서 자꾸만 잠이 오려고 했다. 이미 자고 있는데 잠이 든다는 게 이해가 되지 않았지만 아무려면 어떤가 싶다. 좋은 목소리가 한숨을 내쉬는 게 들렸다.

—엘.

그 목소리가 인내심을 갖고 누군가를 불렀다. 아, 혹시 내 이름을 부른 건가. 그러고 보니 내 이름인 것 같다.

—지금 당장 깨지 않으면…….

한층 낮아진 목소리에 나도 모르게 숨을 죽였다. 깨지 않으면, 뭐? 다음 말이 궁금해서 조바심이 일었다.

—여기서 너만 데리고 나간다.

"……!"

한순간에 정신이 번쩍 들었다. 방금 엄청 섬뜩한 소리가 들리지 않았나? 기억은 잘 안 나는데 아주 무시무시한 꿈을 꾼 것 같다. 몇 차례 눈을 깜빡거리는 동안 멍하던 머릿속이 점점 맑아졌다. 흐릿하던 시야가 선명해지고 나니 그제야 내가 있는 장소가 눈에 들어왔다.

여긴 어디지? 인어의 노래에 의식을 맡기기 전까지만 해도 분명 숲 입구에 있었는데 지금은 낯선 실내였다. 주위가 어두침침한 게 여전히 밤이라 그런 건지, 창문 하나 없이 밀폐된 구조 탓인지 구분이 되지 않았다. 천천히 몸을 일으키다 절그럭거리는 소리에 시선을 내렸다. 팔목에 수갑이 채워져 있었다. 본의 아니게 익숙한 형태라 한눈에 알아봤다.

'마나 봉인구.'

이걸 찼다는 건 여기가 안전한 장소는 아니라는 소리구나. 과정은 거의 기억나지 않지만 계획대로 본거지에는 확실히 들어온 모양이다. 게다가 내 정체도 들킨 것 같고.

—이제야 정신을 차렸나?

말소리에 무심코 시선을 돌렸다가 곧바로 보이는 희뿌연 형체에 비명이 나올 뻔한 걸 간신히 참아냈다. 자세히 보니 반투명한 모습을 한 엘뤼엔이었다.

"아, 놀라라. 유령인 줄 알았네."

—그 입은 목숨이 아까운 줄을 모르는군.

"아하하, 어쩐지 유령치곤 너무 잘생겼다 했지."

—헛소리 말고 이제 하려던 일이나 해라. 한심해서 더는 봐주기 어렵다.

납치 계획이 그렇게 마음에 안 들었나? 냉정한 반응에 입술을 삐죽여주고 천천히 몸을 일으켰다. 주위를 본격적으로 살피기 전에 먼저 내 상황부터 점검했다. 지난번처럼 소지품을 압수했으면 어쩌나 싶었는데 아직 몸을 수색하기 전인지 건드린 흔적은 보이지 않았다.

'라피스? 너 있는 거지?'

**"그래, 여기 있어."**

당연한 듯 돌아오는 대답에 안심했다. 쪼개진 후로는 화석만 속주머니에 넣어놓고 다녀서(다시 붙이면 소통이 안 될까 봐 그대로 두고 있다) 어지간하면 들키지 않을 테지만, 얘가 사라졌다면 정말 낭패였을 거다.

그밖에 출발하면서 챙긴 배낭도 여전히 등에 잘 붙어 있었고, 그 안의 물건들도 그대로였다. 아무래도 잡자마자 바로 가둬둔 모양새인데, 이 와중에도 마나 봉인구를 채워둔 건 나름대로 깨어날 때를 대비한 건가. 그나마도 결계 안에선 정령을 소환하기 어려우니 검기를 제어하려고 한 걸 거다. 정령왕은 소환 여부에 상관없이 계약자를 도울 수 있다는 것도 모르고. 바보 같은 사람들. 엘뤼엔의 손짓 한 번에 허망하게 부서지는 봉인구를 보자니 괜히 마음이 더 짠했다. 이래서 지피지기는 백전백승이라는 말이 있는 거다.

"시간이 얼마나 지난 거야, 아버지?"

—곧 동이 틀 거다.

"생각보단 많이 지났네. 여기에 왕세자가 있었어?"

뭘 뻔한 걸 묻냐는 시선이 닿았다. 하긴 나를 곧바로 알아볼 만한 존재라면 왕세자와 그 측근밖에 없지. 그럴 줄은 알았지만 막상 여기서 또 그 뺀질거리는 얼굴을 볼 생각을 하니 한숨이 절로 나왔다. 깔짝거리면서 끝까지 박멸되지 않고 따라붙는 게 바퀴벌레가 따로 없다. 어떤 의미에선 카류안보다 더 짜증 나는 악연이었다.

대관식을 준비한다는 놈이 왕성에나 처박혀 있을 것이지 왜 여기에 와 있고 난리야. 어디 납치한 사람들 건드렸기만 해봐. 절대

곱게 죽이진 않을 거다. 미온이 초등학생 정도로 보였으니 그 누나라고 해봤자 미성년자다. 성인이 당할 일도 아니지만 어린애들까지 끌어갔다고 생각하니 속이 부글부글 끓었다.

일단 지금 이 공간에 가둬둔 건 나뿐이었다. 아니, 이제 보니 원래는 더 있었는데 나만 남은 것 같다. 너무 어두워서 미처 제대로 살피지 못했는데 근처에 뭔가가 여럿 쓰러져 있었다. 퀴퀴한 죽음의 기운이 느껴지는 형체들에선 희미한 물비린내가 났다. 인간이라기엔 하반신의 형태가 묘하게 기이한 걸 보면 아무래도 인어들인 것 같았다. 나를 감시할 겸 최면이 풀리지 않도록 배치한 모양인데, 엘뤼엔이 전부 처리한 거다. 그가 없었다면 일이 얼마나 어려워졌을지 알려주는 부분이기도 해서 안도의 한숨이 절로 나왔다.

왕세자의 준비성은 사방을 둘러친 창살도 증명했다. 감시만으로는 안심이 안 돼 감옥에까지 넣어놨나 보다. 문을 찾는 게 번거로워 최대한 소리가 나지 않게 창살 한 부분을 끊어내고 빠져나왔다. 출구를 찾아가며 더듬어 본 벽은 두꺼운 천으로 덮여 있었다. 질감이나 형태나 꼭 노예 시장 때의 천막을 연상시켰다. 밖으로 나가보니 역시나 양쪽으로 세워진 거대한 천막들이 보였다. 한순간 과거로 회귀한 게 아닌가 싶었을 만큼, 하나부터 열까지 노예 시장 때와 똑같은 구조였다.

"진짜 개성 없네……."

여기가 성역이면 이걸 나름 성소라고 세운 걸 텐데, 너무 정성이 부족한 거 아니야? 그들 딴엔 가장 익숙한 구조를 채택한 거겠지만, 어쨌든 덕분에 예전 기억들이 떠올라서 기분이 더러워졌다. 이동하는 병사들 틈에서 익숙한 얼굴을 발견한 탓에 더욱 그랬다.

"자자, 다들 서둘러라! 게으름 피우는 녀석들은 아침밥 없을 줄 알아!"

한껏 거드름피우며 명령을 내리는 남자는 그때 그 노예 상단주였다. 왕세자가 제국에 붙잡혔을 때 다 같이 잡힌 줄 알았는데 또 어떻게든 화를 면했나 보다. 운은 참 좋은 것 같은데 그 좋은 운을 갖고 왜 저러고 사는 건지 궁금했다. 처음엔 그가 병사들을 인솔하는 줄 알았다. 그런데 잠시 후 그들 사이로 한 행렬이 걸어 나오기 시작했다. 전부 젊은 여자들이었다.

'납치된 사람들인가?'

하얀색 통치마에 금사로 짠 허리띠, 머리에 둘러쓴 머릿수건. 전부 똑같은 복장을 한 여자들은 모두 손에 촛불을 들고 있었다. 겁먹은 얼굴로 몸을 움츠리고 있는 것만 봐도 억지로 끌려 나오고 있다는 게 훤했다.

"우리를 어디로 데려가는 거죠?"

그중 한 사람이 조심스럽게 물었다. 무리에 가려져 얼굴은 보이지 않았지만 목소리만 들어도 누군지 알 수 있었다. 웰디가 분명했다.

"응? 아, 어젯밤에 들어온 신입이구만."

과거 노예 상단주, 현재 행렬의 통솔자인 남자가 질문한 상대를 확인하고는 이죽거렸다.

"가보면 알아. 토 달지 말고 얌전히 따라오기나 해라."

"내, 내가 누군지 알아요? 난 장로의 손녀예요. 날 건드리면 당신들도 무사하지 못할 거예요."

"어이쿠, 귀하신 분이셨습니까? 하지만 어쩌나. 네 동족들은 여길 들어오지도 못할 텐데. 새벽 내내 널 찾아다니던 놈들이 아직도 숲 어귀만 헤매고 있다는 걸 알고는 있나 모르겠네."

시벨리우스와 카리안은 아직 결계 안에 들어오지도 못했구나. 생각지도 못한 곳에서 유용한 정보를 얻었다. 여기서 합류하면 더 좋았을 테지만 어딘가에 잡혔거나 다쳤다는 소식보다는 나았다. 하지만 희망을 품었던 이에게는 청천벽력같은 소식이었을 것이다. 웰디의 호흡이 크게 떨리는 게 느껴졌다.

"알아들었으면 얌전히 제 발로 걸어라. 또 인어한테 홀려서 가고 싶다면 말리진 않겠지만 말이야."

그 말과 함께 남자 옆에 있던 병사 하나가 이를 드러내고 웃었다. 겉모습으로는 구분하기 어려웠지만 아무래도 인어인 것 같았다. 움찔한 웰디가 입을 꾹 다물었다. 한층 순순해진 태도를 본 남자가 만족스럽게 웃었다.

"그래, 그렇게 나오셔야지. 얌전히 굴면 다칠 일은 없을 거다. 너한테 거는 기대가 얼마나 큰지 몰라. 아직 이종족으로는 시험을 해본 적이 없거든."

"……대체 뭘 하려는 거예요?"

"글쎄, 가보면 안다니까. 영광인 줄 알거라. 여기 있는 너희 모두는 위대한 업적의 밑거름이 될 것이다."

헛소리를 낭랑하게 하는 건 주종의 공통 특기인가. 구출할 적기를 찾을 겸, 우선 지켜보기로 했다. 이동을 시작한 무리는 천막 너머에 나 있는 오솔길로 들어섰다. 여기 외에도 다른 장소가 있는 모양이다. 어슴푸레한 숲길 안으로 촛불의 행렬이 길게 늘어졌다. 그 뒤를 조심스럽게 밟았다.

안으로 들어갈수록 점차 물소리가 들리기 시작했다. 강이라도 있는 건가 했더니 곧 호수가 나타났다. 그것도 민물이 아닌 해수였다. 공기 중에 퍼져 있는 짙은 짠 냄새가 바닷물이라는 걸 증명했다. 자연적으로 형성된 건지 일부러 만든 건지는 모르겠지만, 막다른 곳에 자리한 절벽의 동굴을 통해 바다와 이어진 구조인 것 같았다.

물에 반쯤 잠긴 동굴 주변으로는 긴 꼬리를 드리운 인어 몇이 앉아 있었다. 울창한 숲 안에 존재하는 작은 바다, 그 안에서 편안히 쉬고 있는 아름다운 외모의 인어들. 말 그대로 인어의 숲다운 광경이었다.

하지만 가장 시선을 사로잡은 건 호수에 있는 바위섬이었다. 거칠고 뾰족한 검은 바위로 이뤄진 작은 섬, 그 중앙에 사람 크기의 동상 하나가 세워져 있었다. 물고기의 꼬리에 여성의 상체를 지닌 세이렌의 여신상이었다.

그냥 보는 순간 알았다. 저게 바로 내가 정화해야 할 바로 그 신상이라는 걸. 사람들을 구할 생각으로 따라온 것뿐인데 신상의 위치까지 파악하게 됐으니 운이 좋았다. 그 동상 앞에 제단만 없었다면, 그리고 그 제단 위에 한 여자가 눕혀져 있지만 않았다면 한층 더 반가웠을 거다.

의식이 없는 듯한 여자는 여신상의 세이렌 동상과 똑같은 옷을 입고 있었다. 아직 시야가 어두운 데다가 거리가 떨어져 있어서 여자의 상태를 정확히 알아보기 어려웠다. 하지만 아무리 봐도 생기가 거의 느껴지지 않았다.

"죽은 거 아니지?"

—살아는 있다. 정확히는 육신만 살아 있는 것 같지만.

옆에 있던 엘뤼엔이 담담한 목소리로 무서운 대답을 했다. 육신만 살아 있다니, 그럼 영혼은 이미 없다는 말이잖아. 핏줄을 이을 목적으로 여자들을 모으는 거라고 들었는데 대체 뭐가 어떻게 돌아가는 거야?

"자아, 서둘러라, 서둘러! 곧 동이 튼다!"

그동안 병사들은 부지런히 여자들을 호숫가로 이끌었다. 이제 보니 그 앞에 꽤 넓은 마법진이 깔려 있었다. 그들은 여자들을 그 주위에 둘러앉도록 했다. 웰디는 돌아가는 상황을 알지 못해 엉거주춤한 상태였지만, 그 외엔 다들 익숙한 모습으로 자리에 앉는 걸 보니 이런 일이 한두 번 있던 게 아닌 모양이다.

대체 뭘 하려는 거지? 전혀 생각지 못한 그림이긴 한데, 그렇다고 안심할 상황도 아니라서 몸이 절로 긴장했다. 그동안 인어들의 숫자는 빠른 속도로 늘었다. 막 도착했을 때까지만 해도 불과 서너 마리에 불과했던 숫자가 어느새 호수 주변을 가득 채우고 있었다.

"자, 시작해라!"

지금 바로 뛰어드는 게 나을지 좀 더 지켜봐야 할지 고민하는 동안 남자가 지시를 내렸다. 그러자 병사 차림으로 있던 인어가 입을 벌리더니 이상한 소리를 내기 시작했다. 그 소리를 따라 주위에 있던 인어들도 입을 벌렸다.

아아

아아아

아

아아

아아아아아

소리에 장악된 여자들의 눈동자가 빠른 속도로 텅 비어갔다. 겁먹은 얼굴로 귀를 틀어막던 웰디도 마찬가지였다. 그들은 곧 두 손을 모아 기도 자세를 취하더니 알 수 없는 노래를 부르기 시작했다. 너무 웅웅거려서 가사를 거의 알아들을 수 없었지만 누군가를 향한 찬양가였다. 인어들의 기이한 소리들과 여자들의 노랫소리가 한데 어울려져 아주 기괴한 화음을 이루었다. 솔직히 말하면 이 자리에서 도망치고 싶을 만큼 오싹했다.

그 화음에 반응하듯 바닥에 깔린 마법진이 빛을 발하기 시작했다. 하필 색도 핏물 같은 붉은색이었다. 그 불길한 붉은색이 섬 중앙에 놓인 제단에서도 나타나기 시작했다. 아지랑이처럼 피어오른 검붉은 기운이 제단에 눕혀진 여자의 몸을 덮어갔다.

**"야, 저거 좀 안 좋은 것 같은데."**

라피스의 말이 아니라도 그냥 두면 안 될 것 같긴 했다. 여전히 자연체 상태로 관전 중인 엘뤼엔도 드물게 미간을 찌푸린 채였다. 일단 노래를 멈추게 할 생각으로 바닥에서 적당한 돌 하나를 주워 들었을 때였다.

한창 붉게 번져가던 마법진의 빛이 크게 일렁거리더니 비에 젖은 불씨처럼 빠르게 사그라지기 시작했다. 인어들이 놀라는 걸 보면 원래 약속된 절차인 건 아니었다. 그들이 노래를 멈추면서 온 공간을 장악하던 화음도 뚝 끊겼다. 최면에 걸려 멍하니 찬양가를 부르던 여자들이 하나둘 의식을 되찾았다. 기이한 의식을 흐뭇하게 지켜보고 있던 통솔자가 당황해서 주위를 두리번거렸다.

"뭐야! 이게 어떻게 된 거야?"

그에 화답하듯 성이 난 인어들이 꼬리를 들어 올려 물 표면을 찼다. 사납게 찰박거리는 소리가 온 사방에 위협적으로 울려 퍼졌다. 통솔자조차 겁에 질려 얼굴이 굳었다.

"누군가가 노래에 다른 음을 섞었군."

그 혼란한 상황을 진정시킨 건 어디선가 들려온 남자의 목소리였다. 화려한 제복을 걸친 왕세자가 수하들과 함께 걸어 나오고 있었다.

"오, 오셨습니까, 전하!"

통솔자를 비롯한 모든 병사가 자세를 똑바로 하고 경례했다. 아직 국왕이 되지도 않았는데 벌써 호칭이 전하다. 위협적으로 물을 찰박이던 소리가 이젠 조금 다른 쪽으로 변했다. 여전히 찰박거리고 있었지만 이번엔 반가워하는 환영의 느낌에 더 가까웠다. 입을 벌린 인어들이 낮은 쉿소리를 일으켰다. 마치 억울한 일을 고자질하는 듯한 모습에 왕세자가 알겠다는 듯이 손을 들어 올렸다. 통솔자가 마른 침을 꿀꺽 삼켰다.

"다른 음이 섞였다고 하심은?"

"여자 중에 누군가가 지휘를 따르지 않았다. 아무래도 다른 신을 찬양하는 노래를 부른 것 같은데."

"그, 그게 정말입니까!"

분노한 시선이 여자들에게 쏟아졌다. 이제 막 정신을 차려 경황도 차리지 못하던 여자들이 영문도 모른 채 몸을 움츠렸다. 그 모습을 하나하나 느긋하게 훑어내리던 왕세자의 시선이 이윽고 웰디 앞에서 멈춰섰다.

"이런 짓을 할 수 있는 건 역시 유니콘쯤은 되어야 하려나?"

"……난 모르는 일이에요."

웰디가 굳은 얼굴로 대답했다. 그래, 나도 봤지만 웰디는 아니다. 걘 뭐가 뭔지도 몰라서 방황하고만 있다가 그대로 최면에 걸렸다고. 왜 애먼 사람을 잡으려고 그래? 내가 다 억울해서 서러운 기분이 들었다. 그런데 왕세자도 의외로 순순히 인정했다.

"하긴 그렇지. 오늘 처음 의식에 참여했는데 어디 대비할 겨를이나 있었겠나. 게다가 고작 한 번으로 이렇게 됐을 리도 없고 말이야."

"그게 무슨 말씀이십니까, 전하?"

"오늘 이 현상은 이미 여러 차례 이어진 방해가 누적된 결과라는 소리지."

왕세자가 몸을 굽혀 마법진을 쓸었다. 이미 식어서 재처럼 까매진 부분이 그의 손바닥에 피처럼 묻어 나왔다. 그걸 손가락으로 문지르며 가볍게 음미한 왕세자가 중얼거렸다.

"이 정도 농도라면 적어도 대 여섯 번은 방해를 시도한 것 같군. 그것도 여럿이서 말이야."

"의식이 하루 세 번이니, 이틀 정도 되었다는 말씀이시군요."

심각한 얼굴로 답한 통솔자가 곧 한 곳을 응시했다. 그곳에 고개를 숙인 채 앉아 있던 작은 체구의 여자가 움찔 어깨를 떨었다.

"끌고 나와."

곧 병사들이 여자를 강제로 일으켜 앞으로 끌고 나왔다. 억센 손길 앞에 저항하려는 동작은 무용지물이었다.

"네가 이틀 전에 들어온 여자던가?"

왕세자의 질문에 여자는 대답하지 않았다. 왕세자도 대답을 기대했던 건 아닌지 대신 수하들에게 여자의 몸수색을 명령했다. 그들이 꾹 쥐고 있는 여자의 주먹을 억지로 펼치자 솜 뭉치가 떨어져 나왔다.

"이걸로 귀를 막았군."

숨을 크게 삼킨 여자가 입술을 꾹 악물었다.

"아직 나이가 어린 거 같은데. 주동자라는 걸 믿기가 힘든걸. 네가 말해봐라. 누가 이런 짓을 지시했지?"

"……."

"순순히 대답하는 게 신상에 좋을 텐데. 여자들을 하나씩 고문하면 어차피 누구 짓인지는 금방 알려질 거다."

"……제가 한 거 맞아요. 제가 주도한 거예요. 다른 사람들은 그냥 제가 시킨 대로 한 거밖에 없어요. 고문하지 마세요."

그제서야 대답한 목소리는 생각했던 것보다도 어렸다. 머릿수건 때문에 얼굴은 잘 보이지 않았지만 골격이나 체형만 봐도 성인은 아닌 것 같았다. 잠깐, 그러고 보니 이틀 전이라면 미온의 누나 친구라는 소녀가 숲에 들어간 시기잖아. 아무래도 그 소녀가 저 아이인 모양이다.

"아니에요! 모두가 다 같이 의논하고 저지른 거예요!"

"그래요! 처벌하려면 우리도 하세요!"

여자 중에서 몇 사람이 벌떡 일어나며 소리쳤다. "너희는 닥쳐!" 통솔자가 험악한 얼굴로 윽박질렀다. 그들은 곧 병사들의 손길에 강제로 다시 꿇어 앉혀졌다. 그 모습을 느긋하게 바라보던 왕세자가 다시 소녀에게 시선을 보냈다.

"이런 방법은 어떻게 알았지?"

"주술 기초 이론에서 봤어요. 주술을 이루는 기본 구조는 언령이라 다른 언어로 방해할 수 있다고요. 특히 찬양가는 다른 신의 찬양가로 대응할 수 있다고 했어요."

"꽤 똑똑한 녀석이었군. 주술사였나?"

"주술사는 아니고요, 그냥 기초 이론만 배운 거예요. 술법학부의 통합 과목이거든요. 저도 정말 될 줄은 몰랐어요."

말하는 것만 봐도 학생이구나. 역시 미온 누나의 친구가 맞았다. 이런 와중에도 성실하고 당당하게 설명하는 태도에서 성장기의 패기까지 느껴져 왠지 웃음이 나왔다. 왕세자도 어이가 없는지 미묘한 표정을 짓고 있었다. 하지만 느슨한 분위기는 그리 오래가지 않았다. 다음 순간 팔을 뻗은 왕세자가 소녀의 목을 꽉 틀어쥐었다.

"넌 우리의 과업을 망칠 뻔했다. 아무리 내가 관대해도 그냥 넘어가선 안 될 일이지."

억눌린 신음을 내뱉은 소녀가 괴로워하며 몸을 뒤틀었지만 움켜쥔 손은 꿈쩍도 하지 않았다. 지켜보고 있던 여자들이 모두 겁에 질려 울기 시작했다.

"그, 그만둬요! 아직 소녀예요! 동족이잖아요!"

웰디가 소리친 말에 왕세자는 비웃음만 지었다. 그게 무슨 상관이냐고 말하는 듯한 얼굴에 웰디도 말문이 막혔는지 숨을 삼켰다. 가까이에 있었다면 대신 설명해줬을 텐데. 사실 저런 놈하고 동족인 건 소녀 쪽에서 사양하고 싶을 거라고 말이다. 나도 마찬가지고.

"모두 잘 봐두도록 해라. 내게 거역하면 무슨 꼴을 당하게 되는 건지 말이야."

저항도 못 하는 어린애한테 힘자랑하는 게 참 즐겁기도 하겠다. 쓰레기는 역시 빠른 처분이 답이라는 결론을 내리며 쥐고 있던 돌멩이를 위로 던졌다가 받았다. 예상치 못한 상황에 잠시 미뤄졌던 돌팔매질을 드디어 재개할 때였다. 단숨에 끝낼 생각으로 왕세자의 머리를 조준했다.

—손목을 노려라.

그러나 순간 들려온 음성에 방향을 급히 틀었다. 아슬아슬하게 진로를 바꾼 돌멩이는 정확히 소녀를 움켜쥐고 있던 손목을 꿰뚫었다. 오러를 실었더니 손목 전체가 날아가는 바람에 피가 좀 많이 튀는 불상사가 벌어지긴 했지만.

"아악!"

"전하!"

잘린 손목을 움켜쥔 왕세자가 소녀를 바닥에 떨어트리고 고통스러워했다. 경악한 병사들이 왕세자를 급히 둘러싸며 주위를 경계했다. 놀란 인어들이 쉿쉿거리는 소리와 병장기를 꺼내는 소리로 주위가 온통 소란해졌다. 나도 검을 꺼내든 다음 돌팔매의 방향을 틀게 한 엘뤼엔을 바라보았다.

"왜 손목이야? 그냥 죽이는 게 제일 낫지 않아?"

—쓰레기 처리엔 동의한다만. 저게 죽으면 여자들도 죽는다.

"헐?"

—조금 전 실행된 주술의 형태를 보니 여자들의 생명력이 어딘가로 연결되더군.

그게 왕세자라는 소리였다. 기이한 의식을 치른다고는 생각했지만 저 망할 놈이 대체 무슨 짓을 저지른 거야? 단숨에 쓸어버릴 생각으로 만만하던 차였는데 처음부터 계획을 다시 세우게 생겼다.

"이제 어떡하지?"

**"뭘 어떡하냐. 주술부터 깨트려야지."**

대답은 라피스가 했다. 그걸 어떻게 해야 하는지 물어보려는데 통솔자가 쓰러졌던 소녀를 강제로 붙잡고 목에 칼을 들이댔다.

"당장 나오지 않으면 이 여자는 죽는다!"

그리고 그게 신호라도 되는 것처럼 다른 병사들도 여자들 목에 칼을 들이밀었다. 진짜 가지가지 하는 놈들이네. 한숨을 삼킨 후 몸을 일으켰다. 인질이 아무리 많건 큰 문제는 아니었지만 우선 원하는 대로 모습을 드러내 주기로 했다. 어차피 확인해야 할 것도 있었고.

"너는……!"

날 알아본 통솔자가 눈을 크게 부릅떴다. 지혈하고 있던 왕세자도 놀란 표정이었다. 반대로 웰디의 얼굴엔 화색이 돌았다. 믿기지 않는다는 표정을 짓는 얼굴을 향해 가볍게 손을 흔들어줬다. 여유로운 태도에 안심했는지 웰디는 울 것 같은 얼굴로 웃었다.

"네가 어떻게? 분명 가둬놨을 텐데? 감시하는 인어들을……!"
"아, 그게 가둬둔 거였어? 난 웬 귀빈 대접인가 했지."
일부러 장난스럽게 대답하니 통솔자는 화가 나서 숨이 넘어갈 것 같은 표정이 됐다. 왕세자는 피식 웃었다. 고통 때문에 얼굴이 하얗게 뜬 주제에 이 와중에도 허세는 버리지 못했다.
"……그래. 내가 아직도 그대에 대해 모르던 게 있었던 모양이군."
"하하, 무슨 헛소리야. 모르는 게 있었던 게 아니라 넌 처음부터 나에 대해 아는 게 하나도 없었어."
말도 안 되는 오해는 친히 정정해 줬다. 첫마디부터 면박당한 왕세자의 입꼬리가 미세하게 경련했다. 돌연 그가 입을 벌리더니 이상한 소음을 내질렀다. 호수에 있던 인어들이 움찔거리는 걸 보면 아마 그들을 향한 명령어였던 모양이다. 하지만 인어들은 여전히 쇳소리를 내기만 할 뿐 물에서 꼼짝도 하지 않았다. 본능이 더 강한 몬스터답게, 엘뤼엔이 은근히 풀어낸 기운을 느낀 거다.
나름대로 기습을 시도했던 왕세자는 예상과 다르게 흘러가는 그림에 당혹감을 감추지 못했다. 여러 차례 재촉하듯 다시 명령을 내렸지만 인어들이 따르지 않으니 무용지물이었다. 묘하게 돌아가는 상황을 인지한 건 왕세자의 수하들도 마찬가지였다. 얼굴이 굳은 통솔자가 인질로 삼은 소녀에게 더 깊이 검을 들이밀었다.
"당장 무기를 버리고 투항해라!"

"지금 뭘 착각하는 모양인데, 내가 불리해서 나온 건 아니거든? 너희야말로 섣불리 움직이지 않는 게 좋을 거야. 쟤 다른 쪽 손목도 날아가는 거 보고 싶지 않으면."

바닥의 돌멩이를 발로 차서 띄운 다음 손으로 받았다. 일부러 몇 번 더 공중에 던졌다가 받아주니 병사들의 눈동자가 크게 흔들렸다. 조금 전 왕세자의 손목을 날린 무기가 뭐였는지 이제야 깨달은 듯했다. 왕세자의 얼굴도 더 창백해졌다. 하지만 누가 바퀴벌레처럼 질긴 놈 아니랄까 봐 빠르게 여유를 되찾았다.

"아주 자신만만하군. 난 손목쯤은 잃어도 상관없다. 하지만 그대가 여자들의 목숨을 그렇게 여기진 않을 테지."

"……."

"마나 봉인구를 어떻게 풀었는지는 모르겠지만, 그대도 이미 느끼지 않았나? 여기선 정령을 소환할 수 없다. 그대가 아무리 빨라도 이곳에 있는 모두를 한 번에 막기는 어렵겠지. 여자 중 대다수가 죽는다는 소리다. 그래도 상관없다는 건가?"

"상관은 있는데, 그 말을 너한테 듣고 싶진 않네."

짜증스럽게 답한 말이 투항처럼 느껴지기라도 했는지 왕세자의 표정이 의기양양해졌다.

"잃어도 상관없는 쪽과 잃어선 안 되는 쪽. 이것만 봐도 이미 결론이 명백하군. 그대가 언제까지 버틸 수 있을 것 같나? 이제라도 투항해라. 마음을 바꾸고 날 돕겠다는 맹세를 한다면 오늘의 일은 관대히 용서하겠다."

"……거참, 너야말로 이상한 착각을 하는 것 같은데."

"이상한 착각?"

"결론이 명백하다고 누가 그래?"

시작을 알린 건 소녀를 붙잡고 있던 통솔자였다. "컥!" 투박한 숨소리를 내뱉은 그가 부들부들 떨더니 그대로 바닥에 고꾸라졌다. 그와 함께 인질들을 제 목숨줄처럼 움켜쥐고 있던 병사들도 쓰러지기 시작했다. 엘뤼엔이 동시에 그들의 숨을 거둔 거다.

'아버지, 나이스!'

엄지손가락을 세우니 엘뤼엔이 저건 또 무슨 짓인가 해괴하게 여기는 표정을 지었다. 아, 그러고 보니 여기선 없는 표현이었던가. 여하튼 그의 모습이 보이지 않는 왕세자는 이 비현실적인 현상에 숨도 내쉬지 못하고 경악했다. 인질극에 참여하지 않아 살아남은 수하 몇은 넋이 나간 채 주저앉았다. 무사히 풀려난 여자들조차 모두 멍한 얼굴로 나를 바라보고 있었다. 주위는 겁에 질린 인어들이 찰박거리는 물소리로 소란했다.

"그러니까 말했잖아. 넌 나에 대해 아는 게 하나도 없다니까?"

마른침을 삼키는 왕세자는 이제야 겨우 현실을 파악한 것 같았다. 핏기가 완전히 가신 얼굴에 드디어 공포가 차올랐다.

"나, 날 죽이면 여기 있는 여자들도 전부 죽는다."

"아, 그래. 안 그래도 그거 때문에 궁금한 게 있었어."

"거짓이 아니다! 이 여자들은 나와 생명을 공유하고 있다. 저들이 죽는 건 내게 아무 영향이 없지만, 내가 죽으면 저들은 전부 죽을 거다!”

내가 이해하지 못한 거라 생각했는지 왕세자는 더 자세히 설명했다. 덕분에 여자들의 얼굴에 동요가 서렸다. 그들도 모르는 사이에 진행된 일이었나 보다. 하긴 인질들에게 그런 걸 친절히 설명해 주는 악당이 더 드물기는 하겠지만.

“일단 묻겠는데.”

더 떠들려는 왕세자의 입을 가로막고 내 용건을 꺼냈다. 아까부터 계속 신경 쓰이던 부분이었다.

“저 제단에 눕혀져 있는 여자는 혹시 왕비야?”

움찔한 왕세자가 곧 스산하게 웃었다. 그 표정이 곧 대답이라 머릿속이 좀 복잡해졌다. 제단에 눕혀진 여자는 아무리 젊게 보더라도 불혹은 되어 보였다. 납치된 여자들과 유일하게 연령대가 달라서 혹시나 했던 건데, 정말이었다.

‘자기 어머니잖아. 미친 거 아냐?’

정답을 맞추고도 찝찝한 상황이라 한숨이 절로 나왔다. 왕비가 저지른 죄가 워낙 크니 핏줄이 나서서 처단해도 이해하지 못할 건 아니다. 하지만 왕세자가 그런 정의감을 발휘한 걸로 볼 수는 없었다.

“뭐가 이상하지? 저 여자는 당연한 대가를 치른 거다.”

그가 뻔뻔한 얼굴로 외쳤다.

“난 평생 세이렌의 부활에 매진해왔어! 가문의 대소사를 살피고 인어들을 관리하느라 몸이 열 개라도 부족했지! 철없는 아나이스를 돌보고 무지한 인간들에게 세이렌의 교리를 전파하며, 온 대륙의 불온서적들을 처분했다! 그런 일들에 내 인생 전부를 바쳤어! 그런데 그 결과가 종마 취급이라니! 내 쓸모가 그거밖에 없다니! 너무하지 않나?"

아무래도 왕비가 그렇게 말했나 보다. 글쎄, 배신감은 아무것도 모른 채 세이렌이 부활할 몸으로 준비된 아나이스 왕녀가 가장 크지 않았을까. 누군가가 헌신하다 내쳐진 건 딱한 일일 텐데, 이건 악당이 악당 짓을 하다 악당에게 당한 거라 그런지 일말의 동정심도 일지 않았다. 중간에 뉘우쳤다면 모를까, 끝까지 악당다운 진로를 택하기도 했고.

"그래서 아예 네가 신이 되기로 한 거야?"

아일브라 백작 가문은 세이렌의 혼을 이어받아 왔다고 했다. 세례(흑주술이겠지만)를 통해 계승된다고 했으니 아마 교주의 혼에 깃드는 방식이었을 거다. 부활에 필요한 몸은 따로 필요했던 걸 보면 그 상태에선 완전히 장악할 수 없는 건지도.

어쨌든 그 교주인 왕비의 혼이 사라졌으니 세이렌 역시 사라졌다는 소리다. 그런데도 성역이 온전하다는 건 누군가가 빈자리를 대신하고 있다는 거겠지. 왕비가 눕혀진 제단과도 연결된 기이한 마법진, 여자들을 이용한 찬양가. 인어들이 왕세자를 따르고 있는 것만 봐도 모든 상황이 명백했다.

"세이렌도 어차피 진짜 신은 아니다. 한땐 그랬을지도 모르지만 신적에서 지워진 지금은 그저 능력이 조금 있는 혼에 불과할 뿐이지. 명계의 눈을 피해 인간의 몸에 깃들지 않으면 홀로 살아가지도 못하는 잡귀 말이야. 그런 게 신이 될 수 있다면 나도 될 수 있다는 소리 아닌가?"

히죽 웃는 왕세자는 숨기려는 시도조차 하지 않았다. 인질들과 생명이 연결되어 있는 한 내가 죽일 수 없다는 걸 깨달아서인지 자신감을 되찾은 것 같았다.

"세이렌의 힘을 네가 흡수한 거야?"

"그래. 아주 많이 당황하더군. 물론 그럴 거야. 설마 본인이 만들어낸 방법 그대로 자신이 당할 거라곤 상상도 하지 못했을 테니."

"여자들은 왜 모았어? 여자들만 모은 이유가 있어?"

"인간들의 신앙이 필요했다. 하지만 아무거나 다 되는 건 아니라서, 내가 흡수한 세이렌의 힘과 상성이 맞아야 했지. 마침 어머니가 모아둔 여자들로 시험해 봤더니 아주 적합하더군."

그래서 내친김에 같은 요건을 갖춘 이들을 더 납치하기 시작했다는 소리였다. 말이 좋아 신앙이지 일종의 제물인 셈이다. 카류안이 제물로 삼은 건 흠 없고 재능 있는 어린아이들이었던가. 시대를 막론하고 악이 설치면 가장 큰 피해를 보는 건 늘 약자들이었다. 그 사실이 새삼 씁쓸하게 와 닿았다.

"궁금한 게 해소됐다면 이만 날 놓아주지 않겠나?"

"뭐?"

"난 세이렌처럼 많은 걸 바라지 않는다. 복수심에 눈이 멀어 세이렌을 누르고 신이 되려 했으나 지금 이 상태도 충분히 만족스러워. 날 풀어주면 인어들과 함께 이곳을 떠나겠다. 눈에 띄지 않게 조용히 살겠다고 약속하지."

왕세자가 말끔한 얼굴로 헛소리를 했다.

"너라면 널 풀어주겠어? 네가 하는 말을 어떻게 믿어?"

"그럼 어쩔 텐가. 난 여자들과 연결된 주술을 풀 생각이 없으니 그대가 날 죽이지도 못할 거 아닌가. 혹시 이대로 영원히 함께하자는 건가? 그것도 나쁘진 않지."

"미쳤어?"

기겁해서 소리치자 왕세자가 키득거리며 웃었다. 손목 지혈이 제대로 안 됐나? 실성한 것처럼 보이는 걸 보니 피를 너무 흘린 게 분명하다.

"다시 물을게. 세이렌의 힘을 네가 흡수한 거 맞아?"

"왜, 믿어지지 않나? 하긴 아직은 인어들을 다스리는 것 외에는 큰 능력이 없다. 오히려 그대가 더 신처럼 보일 정도군. 아까 그건 대체 어떻게 한 거지?"

"내 질문에나 대답해. 신도들의 신앙도 다 너한테 모였다는 말이지?"

"물론이다. 신앙의 주체가 나니까. 세이렌은 육신이 없어 우상을 만들어야 했지만 나는 아니지. 그래서 여자들의 생명도 나와 연결된 거다."

아, 그래. 그렇단 말이지.

매고 있던 배낭을 곧바로 풀어내고 안을 열었다. 아직 가설이긴 하지만 시험할 가치는 충분했다. 내가 가까이 다가가니 왕세자가 긴장하며 주춤거렸다. 몇 안 남은 그의 수하들은 막아설 엄두도 내지 못했다. 덕분에 아무런 방해 없이 다다를 수 있었다.

"뭘 하려는 거지?"

"내가 실은 이곳에 있는 사람들만 구하려고 온 게 아니거든."

"……?"

세이렌의 힘을 정화하면 주술은 저절로 풀릴지 모른다. 그 힘을 정화할 수 있는 물건은 내가 갖고 있고. 그런 의미로 함에서 꺼낸 서클렛을 왕세자의 머리에 씌웠다. 미래의 내 애장품을 더럽히는 기분이라 매우 찝찝했지만 일단 시도해봐서 나쁠 건 없으니까. 물론 나중에 귀환하면 서클렛부터 벗어서 싹싹 씻을 예정이다.

"대체 이건 뭐지?"

얼결에 서클렛을 착용하게 된 왕세자가 눈을 멀뚱거렸다. 표정에 아무런 변화가 없는 걸 보면 딱히 별다른 느낌은 없는 모양이다. 역시 세이렌의 동상에 걸어야 하는 건가. 괜히 눈만 버렸다는 생각에 속으로 탄식할 때였다.

"뭘 시도한 건지 모르겠지만 꽤 이상한 취향이…… 큭?"

비실거리며 웃던 왕세자가 돌연 눈을 크게 떴다. 나도 덩달아 놀랐다. 서클렛이 닿은 부분이 지글거리며 타들어 가고 있었다. 기겁한 왕세자가 벗기 위해 움켜쥐었지만 서클렛은 고정된 것처럼 꿈쩍도 하지 않았다. 오히려 손도 데였는지 더욱 큰 비명만 질러

댔다.

"아악! 크아악!"

"저, 전하!"

"뭐, 뭐야! 대체 전하께 무슨 짓을 한 거냐!"

당황한 수하들은 어쩔 줄을 몰라 했다. 그러는 동안에도 서클렛은 왕세자의 피부를 태워가고 있었다. 이마에서 시작된 검은 그을림이 빠른 속도로 얼굴 전체로 번져갔다. 불씨는 있지도 않은데 분신한 사람을 보는 듯했다. 그 보이지도 않는 불씨가 그의 목을 타고 내려가 전신을 전부 뒤덮었을 때였다.

"커어억!"

버둥거리지도 못한 채 입을 벌린 상태로 굳어 있던 왕세자가 멍하니 나를 바라보았다. 부릅뜬 눈동자에 핏발이 형형했다. 그 상태에서 왕세자가 내게 천천히 팔을 뻗었다. 다가오려는 듯이 한 발을 내디뎠다. 그리곤 그 자세로 그대로 허물어졌다.

쓰러진 게 아니다. 말 그대로 정말 '허물어졌다.' 왕세자는 인간의 형상을 남기지도 못했다. 완전히 무너진 자리에 남은 건 새카맣게 쌓인 잿더미뿐이었다. 그 흉한 잿더미 위에, 은빛으로 반짝이는 서클렛이 우아한 모습으로 놓여 있었다. 변색되거나 모양이 변형되는 일조차 없이. 함에서 꺼낼 때 모습 그대로, 마치 아무런 일도 없었다는 것처럼. 그 모습이 의기양양해하는 것처럼 보이는 건 그저 기분 탓일까.

'……너 나한테 대체 뭘 준 거야?'

**"음, 미안."**

라피스도 놀라긴 했나 보다. 어지간하면 미안해하는 일도 없는 녀석이 사과까지 하는 걸 보면.

"흐으으……."

이상한 신음을 듣고서야 간신히 정신을 차렸다. 공포에 질린 왕세자의 수하들이 허둥거리며 바닥을 기고 있었다. 달아나고 싶은데 다리에 힘이 풀려 움직이지 못하는 것 같았다. 눈앞에서 사람 하나가 통째로 태워지는 걸 봤으니 충격이 클 만도 했다. 주인을 잃은 인어들 역시 이미 빠른 속도로 달아나는 중이었다.

'헉, 그러고 보니 왕세자가 죽으면 안 되는데?'

퍼뜩 떠오른 사실에 황급히 여자들 쪽을 돌아보았다. 모두 쓰러져 있으면 어쩌나 했는데 이쪽을 바라보고 있는 시선들과 마주쳐서 안심했다. 놀란 것 같긴 하지만 다들 멀쩡한 모습이었다. 다행히 정화되면서 주술도 효력을 잃었나 보다. 그걸 증명하듯 바닥에 선명했던 마법진이 흔적도 없이 지워져 있었다.

"다들 괜찮으세요? 움직일 수 있겠어요?"

그제야 정신을 차린 여자들이 서로를 돌아보며 고개를 끄덕였다. 살아남았다는 안도감에 끌어안고 울기 시작하는 이들도 있었다. 자세한 피해 상황은 나중에 확인하기로 하고, 우선 멍하게 앉아 있는 웰디에게 다가갔다.

"어디 다친 곳은 없어요, 웰디?"

폭력이 있었던 것 같지는 않지만 혹시 또 모르는 일이다. 상처라도 있는 건 아닌지 가까이 다가가 살피니 웰디가 붉어진 눈시울로 고개를 숙였다.

"고마워요."

"별말씀을요. 무사해서 다행이에요."

"제가 폐를 끼쳤네요. 미안해요."

"아뇨, 납치한 놈들이 나쁜 건데 왜 웰디가 사과를 해요. 미리 주의하지 못한 건 모두가 마찬가지고요. 안 그래도 고생했는데 자책까지 하지 마세요. 일단 일어날 수는 있겠어요?"

손을 내밀자 천천히 고개를 끄덕인 웰디가 내 팔을 잡고 일어섰다. 맞잡은 손에서 약한 떨림이 느껴졌다. 안색도 평소보다 몹시 창백해서 당장 쓰러져도 이상하지 않을 것 같았다.

"그런데 여긴 어떻게 찾은 건가요? 다들 숲에서 헤매고 있다고 들었는데……."

"제가 운이 좀 좋았어요. 저쪽이 방심한 거죠."

"혹시 당신이 이 숲을 찾은 이유가 이거였나요? 납치된 사람들을 구하려고?"

"음, 뭐, 비슷해요."

원래 목적은 성역을 정화하려던 거지만, 결과만 좋으면 다 된 거지. 임무를 완수한 건 확실한지 숲에 자욱하던 안개가 점점 흐려지고 있었다. 가짜 신을 위해 뭉쳐진 힘들이 사라지고 있는 거다. 그래도 혹시 모르니 동상에도 서클렛을 걸어볼 생각이긴 했다. 이왕이면 완벽하게 마무리하는 게 나을 테니까.

……물론 그러려면 그 전에 먼저 넘어야 할 산이 있긴 하다. 여전히 잿더미 속에서 홀로 빛나고 있는 서클렛을 떨떠름하게 바라봤다. 기분 탓인지 모르겠는데, 왠지 전보다 활기가 느껴지는 것 같았다.

이거 그냥 물건인 건 맞는 거지? 평범한 장신구인 줄 알았던 게 알고 보니 사람을 잡아먹는 괴물이었다는 기분이다. 안에 죄인이 갇혀 있다는 말을 들었을 때와는 비교가 되지 않을 정도로 찜찜했다. 라피스가 준 거니까 차마 버릴 순 없겠지만, 앞으로 이걸 계속 착용하고 다닐 수 있을지는 잘 모르겠다.

어쨌든 용기를 내 다시 주워들긴 했다. 잿가루에 닿지 않게 조심스럽게 들어 올린 후 빠르게 털고 있자니 어디선가 쏟아진 물이 서클렛을 씻어냈다. 엘뤼엔이었다.

"앗, 고마워."

—그건 다시 넣어두려고 회수한 건가?

"아니, 일단 세이렌 동상에도 올려 보려고."

그러자 휙 떠오른 서클렛이 내 손을 떠나 빠른 속도로 허공을 날아갔다. 잠시 후 안착한 곳은 정확히 세이렌의 동상 머리 위였다.

—이러면 됐나?

내가 다른 건 몰라도 아버지 하나는 참 잘 만났지! 감동의 눈길을 보내고 있으려니 옆에서 헛숨을 삼키는 소리가 들렸다. 웰디가 멍하니 입을 벌리고 있었다. 아, 그러고 보니 이 사람이 근처에 있었지.

"바, 방금 그건 뭐였죠? 장신구가 혼자 하늘을 날아갔어요. 제가 제대로 본 게 맞나요?"

엘뤼엔이 보이지 않는 웰디로선 그렇게 오해할 만한 광경이긴 했다. 사람을 잿가루로 만들다 못해 혼자 날아다니는 서클렛이라니. 귀신 붙은 물건처럼 보이지 않았을까. 아이처럼 놀란 얼굴에 웃음이 나왔다.

"아버지가 한 거예요."

"아버지? 아, 마법이었군요! 그분도 이 근방에 계신 건가요? 그럼 아까 전에 병사들을 한꺼번에 처리한 것도요? 하지만 그런 마법은 들어보지 못했어요."

"나중에 다 설명해 줄게요."

혼란에 빠진 웰디를 대강 진정시키고 있는데 뒤쪽에서 다가오는 기척이 느껴졌다. 돌아보니 한 소녀가 우물쭈물 서 있었다. 미온 누나의 친구, 주술을 방해하다 잡혔던 바로 그 소녀였다. 처음엔 구해줘서 고맙다는 인사를 하려고 그러나 했다. 그런데 소녀의 입에서 나온 건 전혀 생각지도 못한 단어였다.

"……엘?"

"음?"

"저기, 아니시면 죄송한데요. 혹시 성함이 엘 아니세요?"

헉, 날 어떻게 아는 거지? 다른 지역에서 왔다더니 혹시 세이크 제국인인가? 술법학부 학생이라고 했으니 나에 대해 알아봤을 수도 있다. 정령왕의 계약자는 어느 나라에서나 관심을 보이는 존재이니까. 날 따라다니던 취재진 중에선 외국에서 온 기자들도 꽤 있었다. 하지만 고작 그런 정도가 아닌 것 같았다.

"혹시 저 모르시겠어요?"

"어? 네?"

나도 아는 사람이라고? 당황해서 눈을 크게 뜨니 소녀가 황급히 머릿수건을 끌어내렸다. 얼굴을 거의 가리고 있던 천이 사라지니 맑은 홍차색 머리카락과 바둑알처럼 검은 눈동자가 드러났다. 주근깨가 뽀얗게 핀 얼굴은 무척 하얀 편이었다. 어디서 많이 본, 지나치게 눈에 익은 조합이라는 생각이 들었다. 내가 아는 누군가에게 언니가 있다면 딱 저런 모습일 것 같다.

아, 설마. 말도 안 돼.

"……랑시?"

소녀의 얼굴이 바로 환해졌다.

"네! 저 랑시 맞아요! 기억하시는군요!"

"헐, 헐? 너 정말 랑시야? 어떻게 된 거야? 너 왜 이렇게 컸어? 꼬마였잖아!"

"그때가 벌써 언제인데요! 당연히 자랐죠!"

하긴 처음 이곳에 떨어진 게 이제 3년 전인가. 성장기에 3년이면 변화가 가장 클 때다. 그래도 믿어지지가 않아 계속 랑시의 모습을 바라봤다. 마른 체형은 그대로였지만 몰라볼 정도로 키가 컸다. 원래도 귀염성 있던 외모는 더 화사해진 것 같았다. 이젠 어딜 봐도 꼬마가 아니라 숙녀였다.

"와, 진짜 놀랐다. 널 여기서 만날 거라곤 상상도 하지 못했어."

"저도 마찬가지예요. 얼마나 심장이 두근거렸다고요! 설마설마 했는데 정말 엘이었다니! 진짜 믿을 수가 없어요! 근데 금발 아니셨어요? 머리 색이 달라서 긴가민가했어요."

"아, 원랜 금발 맞아. 이건 염색한 거야."

"앗, 왜요? 긴 금발 너무 예뻤는데! 흑발도 어울리시지만 금발일 땐 엄청 신비로운 분위기였다고요. 그래서 저 처음엔 엘이 인간이 아닌 줄 알았잖아요."

"맞아, 너 그때 나한테 인어 아니냐고 했었지."

"으아아! 그걸 말하는 건 반칙이에요! 그땐 제가 진짜 아무것도 몰랐죠. 근데 지금 보니까 말도 안 되는 오해였어요. 인어랑은 비교가 안 돼요. 엘이 훨씬 더 예뻐요."

창피해서 빨개진 얼굴로 툴툴거리는 랑시를 보고 피식 웃었다. 그러고 보니 인어에 대해 처음 알려준 사람이 바로 랑시였다. 그런데 그 인어를 계기로 재회하다니. 이게 무슨 인연인지 모르겠다. 랑시도 비슷한 생각을 했는지 추억에 빠진 얼굴이었다.

"다시 봐서 정말 기뻐요. 그동안 잘 지내셨어요?"

"그럼 잘 지냈지. 나도 널 만나서 너무 기쁘다, 랑시. 넌 어떻게 지냈어? 안 그래도 근원의 숲에 방문할 일이 있어서 네 집에도 찾아가 봤었거든. 그런데 아무것도 없더라고."

"앗, 그러셨구나! 제 학업 문제도 있고 해서 도시로 이사했거든요. 엘이 다시 오실 줄 알았으면 편지라도 남겨둘 걸 그랬어요."

거기에 편지를 뒀어도 이미 삭아버리지 않았을까. 물론 그건 그것대로 재밌었을 거란 생각에 웃음이 나왔다.

"그러고 보니 학교에 다니는 거야?"

"네! 수도에 있는 왕실 교육원에 다니고 있어요. 술법학부 정령학과 2학년이에요."

자랑스럽게 대답하는 랑시의 눈동자가 별처럼 빛났다. 랑시의 모친인 에리나는 딸이 정령사가 됐다는 사실을 알게 되자마자 학교부터 알아봤다는 모양이다. 안 그래도 빈집에 어린 딸을 혼자 두는 게 늘 마음에 걸렸던 참에 좋은 전환점으로 삼은 것 같았다. 이미 운영을 중단한 여관을 미련 없이 정리하고 수도로 올라와 작은 가게를 차렸는데, 장사가 잘돼서 지금은 두 식구가 남부럽지 않게 잘 산다고 했다. "모두 엘 덕분이에요." 그렇게 말하며 배시시 웃는 얼굴은 3년 전 꼬마일 때와 똑같아서 감회가 새로웠다. 하지만 방긋거리던 랑시의 얼굴은 곧 급격하게 흐려졌다.

"그런데 저 이제 큰일 난 건지도 모르겠어요."

"어? 왜? 무슨 큰일?"

"실은…… 여기로 온 뒤부터 정령이 소환되지 않아요. 아무리 불러도 나이아스가 반응을 안 해요."

들어보니 다행스럽게도 큰 문제는 아니었다. 혹시 아픈 곳이라도 있나 싶어 나도 모르게 긴장한 어깨에 힘을 풀었다.

"그건 여기가 결계 안이라서 그래."

"네? 결계요?"

"그래, 일시적으로 정령계와 통신이 차단된 거라고 보면 돼. 네 정령 계약이 깨진 건 아니야."

시무룩한 분위기는 금세 사라졌다. 고개를 번쩍 치켜든 랑시가 가슴을 크게 쓸어내렸다.

"와, 결계! 그거 뭔지 알아요! 보이지 않는 벽 같은 거죠? 그거 이론으로만 들어봤는데 진짜 있는 거였구나! 전혀 생각도 못 했어요!"

"아무나 만들 수 있는 건 아니지. 그래도 결계를 이루는 주축이 사라졌으니 이제 곧 깨질 거야. 그럼 정령도 다시 부를 수 있어."

"와아, 그렇구나. 진짜 다행이다. 영영 못 만나게 된 줄 알고 진짜 속상했는데."

다시금 안도한 랑시가 명랑하게 웃었다. 왠지 목소리 끝이 갈라진 것 같아 얼굴을 차분히 들여다보았다. 아무렇지 않게 웃는 표정이었지만 이미 눈시울이 붉었다.

"이제 괜찮아, 랑시. 넌 안전해."

어쩌면 처음부터 이 말을 듣고 싶었을지도 모른다. 그 한마디에 표정이 무너진 랑시가 입술을 깨물더니 내 허리를 와락 끌어안았다. 급작스러운 상황에 당황했다가 떨고 있는 어깨를 발견하고 어쩔 수 없이 등을 다독여줬다. 아무리 성숙해졌어도 아직 어린 나이였다. 납치 감금에 이상한 주술, 조금 전엔 죽을 뻔하기도 했다. 어른이 겪어도 괜찮지 않은 일을 경험했는데 속이 멀쩡할 리가 없다. 태연하게 행동해도 사실은 많이 무서웠겠지.

잠시 움찔하던 랑시는 곧 눈물을 토해내기 시작했다. 옷자락이 젖어 드는 게 선명히 느껴지는데 울음소리는 들리지 않았다. 흐느낌을 억지로 참는 게 안쓰러워 진정시킬 겸 말을 걸었다.

"친구를 구하려고 온 거라며?"

"어, 어떻게 아셨어요?"

"어쩌다 우연히 들었어. 그 용감한 소녀가 설마 너인 줄은 몰랐지만."

"제가 너무 무모했죠? 저 실은 학교에선 수재 소리 들었거든요. 그래서 구할 수 있을 줄 알았어요. 혼내셔도 돼요. 정령사가 될 수 있었던 것도 다 엘 덕분이었는데, 제가 너무 자만했어요."

"아냐, 잘했어."

"진짜요?"

"당연하지. 넌 친구를 구하려고 한 것뿐이잖아. 잘한 거야. 그리고 너 수재 맞는 것 같은데? 정령술도 안 돼서 당황했을 텐데 그 와중에 지혜를 발휘해서 주술도 방해했잖아. 정말 대단했어. 네가 정말 자랑스러워, 랑시."

울음소리가 커졌다. 이젠 아예 목놓아 울기 시작하는 랑시를 다독여주며, 마음껏 울도록 내버려 뒀다.

이 세계로 온 이후로는 줄곧 뒤돌아볼 겨를 없이 앞으로 달리기만 하던 시간이었던 것 같다. 그동안 홀어머니를 도와 숲에서 혼자 물을 긷던 의젓한 소녀는 친구를 구하기 위해 위험도 무릅쓰고 나서는 훌륭한 정령사가 됐다.

처음 만났을 때의 알리사와 비슷한 또래라 더욱 마음이 갔던 아이였다. 이 아이의 성장이 벅차도록 자랑스러운 만큼 알리사의 성장도 기대됐다. 그보다 더 많이 자랐을 이사나도.

이젠 다들 어른이 됐을까. 하지만 아무리 변했어도 난 어린 시절의 얼굴을 찾아낼 거다. 한눈에 달라진 랑시에게서도 처음 만났을 때와 똑같은 미소를 발견한 것처럼.

거기까지 생각하니 가슴 속이 빼근해졌다. 생각지 못한 뜻밖의 재회가 많은 것들을 자극한 모양이다. 내 시대에 두고 온 사람들이 오늘따라 참 보고 싶었다.

# 제5화

# 1.

"구해주셔서 정말 감사합니다."

랑시가 진정했을 때쯤엔 하늘이 완전히 밝아진 후였다. 파랗게 빛나는 아침 하늘은 새로운 시작을 가리키는 것처럼 청명했다. 그 때쯤 여유를 찾은 여자들은 내게 연거푸 감사 인사를 했다. 다들 지쳐 보였지만 표정만은 맑았다.

간략히 신원을 헤아려보니 마을 사람보다 다른 지역에서 온 이들이 더 많았다. 무작정 끌려온 사람도 있었지만 직업을 소개받는 자리로 알고 찾아갔다가 화를 당한 사람이 대다수였다. 원래는 인원이 더 많았는데 다들 의식을 치르는 중에 시름시름 앓다 죽었다고 했다. 매일 생명력을 빼앗기다 전부 소모되어 죽은 거다. 그 뒤

시신은 이 호수에 버려진 듯했다. 인어들이 끌어갔다는데 그 뒤의 처리 방식은 상상하고 싶지 않았다.

다행히 당장 거동이 불편할 만큼 몸이 안 좋은 사람은 없었다. 엘퀴엔이 설명해 준 바로는 그동안 소모한 생명력도 한동안 정양하면 다시 회복된다는 것 같았다. 사람들한테도 그렇게 말해주니 다들 크게 안도하며 기뻐했다.

"일단 여길 나가죠."

당연히 반대하는 사람은 아무도 없었다. 숲으로 나가는 길은 내가 직접 인솔하기로 했다. 호수 쪽의 병력은 거의 처리했지만 아직 천막 쪽엔 세이렌의 신도들을 비롯한 잔당들이 남아 있었다. 왕세자의 수하들과 인어들이 달아났는데도 별다른 낌새가 없는 걸 보면 돌아가는 상황을 까맣게 모르는 눈치긴 한데, 그래도 각자 알아서 빠져나갈 수 있는 환경은 아니었다.

"엘, 저건 가져가지 않나요?"

막 출발하려는 참에 웰디가 어딘가를 가리켰다. 뭘 말하는 건가 했더니 세이렌의 동상에 걸린 서클렛이었다. 왕세자를 한순간에 잿더미로 만들었던 성물은 정작 원래 목표였던 동상 위에선 얌전했다. 역시 내 판단이 맞았던 거다.

그 앞 제단에 눕혀져 있는 왕비에게선 이제 티끌만 한 생기도 느껴지지 않았다. 마법진이 깨지면서 미약하게 유지하던 생명도 끊어진 듯했다. 그러고 보니 왕족들이 전부 죽었으니 이제 에펜 왕국은 어떻게 되는 거지? 잠시 상황과는 상관없는 염려가 스쳤으나 내가 할 걱정은 아니라는 생각에 그만뒀다. 뭐, 어떻게든 알아서들 잘하겠지. 어쨌든 고민하는 순간은 짧았다.

"그냥 내버려 두려고요."

딱히 마신전에 돌려달라는 말은 없었으니 괜찮을 거다. 아직 숲이 완전히 정화된 것도 아니니 징벌의 힘이라는 게 내려질 때까진 저대로 유지하는 게 나을 것 같았다. 내가 생각해도 변명 같기는 했다. 아니, 어쩌면 미련일지도 모른다.

그 뒤로는 순탄하게 진행됐다. 숲을 빠져나오는 여정에서 위험한 일은 전혀 없었다. 안개는 아직 있었지만 거의 흐려져 시야를 방해하는 수준은 아니었다. 약 한 시간가량 이동하고 나니 나무가 점차 사라지면서 길이 나타나기 시작했다. 멀찍이 마을의 전경을 확인한 여자들이 다시금 눈물을 터트렸다. 이제야 정말로 안전해졌다는 걸 실감한 듯했다.

뜻밖에 마을 앞에는 사람들이 몰려나와 있었다. 아마도 숲의 안개가 걷히는 걸 보고 상황을 파악하기 위해 나온 것 같았다.

"세상에, 저길 봐!"

그들이 숲에서 걸어 나오는 우리를 보고 놀라서 소리쳤다. "에나? 저기에서 오는 사람 에나인 거 맞지?" "맙소사! 사라야! 사라도 있어!" 헛숨을 동반한 탄성들이 터졌다. 그중에 얼굴이 익은 한 꼬마가 빠른 속도로 달려 나왔다. 미온이었다.

"누나!"

"미온!"

숲을 빠져나오는 내내 랑시와 손을 꼭 잡고 있던 소녀가 동생을 확인하고 울음을 터트렸다. 남매가 서로 끌어안고 우는 동안 다른 여자 몇도 가족과 합류했다. 그들이 우는 만큼 다른 지역에서 온 여자들도 같이 울었다. 재회의 현장은 울음소리로 가득해졌다.

"웰디 님!"

달가운 재회는 우리 쪽에도 있었다. 실컷 운 사람들이 슬슬 진정할 기미를 보였을 때쯤, 뒤쪽에서 아는 목소리가 들렸다. 돌아보니 숲에서 허둥지둥 달려 나오고 있는 카리안이 보였다. 우연히 우리의 이동 흔적을 발견하고 뒤따라온 것 같았다.

"카리안!"

아무리 아는 사람과 함께 있어도 동족을 만난 위안에 비할 수는 없을 거다. 쭉 의연하게 버티고 있던 웰디의 눈에 기어코 눈물이 맺혔다.

"아아! 정말 웰디 님이셨군요! 무사하셔서 다행입니다! 정말 다행입니다!"

카리안 역시 감격해서 눈물을 흘렸다. 밤새 숲을 헤맸다는 걸 증명하듯 그는 몹시 지친 모습이었다. 땀과 먼지로 푹 젖은 머리칼, 나뭇가지에 긁히기라도 했는지 얼굴에 생채기도 가득했다. 하지만 자신의 상태는 인지하지도 못하는 듯 웰디를 살피기에만 바빴다.

“어디 다치신 곳은 없으십니까?”

“괜찮아요. 조금 지치기만 했을 뿐이에요.”

“숲에 혼자 들어가셨다는 걸 알고 정말 눈앞이 캄캄했습니다. 대체 어떻게 되신 겁니까? 그 안에선 어떻게 나오신 겁니까?”

“엘이 구해줬어요.”

웰디의 솔직한 대답에 카리안이 놀란 시선으로 나를 바라봤다. 많은 것을 묻고 싶어 하는 표정이 스쳤지만 때가 아니라 생각했는지 바로 가라앉히는 눈치였다. 그는 자세를 똑바로 하더니 정중하게 고개를 숙였다.

“당신이 또 저희를 구하셨군요. 은인께 깊이 감사드립니다.”

“뭘요. 안개도 짙었는데 밤새 고생 많이 하셨어요. 그런데 시벨리우스는요?”

“아, 맞아요, 카리안. 시벨 님은 어디에 계세요?”

그러자 카리안의 표정이 급격히 흐려졌다.

“역시 먼저 합류하신 건 아니었군요. 안 보이셔서 혹시나 했습니다만…….”

“무슨 뜻이에요? 카리안도 시벨 님의 행방을 모른다는 건가요?”

“그게 실은…… 안개 속에서 헤매는 사이에 모습을 놓쳤습니다. 그 뒤로는 다시 뵙지 못했습니다.”

얘기를 들어보니 숲에 들어가고 나서도 꽤 초반에 헤어졌던 듯했다. 웰디의 표정이 굳어지자 카리안이 급히 달랬다.

"강한 분이시니 괜찮을 겁니다. 이제 안개도 걷히고 있으니 저처럼 이동 흔적을 발견하고 밖으로 나오시겠지요."

"그럴까요?"

"그럼요. 너무 염려하지 마십시오."

그 의견엔 나도 공감했다. 저 숲 안에서 가장 위험한 인물이 있었다면 왕세자인데, 그는 이미 죽었다. 나머지 잔당 병력이나 신도들은 설령 마주치더라도 시벨리우스의 상대가 되진 못했다. 적당히 수색하다가 사람들이 빠져나간 흔적을 발견하면 곧 어떻게 된 건지 사정을 짐작할 터였다. 일부러 흔적을 가리지도 않았으니 이동 동선 정도는 금방 파악하겠지.

"자자, 여기서 이러지들 마시고 안으로들 들어갑시다. 다들 따뜻한 곳에서 얘기하자고요."

그래서 마을 주민들의 권유도 받아들였다. 원래는 이쯤에서 헤어지고 천막을 설치한 곳으로 갈 예정이었지만 은인을 그냥 돌려보낼 수 없다는 만류를 물리치기가 어려웠다. 아직 랑시와 회포를 다 못 풀기도 했으니 시벨리우스가 찾아올 때까지 잠시간만 머물 생각이었다.

그러나 방심하지 말라는 의미였을까. 갑자기 우르릉거리는 소리가 울리더니 사방이 급격하게 어두워졌다. 놀라서 올려다본 하늘엔 빠른 속도로 먹구름이 형성되고 있었다. 조금 전까지 쾌청한 하늘이었다곤 믿어지지 않을 정도였다. 실제로 비가 오려는 전조는 조금도 없었다. 그건 이미 먹구름이 가득한 지금 이 순간도 마찬가지였다. 엘뤼엔 역시 하늘을 바라보는 중이었다. 잔뜩 좁힌 미간에 불쾌한 기색이 역력한 걸 보니 역시 정령이 관여한 현상은 아니었다.

"어이쿠, 뭐지?"

"비가 오려나?"

"아뇨, 그건 아닌 것 같아요."

물의 정령사답게 랑시 역시 이 현상이 자연적인 흐름이 아니라는 걸 알아차렸다. 아직 느긋한 사람들 속에서 랑시만 혼자 얼굴이 굳어져 있었다.

"비가 오려는 게 아니에요. 뭔가 다른 일이 벌어지려는 거예요."

사람들의 분위기가 빠른 속도로 경직됐다. 그러자 그 말을 기다렸다는 듯이 섬뜩한 기운이 폭발했다. 사납고 서늘한 감각이 피부를 타고 올라가면서 온몸에 소름이 돋았다. 다른 사람들도 같은 것을 느꼈는지 서로를 끌어안고 덜덜 떨었다. 이제 완전히 새카매진 하늘 속에선 환한 빛이 터지다가 점멸하기를 반복했다. 랑시의 말대로 뭔가가 시작되려고 있었다.

'아, 설마 그건가? 징벌의 힘?'

짐작해 볼 만한 거라면 역시 그것뿐이다. 기한이 얼마 안 남았다더니 이건 너무 간발의 차이잖아. 아니면 내가 정화한 걸 알아차리고 바로 시작한 건가? 느낌상 후자인 것 같다.

"왠지 암흑절이 시작될 때랑 비슷하지 않나요?"

"아, 듣고 보니. 하지만 마신의 탄생 절기는 콴제르에 있잖아.

그리고 이렇게 무서운 분위기는 아니지 않나?"

"게다가 마신전이 사라진 후로는 암흑절도 사라졌잖아요."

"헉, 설마 다시 마신전이 생기려는 건가?"

마을 사람 중에서도 마신과의 연관성을 유추한 사람들이 있었다. 정답에 가까운 추론을 내린 이들의 얼굴은 무척 밝았다. 최근 몇 년 사이 인식이 나빠지긴 했지만 상급신의 신전을 싫어하는 이들은 없었다. (알짜배기 땅을 내줘야 하는 문제는 차치하더라도) 신전은 그 자체로 인간에게 이득을 준다. 특히 마신처럼 강한 신의 신전은 그 지역을 가호하는 파수꾼이나 다름없었다. 마력을 관장하는 신이기도 해서 마석의 생산량도 많아진다. 마신전이 있고 없고에 따라 출하량이 몇 배나 차이 날 정도였다. 물론 품질은 비교할 수도 없다. 암흑절마다 균열을 타고 들어오는 마수와 마물들의 핵도 소중한 자원이었다. 따로 공표된 적이야 없지만 마신전이 사라진 후로 입은 손실이 상당했을 것이다. 최고신의 분노를 샀다는 두려움도 있었을 테니 다시 신전이 세워진다는 게 기쁠 만했다. 하지만 한 사람은 생각이 달랐는지 얼굴이 새파랬다.

"저기, 마냥 좋아할 일이 아닌 것 같아."

"그게 무슨 소리야?"

"내가 얼마 전에 신문 하나를 봤거든. 마신전에서 신탁을 공개했다는 기사였는데, 그 내용이 좀 그렇더라고. 에펜 왕국에 곧 마신전이 다시 세워질 건데, 그 후에 마신께서 왕국을 심판하신다는 거야."

"시, 심판?"

귀 기울여 듣던 사람들이 모두 숨을 죽였다. 설명하던 남자가 겁먹은 얼굴로 고개를 끄덕였다.

"혹시 지금이 그날인 거 아니야?"

콰과광! 그 순간 화답하듯 하늘에서 거대한 벼락이 내리꽂혔다. 반사적으로 비명을 내지른 사람들이 바닥에 주저앉았다. 아, 이런 건 예고 좀 해주라고! 지금 일부러 그런 거지! 일부러 그런 게 틀림없어! 놀라서 두근거리는 가슴을 문지르며 벼락이 꽂힌 쪽을 노려보았다. 대체 뭘 어떻게 한 건지 몰라도 숲에서 연기가 피어오르고 있었다.

'세이렌 관련자만 죽는 거 아니었어?'

마구잡이로 번개를 내리치다니. 엘뤼엔처럼 단숨에 끝낼 줄 알았지, 이런 방식인 줄은 몰랐다. 누가 봐도 징벌의 형태라는 점에선 할 말이 없긴 했다. 문제는 저 숲 안에 있는 게 세이렌의 잔당들만이 아니라는 거다.

"시, 심판이! 마신께서 진노를……!"

혼란에 빠진 사람들은 정신을 차리지 못했다. 하필 관련 대화를 하던 중에 떨어진 벼락이라 파급력이 커도 너무 컸다. 괜찮을 거라고 달래는 말도 들리지 않는 것 같았다.

"정말 아무 일 없을 거라니까요."

"하지만 벼락이 떨어졌는걸요! 마신께서 이곳에도 벼락을 내리시면……!"

"절대 안 그래요. 저 벼락은 숲 안쪽에만 떨어질 거예요. 여기서부턴 안전하니까 안심하세요."

"그걸 어떻게 장담하시는 거죠?"

어떻게 장담하긴. 내가 그걸 위해 온 거니까 그렇지. 이 고생을 하고 정화했는데 해결되지 않았으면 아주 곤란하다.

"저, 저기요! 엘이 하는 말은 믿으셔도 돼요!"

그때 돌연 랑시가 크게 소리쳤다.

"왜냐면 엘은……!"

굳건한 신뢰로 가득한 표정을 보니 이 세계에 오자마자 저질렀던 일 하나가 떠올랐다. 무슨 말을 하려는 건지 알 것 같아 황급히 앞으로 나섰다.

"맞아요! 제가 실은 이런 게 있거든요!"

웰디와 카리안이 볼 수 없도록 등을 진 상태로 장갑을 벗었다. 손등을 보여주니 문양을 확인한 사람들의 눈이 동그래졌다. 그제야 분위기가 빠르게 안정되면서, 이번엔 감동의 물결이 넘실거렸다. 징벌에 앞서 마신전에서 파견 나온 신관이 모두를 구한 거라고 믿게 된 것 같았다. "극비니까 지금 본 건 모른 척해 주세요." 만일을 대비해 덧붙인 말에 그런 분위기는 더욱 과열됐다. 생각해 보니 크게 틀린 것도 아니라 기분이 굉장히 묘했다. 정작 날 이곳으로 보낸 마신관들은 내가 마신의 문장을 갖고 있다는 사실도 모른다는 점에서 더더욱.

"뭘 보여주신 거예요?"

한순간 달라진 분위기가 당황스러웠는지 웰디가 조심스럽게 물었다. 그걸 말해주면 일부러 감춘 의미가 없었으므로 모르는 척 웃어넘겼다.

“그런 게 있어요. 어쨌든 다들 마을로 들어가는 게 좋겠어요. 두 사람도 같이 가세요.”

“당신은요?”

“전 시벨리우스를 찾아올게요. 그 녀석, 저 안에 있다가 같이 휘말릴까 봐 좀 걱정되네요.”

저렇게 벼락이 내리치면 관련자가 아니라도 다칠 거다. 내가 하려는 말을 깨달은 웰디의 얼굴이 하얗게 질렸다. “그분을 꼭 안전히 모셔와 주세요.” 간절한 얼굴로 부탁하는 말에 고개를 끄덕여 준 다음 한달음에 숲으로 들어섰다. 거기서 고비가 끝난 거면 참 좋을 텐데, 실상은 이제부터가 시작이었다.

—그 문장은 요긴하게 써먹는군.

소리 없이 따라선 엘뤼엔이 중얼거리는 소리에 가슴이 덜컥 내려앉았다. 고장 난 기계처럼 뻿뻿하게 돌아보니 무심한 시선이 마주해왔다.

—아직도 말할 준비가 되지 않았나?

“어, 그게 말이지…….”

—여전히 그 문장이 가짜라는 주장을 고수하려는 건 아닐 테지.

물론 나도 염치가 있는데 여기까지 와서 그런 뻔한 거짓말을 반복할 생각은 없었다. 하지만 엘뤼엔이 기다리는 대답이 고작 문장의 진위는 아닐 것이다. 그는 내가 누구인지 묻고 있는 거였다. 신의 힘과 정령의 힘을 동시에 담을 수 있는 몸을 지닌, 내 진짜 정체를.

"나는……."

엘뤼엔이 이미 포기한 것 같다니, 얼마나 허무맹랑한 망상이었던가. 속이 타는 긴장감에 마른침을 꿀꺽 삼켰다. 그래도 여기까진 말해도 괜찮지 않을까? 여기까지라면.

"미안해, 아버지. 실은 내가 이런 걸 말하면 안 돼."

힘겹게 입을 열자 날 내려다보는 시선에 이채가 어렸다.

—주술이군.

역시 나와는 다르게 그는 단번에 내 말에 깔린 배경을 눈치챘다. 대답하지 않는 게 긍정의 의미라는 것마저도. 그의 표정이 묘해진다 싶더니 갑자기 시야가 울렁거리기 시작했다. 현기증이 아니라 공간 전체가 일렁이는 감각이었다. 언젠가도 겪었던 현상이라 바로 깨달았다. 엘뤼엔이 내 정체를 눈치챈 거다. 역시 언급도 해선 안 되는 거였나? 고작 주술이 있다는 걸 알아차렸을 뿐인데 이렇게 된다고? 숨을 삼킬 겨를도 없이 다가올 충격을 대비해 입술을 꽉 악물었다.

—방심을 못 하겠네.

어디선가 웃음기를 담은 경쾌한 목소리가 스쳤다. 그때 눈앞에 새하얀 섬광이 들이닥쳤다. 찰나의 순간 엘뤼엔과 시선이 마주쳤다. 그의 얼굴이 일그러지는 모습이 아주 느리게 재생되는 화면처럼 이어졌다.

콰아아앙!

"엘!"

날 부르는 소리가 엘뤼엔의 것인지, 라피스인지 모르겠다.

그리고 암전이었다.

## *2.*

다시 눈을 떴을 때 보인 건 날 빤히 내려다보고 있는 눈동자였다. 수국이 피어난 것 같은 예쁜 분홍색. 보송보송한 느낌이 드는 머리칼도 같은 색깔의 분홍색이었다.

별별 머리 색이 다 존재하는 아크아돈에서도 분홍색은 그다지 흔치 않은 색이다. 특히 이만큼 선명한 분홍은 지금까지 라온휘젠 황태자 한 사람 정도만 봤던 것 같다. 그마저도 완전히 똑같은 색은 아니었지만. 어쨌든 그 희귀한 머리 색을 지닌 존재는 앳된 얼굴을 갖고 있었다. 이건 꿈인가? 멍하니 바라보고 있자니 소녀인지 소년인지 모를 아이가 생긋 웃었다. 나도 모르게 따라 웃기 무섭게 정신이 번쩍 들었다.

"헉, 뭐야."

반사적으로 상체를 일으키니 눈앞의 존재가 후다닥 멀어졌다. 조금 떨어지고 나자 모습이 더 확실히 보였다. 꿈결의 착각이 아니라 정말 어린애였다. 저 앤 누구지? 이건 대체 무슨 상황이야? 주위를 둘러보니 침침한 돌벽이 눈에 들어왔다. 천장까지 전부 꽉 막혀 있는 걸 보면 아무래도 동굴 같은 곳에 들어와 있는 것 같았다. 뭐가 어떻게 된 건지 정신이 하나도 없었지만, 일단 엘퀴엔이 곁에 없다는 것만은 확실했다.

"으, 머리야……."

거기까지 확인하고 나니 머리가 깨질 듯이 아팠다. 손으로 짚은 채 신음하고 있으니 멀찍이 떨어졌던 아이가 가까이 다가와 기웃거렸다. 걱정하는 건가? 두통이 잦아든 걸 느끼고 아이의 모습을 살폈다. 아직 추운 계절인데도 짧은 옷을 걸친 데다가 신발조차 신지 않은 모습이었다. 덕분에 확실히 보였다. 정강이부터 발등까지 다리에 새겨져 있는 선명한 자국. 저건 분명 비늘이었다.

"……인어?"

"엘, 깼구나! 정신이 좀 들어?"

당혹감을 느끼기 무섭게 익숙한 목소리가 들려왔다. 통로 쪽에서 내가 잘 아는 블루 엘프가 들어서고 있었다. 쟤가 왜 여기서 나와?

"시벨리우스, 너야?"

"응응, 나 시벨이야. 몸은 좀 어때? 괜찮아? 오랫동안 깨지 않아서 걱정했어."

이게 진짜 무슨 상황인 건지 전혀 모르겠다. 의식을 잃은 동안 대체 일이 어떻게 돌아간 거지? 혼란스러운 기분으로 얼굴을 찌푸리는데 아이가 후다닥 시벨리우스의 뒤에 가서 숨었다. 그것도 황당했지만 더 어이없는 건 시벨리우스의 반응이었다. 흐뭇하게 웃은 녀석이 누가 봐도 인어인 꼬마의 머리를 다정하게 쓰다듬는 게 아닌가.

"괜찮아. 엘은 내 친구야."

……또 두통이 이는 것 같다. 더는 생각하는 걸 포기하고 다시 머리를 짚었다.

"왜 그래? 머리가 아파?"

급히 다가온 시벨리우스가 내 이마를 짚었다. "열은 없는 거 같은데." 그가 중얼거리는 동안 머리를 둥둥 울리는 것 같던 감각이 천천히 사그라졌다.

"혹시 몰라서 회복제를 먹여두긴 했는데. 한 병 더 마셔볼래?"

"아니, 괜찮아. 그보다 뭐가 어떻게 된 거야? 우리가 어떻게 만난 거야? 여긴 어디고?"

"우선 침착해, 엘. 정신을 잃기 전의 상황은 기억이 나?"

물론 기억한다. 엘뤼엔한테 정체가 들켰는지 주술이 깨지기 직전인 상태였다. 이대로 끝나나 싶었는데 그 순간 느닷없이 섬광이 들이닥쳤다. 하얗게 번져가는 빛 사이로 카노스의 목소리를 들었던 것 같다. 하지만 이런 걸 설명할 수는 없었으므로 그냥 천천히 고개를 가로저었다. 시벨리우스가 안타까운 한숨을 내쉬었다.

"너 혼자 숲에 쓰러져 있었어. 피신하는 길에 내가 우연히 발견했으니 망정이지……."

"피신?"

"지금 밖에 난리가 났거든."

무슨 말인지는 설명해 주지 않아도 알 것 같았다. 온 사방에 벼락이 내리치고 있다는 소리겠지. 짐작을 증명하듯 지금도 우르릉거리는 소리가 들렸다. 조용해지는 틈이 없는 걸 보면 쉬지 않고 내리치고 있는 게 분명했다.

"나도 위험할 뻔했는데 얘가 구해줬어."

시벨리우스가 가리킨 건 분홍색 꼬마 인어였다. 내도록 안개 속에서 헤매다가 겨우 시야가 트여 천막이 있는 곳을 찾아냈는데, 갑자기 하늘이 어두워지더니 눈앞에 벼락이 내리꽂혔다고. 그때 저 꼬마 인어가 시벨리우스를 뒤에서 잡아당겨 도와줬다는 사연이었다.

"아니었으면 피하지 못했을 거야."

정말 간발의 차이로 살았다고 설명하는 시벨리우스는 서슴없이 꼬마 인어를 은인이라고 칭했다. 벼락을 피하도록 도와준 것도 그렇지만 불타는 숲을 빠져나오는 과정에서도 여러 차례 도움을 받았다는 것 같았다. 지금 피신처로 삼은 이 동굴 역시 꼬마 인어가 안내해준 거였다.

유심히 바라봤더니 꼬마 인어 역시 나를 똑바로 마주했다. 아직 어려서 그런가. 호수에서 봤던 인어들은 야수 같았는데 이 꼬마 인어는 사람에 더 가까워 보였다. 시벨리우스를 도와준 것도 그렇고, 어쩌면 모든 인어가 다 위험하지는 않을 수도 있겠다는 생각이 들었다. 하지만 벼락 자체가 인어 때문에 떨어지는 것이다 보니 무슨 반응을 보여야 할지 알 수가 없었다.

"으음, 일단 그건 그렇다 치고. 그보다 여기는 어디쯤이야? 날 발견한 곳이면 숲 외각인 거지? 거의 빠져나가는 부분."

"어, 아니? 아마 숲 안쪽일 텐데. 일단 엘을 발견한 곳은 호수 근처였어."

"……내가 호수 근처에 있었다고?"

"응."

"내가 왜 거기에 있었지?"

"그, 글쎄?"

당사자도 모르는 걸 알 리가 없는 시벨리우스가 어색하게 웃었다. 다행히 오리무중에 빠지기 전에 그를 대신해서 설명해 주는 사람이 있었다.

**"마신이 옮긴 거 같아."**

'라피스!'

왠지 목소리가 평소보다 잠긴 것처럼 들리는 건 기분 탓인가.

'넌 다 지켜봤어? 뭐가 어떻게 된 거야? 마신이 날 옮겼다니? 엘뤼엔은? 엘뤼엔은 어떻게 됐어?'

**"아, 몰라. 머리 울려. 잠깐 입 좀 다물어봐."**

아니, 영혼인 주제에 무슨 머리가 울려! 황당함을 금치 못하니 가볍게 혀를 차는 소리가 들렸다. **"진짜야."** 잔뜩 가라앉은 목소리만 들어봐도 장난하는 거 같진 않았다. 하기야 원래 이런 농담을 하는 녀석은 아니었다.

'너 괜찮아?'

**"안 괜찮아. 젠장, 그대로 소멸하는 줄 알았네."**

'대체 무슨 일이 있었던 거야?'

**"나도 정확한 건 아닌데……."**

한숨을 내쉰 라피스가 대충 자신이 아는 대로 설명을 시작했다. 나한테 떨어진 줄 알았던 섬광은 알고 보니 엘뤼엔을 겨냥한 거였다. 정확히는 그가 나를 지킬 거라는 걸 예상하고 진행된 공격이었다. 아주 잠깐 나에게 시선을 보내는, 그 찰나의 틈에 순간적으로 궤도를 틀어 엘뤼엔을 덮쳤다는 것이다.

"헐……."

"엘, 왜 그래?"

"아니, 아무것도 아냐."

의아해하는 시벨리우스에게 얼른 고개를 흔들어주곤 계속 이야기를 들었다. 어쨌든 나는 그 파장만으로 기절한 거였다. 내가 곧바로 의식을 잃는 바람에 라피스의 시야도 닫혔지만, 아주 강력한 신력이 장악하는 것만은 확실히 느꼈다고 했다. 두말할 것도 없이 카노스의 힘이었다.

'그럼 엘뤼엔은……'

**"나도 그 뒤론 의식이 사라져서 거기까진 몰라. 지금 네 옆에 없**

**는 거면 정령계로 돌려보내진 거 아냐?"**

'말도 안 돼. 엘뤼엔인데?'

**"그게 뭐. 그 자식이 나중에 가서야 상급신이지, 지금은 마신이 훨씬 더 강하거든? 아니, 신이어도 마신이 더 강해. 마신은 최고신인 거 몰라?"**

'그야 그렇긴 하지만…….'

왠지 엘뤼엔이 지는 광경은 상상이 잘 안 간다고 해야 하나. 한 번 크게 다친 적도 있긴 하지만 그건 나 때문이었고. 이번에도 나만 아니었으면 그렇게 쉽게 당하진 않았을 거다. 아무리 상대가 카노스라도 그 생각엔 변함이 없었다. 그러고 보니 엘뤼엔이 다치는 건 항상 나 때문이잖아? 마음이 급격하게 무거워졌다.

**"어쨌든 그놈 안부가 궁금하면 나한테 물을 것도 없이 직접 확인하면 되잖아. 한번 소환해보든가."**

아, 그러면 되겠구나. 그렇지, 내가 소환하는 방법도 있었지. 물론 정령왕은 소환을 거절할 수 있지만, 설령 응하지 않더라도 잠시 교감은 할 수 있다. 가장 간단한 방법을 떠올리지 못하다니, 아무래도 아직 정신이 없는 모양이다. 가볍게 심호흡한 후 의식을 집중하려고 했다. 그런데 기류가 달라지는 걸 느낀 탓일까. 내내 시벨리우스 곁에서 떨어지질 않던 꼬마 인어가 갑자기 내게 성큼 다가왔다. 무릎에 멋대로 앉아 요리조리 기웃거리더니 두 손을 뻗어 내 머리카락을 만지작거리기 시작했다. 도저히 집중할 수가 없어 일단 하려던 일을 미뤘다.

"왜 그래? 내 머리에 뭐가 묻었어?"

시선을 맞추고 물었지만 돌아오는 대답은 없었다. 시벨리우스를 바라보니 그 역시 고개를 갸웃거리다가 웃었다.

"아마 네 머리 색 때문에 그런 게 아닐까? 인어는 검은 머리가 없으니까 신기해서 그런가 봐."

"아, 그래? 검은 머리가 없구나. 근데 꼬마야, 나도 이거 염색한 머리야. 신기할 거 없어."

어색하게 웃으며 말해봤지만 이해한 건지 못한 건지 영 반응이 없다. 그러다 무슨 생각이 들었는지 두 손으로 내 머리를 가볍게 쥐고는 아래로 주욱 쓸어내렸다. 어린아이들이 칠 법한 평범한 손장난이었다. 그 손길을 따라 머리카락이 엿가락처럼 늘어나지만 않았다면 말이다.

"……! 자, 잠깐!"

당황해서 밀쳐냈을 땐 이미 늦었다. 눈 깜짝할 사이에 늘어난 머리카락은 어느새 자르기 전 기장만큼 길어져 있었다. 심지어 머리 색까지 원래의 금발로 돌아간 상태였다. 내가 당황한 만큼이나 시벨리우스도 놀란 얼굴로 입을 벌리고 있었다. 나와 눈을 맞춘 꼬마 인어가 생긋 웃었다.

"이게 더 나아."

"……."

아무렇지 않게 이어진 말엔 잠시 반응할 수가 없었다. 뭐야, 얘 말할 줄 알았어? 인어라서 그런지 목소리도 정말 예쁘다. 은쟁반에 옥구슬이 굴러가는 목소리라는 게 딱 이런 걸 말하는 것 같다. 벌써 음색만으로 사람을 홀리는 느낌을 주는 걸 보니 훗날 가수가 되면 평생 먹고 살 수 있을…….

'아니, 중요한 건 이게 아니잖아.'

딴 길로 새어나가려는 정신을 가까스로 붙잡았다. 인정한다. 나도 모르게 현실도피를 시도했다. 그만큼 충격이 너무 컸다. 솔직히 말하면 지금도 믿기지 않았다. 떨리는 손으로 머리칼을 들어 올렸다. 꿈이라고 여기고 싶었는데 역시 아무리 다시 봐도 금발이다. 오히려 흑발이었던 시절이 꿈이었던 것처럼 예전이랑 똑같아도 너무 똑같았다. 인어한테 이런 능력도 있었나? 머리카락을 순식간에 길어지게 하는 데다가 본래 색으로 되돌리는 능력이라니, 이런 건 듣도 보도 못했다. 대체 왜 이런 일이 벌어진 거지? 돌아가지 않는 머리를 억지로 굴려봐도 이해가 되지 않았다.

이 세계에선 염색약을 구하기도 쉽지 않다. 검은색은 그중에서도 가장 구하기 어려운 색이다. 독하기도 얼마나 독한지 염색할 때마다 피부를 태우는 것 같은 고통을 참아야 했다. 내 머리칼은 염색도 잘 안 돼서 한 번 할 때마다 최소 네다섯 번은 해야 한다. 그 모든 수고를 감수하며 유지해오던 흑발이었는데.

"내 머리……."

너무 황당하니 이게 무슨 짓이냐고 따질 생각조차 들지 않았다. 하물며 상대는 아직 어린애다. 애한테 화를 내서 뭘 어쩔 건데. 방향을 찾지 못한 분노가 속에서만 부글거리다 파스스 산화했다.

그저 망연자실한 기분으로 하염없이 머리카락만 바라보고 있자니 시벨리우스가 어쭙잖은 위로를 시도해왔다.

"그, 긍정적으로 생각하자, 엘. 머리카락을 다시 기르려고 고생하지 않아도 되잖아."

"……그게 전부야?"

"어? 아니, 으음. 사실 나도 엘은 금발이 더 잘 어울린다고 생각해……?"

"아니, 됐어. 더는 말하지 마."

너는 가급적 위로를 하지 마라. 사람 복장 터지는 거 보고 싶지 않으면. 그런 뜻을 담아 빙긋 웃으니 시무룩해진 시벨리우스가 어깨를 축 늘어트렸다. 머리 위에 있지도 않은 귀가 처져 있는 게 보이는 거 같았다.

그래, 네가 무슨 잘못이 있겠냐. 여기서 짜증을 내봤자 엄한데 화풀이나 하는 거지. 한숨을 내쉬며 고개를 들자 머뭇거리고 있는 꼬마 인어가 보였다. 나름 좋은 일이라고 한 것 같은데 반응이 좋지 않으니 겁이 난 모양이다. 내가 잘못한 거냐고 묻는 듯한 표정이 제법 귀여워 심란한 기분도 나아졌다. 이미 이렇게 된 거 어쩔 수 없지. 그래도 잘못한 부분은 알려주기로 했다.

"꼬마야. 이런 건 본인의 허락을 받고 해야 하는 거야. 앞으론 동의 없이 멋대로 바꾸면 안 돼. 알겠지?"

차근차근 타이른 말에 꼬마 인어가 눈을 깜빡거렸다. 이해하지 못한 얼굴이다 싶더니 아니나 다를까. 맹랑한 대꾸가 떨어졌다.

"왜?"

"어, 그야…… 이건 내 머리카락이니까? 남의 걸 멋대로 손대면 안 되잖아. 그거랑 같은 이치야."

"난 도와준 건데? 원래 머리 색이랑 달랐잖아."

"음, 누구나 다 원래 머리 색으로만 사는 건 아니거든. 다른 색으로 바꾸고 싶은 사람도 있어."

혹시 꼬마 인어는 타고난 머리 색이 달라지면 큰일이 난다고 여기는 건가. 오염되었다거나 다쳤다고 여기는 건지도. 그래서 도와준답시고 되돌린 건지도 모른다. 그게 아니면 인어들의 세계가 굉장히 보수적이라든가. 나름대로 타당한 이유를 헤아려보고 있자니 꼬마 인어가 생긋 웃었다.

"그래도 넌 바꾸면 안 돼."

"어? 응?"

"모든 주술엔 기본 토대가 있어. 아무리 견고해도 이 기본 규칙은 되도록 유지하는 게 좋아. 하물며 지금 네 주술은 불안정한 상태잖아. 그럼 더더욱 지켜야지."

……이게 대체 무슨 말이야?

갑자기 외계어를 들은 기분이다. 어린애가 할 만한 이야기도 아니었지만 내용은 더 말이 안 된다는 점이 그랬다. 주술이라니, 기본 규칙이라니. 지금 내 상태를 알아보고 한 말인 거 맞지? 핏기가 가시는 기분과 함께 얼굴이 굳었다. 다시 마주친 인어의 눈동자가 장난스럽게 빛났다. 얻어맞은 것처럼 머리가 얼얼했다.

"……카노스?"

거짓말처럼 주위가 고요해졌다. 사람의 숨소리는 물론 공기가 흐르는 것조차 느껴지지 않았다. 급히 시벨리우스를 돌아보니 마치 정지한 것처럼 굳은 모습이었다. 내가 서 있는 곳만 제외하고 주변의 모든 시간이 전부 멈춘 것 같았다. 아니, 정확히 내가 있는 곳만은 아니었다. 맞은편의 꼬마 인어—사실은 인어의 껍질을 뒤집어쓴 다른 존재도 멀쩡하게 움직이고 있었으니까. 입가에 한가득 능글맞은 미소를 지은 마신 카노스가.

"오, 그래도 제법 눈치가 빠른데? 바로 알아차릴 줄은 몰랐어."

정말 놀랐다는 듯 감탄하는 말을 들으니 이제 완전히 사라진 줄 알았던 두통이 또 도졌다. 나도 이런 걸 맞추고 싶지는 않았다고!

"이게 대체 뭐예요, 카노스!"

"만나러 가겠다고 했잖아. 약속을 지킨 거뿐인데? 나 기다리고 있던 거 아니었어?"

"그야 기다렸지만! 아니, 그렇다고! 왜 그런 꼴로!"

"내 꼴이 왜? 귀엽지 않아? 너도 마음에 들어 했던 거 아니었어? 너무 사랑스러워서 어쩔 줄 모르겠다는 표정으로 바라봤잖아."

그런 적 없거든! 설령 그랬다 해도 그건 어디까지나 순진한 꼬마 인어를 향한 거지, 그 속에 카노스가 들어 있다면 얘기가 아주 많이 달라진다. 다 알면서 뻔뻔하게 웃는 얼굴을 보니 이가 절로 갈렸다.

"당장 원래대로 돌아오세요."

"난 괜찮아. 신경 쓰지 마."

"제가 안 괜찮거든요?"

"그게 중요한가?"

"……지금 신나게 벼락을 떨어트리는 신은 어디의 누구죠? 본인이 멸종시키는 종족의 모습을 꼭 하고 있어야겠어요?"

"이런, 그렇게 말하면 할 말이 없지. 알았어. 기다려 봐."

허를 찔렸다는 얼굴로 혀를 찬 꼬마 인어, 아니 카노스가 손가락을 가볍게 튕겼다. 그러자 그의 형체가 쑥쑥 자라더니 빠른 속도로 내가 아는 모습을 갖추기 시작했다. 훤칠하게 큰 키에 새카만 흑발, 짙은 어둠이 담긴 눈동자를 마주한 순간 무심코 숨을 삼켰다. 다시 봐도 여전히 믿기지 않는 모습이었다.

"이제 됐어?"

목소리도 원래대로 돌아왔다. 겨우 마음이 안정되어 천천히 고개를 끄덕였다. 이제야 제대로 대화를 할 수 있을 것 같았다.

"찾으러 온 친구는 발견한 모양이네."

잘됐다는 듯이 웃는 얼굴에 기분이 묘해졌다. 라피스 역시 그가 나타난 이후부턴 잠잠한 상태였다. 단순히 침묵하고 있는 게 아니라 연결이 끊긴 느낌이었다.

"뭘 어떻게 한 거예요? 여기 현실 공간 아니죠?"

"맞아, 네 의식만 따로 끌어온 거야. 현실의 너는 네 유니콘 친구와 지금 한창 숲을 빠져나가는 중이지. 한번 경험해봐서 그런지 잘 아네."

물론 나보다 더 잘 아는 사람은 없을 거다. 덕분에 기껏 세운 계획이 다 허사가 됐으니까. 이로써 그간의 의문들은 해결됐다. 역시 내가 홀려 있었던 거라는 소리였다. 기가 막혔지만 죄책감이라곤 조금도 느끼지 않는 싱그러운 미소를 보니 한숨밖에 안 나왔다.

"엘뤼, 아니, 아버…… 엘퀴네스는 어떻게 한 거예요?"

"푸하, 무슨 호칭이 그렇게 많아?"

"남이사. 무슨 상관이에요."

"알았어, 알았어. 안 웃을 테니까 삐치지 마. 네 정령왕이라면 정령계로 돌려보냈어. 아직은 잠들어 있을 거야."

삐친 거 아니라고 따지려다가 이어진 말에 바로 멈칫했다.

"잠들어 있다고요?"

"너 정체 들켰잖아. 그래서 최근 기억을 지우고 다른 기억을 덧씌웠거든. 그 후유증이야. 그냥 잠깐 쉬고 싶어서 정령계로 돌아간 걸로 해놨으니까 너도 말 맞춰둬."

"……그게 가능해요?"

"불가능한 건 아닌데 굉장히 어렵지. 그래서 내가 신력을 얼마나 많이 소모했는데."

멀쩡하게 웃는 얼굴만 봐선 전혀 그렇지 않은데, 본인이 그렇다니 믿었다. 잊지 말자. 카노스는 소멸하기 직전까지 아무런 내색도 하지 않은 신이다. 태도를 보고 속으면 안 된다. 오히려 태연하게 넘길수록 진심을 숨기고 있을 가능성이 더 크다. 정령왕, 그중에서도 엘퀴엔의 정신을 건드렸을 정도면 정말 온 신력을 퍼붓긴 했을 거다.

"죄송해요. 제가 너무 부주의했어요."

"음? 아, 뭐."

설마 사과할 줄은 몰랐다는 듯 눈을 깜빡인 카노스가 피식 웃었다.

"사실 이번 건 네 실수라기보다는 상대의 눈치가 너무 비상했던 거지. 금제가 걸려 있는 주술 종류가 얼마나 많은데. 보통은 그거 하나 밝혔다고 미래에서 온 정령왕이라고까진 생각 못 해."

"그래도요……."

어쨌든 좀 더 조심했어야 했다. 깊이 반성하고 있으려니 곧 머리에 묵직한 손길이 닿았다. 고개를 들고 바라본 카노스는 무척 즐거워 보였다.

"건방지지 않은 엘퀴네스라니. 아무리 생각해도 마음에 들어."

"아, 그러신가요……."

"이렇게 온순한데 사실은 만만치 않은 상대라는 것도 꽤 재밌어. 장미에 가시가 있다는 게 이런 거겠지? 사실 나도 이런 걸 지향한 건데 잘 안 된단 말이야. 역시 의도하지 않아야 효과가 큰 건가."

"무슨 말인지 전혀 모르겠는데요."

"귀여운 후배 님이 지금도 내 신력을 만만치 않게 뽑아가고 있다는 소리지."

그러니까 일단은 나도 정령왕이라 의식을 장악하는 게 쉽지는 않다는 뜻이었다. 최대한 손을 써도 몇 년 정도가 한계였다면서, 덕분에 신력이 완전히 바닥나 한동안 꼼짝도 하지 못했다고 설명한 카노스는 이제야 겨우 회복된 참인데 또 정양하게 생겼다고 너스레를 떨었다. 그간 내 부름에 응답하지 않았던 것이며, 굳이 신탁으로 에둘러 의사를 전달한 이유가 전부 다 그래서였다. 신력이 부족해서.

"와, 내가 신력이 고갈돼서 뻗어 있는 날이 오다니. 이런 경험은 태어나 처음이었잖아. 어떻게 책임질 거야?"

"윽, 그건 사과 안 해요. 카노스가 멋대로 한 거잖아요."

"그건 그래. 전부 내 욕심 때문이지."

잠깐 침묵이 흘렀다. 쭉 의식적으로 피하고 있던 본론을 꺼내야 할 때가 온 것 같았다.

"그럴 수밖에 없던 이유가 있는 거죠?"

카노스의 미소가 묘해졌다. 긍정인지 부정인지 내색하지 않는 얼굴에 마음이 더 조급해졌다. 쭉 똑바로 마주 보던 그가 처음으로 시선을 흘렸다.

"음, 우리 그런 것보다는 좀 더 유익한 대화를 하는 게 어때? 예를 들면 네가 원래의 세상으로 돌아가는 방법이라든가. 날 만나고 싶었던 가장 큰 이유 아니었어?"

"……해결 방법이 있나요?"

"돌아가려고 해도 귀환이 안 되는 거지?"

화제를 돌리는 게 뻔히 느껴졌지만 어쩔 수 없이 고개를 끄덕였다. 이것도 중요한 문제이긴 했으니까.

“내가 주술을 보완하면서 생긴 부작용이 맞을 거야. 하지만 기대했던 답변을 해주진 못할 것 같네. 식을 건드리면서 발생한 문제라 고칠 방법은 따로 없어. 주술을 유지하려면 그 부작용은 감수해야 해.”

“그, 그럼 어떻게 해요? 저 이대로 못 돌아가요?”

“아니, 그러면 안 되지. 그래도 심하게 꼬인 건 아니라 네가 주술의 핵심 키워드만 알아내면 저절로 해결될 것 같은데.”

“핵심 키워드라면…….”

“네게 주술을 걸어준 신과 연결된 언령. 그건 네 잠재의식 속에 있어. 이것만은 나도 어떻게 할 수가 없네. 네가 스스로 깨우치는 수밖에 없어.”

스스로 깨우치라니. 그게 가능하긴 한 건가. 암담한 기분에 한숨이 절로 흘러나왔다. 떠올릴 수 있었다면 진작 떠올렸을 거다. 생각날 때까지 기약 없이 기다려야 한다는 말인데, 그 전에 정체를 들키는 게 더 빠를 것 같았다. 카노스도 그렇게 생각했는지 고심하는 얼굴이었다. 다음 순간 그가 뭔가를 중얼거리더니 손가락을 가볍게 튕겼다. 잠시 눈앞이 아찔해지면서 서늘한 감각이 전신을 감쌌다. 당황해서 바라보자 생글거리는 웃음이 돌아왔다.

“일단 안전장치를 걸었어.”

“안전장치요?”

"그냥 시간 벌이용이긴 한데 그래도 쓸 만할 거야. 누군가가 네 정체를 알아차릴 것 같으면 손을 잡고 미안하다고 해. 그럼 그 부분에 대한 기억을 잃을 거야."

"헉, 정말요?"

신기해서 내 몸을 내려다보는 동안 그는 몇 가지 주의점을 설명했다. 오직 유추해서 알아낸 것에만 효력이 있으며, 내가 먼저 사실을 밝히는 경우엔 소용이 없다는 것. 상대가 정령왕이면 기억을 지워도 위화감을 느낄 거라는 것. 그 위화감을 의식할수록 봉인한 기억이 깨질 확률이 높아진다는 것도.

"일단 봉인이 깨진 후엔 나도 책임 못 져. 그러니 그전에 최대한 빨리 키워드를 생각해내도록 해."

"고맙습니다."

"별말씀을."

작별 선물이야. 이어진 말엔 심장이 덜컥했다. 이만 돌아가겠다는 의미만이 아니었다. 이렇게 보는 게 이번이 마지막이라는 소리다. 장난스럽게 한쪽 눈을 찡긋하는 것에도 따라 웃을 수가 없었다. 금방이라도 사라질 듯한 그를 다급히 붙잡았다.

"가기 전에 한 가지만 대답해주세요."

"정말 포기를 모르는구나, 후배 님."

카노스가 어쩔 수 없다는 얼굴로 웃었다. 온몸으로 곤란해하는 기색을 드러내고 있었지만 물러나지 않았다. 오늘이 마지막이라면 더더욱 이유를 들어야 했다. 바꿀 수 있는 미래를 굳이 막아선 이유를.

"혹시 미래를 다 아시는 거예요?"

짐작할 만한 이유는 이것뿐이었다. 그러자 눈을 깜빡인 카노스가 곧 맑은 웃음을 터트렸다.

"아하하, 아냐, 아냐. 그런 건 라데카도 못 해. 너 미래가 얼마나 수많은 갈림길로 갈라져 있는 줄 알아? 같은 상황에서 어떤 선택을 하느냐에 따라 결과가 전부 다 달라져. 그중에서 뭘 택할지도 그날그날 상황이나 감정에 따라 달라지고. 그러니 사실 어느 하나도 정답이라고 할 수가 없어."

"그럼……."

"하지만 각 선택의 길들을 따라가 볼 수는 있지."

심장이 다시금 덜컹거렸다. 동요하는 나를 바라보는 카노스는 이제야 설명해 줄 마음을 굳힌 것 같았다. 조금 후련해하는 것 같기도 했다.

"이를테면 설정값을 넣고 시뮬레이션을 하는 거야. 물론 이것도 실제와는 오차가 있어서 가능성을 추론하는 정도지만."

지금까지는 뭘 어떻게 해봐도 결과가 거의 같았다고 했다. 카류안이건 다른 이름이 붙건, 그 혼은 언제나 신을 증오하며 탐욕스럽게 힘을 갈망했다. 대부분은 그걸 막지도 못했으며, 막는다 해도 피해 규모를 추산할 수조차 없었다고.

"그런데 네가 온건한 결과를 알려준 거야."

"……."

"그러니 난 그 길을 잡을 수밖에."

짙어진 미소를 보면서 옷자락을 꾹 움켜쥐었다. 그러니까, 결국은 같은 말이었다. 내가 카류안이 무사히 소멸한 미래에서 왔으니까. 그러므로 내가 아는 상황 그대로 전개되어야 훗날의 신계가 카류안을 막을 수 있다는 것. 그건 카노스라서 내릴 수 있는 결론이기도 했다. 이미 이 시점부터 그렇게 될 줄 알고 있던 그라서.

"그런 내색은 전혀 없었다고요……."

"냐하하, 나 원래 그런 거 잘하잖아. 거짓말이 특기인데?"

아니다. 그는 카류안을 구하고 싶었던 거다. 다른 길로 틀 수 있을 거라고 믿고 끝까지 포기하지 않았던 거였다. 보이지 않은 곳에서 그가 얼마나 많은 선택에 관여하고 다른 방향으로 이끌어 보려 했을지 상상도 하기 힘들었다. 그런데도 실패했다.

"그냥 지금 아예 혼까지 소멸시키면 안 돼요?"

"음, 그건 너무 당연해서 추론도 안 해봤는걸. 걔가 사실 원래부터 타락한 혼이거든. 정화하지 않고 소멸시키면 그 탁기가 고스란히 남아서 누군가가 이어받게 될 거야. 오히려 더 최악으로 갈지도 모르지. 아, 참고로 지금이 정화하는 과정이야."

"말도 안 돼요……."

"하하, 맞아. 재미없지? 원래 뭐든 저지르긴 쉬워도 되돌리긴 어렵잖아. 신계의 일도 그런 거야. 다 인과응보지 뭐."

태연히 웃는 얼굴에 가슴 속이 갑갑해졌다. 그 결과가 처참하다는 걸 알기에 더더욱.

“내가 이렇게까지 솔직해져 본 것도 처음이야. 그러니 가상하게 여겨서라도 협조 좀 해주지 않을래?”

“……더 좋은 결과가 있을지도 모르잖아요. 아직 못 찾은 건지도.”

“뭐, 그럴 수도 있겠지. 말했다시피 내가 계산한 것도 어디까지나 가능성이니까. 그래도 이왕이면 확률이 높은 쪽을 담보로 거는 게 안정적이잖아.”

“그렇긴 하지만…….”

“역시 미련이 남아? 이렇게 말해도 싫다면 마음대로 해. 나도 어쩔 수 없지. 사실 최대한 뒤로 미뤄볼 수는 있어. 적어도 카류안의 삶에선 일어나지 않고 넘어갈 수는 있겠지.”

“……! 정말이요?”

“물론 정말이지. 오히려 난 네가 알려준 얘기를 듣고 놀랐어. 원래는 그쪽 흐름을 타고 있었거든. 지금도 그 방향으로 진행되는 중이고.”

아니, 잠깐. 그럼 뭐야. 원래는 카류안 때 일어나는 일이 아닌데 오히려 앞당겨진 거라고? 어떻게 된 상황인지 잘 이해가 되지 않았다. 당황해서 바라보자 카노스는 빙긋 웃었다. 어떻게 하면 미룰 수 있는 건지 궁금해? 물은 말에 고개를 끄덕이니 바로 대답이 이어졌다.

“트로웰의 계획이 성공하면 돼.”

“……!”

"무슨 계획인지는 알지? 인간을 멸족시키는 거 말이야."
"그건…… 알지만……."
"악신이 태어나려면 제물이 필요하지. 반대로 말하면 인간이란 제물이 없으면 악신은 탄생하지 못해. 그것만으로도 정말 많은 것들이 달라질 거야."
맞는 말이다. 애초에 카류안이 아크아돈을 무대로 삼은 건 제물을 모으기 쉬운 환경이라서였다. 정령왕이 부재를 악용하면 신들의 눈을 피해 수많은 인간을 죽일 수 있었으니까. 물론 그 정령왕으로 인해 결국 실패한 거기도 하지만, 어쨌든 다른 중간계에서는 쉽게 시도할 수 없거니와 하더라도 훨씬 더 오랜 시간이 걸릴 거다. 즉, 아크아돈에서 인간만 사라져도 이 문제를 상당수 방비할 수 있다는 소리였다.
"어, 그치만…… 인간은 멸망해도 다시 부흥하지 않나요?"
"자연적인 멸망이면 그렇지. 이런 식으로 관리자가 의도한 멸족은 그대로 끝이야. 인간 종족이 이 땅에서 다시 씨앗을 틔우긴 어려울걸."
느른한 어조로 설명을 마친 카노스가 지그시 나를 응시했다. 하지만 그걸 네가 지켜볼 수 있을까? 그렇게 말하는 것 같았다.
당연히 아무 대답도 할 수가 없었다. 당장 이 순간만 해도 내가 아는 수많은 사람의 얼굴이 스쳤다. 비단 이 시대에서 친해진 사람들만 문제가 아니었다. 미래에 태어날 이사나와 알리사, 황제의 친위대들, 유쾌한 샴페인 용병들, 그들 모두의 인생이 사라지는 거였다.

"뭐, 인간들이야 다른 중간계에서 태어나면 되니 딱히 피해라고 할 건 없을 거야. 오히려 제물로 잡혀 죽을 일을 피하는 거니 더 나을지도. 가장 걱정해야 할 건 트로웰이지."

"……트로웰…이요?"

"아까 말했잖아. 선택의 길을 따라가 볼 수 있다고. 그중엔 트로웰이 인간을 멸족한 미래도 있어. 보여줄까?"

싫다고 대답하려고 했다. 뚜렷한 직감이 그걸 봐서는 안 된다고 강하게 경고했다. 하지만 카노스의 손이 내 이마에 닿는 게 더 빨랐다.

주위가 순식간에 어두워졌다. 칠흑같이 캄캄한 공간 속, 마치 무대 공연처럼 한 곳에만 빛줄기가 쏟아지고 있었다. 그 아래 사슬로 포박된 무릎 꿇려진 소년이 보였다. 머리를 깊게 숙인 트로웰이었다.

**〈관리자들은 피조물의 생사를 주관할 수 있다. 이는 죄가 아니다.〉**

어디선가 묵직한 음성이 울렸다. 남자의 목소리인지 여자의 목소리인지 구분이 되지 않는 묘한 음색이었다. 트로웰의 맞은편, 그를 정면으로 내려다보는 자리에 거대한 단상이 세워져 있었다.

마치 법정을 연상시키는 그 자리엔 신들이 도열한 채였다. 가장 가운데 자리에 앉아 있는 이의 얼굴이 눈에 익었다. 명계의 신 새넌. 망자의 세계를 다스리는 왕. 그의 존재가 이 자리가 어딘지를 증명했다. 명계의 심판대였다.

**〈허나 사사로운 복수심으로 인족 전체를 멸한 정령왕 트로웰은 도가 지나쳤다.〉**

**〈하물며 내정된 멸망을 의도적으로 앞당김으로써 정화의 순회까지 방해한바, 유고한 아크아돈의 체계를 무너트렸으니. 이는 씻을 수 없는 죄업이다.〉**

**〈저주를 받은 혼은 더는 정결하지 않다.〉**

한마디씩 이어지는 소리가 천둥이 울리는 것 같았다. 암흑 속에 거대한 그림자들이 가득했다. 배심원인지 관람객인지 알 수 없는 이들이 수군거리며 비난과 경멸의 눈길을 쏟아내는 것이 뚜렷하게 느껴졌다. 마침내 판결문이 떨어졌다.

**〈타락한 대지에게서 신의 자격을 영구히 박탈한다!〉**

아아.

아득한 추락감을 느끼며 바닥에 주저앉았다. 고개를 숙이고 있던 트로웰이 그제야 천천히 얼굴을 들었다. 공허한 눈동자엔 빛이 스미지 않았다. 아무런 감정을 담지 않은 텅 빈 얼굴로 그는 희미하게 웃고 있었다.

"그딴 건 처음부터 필요 없었어."

명왕, 섀넌의 시선이 서늘히 굳어졌다. 분노한 신들이 음성이 온 사방에 솟구쳤다.

**〈신적에서 박탈되었으니 더는 예우도 없다!〉**
**〈더러운 죄인의 혼에 판결을 집행하라!〉**

안 돼, 안 돼! 트로웰! 안돼!
비틀거리는 몸을 간신히 일으켰다. 어떻게든 트로웰에게 달려가려고 했다. 하지만 아무리 허우적거려도 가까워지지 않는다. 트로웰이 꿇어 앉혀진 바닥이 무너지면서 그가 천천히 추락하기 시작한다.

**〈피의 값이 그 혼에 새겨지리라!〉**

그의 모습이 새카만 암흑 속으로 점차 사라져간다. 똬리를 튼 뱀처럼 웅크린 어둠이 마침내 입을 벌려 집어삼키기까지, 그는 끝까지 미소 짓고 있었다.

**〈누구보다 가장 비참하고 가장 절망하는 삶을!〉**

"그만!"

비명을 내지른 동시에 눈앞의 광경이 우르르 깨졌다. 파괴되는 세상과 함께 허물어지듯 쓰러지는 나를 누군가가 다급히 부축했다.

"엘?"

숨을 몰아쉬며 고개를 들자 시벨리우스가 굳은 표정으로 나를 바라보고 있었다. 울창한 숲 한가운데였다. 급히 주위를 둘러봤지만, 그 어느 곳에서도 카노스의 모습은 보이지 않았다.

"갑자기 왜 그래, 엘? 괜찮아?"

"……시벨, 여기에 인어 있지 않았어?"

"인어라니? 무슨 인어?"

당황하는 시벨리우스는 자신을 구해준 꼬마 인어조차 모르는 눈치였다. 카노스가 관여한 기억이 사라진 거다. 어떠한 예감에 천천히 장갑을 벗었다. 드러난 손등엔 아무것도 새겨져 있지 않았다. 마치 그날처럼. 그의 부재를 완전히 확인하고 인정해야 했던 그 순간처럼. 주체할 수 없는 감정의 동요에 눈물이 터져 나왔다.

"에, 엘? 왜 그래? 왜 우는 거야?"

당황한 시벨리우스가 급히 다가와 달랬지만 울음은 멈추지 않았다.

—선택은 네 몫이야. 인연이 닿으면 다시 보자.

귓가에서 속삭이는 목소리가 들린 것 같았다. 떨리는 입술을 그대로 악물었다. 선택은 내 몫이라니. 다시 보자니. 내가 뭘 선택할지 알고 있으면서. 이미 다 알고 있잖아.

이럴 거면 다정하지나 말지. 좋아할 수도 없게 모질고 매정하게만 굴지. 나한테 대체 어떡하라고.

그가 위험하다고 수차례 강조하던 엘뤼엔의 경고가 맞았다. 그를 보면 질색하던 반응들도 이제야 겨우 이해됐다. 이렇게 될 걸 알았던 거다. 다정하기에 오히려 상처를 줄 수 있다는 걸.

그는 정말 잔인한 신이었다.

* * *

마계에서 가장 활기찬 곳이 동쪽 영지라면 가장 고요한 곳은 남쪽 영지다. 남공작 루카르엠이 집권한 이후로 남쪽 영지는 늘 고요했다. 특히 공작성은 유령성이라는 말이 나올 정도로 기척이 거의 존재하지 않았다. 성 자체의 식솔도 없다시피 했고, 방문객은 더더욱 없었다. 그런데 그 공작성이 최근 매일같이 찾아오는 손님 때문에 골머리를 앓고 있었다.

"뭐야, 오늘도 안 계셔?"

"죄송합니다."

뚱하게 투덜거리는 말에 그를 대면한 이가 정중히 고개를 숙이며 사과를 건넸다. 긴 흑발을 가볍게 내려 묶은 여성은 남 공작성의 총관이었다. 루카르엠만큼이나 지난 행적이 베일에 가려져 있어 그 주인에 그 총관이라는 평을 받는 존재이기도 했다. 감정을 잘 드러내지 않아 속을 알 수 없는 성격이라는 점까지 같았다. 루카르엠이 늘 웃는 얼굴이라면, 총관은 무표정하다는 차이만 있을 뿐이었다. 그래서 마족들은 루카르엠만큼이나 그의 총관도 어려워했다. 하지만 눈앞의 손님은 전혀 거리낌이 없었다.

"벌써 얼굴을 뵙지 못한 게 몇 년째야. 대체 요즘 어디서 뭘 하시는 건데?"

"주인님이 하시는 일은 저도 잘 모릅니다."

"무능한 총관이네."

"죄송합니다."

반복해서 사과하는 태도는 단정했지만 조금도 빈틈이 없었다. 결국 먼저 항복을 선언한 건 손님 쪽이었다.

"오늘도 내가 찾아왔다고 전해줘. 알았지?"

"네, 알겠습니다."

"꼭이야. 나중에 다 확인할 거야?"

"물론입니다, 카류안 님. 염려하지 마십시오."

연거푸 신신당부한 후에야 카류안은 한발 물러섰다. 여기서 선을 더 넘으면 냉정한 총관이 아예 내쫓아낼지도 몰랐다. 실제로 계속 귀찮게 했다가 쫓겨난 전적이 있다 보니 몸을 사릴 수밖에 없었다. 덕분에 이 그림처럼 고요한 총관이 생각보다 굉장히 강한 마족이라는 것도 알게 됐다.

다시 아크아돈에 보내 달라고 말해야 하는데. 이번엔 진짜 이길 수 있는데. 아직 근신 기간이라 허락 없이 차원의 문을 열지 못하는 카류안은 아쉬움을 쩝쩝 삼켰다. 인간 정령사에게 무참히 패배한 그 날의 기억은 카류안에겐 씻지 못할 굴욕적인 역사였다. 다른 사람의 도움을 받아 간신히 살아남았다는 점이 더욱 그랬다.

정작 자신은 기억이 없지만, 죽기 직전에 루카르엠이 구해줬다고 들었다. 잘할 수 있다고 큰소리치고 임무를 받은 거였는데 체면이 완전히 구겨졌다. 지독하게 수련해서 그때보다 더 강해졌건만, 정작 허가가 떨어지지 않아 복수하러 갈 수조차 없으니 속이 부글부글 끓었다.

"근데 총관은 이름이 뭐였지?"

돌아서기 전 건넨 질문에 문을 닫으려던 총관이 잠시 멈칫했다.

"아실 거 없습니다."

"와, 진짜 냉정해."

카류안은 일부러 상처받은 표정을 지었다. 그가 이렇게 하면 루카르엠은 어쩔 수 없다는 듯이 그냥 져주곤 했다. 하지만 총관은 그보다 더 엄격한 성격이었다. 대답조차 돌아오지 않은 채 그대로 문이 닫혔다. 황당한 표정으로 서 있던 카류안은 축 처진 모습으로 돌아설 수밖에 없었다.

시끄러운 손님이 사라진 공작성은 다시 여느 때처럼 고요해졌다. 매몰차게 닫은 문 앞에서 가볍게 한숨을 내쉰 총관은 눈치를 살피는 하인들에게 업무 복귀를 지시하고 돌아섰다. 때마침 온몸이 전율하는 듯한 강렬한 감각이 전해졌다. 그의 주인이 돌아왔다는 신호였다.

총관은 서둘러 주인의 방으로 향했다. 그러나 문을 열고 들어간 공작의 방엔 여전히 아무도 존재하지 않았다. 총관은 전혀 당황하지 않은 채 성큼성큼 걸어가 그 안에서도 가장 은밀한 공간으로 들어섰다. 허락된 자만이 열 수 있는 공간을 가르고, 그 속에 깊숙이 스며들었다. 그러는 동안 새카맣던 머리칼은 물이 빠지는 것처럼 색이 흐려지면서 부드러운 산호색으로 변했다. 아무것도 없던 등에는 흑단같이 검은 날개들이 돋아났다.

"유비아 님."

차원의 문을 열고 나타난 천사장의 모습에 모든 천사가 할 일을 멈추고 고개를 숙였다. 마계 남공작의 총관이었다가 원래 신분인 고위 천사로 돌아온 유비아는 여전히 무미건조한 얼굴로 인사를 받았다.

"카노스께서 돌아오셨습니다."

"그래."

유비아의 걸음이 향하는 곳마다 마주친 천사들이 우르르 물러섰다. 그들은 모두 마신의 천사를 상징하는 검은 날개를 지니고 있었지만 품고 있는 신력은 그렇지 않았다. 각자 농도의 차이는 있어도 모두 다른 신의 것과 혼합된 신력이었다. 그들이 처음부터 마신의 천사가 아니었다는 증거이기도 했다.

이 거대한 궁에서 순수한 마신의 신력만 지닌 천사는 유비아가 유일했다. 그렇기에 천사들은 더더욱 유비아를 꺼리고 두려워했다. 마신의 궁처에서 마신의 신력만을 지닌 이가 오히려 가장 이질적인 존재로 여겨지는 기이한 상황이었으나 정작 유비아는 신경 쓰지 않았다.

마침내 주인의 방에 도착한 유비아가 안으로 들어선 순간이었다. 돌연 낯선 장면들이 빛처럼 쏟아져 들어왔다.

"……!"

그건 사방이 빠르게 허물어지는 광경이었다. 흉하게 갈라지는 벽면의 무늬도, 무너지는 기둥들의 형태도, 눈에 들어오는 모든 것이 다 익숙했다. 평생 살아온 터전을 이루던 것이니 몰라볼 수가 없었다. 신계에서 가장 견고하며 웅장하다고 칭해지는 마신의 궁처가 풍랑을 맞이한 모래성처럼 허망하게 바스러지고 있었다.

그 가운데 홀로 선 자신은 이날이 오기로 할 줄 알았던 것처럼 담담한 모습이었다. 그녀를 이루고 있던 신력이 바람처럼 빠져나가면서 육신이 점차 투명해졌다. 그 마지막 순간, 유비아는 귓가를 스치는 나직한 음성을 들었다.

"가자, 유비아."

하나뿐인 주군의 음성이었다.

유비아는 잠시 눈을 깜빡거렸다. 조금 전까지 먼지처럼 산화하던 건물이 다시 멀쩡한 모습으로 돌아와 있었다. 환상이었던가. 어쩌면 장차 일어날 수 있는 수많은 미래의 한 부분인지도 몰랐다. 고개를 들자 침대 위에 고요히 앉아 있는 주인의 모습이 보였다. 유비아의 기척을 느낀 그가 돌아보고 미소 지었다.

"유비아."

"어서 오십시오, 카노스 님."

"응, 다녀왔어."

침대에 풀썩 드러눕는 주인은 조금 나른해 보였다. 처음엔 몰랐지만, 한번 겪어본 유비아는 이제 그가 어떤 상태인지 잘 알았다.

"괜찮으십니까?"

"아니, 죽겠어. 수명이 4천 년은 깎인 거 같아."

외람되지만 신은 깎일 수명이 없습니다. 당연한 대답이 먼저 떠올랐으나 유비아는 그렇게 지적하는 대신 그렇군요, 라고만 답했다. 징징거리는 것과는 달리 그의 주인은 기분이 무척 좋아 보였다. 이유를 짐작한 유비아가 넌지시 말을 건넸다.

"그분이 정말 마음에 드셨나 봅니다."

"아, 이번에도 아주 귀여웠지. 엘퀴네스를 아버지라고 부르더라? 나도 그런 아들 갖고 싶어."

"양자 제안이라도 하지 그러셨습니까."

"어차피 걔가 거절할걸?"

그것도 그렇네요. 유비아는 차마 그렇지 않을 거라고 말하지 못하는 자신의 솔직한 성격을 죄스러워했다.

"공작성에 카류안이 다녀갔습니다."

"오늘도? 걔는 참 지치지도 않네."

팔로 이마를 덮은 카노스가 희미하게 웃었다.

"아스모델일 때도 그랬지. 적당히 포기할 줄을 몰라."

"그래도 신족일 땐 그 정도는 아니었습니다. 마족이 되더니 더 고집이 세진 것 같습니다."

"유비아, 지금 내 앞에서 마족 험담하는 거야? 내가 마족의 창조신인데?"

"사실을 말씀드린 것뿐입니다만, 벌하시면 달게 받겠습니다."

"으음, 그래. 내 죄가 크다."

우리 유비아는 너무 냉정해. 천사는 주인의 성격대로 태어난다고 미리 고지를 해줬어야지. 그때 방심해선 안 되는 거였어. 유비아는 너무 재미없어. 다시 툴툴거리기 시작하는 주인의 한심한 모습을 바라보다 유비아가 입을 열었다.

"그런데 카노스 님, 지금 잠드시면 안 됩니다."

"……왜?"

가물가물하게 잠겨가던 카노스의 눈이 다시 떠졌다. 어색하게 웃는 얼굴에 은근슬쩍 꼼수를 피우다 걸린 낭패감이 떠올랐다. 모르는 척해 달라는 애처로운 시선이 닿았으나 유비아는 아랑곳하지 않았다.

“조금 후에 고신들의 회의가 있습니다. 카노스 님이 계시지 않으면 진행 자체가 되지 않는 사안입니다. 이번에도 참석하지 않으시면 이오웬 님이 홀을 점령하고 농성을 벌이신다고 했습니다.”

“나 지금 움직일 힘 하나도 없는데?”

“그렇군요.”

“진짜야, 유비아. 나 또 힘을 쪽쪽 빨렸단 말이야.”

“유감입니다. 그래도 가셔야 합니다.”

와, 진짜 내 편은 하나도 없어. 카노스가 어이없어하며 중얼거렸다. 유비아, 어떻게 너마저. 탄식하는 말을 흘리기도 했다. 물론 유비아는 귓등으로도 듣지 않았다.

농성을 벌이는 이오웬은 칭얼거리는 카노스보다 훨씬 더 귀찮다. 그가 통하지도 않을 항쟁을 벌이는 동안, 그 진상 행위를 감당하는 게 오롯이 자신이라는 점에서 더더욱 그랬다. 때론 닦달하는 소리보다 가만히 주시하는 눈길이 더 위협적인 법. 뚫어지는 시선을 견디지 못한 카노스가 결국 몸을 일으켰다.

“알았어, 갈게. 가면 되잖아. 어휴, 내가 유비아 체면을 생각해서 간다, 가.”

“감사합니다. 잘 생각하셨습니다.”

“하아, 난 왜 이렇게 유능해서 혼자 힘들게 살아야 하지? 나만큼 유능한 신 좀 안 태어나나? 이왕이면 성실하고 책임감까지 있어서 내가 일을 떠맡겨도 묵묵히 다 해주는 신 좀 태어났으면. 그럼 내가 완전 예뻐할 텐데."

"네, 네, 저도 그러면 좋겠습니다."

그러나 마신의 예쁨을 받는 게 과연 좋은 일일까. 그 유능한 신은 대체 무슨 죄를 지어 박복한 팔자가 내정되었단 말인가. 지극히 당연한 생각이 들었지만 유비아는 변덕이 심한 주인이 다시 마음을 바꿀세라 적당히 맞장구를 치며 나갈 채비를 서둘렀다.

입혀주는 대로 가운을 걸친 카노스는 유비아가 마지막으로 준비한 것에 피식 웃었다. 은쟁반에 받쳐나온 분홍빛 과일. 신력의 회복을 돕는 선과였다. 엄격하게 관리되는 선과는 요청서를 보낸 후 허가가 떨어져야 받아올 수 있는 과일이었다. 수확한 후 즉시 섭취하지 않으면 사라지는 과일이라 오래 보관할 수도 없었다. 유비아는 날 너무 잘 안다니까, 그러므로 카노스가 중얼거리는 말은 지극히 타당했다.

"가자, 유비아."

선과를 허공에 던졌다가 가볍게 낚아챈 후 카노스가 경쾌하게 걸음을 옮겼다. 한결같은 그 말에 유비아의 얼굴에도 미소가 어렸다. 환상 속에서도, 지금도. 그녀에게 준비된 답변 또한 늘 같았다.

"예, 카노스 님."

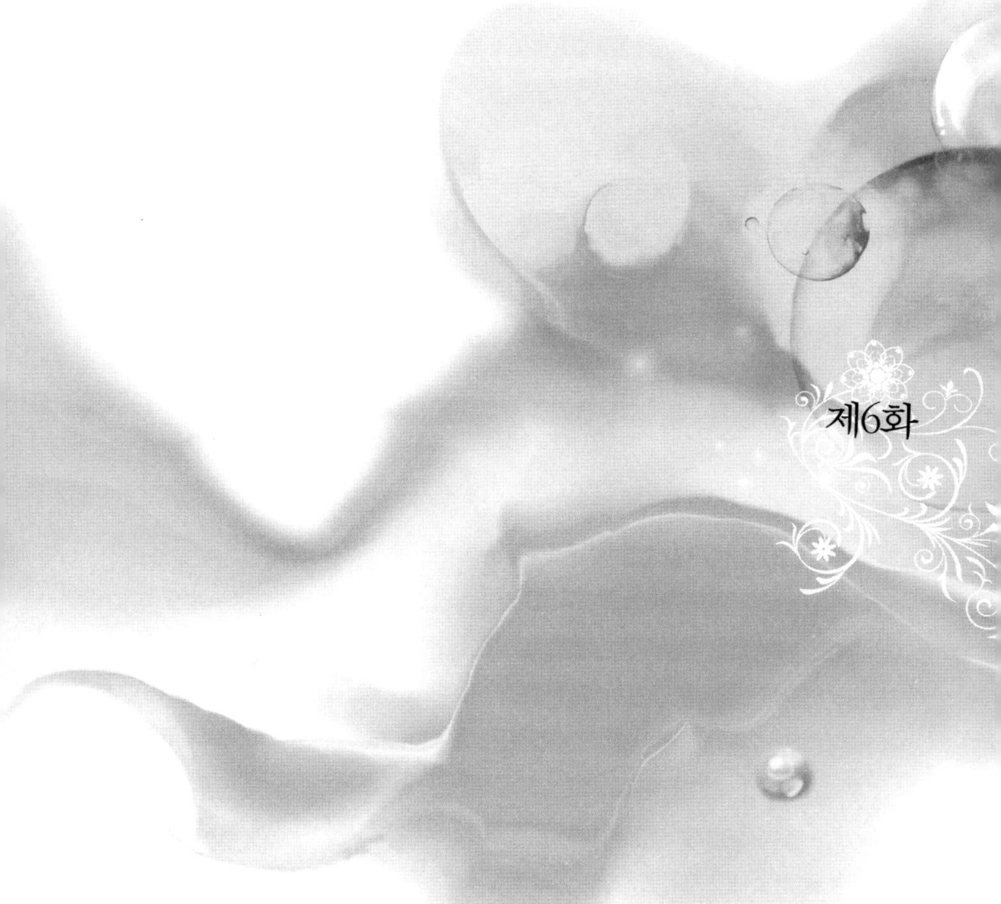

# 제6화

## *1.*

마른 바람에 퍼석한 흙먼지가 흩날렸다. 오전 내내 봄비가 내린 곳이라고는 믿기지 않을 만큼 황량한 풍경이었다. 생명이 싹트는 봄, 모든 것이 시작되는 축복의 계절. 그러나 바랜 회색빛으로 말라붙은 땅은 그 당연한 순리를 조금도 받아들이지 못했다.

울창하던 숲이며 잘 가꿔진 화원들과 푸릇푸릇한 농경지가 지금은 전부 시든 풀의 사체만 가득한 죽음의 땅으로 변해 있었다. 비옥한 토지를 벗 삼아 풍족하게 살아왔던 주민들은 메마른 강과 흙을 피해 뿔뿔이 흩어지기 시작했다. 하루아침에 모든 걸 잃은 사람들의 얼굴 또한 거무죽죽한 잿빛이었다.

"이제 속이 시원하냐?"

마을 밖으로 줄줄이 이어지는 짐 마차 행렬을 지켜보고 있던 소년은 뒤에서 들려오는 음성에 고개를 돌렸다. 홍염의 머리칼을 지닌 남자가 팔짱을 낀 채 서 있었다.

"잠깐 눈을 뗀 사이에 아주 거한 사고를 치셨네. 칠 거면 그냥 그놈 출신지만 칠 것이지, 대륙 하나를 전부 다 말아먹을 건 뭐야? 아무튼 성격하고는."

"전부는 아닌데."

"아, 그래. 3분의 1은 남겨뒀지. 아주 잘하셨어요."

그리고 남겨둔 그 3분의 1엔 다른 종족의 영역도 섞여 있었다. 이제 인간들은 얼마 안 되는 온전한 터전을 차지하기 위해 치열해질 터였다. 앞으로 이 땅에 얼마나 많은 피가 흐르게 될지 생각만 해도 한숨이 흘러나왔다. 그래도 여기까지는 괜찮았다. 명색이 정령왕의 분노가 떨어졌는데 이 정도 규모는 어쩔 수 없다는 생각도 있었다. 그래, 이쯤에서 멈추기만 한다면.

"이걸로 끝내자, 트로웰. 이거면 충분하잖아, 응?"

문제는 남은 계획이 이게 전부가 아니라는 거였다. 이프리트의 간곡한 부탁에 트로웰이 피식 웃었다.

"내 충분을 왜 네가 결정하는지 모르겠네."

"너 인마! 여기서 더 나가면 그건 응징이고 뭐고 아무것도 아냐! 그냥 살육이라고!"

"내가 그걸 모른다고 생각하는 거야?"

"아니까 이러는 거잖아!"

이프리트는 평소에도 정령왕 중에선 정상이 없다고 생각하는 편이었다. 하지만 그걸 이런 식으로 실감하고 싶지는 않았다. 저번 트로웰은 그래도 상식이라는 게 있는 애였는데, 대체 얘는 뭐가 문제일까. 왜 이렇게 성질머리가 더러운 거지? 통탄한 나머지 이프리트는 작은 머리통을 끌어안고 마구잡이로 문질렀다.

"착하지, 트로웰? 일단 내 말 좀 들어봐."

"손 치워."

"그래, 그래. 네가 지금 돌아버린 건 잘 알겠어. 근데 우리 좀 이성적으로 생각하자? 어차피 인간은 내버려 둬도 곧 멸망해. 그럴 주기잖아. 네가 굳이 이러지 않아도 된다고."

주신이 창조한 인간은 아크아돈에서 가장 번성하기로 약속된 피조물이지만, 이물질이 쌓이기 쉬운 탓에 세대가 거듭될수록 오염되는 문제가 있었다. 정령들의 세계에선 특히 치명적인 문제였다. 때문에 오염이 깊어져 정령사가 태어날 수조차 없는 수준이 되면 차원 자체가 알아서 자정에 들어갔다. 신계에서 정화의 순회라고 칭하는 현상이었다.

때가 이르면 온 땅에 주신의 힘이 차오르며, 인간들의 개체 수가 빠르게 줄어들기 시작한다. 가장 정결한 소수만 남을 때까지, 그 기간엔 아이도 태어나지 않았다. 아크아돈 전체를 재정비하는 기간이기도 했다.

최근 빠른 속도로 인간 정령사 숫자가 감소하는 추세라 정령왕들은 앞으로 몇 세대 정도가 지나면 그 시기가 도래할 거라 짐작하고 있었다. 인간들에게나 긴 시간이지 정령들에겐 딴짓하다 보면 금방 지나가는 기간이었다. 하지만 트로웰은 단호했다.

"난 정화하려는 게 아냐. 박멸하려는 거지."

"아오, 진짜 말이 안 통하네!"

그러니까 그걸 좀 포기하라고! 정화하는 걸로 만족하라고 말하는 거라고! 설득하려다 본인이 더 돌아버릴 것 같은 기분이 된 이프리트가 가슴을 퍽퍽 쳤다. 안 그래도 이프리트는 다른 정령왕들에 비해 수명이 짧은 편인데 자신은 더 일찍 소멸할 것 같았다. 오래 살기엔 험한 꼴을 너무 많이 보고 있었다.

"너 그러다 정말 큰일 난다. 그런 짓은 신계에서도 그냥 안 넘어갈걸?"

"상관없어."

"하아, 물론 그러시겠지. 그럼 하다못해 한 세대만이라도 기다려. 넌 엘이 불쌍하지도 않아? 안 그래도 너 막아보겠다고 아등바등하던 애한테 그 꼴을 보게 해야겠어?"

그 순간 고요하기만 하던 트로웰의 표정이 처음으로 흔들렸다. 오, 설마 효과가 있는 건가? 역시 이러니저러니 해도 어울리는 동안 붙인 정을 무시할 수는 없는 모양이다. 처음으로 희망을 발견한 이프리트의 마음에 기대감이 싹트던 순간이었다.

"그러고 보니 지금 엘퀴네스가 정령계에 있지 않아?"

"어? 어, 그러게. 웬일인지 쉬고 있는 것 같더라."

"파수꾼이 자리를 비우다니 의외야."

"뭘 의외일 것까지야. 걔도 정령계를 이렇게 오래 떠나 있는 건 처음이잖아. 가끔은 쉬고 싶을 때도…… 야, 설마 아니지?"

시큰둥하게 대꾸하기를 잠시, 문득 불길한 기분을 느낀 이프리트가 얼굴을 굳혔다. 그 기분은 미소 짓는 트로웰의 얼굴을 보는 순간 현실이 됐다.

"엘은 안 건드린다고 했잖아!"

"죽이지 않는다고 했지."

"야, 너 진짜! 아오!"

눈앞이 온통 캄캄했다. 이럴 게 아니라 어서 엘에게 가봐야 했다. 다급해진 이프리트가 서둘러 공간 이동을 시도했다. 하지만 흙으로 된 밧줄이 그의 몸을 옭아 묶는 게 더 빨랐다.

"야! 뭐 하는 거야! 이거 놔!"

"안 돼, 이프리트. 네가 도와주면 모처럼 파수꾼이 자리를 비운 의미가 없잖아."

"의미 같은 소리 하고 앉아 있네! 너 진짜 이거 안 놔?"

"호의가 적의가 됐을 때 그 애가 보일 반응이 궁금하지 않아?"

"뭐?"

"날 형처럼 여긴다고 했는데, 진짜 죽을 위기에 처해도 여전히 그럴 수 있을까? 난 너무 궁금해서 확인하고 싶거든. 그 애가 언제쯤 본심을 드러낼지."

"이 미친놈아!"

내가 정신이 나갔지. 무슨 득을 보겠다고 굳이 이 수렁에 기어

들어왔을까. 이프리트는 탄식을 금치 못했다. 역시 자신은 그리 오래 살지 못할 게 분명했다. 원인은 필시 화병이었다.

*　　　*　　　*

온종일 내리치던 벼락은 다음 날 동이 틀 시각이 되고서야 잠잠해졌다. 하늘을 자욱하게 가리고 있던 먹구름이 물러나면서 먹물에 잠긴 것 같던 세상에 빛이 들었다. 사방이 환해지기 시작하니 밤새 근심에 차 있던 마을 주민들의 얼굴도 밝아졌다.

물론 여전히 불안해하는 사람들도 있었다. 그들을 안심시키기도 할 겸, 상황을 확인하는 차원에서 숲을 돌아보기로 했다. 혼자 다녀와도 상관없다고 했지만, 시벨리우스가 당연하다는 얼굴로 동행하니 웰디와 카리안도 어쩔 수 없이 따라나섰다. 용기를 낸 마을 자경단원 몇 명도 함께했다.

그렇게 다시 들어가 본 숲은 전날과 많은 부분이 달라져 있었다. 일단 안개가 전혀 없었고, 거주지가 완전히 사라진 상태였다. 천막들은 물론이고 자잘한 기자재며 시신조차 존재하지 않았다. 그나마 남아 있는 터전이 이곳에 뭔가가 존재했다는 유일한 흔적이었다.

가장 두드러진 변화는 바다 호수였다. 그리 크진 않아도 꽤 깊은 호수였는데 그 많던 물이 전부 사라지고 다른 전경이 되어 있었다. 호수 대신에 생겨난 건 아름다운 정원과 분수대에 둘러싸인 새하얀 신전이었다. 기둥 한가운데 소유주의 문장이 새겨져 있었지만 굳이 확인하지 않아도 누구의 신전인지는 명백했다. 마신의 신전이었다.

"아름답네요."

"그러게요."

감탄하는 웰디의 말에 나 역시 고개를 끄덕였다. 고요한 숲 안에 자리 잡은 청아한 분위기의 신전은 확실히 아름다웠다. 살벌한 징벌 후, 잿가루조차 남기지 못한 시신들 위에 세워진 것이라곤 믿기지 않을 만큼. 그래서 더 카노스의 신전답다는 생각이 들었다.

"이곳에 마신전이 생길 줄 알았으면 돌려보내지 말 걸 그랬어요."

"네?"

"하이튼의 신물 말이에요. 마신전에서 쓰려던 것 아니었나요? 필요하다면 말하세요. 원칙에는 어긋나지만, 신세를 진 것도 있으니 특별히 제가 다시 힘써보겠어요."

"아아, 그건 이제 괜찮아요."

신물이 필요한 목적은 이미 이뤘다. 남은 이야기가 없는 건 아니었지만 어차피 이젠 신물을 써도 만날 수 없을 거란 예감이 들었다. 웰디는 이해할 수 없다는 표정을 지었으나 시벨리우스가 고개를 저으니 더는 권하지 않았다. 그녀 딴에는 큰 호의를 베풀려던 걸 알기에 고마운 마음이었다.

"이만 돌아가죠."

"신전 안에는 들어가지 않나요?"

"네, 그럴 필요까지는 없을 거 같아요."

일이 마무리됐으니 그걸로 됐다. 후련하게 답한 후 미련 없이 돌아섰다. 오히려 웰디가 계속 뒤를 돌아보았다.

"한 가지만 물어도 될까요?"

"뭔데요, 웰디?"

"그 머리칼은 어떻게 된 거예요?"

이어진 질문엔 나도 모르게 멈칫했다. 아, 그러고 보니 나 다시 금발로 돌아왔지. 이쪽이 더 익숙해서 위화감을 느끼지 못했다. 어쩐지 마을에 돌아왔을 때 랑시가 눈을 휘둥그렇게 뜨고 바라보더라니. 그 외에도 다들 당황한 기색이 역력했는데 금방 가라앉는 분위기라 크게 신경 쓰지 않았었다. 아무래도 내 표정이 너무 좋지 않아 다들 말을 걸지 못했던 모양이다. 흑발인 머리가 갑자기 바뀌었으니 호기심을 갖는 건 당연했다. 시벨리우스도 궁금해하는 기색인 건 조금 씁쓸했지만.

"사실 저도 잘 모르겠어요."

"모른다니요?"

"그냥…… 꿈을 꾸고 나니까 이렇게 됐더라구요."

말하면서도 우스운, 아무도 믿지 않을 이야기였다. 다들 할 말이 많은 얼굴이 됐지만 질문이 더 이어지진 않았다. 아마 내가 제대로 대답할 마음이 없다는 걸 알아봐서 그런지도 모르겠다.

검은 옷을 입은 무리가 마을에 당도한 건 그로부터 얼마 후였다. 그들은 새 신전에 파견된 마신의 사제들이었다. 계시를 받았다고 설명한 사제단은 숲으로 가기에 앞서 마을 사람들을 광장에 모아두고 안심시켰다.

"흉악한 가짜 신과 그를 따르는 무리는 이제 이 세상에서 완전히 사라졌습니다. 여러분은 부디 안심하시고 일상으로 돌아가십시오. 마신의 가호 아래에서 평안하시길 바랍니다."

이미 마신의 활약을 온몸으로 체험한 주민들은 사제단을 열렬히 환영했다. 사제들 역시 호의적인 마을 분위기에 안심하는 분위기였다. 혹시 아는 얼굴이 있을까 했지만 아이라와 에디스는 보이지 않았다. 하긴 체르바 연합국에서 헤어졌으니 출발했어도 아직 도착할 시기는 아니었다. 어쨌거나 여기서 내게 남은 일은 하나였다.

"네? 벌써 가시는 거예요?"

당황하는 랑시에게 쉿, 하고 손짓하며 목소리를 낮추게 했다. 원랜 바로 떠날 예정이었지만 그래도 랑시한테 인사는 하고 가야 할 거 같아 남몰래 불러낸 참이었다. 내 동작에 맞춰 스스로 입을 막은 랑시가 슬쩍 주위를 돌아보고는 작은 목소리로 속삭였다.

"정말 이대로 그냥 가시려고요? 잔치가 열릴 것 같던데 식사라도 하고 가시면 안 돼요? 다들 엘을 찾을 거예요. 엘이 주인공이나 다름없는 자리잖아요."

"고맙지만 안 될 것 같아, 랑시. 내가 다른 일이 있거든. 급한 일정이라 지금 바로 가봐야 해."

사실은 도망치는 거다. 주민들이 나를 마신관이라고 알고 있는 이상 사제단과 마주쳐서 좋을 게 하나도 없으니까. 다행히 아직까진 아무도 나를 사제라고 부른 적이 없지만, 그건 쭉 경황이 없어서 그랬던 거고 사태가 안정된 지금은 사정이 달랐다. 이건 반드시 터질 시한폭탄이다. 이 자리는 무조건 피하는 게 답이었다.

"그게 아니라 엘…… 사실은 피하는 거죠?"

그런데 랑시가 생각보다 더 눈치가 빨랐다. 곧바로 정곡을 찌르는 말에 심장이 덜컹거렸다. 혹시 내가 진짜 신관이 아니라는 걸 알아차렸나? 어쩌면 정령왕의 계약자인 걸 알아본 건지도 모른다. 학교에 다닌다고 했으니 왕의 계약자에 관련된 소문을 들어보기는 했겠지. 정령사인데 신의 문장은 어떻게 갖고 있냐고 물어보면 뭐라고 대답하지? 어차피 이젠 사라졌는데 위조였다고 말해도 되나? 랑시가 설마 날 신관 사칭으로 고발하진 않겠지?

랑시는 좋은 아이지만 그렇다 해서 내 모든 점을 포용할 거라 생각하면 안 된다. 안 그래도 사이비 신도들한테 크게 데였으니 더 민감하게 굴 수도 있었다. 짧은 순간 머릿속이 온통 혼란해졌다. 하지만 곧 이어진 명랑한 음성에 모든 생각이 멈췄다.

"혹시 엘은 비밀 사제 같은 건가요?"

"으응?"

생각지도 못한 말에 반사적으로 돌아보았다. 나를 바라보는 랑시의 눈동자가 유난히 초롱초롱했다.

"소설책에서 봤어요. 주인공이 신전 감찰관이라고 불리는 비밀 사제단 소속이었거든요. 신의 명에 따라 세상을 방랑하면서 타락한 신전을 징벌하고 사람들을 구하기도 하는 사제래요. 엘이 바로 그런 사제인 거죠? 와아, 그런 게 정말로 있군요!"

"아……."

상상력이 풍부한 건 예나 지금이나 비슷하구나. 그래도 그새 컸다고 동화책에서 소설책으로 발전했다. 당황해서 대답할 틈을 놓치는 동안 랑시는 확신을 굳힌 것 같았다. 큰 깨달음을 얻은 것 같은 얼굴에 비장한 표정이 서렸다.

"저 이제 알 것 같아요. 엘의 머리 색이 돌아온 것도 임무를 완수했기 때문인 거죠?"

"어, 음, 그럴지도."

"역시!"

아, 이건 안 되겠다. 너무 해맑게 좋아하는 얼굴을 보니 어쩔 수 없다는 생각밖에 들지 않았다. 고개를 가볍게 저은 후 허탈한 기분으로 웃었다.

"랑시, 2학년이랬지? 학부에 소식지나 학술지 같은 거 없어?"

"있어요. 늘 챙겨보고 있어요."

"학부 소식지면 정령사에 관한 이야기도 실리나?"

"그럼요. 유명한 정령사들 이야기는 인기 소재예요. 정령왕의 계약자들과 관련된 건 아예 수집가들까지 있을 정도인걸요. 근데 내용은 별거 없어요. 솔직히 마음대로 지어낸 이야기가 대다수인 것 같아요. 기술된 인상착의도 전부 다르거든요. 진짜 고급 정보는 귀족끼리만 공유한대요."

아, 그렇군. 그래서 모르는구나. 어쩐지 조금도 의심하지 않는 눈치라 이상하다 싶었다. 신관이라는 생각이 너무 확고해서 그런지도 모르겠지만.

"그런데 그건 왜요?"

"음, 아니 그냥. 너무 놀라지 말라고."

"네? 뭐가요?"

랑시가 의아해하는 동안 손바닥을 펴게 하곤 그 위에 정령을 소환했다. 처음 나이아스 하나가 나타났을 때 눈을 크게 뜬 랑시는 순식간에 주변을 가득 채운 작은 인어들을 확인하고 멍하니 입을 벌렸다. 랑시만큼 똑똑한 아이라면 이 수많은 정령이 무슨 의미인지 모를 수가 없었다.

"실은 내가 이런 걸 할 수 있거든."

그리고 장갑을 벗어 아무것도 새겨지지 않은 맨 손등을 보였다.

"그때 보여줬던 건 지금은 이런 상태고."

"……."

"그래서 자리를 피하는 거야. 미안해."

랑시는 한참 동안 아무 말도 하지 않았다. 충격이 크겠지. 역시 배신감을 느꼈을까. 씁쓸한 기분으로 정령들을 돌려보냈을 때였다.

"역시 제 생각이 맞았어요."

"……응?"

낮게 중얼거리는 목소리에 흠칫해 조심스럽게 표정을 살폈다. 그 순간 랑시가 상기된 얼굴로 고개를 들었다.

"엘은 정말 특별한 사람이라는 거요. 제가 읽은 책 속의 주인공들처럼요."

별처럼 빛나는 눈이 여전히 신뢰와 호의를 담고 나를 응시했다. 말갛게 웃는 얼굴을 마주하자 숨이 차는 기분이 들었다. 수많은 감정이 한꺼번에 소용돌이쳐서 무엇 하나 정리가 되지 않았다. 결국 한마디 말만 간신히 내뱉을 수 있었다.

"고마워, 랑시."

"무슨 말이에요, 엘. 고마운 건 저예요."

랑시가 배시시 웃으며 고개를 저었다.

"엘이 아니었으면 저는 여기까지 올 수도 없었어요. 엘은 항상 제 영웅이에요."

앞으로도 계속 그럴 거예요. 두 손을 꼭 잡으며 속삭이는 말엔 나도 모르게 눈을 감았다. 랑시가 두 팔을 뻗어 그런 나를 꽉 끌어안았다. 전해지는 온기에 안도감과 죄책감이 동시에 들었다. 트로웰을 위한 게 아니더라도 결국 나는 카노스를 택할 순 없었을 거다. 그러기엔 너무 소중한 것들을 많이 받았다.

"저희가 또 만날 수 있을까요?"

"그러길 바라."

수도에 산다는 걸 알고 있으니 언젠가 기회가 된다면 만날 수 있을지도 모른다. 지금 보는 모습이 마지막이 될 가능성이 더 크겠지만 일부러 그런 말은 하지 않았다. 다시 만날 때까지 어머니 말씀 잘 듣고, 공부도 열심히 하고 있어. 당부하듯 건넨 말에 랑시는 연신 고개를 끄덕였다.

"그럼 안녕."

"안녕, 엘."

내게서 시선을 떼지 못하는 얼굴을 향해 마지막으로 손을 흔들어주곤 몸을 돌려 마을을 빠져나왔다. 시린 공기 때문인가. 오늘따라 가슴 속이 텅 빈 것처럼 휑했다. 그래도 마을 어귀 앞에서 날 기다리고 있는 일행을 봤을 땐 조금 괜찮아지는 것도 같았다.

"작별 인사는 다 했어, 엘?"

반갑게 맞이해주는 시벨리우스에게 미소지으며 고개를 끄덕였다. 그래, 날 기다려주는 사람들이 있다. 하늘은 파랗고 태양은 눈부셨다. 헤어지는 인연들만 돌아보기엔 아까운 시간이었다. 그러니까 오늘도 견딜 수 있었다.

"이만 가자."

비록 침잠한 슬픔이 가슴을 저리게 짓누르더라도.

## *2.*

**"넌 쓸데없는 생각이 너무 많아."**

라피스는 계속 투덜거렸다. 전날에 내가 시벨리우스를 붙들고 한동안 서럽게 울었던 게 매우 불만인 거 같았다. 카노스를 만난 건 그 역시 기억하지 못했지만, 내가 겪은 일들을 다 듣고서도 그 평은 변하지 않았다. 네 앞가림이나 잘 간수해라, 아직 백 년도 안 산 녀석이 누구를 안타까워하냐, 주제부터 먼저 파악해라, 시비를 거는 건지 위로를 하는 건지 알 수 없는 잔소리가 내내 이어졌다.

'미안해, 라피스.'

**"또 뭔 소리야."**

'미래를 바꾸면 너도 살릴 수 있을 텐데.'

잠시 아무런 대꾸가 돌아오지 않았다. 무거운 침묵 끝에 이어진 건 옅은 한숨이었다.

**"내가 언제 살려달라고 했어?"**

'그치만…….'

**"야, 엘퀴네스."**

가라앉은 목소리에 몸이 절로 움츠러들었다. 라피스가 나를 엘퀴네스라고 부르는 건 정말 오랜만이었다. 엘이라는 애칭을 알게 된 후로는 한 번도 이렇게 부른 적이 없었다.

'화났어?'

**"아니, 그게 아니라. 네가 지금 뭔가 크게 착각하는 거 같아서. 너 애칭만 쓰느라 본명을 잊어버린 건 아니지?"**

'누가 그런 걸 잊어먹냐?'

**"그럼 말해 봐. 네 본명이 뭔데?"**

'엘퀴네스지…….'

**"그래, 넌 엘퀴네스지. 여기서 무슨 생각이 들어?"**

무슨 생각이냐니. 이해할 수 없는 질문에 어리둥절해지자 그가 다시금 한숨을 내쉬었다.

**"미래가 바뀌면 너도 바뀌는 거야. 말해두지만 난 네 지금 성격은 전생의 공헌이 정말 컸다고 생각하거든? 그냥 태어난 네 성격은 정말 재수 없고 거지 같을 거야. 내 말이 틀린 것 같아?"**

'어, 음…… 그건 아니라고 하기 어렵네.'

**"그치? 양심이 있으면 당연히 그렇게 나와야지. 자, 그럼 생각을 해봐. 그런 거지 같은 성격을 가진 네가 나랑 계약을 할 거 같냐?"**

아, 이건 솔직히 나도 장담을 못 하겠다. 선뜻 답하지 못하니 그제야 픽 웃는 소리가 이어졌다.

**"그럼 어차피 결과는 같아."**

그는 물의 정령왕과 계약하지 못하면 오래 버티지 못하는 몸이니까. 그런 얘기였다. 잠시 말문이 막혔다가 간신히 대꾸했다.

'……그래도 같은 건 아니지. 더 오래 살 수 있는데.'

**"됐어, 어차피 재미도 없을 거."**

그가 정말 개의치 않아서 이런 식으로 말하는 건지는 알 수 없다. 하지만 아무렇지 않은 담담한 태도가 위안이 되는 건 어쩔 수 없었다. 조금은 숨을 쉴 곳을 찾은 듯한 기분이었다. 누군가의 불행 덕분에 위로받는다니, 내가 생각해도 너무 추하지만. 자괴감에 한숨을 눌러 삼키자 라피스가 다시 혀를 찼다.

**"넌 쓸데없는 생각이 너무 많다고 했지. 엉뚱한 죄책감 느낄 시간에 앞으로 벌어질 일들이나 어떻게 할지 생각해. 내가 알기론 트로웰 그거 이 시기에 진짜 완전 개또라이였거든? 인간족 다 죽이려던 걸 그만뒀다길래 웬일인가 했더니…… 이건 뭐, 참나. 아무튼 너 진짜 고생 좀 할 거다."**

'넌 대부한테 개또라이가 뭐냐.'

**"이거 아직도 정신을 못 차렸네. 나중에 나보다 더 심하게 욕하지나 마."**

마을을 떠나서는 한동안 쭉 걸었다. 유니콘들은 내가 도망치듯 길을 서두르는 걸 이상하게 보지 않았다. 안 그래도 인간들과 함께 있는 게 거북했는데 오히려 잘됐다고 여기는 것 같았다. 웰디와 카리안은 내가 시벨리우스를 찾느라 자리를 비우는 동안에도 사람들과 동떨어져 따로 있었다는 모양이다. 덕분에 내가 주민들에게 보여준 게 신의 문장이었다는 것도 끝까지 몰랐다. 인간에게 배타적인 성향이 이럴 땐 도움이 됐다.

"엘, 이제 어디로 가는 거야?"

"음, 만나야 할 사람이 있어. 근데 어디에 있는지 몰라서 찾아봐야 해."

찾아도 트로웰이 날 만나줄지는 모르겠지만. 그래도 일단 찾기는 해야 한다. 하위 정령들에겐 물어봤자 정령왕의 위치를 알려줄 리가 만무하고, 엘뤼엔은 아직 잠들어 있는 거 같다. 이프리트에게 연락해볼 방법이 없으려나. 란타샤를 다시 찾아가 봐야 할지도 모르겠다. 어차피 신물에 관한 답신도 전해줘야 하니 겸사겸사 들르긴 해야 했다.

"엘은 계속 뭔가를 찾는 거 같아."

"맞아, 그렇네."

차마 부정할 수가 없어서 쓰게 웃었다. 정말 이곳에 와서는 내내 찾아다니기만 하는 일정인 것 같다. 영혼의 보석만 찾으면 될 줄 알았더니 집에 돌아갈 방법을 찾아야 하고, 이젠 트로웰의 마음을 돌릴 방법도 찾아야 한다. 내 인생이지만 정말 쉽지 않았다.

가볍게 한숨을 내쉬고 있자니 힐끔거리는 시선이 느껴졌다. 웰디가 할 말이 있어 보이는 얼굴로 눈치를 보고 있었다.

"왜요, 웰디?"

"저, 그분과는 다시 합류하나요?"

"그분이요?"

"당신이 아버지라고 부르는 그분 말이에요."

아버지면 아버지지, 참 어렵게도 말한다. 엘뤼엔이 애아버지라는 걸 어떻게든 외면하려는 의지가 느껴지는 표현이라 웃음이 나왔다.

"말도 없이 가신 걸 보면 많이 급한 일이셨나 봐요."

"아, 네. 그래도 다시 돌아올 거예요."

"그렇군요."

긴장하고 있던 얼굴이 밝아졌다. 누가 봐도 안도하는 기색이라 솔직히 조금 의외였다. 대놓고 면박을 당하기도 한 만큼 앙심을 품었을지도 모른다고 생각했는데 내가 너무 연애감정에 무지했나 보다.

"그런데 그분은 나이가 어떻게 되세요? 아, 별다른 의미는 없어요. 인간은 당신 정도의 자녀를 지니려면 노화가 더 진행되지 않나 싶어서요. 굉장히 일찍 성혼하셨나 봐요."

"아, 제가 양아들이라서 그래요."

"그 말은……."

"직접 낳은 자녀는 아니라고요. 당연히 결혼도 아직 안 했고요."

원하는 대답을 해주니 웰디는 기쁜 기색을 감추지 못했다. 이런 걸 보면 참 단순한 사람이었다. 이 정도로 솔직하면 오히려 귀엽다. 미래의 이프리트가 웰디의 반만 닮았어도 그 사달은 일어나지 않았을 거다. 본인도 깨달은 바가 있었는지 지금은 개과천선하고 태도를 완전히 바꾸긴 했지만.

'대신 나를 쥐잡듯 잡고 있지.'

그 죄 없는 희생양이 여기서는 시벨리우스인 것 같았다. 그가 한숨을 내쉬며 이마를 짚었다.

"웰디, 엉뚱한 생각하지 마."

"제, 제가 뭘요."

"널 위해서 하는 말이야. 그는 네가 그런 류의 호감을 품을 상대가 아니야."

"혹시 투기하시는 거예요?"

"투……?"

"당연히 내 옆에 있을 거라 생각한 사람이 다른 이성에게 호감을 보이니까 신경 쓰이시는 거잖아요. 시벨 님도 이런 자극이 필요한 분이신 줄 몰랐어요. 걱정하지 마세요. 제가 본분을 잃어버리는 일은 없을 테니까요. 제 반려가 될 사람은 여전히 시벨리우스 님이에요."

"……아니, 됐어. 내가 왜 이런 말을 하고 있어야 하는 건지 모르겠다."

깊은 한숨을 내쉰 시벨리우스가 마른 눈으로 하늘을 바라보았다. 세상의 모진 바람을 온몸으로 맞은 듯한 모습을 보려니 미안한 마음이 들었다.

"저기, 웰디. 사실 아버지는……."

"그보다 엘에게 드릴 말이…… 네? 뭐라고요?"

이제라도 사실을 털어놓으려는 계획은 웰디가 동시에 뱉은 말과 섞이면서 실패했다. 우리는 잠시 서로를 멀뚱히 바라보다 쓰게 웃었다.

"먼저 말하세요. 저한테 할 말이 있다고요?"

"네, 실은 아까 숲에서……."

하지만 이번에도 웰디는 끝까지 말을 잇지 못했다. 문득 무언가를 발견하는 것 같더니 숨을 크게 삼키곤 뒷걸음질을 치는 게 아닌가. 방금까지 평온했던 얼굴이 갑자기 사색이 되는 게 이상해서 돌아보았다가 나 역시 얼굴을 굳혔다.

……저게 대체 뭐야?

하늘에 새카만 무리가 우글거리고 있었다. 처음엔 새 떼라고 생각했다. 그런데 빠르게 가까워지는 형태가 생각보다 너무 컸다. 생김새도 괴상한 게, 날개만 달렸을 뿐이지 외형은 왕도마뱀에 더 가까웠다. 깃털 없는 두꺼운 가죽엔 날카로운 뿔이 돋아나 있었고, 크게 벌린 입에선 수백 개는 되어 보이는 듯한 송곳니가 번뜩였다. 시력이 정상이라면 도저히 새라고 생각할 수 없을 생김새였다.

"큰 날개 왕도마뱀이잖아."

마찬가지로 하늘의 무리를 발견한 시벨리우스가 당황하며 말했다. 실제로 본 건 처음이지만 그게 뭔지는 알았다. 한때 욱여넣다시피 외웠던 몬스터 도감이 머릿속에서 빠르게 페이지를 넘겼다. 큰 날개 왕도마뱀. 파충류 변이종으로 비행 몬스터 중에서도 공격성이 매우 강한 상급 몬스터였다.

"저게 왜 여기에 나타났지?"

큰 날개 왕도마뱀은 서식지가 고원에 있는 데다가 영역을 벗어나는 일이 거의 없는 몬스터다. 토벌할 목적으로 일부러 찾아가지 않는 한 민간인이 마주할 일이 없다는 소리다. 지금 이곳은 고원도 아니었고 몬스터의 서식지는 더더욱 아니었다.

"그냥 이동하는 중인 건…… 아닌 것 같군요."

카리안이 핼쑥한 얼굴로 검을 뽑아 들었다. 겁에 질린 웰디가 마찬가지로 무기를 꺼낸 시벨리우스의 옆에 매달리다시피 달라붙었다. 그도 그럴 게, 우리를 발견하자마자 빠른 속도로 하강하는 몬스터는 누가 봐도 공격태세였다.

키에에엑!

강렬한 소음과 함께 날카로운 발톱이 순식간에 가까워졌다.

"엘!"

다급한 목소리에 대꾸할 틈조차 없었다. 우악스럽게 움켜쥐려는 힘을 검으로 받아친 다음 단숨에 베어내고 나니 곧장 다른 쪽에서도 공격이 이어졌다. 대응하기도 까다로웠지만 한 번에 상대하기엔 달려드는 숫자가 너무 많았다. 그리고 왠지 유독 내게 집요하게 몰리는 느낌이었다.

설마 싶은 마음에 일부러 자리를 박차고 올라 일행과 거리를 멀찍이 벌려봤다. 그러자 한눈에도 대부분의 숫자가 나를 따라오는 게 느껴졌다. 착각이 아니었다. 정말 날 노리고 있었다.

"이것들 뭐야?"

내가 거리를 벌리자 당황하던 시벨리우스도 몬스터 떼가 워낙 대놓고 따라가는 게 보이니 목표를 알아차리고 황당해했다. 몬스터가 아닌 평범한 맹수라도 사냥할 때 가장 약해 보이는 개체를 우선 적으로 노리는 건 당연한 본능이다. 하지만 그 약한 개체를 나라고 여기는 건 말이 안 됐다. 일단 난 대놓고 검기까지 쓰고 있으니까. 상급 몬스터면 지능도 꽤 있는데 그걸 알아보지 못할 리가 없었다.

**"저건 조종하는 지휘자가 있는 것 같은데."**

라피스가 흥미롭다는 듯이 중얼거렸다. 상급 몬스터를 조종할 수 있을 만한 존재는 한 손에 꼽는다. 근처에 있을까? 일단 달려 나가며 시벨리우스 쪽과 거리를 더 벌렸다. 누군지는 모르겠지만 목표가 나라면 원하는 대로 해주는 수밖에.

"엘!"

"가까이 오지 마!"

몬스터 떼의 공격이 더 집요해졌다. 기이한 음파를 쏘려는 걸 허공을 박차고 뛰어올라 베어 넘기고, 옷자락을 잡아채는 놈을 걷어찼다. 그 때문에 약간의 틈이 벌어지자 기회를 놓치지 않은 왕도마뱀 떼가 파고들었다.

"시큐엘!"

물줄기가 내 몸을 휘감으며 달라붙던 왕도마뱀들이 빠르게 나가떨어졌다. 시큐엘이 보조를 맞춰주니 동작에 한결 여유가 생겼다. 그러자 왕도마뱀들이 이번엔 다른 쪽을 향해 날아가기 시작했다.

"꺄악!"

"웰디 님!"

"어딜!"

급작스러운 공격에 놀란 시벨리우스가 웰디를 낚아채려는 몬스터를 베어냈다. 당황해서 돌아본 사이 옆구리에 날카로운 감각이 닿았다. 황급히 막았지만 찝찝한 마음이 드는 건 어쩔 수 없었다.

방금 흐름은 아무리 봐도 다른 쪽을 공격해 내게 빈틈을 유도한 거였다. 역시 몬스터의 사고라고 볼 수는 없었다.

"귀찮게, 진짜!"

발톱이 스치며 뺨에 쓰린 감각이 일었다. 검기를 휘둘러 한 무리를 쳐내곤 온몸의 감각을 끌어올렸다.

"시벨리우스! 잠깐 맡길게!"

굳이 대답을 기다리지 않고 시큐엘의 등에 올라 하늘로 솟구쳤다. 따라붙는 몬스터들을 베어내며 주변을 선회하는 동안 멀찍이 전나무 숲이 빼곡한 부근에서 기척 하나가 느껴졌다.

'찾았다.'

이쪽을 기웃거리며 살피는 걸 확인하고 그대로 쏘아나갔다. 설마 발각될 거라곤 생각지 못했는지 숨어 있던 그림자가 기겁해서 뭔가를 중얼거렸다. 마법을 쓴 건지 마력의 파장이 일어났다.

**"튀려나 본데. 저 마력 유형이면 공간 이동 마법이야."**

곧 라피스의 예고대로 휘몰아친 마력이 그림자를 감싸기 시작했다. 그러나 다행히도 라피스만큼 천재적인 마법사는 매우 드물다. 대부분은 마법이 발동하는 시간이 있다는 소리다.

"도망치겐 못 두지!"

곧바로 검을 던져 집중력을 끊은 후, 상대가 멈칫하는 찰나를 틈타 위에서부터 덮쳤다. "으아아!" 간발의 차이로 달아날 시기를 놓친 이가 비명을 내질렀다. 엎어진 채 버둥거리는 몸 위에 올라탄 다음, 꼼짝 못 하게 내리누른 후에야 상대의 모습이 제대로 보였다. 흑발을 지닌 젊은 남자였다.

"너 뭐야? 네가 몬스터로 날 공격한 거야?"

"으아, 이런 미친! 이게 무슨! 잠깐! 잠깐만 기다려! 너 정말 인간 맞아? 어떻게 이런……!"

발각될 줄도 몰랐지만 붙잡힐 거라곤 더더욱 생각지 못했는지 남자는 매우 경악한 기색이었다. 돌아보는 얼굴이 귀신이라도 보는 것처럼 얼이 나가 있었다. 하지만 그 얼굴을 보고 당황한 건 오히려 나였다.

**"이건 또 뭐야."**

라피스가 어처구니없다는 말투로 중얼거렸다. 지금 내 심경을 딱 대변하는 반응인 걸 보니, 그도 나와 같은 걸 보고 있기는 한 모양이다. 아까 발동한 마법이 공간 이동 마법이 아니라 환각 마법이었나? 당연히 낯설어야 상대의 외모가 왜 이렇게 익숙한 건지 모르겠다. 이 얼굴은 분명…….

"……디아곤?"

"헉?"

남자가 눈을 동그랗게 떴다. 틀림없다. 내가 아는 모습보단 훨씬 앳되지만 분명 그였다.

"뭐, 뭐야. 날 어떻게 알아?"

그런데도 막상 인정하는 말이 돌아오니 머리가 멍했다. 정말 디아곤이라니. 왜 그가 여기에 있지? 나는 왜 공격한 거야? 지금 이 시대에서 그는 나를 알지도 못할 텐데?

뭐라 형용할 수 없는 기분으로 그를 멍하니 바라봤다. 블랙 드래곤 디아곤. 라피스 형제의 아버지이자 란타샤의 반려가 될 남자. ……그리고 트로웰의 계약자.

"혹시 부탁을 받았어?"

"어? 뭐? 어어?"

"날 노리라고 한 거야?"

트로웰이, 그러라고 했어?

눈을 깜빡이는 디아곤은 무척 혼란스러워하는 얼굴이었다. 아직 뭐가 뭔지 이해도 되지 않는다는 표정이었으나, 봐주지 않고 멱살을 움켜잡아 몸을 일으켰다.

"어디에 있어?"

당기는 대로 끌려온 디아곤이 마른침을 꿀꺽 삼켰다. 짙은 검은색 눈동자에 그를 바라보는 내 모습이 선명히 비쳤다. 화난 것처럼 일그러져 있지만 동요를 숨기지 못한 꼴사나운 얼굴이.

"지금 트로웰, 어디에 있어?"

## 3.

"나는 왜 찾아?"

부드러운 음성에 몸이 굳었다. 말을 듣지 않는 몸을 어떻게든 움직여 간신히 고개를 들었다. 조금 떨어진 작은 바위 위에 소년이 걸터앉아 있었다. 짙은 피부색이며 흐트러진 듯한 흑발까지, 전부 눈이 아플 정도로 익숙해서 오히려 비현실적이었다. 모든 걸 들여다보는 듯한 황금안이 나를 감상하듯 응시하는 것도.

"트로웨엘~!"

내가 멈춘 틈을 탄 디아곤이 나를 밀쳐내고 황급히 그에게 달려갔다. 자기보다 작은 사람 뒤에 숨어 감춰지지도 않는 몸을 가리려고 애쓰는 모습이 우스꽝스러웠지만 웃음이 나오진 않았다. 곧 하늘에서 요란하게 푸드덕거리는 소리가 울렸다. 내가 디아곤을 덮친 동안 더는 달려들지 못하고 주위를 배회하던 큰 날개 왕도마뱀들이 빠르게 흩어지는 소리였다.

"디아곤, 실망이야."

하늘을 응시한 트로웰이 가볍게 혀를 찼다.

"위협한다는 게 겨우 저거야?"

"겨우라니! 저거 상급 몬스터거든? 쟤 대체 뭐야? 인간이라며!"

"인간이야."

"무슨 인간이 상급 몬스터 떼를 그냥 갖고 놀아? 그냥 상급도 아니고 비행 몬스터란 말이야! 아무리 검성이라도 보통은 공중전엔 미숙해서 쟤들이 한꺼번에 덤비면 고전한다고! 쟤 심지어 이동 마법까지 막았어! 내가 마법을 쓰는 걸 막았다고!"

"그래서 강하다고 했잖아."

"그게 그냥 강하다는 표현으로 될 말이야?"

내가 아는 모습보다 훨씬 앳된 디아곤은 말투와 행동도 확연히 어렸다. 어른인 그는 가볍게 말해도 숨길 수 없는 관록이 느껴졌는데, 지금은 그냥 혈기왕성한 사춘기 소년이란 느낌이었다.

**"말해두는데, 난 란타샤만 닮았어."**

부친의 젊은 시절을 수용하지 못한 라피스가 조용히 선을 그었다. 정색하는 얼굴이 절로 그려졌지만 이번에도 편히 웃지는 못했다.

"처음부터 적당히 하려고 하니까 안 되는 거야."

"하지만 내가 직접 건드렸다가 죽어버리면 어떡해! 다치기만 하면 된다고 했잖아!"

"그래서 고작 뺨에 생채기가 전부야? 내 계약자지만 참 무능하네."

"그러니까 재가 너무 강한 거라니까?"

나를 주제로 이어지는 대화인데 내가 끼어들 틈은 없었다. 마치 화면 너머에서 지켜보는 것처럼, 두 사람에게 내 존재 자체가 완전히 배제된 것 같았다. 머릿속을 장악한 생각은 온통 하나뿐이었다. 그렇구나. 역시 트로웰이 지시한 게 맞았다. 그가, 정말 날 해치려고 했다.

멍하니 바라보자 곧 눈이 마주쳤다. 아니, 그는 처음부터 쭉 나를 바라보고 있었다. 정확히는 관찰하는 것에 더 가까운 시선이다. 내게서 뭔가를 찾는 것 같았다. 그게 뭔지는 모르겠지만.

"할 말이 있는 얼굴이네."

"……트로웰."

"왜, 엘?"

그가 웃으며 대답했다. 다정하고 친근하게. 마치 아무런 일도 없었다는 것처럼. 하지만 달랐다. 내가 아는 그와는 하나도 같은 부분이 존재하지 않았다.

목이 마르는 기분에 그대로 입을 다물었다. 몰랐던 것도 아닌데. 그가 내 목을 틀어잡은 적도 있었는데. 왜 새삼스럽게 이 모든 상황이 낯설게 느껴지는 건지 모르겠다. 나를 응시하는 시선이 너무 건조해서 무섭다. 원래 그가 어떤 표정을 지었는지 기억이 나지 않았다. 어떤 얼굴로 웃었는지, 어떤 식으로 나를 대했는지도.

**"야, 정신 차려."**

라피스의 목소리를 듣고서야 내가 숨을 멈추고 있다는 걸 깨달았다.

**"저거 원래 성격 더럽다고 내가 누누이 말했잖아. 동요하지 마. 그게 저 또라이가 원하는 거니까."**

차분한 목소리에 조금씩 머리가 맑아졌다. 그래, 맞아. 이럴 때일수록 정신 차려야지. 원래 미래는 이 방향으로 진행되는 거였다고 했다. 그걸 내가 다른 쪽으로 튼 거다. 큰 흐름을 바꾸는 일이 쉬울 리가 없잖아. 간신히 고개를 끄덕이며 울고 싶은 기분을 참아냈다. 어떻게든 몸을 일으키려는데 다리에 힘이 들어가지 않았다. 손이 너무 차가워서 감각조차 잃은 것 같았다. 멀찍이서 나를 부르는 소리가 들렸다. 시벨리우스와 유니콘들이 달려오고 있었다.

"엘, 괜찮아?"

다급히 다가온 그가 엉거주춤한 자세로 굳어 있는 나를 살폈다.

"뺨에 상처가 났잖아! 기다려, 바로 회복제를……!"

"아…… 괜찮아. 별거 아냐."

"별거 아니긴! 이건 바로 치료해야 해. 큰 날개 왕도마뱀 발톱엔 맹독이 있단 말이야!"

아, 그래서 몸을 움직이기 힘들었던 건가. 그러고 보니 혀가 조금 굳은 느낌이 드는 것도 같다. 뒤늦게 상태를 인지하는 동안 시벨리우스가 꺼내든 회복제를 서둘러 내게 한 모금 마시게 했다. 나머지는 손수건에 적혀 뺨에 댔다. 그 사이 웰디와 카리안은 시벨리우스가 미처 보지 못한 부분을 알아차렸다. 이쪽을 흥미롭다는 듯이 구경하고 있는 트로웰과 디아곤의 존재를.

"그런데 저들은 누구죠?"

그제야 트로웰을 발견한 시벨리우스가 당황한 표정을 지었다.

"넌……."

"유니콘이네."

트로웰이 시큰둥하게 중얼거렸다. 단숨에 정체를 알아보는 것에 깜짝 놀란 웰디와 카리안이 경계심을 드러냈지만, 시벨리우스의 태도는 한결 더 풀어졌다.

"몬스터를 쫓아낸 게 너야?"

아직 그는 나와 트로웰 사이에 얽힌 복잡한 사연을 알지 못한

다. 형제처럼 지내던 모습만 기억하는 상태라 당연히 그가 나를 돕기 위해 나타난 거라고 생각한 듯했다.

"글쎄, 어느 쪽일까. 어쨌든 인간이 아닌 건 조금 유감이네."

하지만 그렇게 대꾸한 트로웰이 빙긋 웃었을 땐 이상하다는 걸 느낀 것 같았다. 얼굴을 굳힌 그가 뭔가 말하려던 순간, 바닥에서 강한 진동이 울렸다. 반사적으로 시선을 내리니 땅이 갈라지고 있었다. 시벨리우스도 같은 광경을 확인했다. 거의 동시에 눈이 마주쳤다. 곧 급격하게 틈이 벌어지면서 나와 유니콘들의 거리가 빠르게 멀어졌다.

"꺄악!"

급작스러운 사태에 경악한 웰디가 비명을 질렀다. 시벨리우스는 허둥거리는 두 유니콘을 붙잡고 곧바로 도약할 자세를 취했다. 뛰어올라 다시 이쪽으로 건너오려는 거였다. 하지만 사방에서 바위들이 솟아오르는 게 더 빨랐다. 높게 솟구친 바위기둥이 마치 살아 있는 것처럼 그들 일행을 단숨에 덮쳤다.

"시벨!"

달려가려는데 엄청난 힘이 내 앞을 막아섰다. 내 주위에서도 솟구친 바위기둥이 채찍처럼 휘둘러지고 있었다. 간신히 피하며 물러나는 사이, 시벨리우스 일행은 바위로 만들어진 감옥에 갇힌 상태가 됐다. 두꺼운 돌 창살 너머로 넋이 나간 웰디가 쓰러지듯 주저앉는 것이 보였다. 그녀의 상태를 서둘러 살핀 시벨리우스가 이를 갈며 창살을 움켜잡았다.

"이게 무슨 짓이야?"

"걱정하지 마. 유니콘은 안 건드려."

"대체 그게 무슨……!"

순간 주변이 흔들리며 섬뜩한 격통이 느껴졌다. 어느새 솟아난 뾰족한 바위들이 마치 가시처럼 내 다리에 박혀 있었다. 그 상태에서 잡아당기니 몸에 전혀 힘이 들어가지 않았다. 저항하지 못하고 그대로 넘어졌다. "흐윽!" 비명을 삼키려니 목 안에서 끓는 듯한 이상한 소리만 흘러나갔다.

"엘!"

처절한 부름이 들렸지만 대꾸할 여력이 없었다.

와, 이건 좀 심한데. 다리를 움직일 수 없는 것도 그렇지만 너무 아프다. 식은땀으로 온몸이 푹 젖는 게 느껴졌다. 아픈 건 다리인데 숨을 쉬는 게 버거웠다.

"이렇다니까."

머리 위에서 트로웰이 중얼거리는 소리가 들렸다.

"내가 하면 손속이 과해질 거 같아서 맡긴 거였는데. 뭐, 차라리 잘된 것 같기도 하고."

"너, 너 미쳤어? 왜 이러는 거야! 이게 대체 뭐하는 짓이냐고!"

소리치면서 시벨리우스가 창살을 마구 내리쳤다. 하지만 그들을 가둔 감옥은 꼼짝도 하지 않았다.

"그냥 화풀이야."

"뭐?"

더는 상종할 생각이 없다는 듯 산뜻하게 돌아선 트로웰이 내 앞에 한쪽 무릎을 굽히고 앉았다. 무심히 내려다보는 얼굴엔 아무런 표정이 없었다. 기분이 좋은 건지 나쁜지조차 알아보기가 어려웠다.

"아파?"

"트로웰……."

"하긴 너무 당연한 걸 물었네. 죽일 생각까진 없었지만 혹시 죽더라도 너무 억울해하진 마. 원래 그러기로 한 거잖아."

나와 한 약속을 지키는 거라고 생각해. 달래는 듯한 목소리가 귓가에서 다정하게 속삭였다.

"이럴 줄 알았으면 그냥 고통 없이 단숨에 죽는 게 더 나았을 뻔했지? 이래서 당장 화를 면한다는 게 반드시 좋은 결말로 이어지는 건 아니라는 거야. 그렇지 않아?"

무슨 대답을 해야 할지 알 수가 없어서 그냥 숨만 몰아쉬었다. 사실 대답할 정신도 없었다. 이 순간에도 살갗에 박힌 돌 가시가 계속 꾸물거리며 파고들었다. 온 신경이 조각조각 끊어지는 것 같았다. 생리적인 눈물이 계속 흘렀다. 어떻게든 비명을 참으려고 입술을 악물었지만 역부족이었다.

"아무튼 참 신기한 인간이야. 이런 때조차 생각이 읽히지 않네. 하긴 그 덕분에 지금까지 살려둔 거긴 하지. 쭉 장점이라고 생각했는데, 지금은 좀 짜증이 나는 것 같기도 해."

"트로웰…… 이거 너무 아파."

결국 참지 못하고 앓는 소리를 내버렸다. 멀리서 시벨리우스가 고함치는 소리가 더 커졌다.

"아프라고 한 건데 당연하지."

약간의 간격을 두고 돌아온 대답은 여전히 시큰둥했다. 그가 내 턱을 붙잡고 억지로 고개를 들게 했다. 진득하게 탐색하는 듯한 시선엔 불만이 가득했다. 아직도 원하는 반응을 끌어내지 못했나 보다. 이것보다 더 아파야 하나 해서 아찔해졌다.

"지금 무슨 생각해? 내가 너무 나쁘다는 생각?"

아니, 아니다. 정신없이 고개를 흔들었다.

"트로웰은 나쁘지 않아."

힘겹게 뱉은 말에 그가 멈칫했다. 이해하지 못한 반응이라 이번엔 더 제대로 말했다.

"넌 누구보다 다정하고 상냥한 사람이야."

다른 사람은 몰라도 나는 안다. 그는 아무것도 못 하는 무능한 동료를 비웃지 않고 상냥하게 대해준 사람이었다. 잘 적응할 수 있도록 차근차근 도와주고, 자주 찾아와 어울려 줬다. 어설프게 유희를 시작했을 땐 곤경에 빠지지 않도록 아무런 대가 없이 옆에서 챙겨주기도 했다. 라피스를 보듬어 챙긴 것도, 알리사가 정령사가 될 수 있도록 안배한 것도 그였다.

그건 여기서도 마찬가지였다. 그가 응징하는 건 늘 약자에게 해악을 끼치는 자들뿐이었다. 다비안의 상황도 외면하지 않고 도움의 손길을 내밀어줬다. 크리스를 살리도록 인도해 주기도 했다.

내가 위험할 땐 구하러 와주고, 내 억지나 다름없는 요청들도 전부 다 들어줬다. 정말 나쁜 사람이라면 그럴 수가 없었다.

"그래서 더 가슴 아파. 이렇게 다정한 널 분노하게 한 게 인간이라는 사실이. 그리고 나 역시…… 네게 그런 인간 중 하나일 수밖에 없는 이 현실이."

"……."

"미안해, 트로웰. 정말 미안해."

그가 내게 화내는 건 당연하다. 미래를 바꾸지 못한 탓이라고, 상황을 탓할 것도 없었다. 처음부터 지킬 생각도 없었으면서 무책임하게 약속한 건 나였다. 트로웰이 나한테 얼마나 큰 기대를 걸고 있는지 다 알면서도 모르는 척했다. 아마 그 역시 내가 건성으로 임했다는 걸 알고 있었을 거다. 단 한 번도 적극적으로 나선 적이 없었는데 모를 리가. 그래도 몰아치거나 화내지 않고 인내심 있게 기다려줬다. 그 믿음이 끝내 배신당했으니 더 화가 난 거다. 그러니까 이건 전부 자업자득이었다.

"너……."

무언가 말하려던 트로웰이 그 순간 훌쩍 뒤로 물러섰다. 콰과광! 직후 그가 있던 자리에 거대한 얼음덩어리가 내리꽂혔다. 사나운 바람과 함께 온 세상을 뒤흔드는 것 같은 강렬한 파장이 밀어닥쳤다. 얼음 조각인지 수증기인지 알 수 없는 것들이 비처럼 쏟아져 내렸다.

시린 바람이 그쳤을 땐 온 사방이 설원이 된 것처럼 새하얐다.

그리고 내 앞엔 누군가가 서 있었다. 어느 때보다 고요해 보이는 엘퀴엔이었다.

"아버지……."

"……."

돌아보는 눈동자가 유리처럼 기묘한 질감을 띠었다. 그의 푸른색 머리칼도 단단한 얼음처럼 보였다. 눈이 덮이지 않은 빙하의 아랫부분은 새파란 색이라던데, 그게 저런 느낌인지도 모른다는 생각이 들었다.

시벨리우스와 유니콘들은 조금 전의 충격으로 의식을 잃은 것 같았다. 내가 무사한 건 엘퀴엔이 보호했기 때문이었다. 그는 아무런 말 없이 트로웰을 한 번, 그리고 나를 한 번 바라보았다. 무슨 생각을 하는지 알 수 없는 스산한 시선이 내 다리에 박혀 있는 돌 가시에 오랫동안 머물렀다.

"늦었잖아, 엘퀴네스. 하마터면 정말 죽일 뻔했어."

"……그간 내가 너무 관대했나 보군."

낮게 중얼거린 그가 팔을 뻗었다. 얼음 줄기가 마치 파도처럼 트로웰을 덮쳐갔다. 트로웰은 저항할 겨를도 없이 그대로 휘말렸다. 그의 몸에 얼음 파편이 사납게 박혀 들었다.

비명을 내지르며 쓰러진 건 멀찍이서 숨어 있던 디아곤이었다. 바닥에 엎드린 그가 연신 헛구역질을 하며 붉은 피를 토해냈다. 혀를 찬 트로웰이 곧 반투명한 느낌으로 변했다. 디아곤과 연결된 마나를 끊고 자연체로 돌아간 거다. 하지만 그 상태에서도 그는 여전히 얼음 속에 박혀 있었다.

"그렇게 죽고 싶다면 소멸시켜주지."

—**하하, 그래. 차라리 그게 더 나을 것 같긴 하네.**

트로웰이 키득거리며 웃었다. 엘뤼엔을 감싼 기류가 다시 사납게 움직였다. 한 번도 느껴보지 못한 살의에 소름이 돋았다. 그가 정말 트로웰을 소멸시키려는 거다.

"안 돼, 아버지!"

다급히 소리쳤지만 전혀 닿지 않았다. 막아서고 싶어도 움직이지 않는 다리 때문에 꼼짝할 수가 없었다. 어떻게 해야 할지 방황하다 다리에 박힌 돌 가시를 강제로 뽑아냈다. 온몸이 갈라지는 고통에 눈앞이 새하얗게 점멸했다. 비명을 삼키니 당황한 엘뤼엔이 트로웰을 버려두고 급히 내게 다가왔다.

"너 지금 무슨 짓을!"

"그러지 마! 제발 그러지 마!"

필사적으로 팔을 뻗어 엘뤼엔의 옷자락을 꽉 부여잡았다. 다행히 트로웰은 그 틈을 타 몸을 피한 것 같았다. 디아곤 역시 주어진 기회를 놓치지 않았다. 둘이 사라진 걸 확인하고 낮게 혀를 찬 엘뤼엔이 피가 철철 흐르는 환부에 손을 댔다. 시원한 감각이 들면서 고통이 차츰 가셨다. 그런데도 몸의 떨림이 멈추지 않았다. 아직도 다리에 가시가 박혀 있는 기분이 들었다. 연신 숨만 몰아쉬고 있는 내게 엘뤼엔이 굳은 얼굴로 물었다.

"왜 그랬지?"

"미안해."

"네가 이런다고 그 녀석이 고맙다고 할 것 같나? 그건 또 널 죽이려 할 거다."

"……알아."

"알면서 날 막았다라. 자해와 다름없는 짓까지 하면서 말이지."

기가 막힌다는 듯한 시선을 차마 똑바로 바라볼 수가 없었다. 해선 안 되는 짓을 벌였다는 건 알고 있었다. 나를 위하는 그의 호의를 이용했다. 지금 그가 분노한 이유도 나 때문이었는데. 그 모든 상황을 무시하고 트로웰을 구하는 쪽을 택했다. 그가 느꼈을 충격과 배신감을 가늠하기도 어려웠다.

"나를 정말 우습게 만드는군."

건조한 음성에 몸이 움찔 떨렸다. 급히 고개를 들자 냉담한 시선이 닿았다. 낯선 얼굴이었다. 바로 앞에 있는데도 멀찍이 떨어져 있는 기분이 들 만큼.

"그렇게 죽고 싶다면 네 마음대로 해라. 이제부터 네 일엔 아무것도 관여하지 않겠다."

"아, 아버지. 나는……."

"하지만 난 내 계약자가 개죽음당하는 걸 용인하는 호구가 될 생각도 없다."

아, 이다음 말은 듣지 않아도 알 것 같았다. 사실은 진작 나왔어야 할 말이라 놀랍진 않았다. 오히려 그가 지금까지 인내한 게 더 신기한 일이었다. 나도 모르게 주먹을 움켜쥐고 숨을 참았다.

"이렇게 말해도 마음을 바꿀 생각이 없군."

"……."

"네 뜻은 잘 알았다."

가만히 나를 바라보던 그가 곧 몸을 일으켰다. 멀어지는 기척이 초조했지만 차마 붙잡을 수 없었다. 온기가 사라진 만큼 서늘한 공기가 밀려 들어왔다. 그리고 마침내 그날이 이르렀다.

"정령 계약을 파기한다."

심장과 함께 온몸의 감각이 내려앉았다. 아득한 추락감을 견디지 못하고 눈을 질끈 감았다. 몸 안에서 균열이 일면서 무언가가 부서지는 듯한 감각이 들었다. 조각난 파편들이 와르르 쏟아져 내리다 그대로 사라지는 게 선명히 와 닿았다.

다시 눈을 떴을 땐 이미 엘뤼엔의 모습은 보이지 않았다. 온 사방을 새하얗게 뒤덮고 있던 눈조차 보이지 않았다. 마치 지금까지 그가 곁에 있었던 게 전부 꿈이었던 것처럼.

문득 온 세상이 소름 끼치게 적막하다는 생각이 들었다. 한기가 느껴지는 거 같아 두 팔로 몸을 꼭 끌어안았다. 그래도 추위가 가시지 않았다.

**"야, 괜찮냐?"**

라피스가 평소답지 않게 주저하면서 물었다. 이 녀석도 눈치를 볼 때가 있긴 하구나 싶으니 이 와중에도 웃음이 나왔다.

"고마워, 라피스."

**"……뭐가."**

"내가 지금 혼자가 아닌 걸 알게 해줘서."

이어지는 답은 없었다. 천천히 숨을 가다듬고 찔끔 나오는 눈물을 얼른 손등으로 닦아냈다. 내가 생각해도 이건 정말 못 할 짓이다. 돌아가면 꼭 한마디 해야지. 이때 너무 힘들고 서러웠다고. 나도 어쩔 수 없는 사정이라는 게 있는 건데 다들 진짜 나한테 너무 했다고. 이 시기의 기억은 다 지워지겠지만, 기억하든 말든 오늘 일들 전부 항의할 거다. 아예 더 심하게 과장해야지. 있는 이야기고 없는 이야기고 죄다 부풀려서 죄책감에 몸부림치게 해줄 거다. 돌아가기만 하면.

……그런데 돌아갈 수는 있나?

아, 이런. 실수했다. 이런 생각은 하면 안 되는데. 다시 눈물이 나올 것 같아서 두 손으로 얼굴을 덮었다.

"엘!"

누군가가 나를 부르는 소리를 들은 건 바로 그 직후였다. 여기서 들을 거라곤 생각지도 못한 목소리였다. 당황해서 돌아본 곳엔 붉은 머리칼을 지닌 남자가 있었다.

"이프리트."

"미안해, 내가 너무 늦었어! 괜찮아? 무사해? 젠장, 트로웰 그 자식이……!"

그때 말을 멈춘 이프리트가 눈을 크게 깜빡였다. 그가 믿어지지 않는다는 표정으로 내 얼굴을 응시했다.

"엘, 너…… 물의 인장이……."

그 말을 듣고 멍하니 이마를 매만졌다. 그렇구나. 진짜로 사라졌나 보다. 하긴 엘뤼엔이 이런 걸로 빈말을 할 리가 없지. 계약이 사라지는 감각도 선명하게 느꼈다.

순간 눈물이 주르륵 흘러내렸다. 봤어도 그냥 모르는 척해 주지. 알고 있어도 다른 사람한테 확인받는 건 전혀 다른 기분이었다. 쭉 잘 참고 있었는데 갑자기 견딜 수 없게 서러워졌다. 당황한 이프리트가 얼른 나를 끌어안고 다독였다.

"괜찮아, 도련님? 아이고, 이게 다 무슨 일이야!"

그 품을 붙잡고 하염없이 울음을 터트렸다. 이제 정말 돌아가고 싶다. 날 아들이라고 불러주던 아버지가 그리웠다. 아버지가 벌써 너무 보고 싶다. 너무 보고 싶었다.

## *4.*

트로웰이 만든 바위 감옥은 뭘 어떻게 한 건지 검기로도 잘 잘리지 않았다. 시벨리우스가 그렇게 창살을 흔들어대고 내리쳐도 꿈쩍도 하지 않은 이유가 있었다. 이 정도면 다이아몬드보다 강한 거 같은데, 원래 있는 광물이긴 한 건가? 나중에 희대의 광물을 발견했다는 기사가 뜨지 않을지나 모르겠다. 어쨌든 이프리트가 도와주고 나서야 간신히 입구를 트고 쓰러져 있는 유니콘들을 빼낼 수 있었다.

"그냥 의식만 잃은 거야. 다들 무사해."

"다행이다."

안도의 한숨을 내쉬니 유니콘들을 살피던 이프리트가 나를 돌아보았다.

"그래서 이제 어떻게 할 거야?"

"솔직히 잘 모르겠어."

"하긴, 도련님도 지금 당장은 정신이 하나도 없겠지."

진짜 뭐 이런 일이 다 있냐. 한숨을 내쉰 그가 낮은 목소리로 탄식했다.

간신히 진정한 후 지난 상황을 전해 들은 이프리트는 심란해하는 표정을 숨기지 않았다. 한숨과 함께 연신 머리를 쓸어넘기다 나직한 목소리로 누구를 향한 건지 모를 욕설을 중얼거리기도 했다. 지금도 그는 무언가를 골똘히 생각하는 것 같았다. 그러다 결심을 굳혔는지 비장한 표정으로 고개를 들었다.

"도련님, 이참에 나랑 계약할래?"

"아니."

잠깐 정적이 감돌았다. 웃는 얼굴 그대로 굳어 있던 이프리트가 곧 허둥거리기 시작했다.

"잠깐! 잠깐만! 왜 즉답이야? 도련님은 물의 친화력이 제일 강한 거지, 다른 속성이랑도 계약할 수 있다니까? 난 엘퀴네스랑 비교할 수도 없이 친절한 정령왕이거든?"

"그건 알지."

"아는데 왜 거절해? 내가 걔보다 더 잘해줄게!"

"그러니까 더 안 돼. 이프리트도 날 지키려고 트로웰이랑 싸울 거잖아."

"앗, 으음."

차마 아니라고 답할 수는 없었는지 그가 말문이 막힌 표정이 됐다. 정령이 계약자를 지키는 건 너무 당연한 기본 조건이라서, 설령 그가 아니라고 거짓말을 했어도 믿지 않았을 거다.

"생각해 보니 내가 엘퀴네스 입장을 너무 배려하지 않았더라고. 나였더라도 내 계약자가 나 같은 짓을 하면 정말 화나고 속상할 거 같아. 그러니까 계약은 하지 않을 거야."

"으음, 무슨 말인지는 알겠어. 하지만 도련님, 트로웰이 널 안 죽인 건 네가 정령왕의 계약자이기 때문이야. 엘퀴네스와 계약이 파기된 걸 알면 걔도 더는 적당히 하지 않을 거야."

"……그렇겠지."

"그러니까 일단 나와 계약을……."

"그래도 안 할래."

웃으며 답한 말에 이프리트는 다시 할 말을 잃은 표정을 지었다.

"결국 이 모든 일은 정령왕의 계약자 때문에 시작된 거잖아. 그런데 나만 안전을 보전하는 건 아닌 것 같아. 날 대하는 문제를 두고 정령왕들끼리 사이가 틀어지는 것도 보고 싶지 않아."

"……우린 새삼 틀어질 것도 없어. 원래 사이 안 좋아."

"그렇게 말해도 잘 지낸다는 거 알고 있어. 특히 이프리트가 모두를 많이 아낀다는 것도."

"……."

"마음 써줘서 고마워, 이프리트. 난 괜찮아."

이프리트는 한동안 뭔가 말하려는 듯이 입을 열었다가 다시 닫기를 반복했다. 그리곤 복잡한 표정으로 뒷머리를 문질렀다.

"이건 뭐라고 말을 할 수도 없네. 하지만 도련님, 난 정령왕들만 아끼는 건 아냐. 도련님 너도 아껴. 도련님이 죽으면 좀 많이 슬플 거야."

"응, 그래서 고마워. 죽지 않도록 조심할게."

"……이렇게 신뢰하기 힘든 대답은 또 처음이네. 도련님 실력을 믿는 거야, 아니면 트로웰을 믿는 거야?"

"둘 다?"

"하아, 나도 이제 진짜 모르겠다."

그래, 이해한다. 솔직히 나도 모르겠으니까. 아는 건 하나뿐이었다. 지금 내가 할 수 있는 일을 해야 한다는 거.

"하나만 부탁해도 될까?"

"무슨 부탁?"

"트로웰이 어디에 있는지 알고 싶어."

이 질문에 이프리트가 무슨 생각을 했는지는 모르겠다. 하지만 결코 좋은 표정은 아니었다. 그는 흔들리는 눈으로 나를 바라보다가 마른세수하며 한숨을 내쉬었다.

"너희를 진짜 어떻게 하면 좋냐……."

당장은 이프리트도 트로웰의 위치를 모른다고 했다. 정말인지 아닌지 알 수는 없었지만 그가 그렇다고 하니 믿어야 했다. 그래도 파악하는 대로 알려주겠다는 약속은 받아냈다.

유니콘들의 의식이 돌아오기 시작한 건 이프리트가 우선 상황을 살펴보고 오겠다며 자리를 떠난 후였다. 가장 먼저 정신을 차린 사람은 시벨리우스였다. 잔잔하던 호흡이 조금씩 흐트러지는 걸 확인하고 가까이 다가가니 그가 눈을 꿈틀거리고 있었다. 곧 앓는 듯한 신음과 함께 굳게 닫혔던 눈꺼풀이 열렸다.

"정신이 들어?"

"……엘?"

멍하니 나를 바라본 그는 잠시간 눈을 깜빡거리다 경악한 얼굴이 되어 벌떡 몸을 일으켰다. 다급한 시선이 곧장 내 다리를 향했다.

"엘! 어떻게 된 거야? 너 다리는! 괜찮아?"

"응, 괜찮아. 다 나았어."

"혹시 엘퀴네스가?"

기절하기 전에 얼음이 쏟아진 걸 기억하는 것 같았다. 고개를 끄덕이니 그가 안도의 한숨을 내쉬었다. 그러면서도 너덜너덜해진 바지를 바라보는 표정이 좋지 못했다.

"무사해서 정말 다행이야. 대체 어떻게 그런……. 그 자식 진짜 미친 거 아니야? 네가 잘못될까 봐 눈앞이 캄캄했어. 도움이 못 돼서 미안해."

"미안하긴. 다들 다치지 않은 게 다행이지. 나야말로 이런 일에 휘말리게 해서 미안해. 못 볼 꼴을 보였네."

"그렇지 않아. 그런 말 하지 마. 진짜 다 나은 거지? 이제 더는 아프지 않은 거지?"

"응, 보다시피 정말 멀쩡해."

바지를 걷어 멀쩡한 다리를 보여주고 나서야 그는 겨우 표정이 풀어졌다. 제거할 때 어떻게 했냐고 묻는 말은 그냥 어색하게 웃는 걸로 무마했다. 내가 멋대로 뽑아냈다는 말은 하지 않는 게 나을 것 같았다.

"그런데 엘퀴네스는?"

"아, 그건……."

"엘퀴네스요?"

그때쯤 의식을 차려가던 웰디가 우리 대화에 반응해서 물었다. 간신히 몸을 일으킨 그녀는 혼란스러운 기색이 역력한 얼굴이었다.

"웰디, 괜찮아요?"

"전 괜찮아요. 그보다 조금 전 대화에 대한 설명이 필요해요. 엘퀴네스라니, 정령왕 엘퀴네스 말인가요? 물의 정령왕?"

"음, 그게 말이죠……."

"솔직하게 말해 주세요. 거의 처음부터 다 들었어요. 그가 당신을 치료했다는 의미로 들렸는데 맞나요?"

말하면서 이미 웰디는 상황을 직감한 듯했다. 표정이 차츰 굳어지고 있었다.

"설마 당신이 아버지라고 불렀던 그분이…… 엘퀴네스라는 건 아니죠?"

여기까지 왔으면 숨겨 봤자다. 어차피 밝히려고 했던 거라 그냥 고개를 끄덕였다.

"실은 그게 맞아요. 알려주는 게 늦어서 미안해요."

맙소사, 경악한 신음을 흘린 건 비슷하게 의식을 차린 카리안이었다. 일어나지도 못한 상태에서 알게 된 사실에 그는 다시 기절하고 싶다는 표정을 하고 있었다. 웰디는 너무 놀라서 숨을 아예 멈춘 상태였다. 창백해졌다가 하얗게 된 얼굴이 급속도로 붉어지는 걸 보니 본인이 무슨 짓을 저지른 건지 드디어 자각한 모양이다. 외모에 반한 건 둘째치고, 그 앞에서 정령왕에 관해 주름잡았던 게 떠오르지 않았을까. 이건 한동안 자다가 벌떡 일어나서 이불을 걷어차도 이해해줘야 한다.

"트로웰이라고 했을 때도 설마 했는데…… 대체 어떻게 이런……."

바쁘게 손부채질 하는 동안 웰디는 시벨리우스를 원망스럽게 바라봤다. 알고 있었으면서 왜 진작 말하지 않았냐는 시선과 그래서 말린 거라는 시선이 팽팽히 맞닿았다.

"푸른색 머리칼이 정말 신비하다고 생각했어요. 이제 보니 왜 진작 깨닫지 못했나 싶을 정도네요. 정령들은 반투명한 모습이잖아요. 정령왕도 당연히 그런 모습일 줄 알았어요."

웰디의 한탄은 이후로도 쭉 이어졌다. 뒤늦게 내가 정령왕의 계약자라는 사실을 상기하고 새삼스럽다는 눈으로 바라보기도 했다. 물의 왕이 인간과 계약했다는 소문은 들었는데, 공개 시기나 방법이 너무 짜 맞춘 듯이 보여서 헛소문으로 여겼다는 모양이었다. 생각해 보니 그렇게 보일 수도 있을 것 같았다. 바람의 정령왕이 폭주하는 순간 마침 그 자리에 혜성처럼 나타난 물의 계약자라니, 내가 봐도 거짓말 같은 우연이었다. 이미 다 알고 찾아갔다는 점에서 우연도 아니었지만.

"그래서…… 그분은 지금 어디에 계신가요?"

한참을 빙빙 돌았던 화제가 다시 원점으로 돌아왔다. 떠드는 동안 나도 어느 정도 마음이 정리된 덕분인가. 생각보다 대답이 편하게 나왔다.

"아버지는 이제 안 올 거예요."

"네? 안 오신다고요?"

"그게 무슨 말이야, 엘?"

당황한 시벨리우스가 물었지만 그냥 대충 얼버무렸다. 모두의 앞에서 정령 계약이 파기됐다는 사실을 밝히기도 꺼려졌고, 전후 과정을 설명하고 싶지도 않았다. 하지만 말하지 않아도 전해지는 분위기가 있는 건지 다들 돌아가는 상황을 짐작한 얼굴이었다. 유니콘은 특히 민감하니까, 내 기운이 달라졌다는 것도 알아차리기 쉬울 거다. 표정이 흐려진 시벨리우스가 주먹을 꽉 움켜쥐었다.

"일단 이후의 일정을 말해 둘게요. 전 트로웰을 만나러 갈 거예요."

점점 불편해지는 공기를 피할 겸 화제를 돌렸다. 의아해하던 유니콘들이 그 말에 모두 얼굴을 굳혔다.

"트로웰을 만난다니, 엘……."

"땅의 왕은 당신을 죽이려고 하지 않았나요? 혹시 상황이 해결된 건가요?"

"아뇨. 해결하려고 가는 거예요."

표정들이 한층 더 심각해졌다. 입으로만 뱉지 않았을 뿐 다들 제정신이냐고 묻는 얼굴이었다.

"자세한 사정은 알지 못하지만 그건 별로 좋은 생각이 아닌 것 같아요. 땅의 왕은 너무 위험한 존재로 보였어요. 그분…… 당신의 아버지가 오시지 않는다면 더더욱 만나선 안 되지 않을까요?"

조심스럽게 운을 떼는 웰디의 말에 나도 모르게 웃었다. 계속 모호한 표현만 쓰더니 정작 이제 와서 '당신의 아버지'라고 정확하게 부를 줄은 몰랐다. 본인도 잘 알고 있는지 얼굴이 붉어져 있어서 더 웃음이 나왔다.

"어차피 위험을 피하진 못할 거예요. 제가 만나고 싶지 않더라도 트로웰이 다시 찾아온다면 피할 방법도 없고요."

그건 미처 생각지 못했는지 웰디와 카리안이 가볍게 탄식했다. 이번에도 내가 아니라 트로웰 쪽에서 찾아온 거라는 걸 뒤늦게 인지한 것 같았다. 그건 즉, 나와 함께 있으면 위험하다는 걸 깨달은 것이기도 했다. 돌아보는 눈빛이 한층 달라졌다. 조금 전까지만 해도 안타까워하는 시선만 있었다면 지금은 작은 경계심을 드리우고 있었다. 당연한 일이라 딱히 섭섭하진 않았다. 안 그래도 억지로 따라붙은 이들이라 이참에 돌아가겠다고 해준다면 차라리 다행이었다.

"시벨 님, 저희 잠시 대화 좀 해요."

양해를 구한 웰디가 시벨리우스와 함께 자리를 옮겼다. 조금 떨어진 자리에서 세 유니콘이 실랑이하는 소리가 이어졌다. 앞으로 여정을 함께하는 문제를 두고 타협이 이뤄지지 않는 것 같았다. 시벨리우스는 나와 같이 가려고 할 거고, 다른 두 사람은 마을로 돌아가자고 하는 게 뻔했다.

"너무 위험하다니까요!"

"그러니까 더더욱 엘 혼자 보낼 수 없어. 그리고 난 안 위험해. 그 자식이 유니콘은 안 건드린다고 제 입으로 말했잖아."

어디 그 말을 얼마나 잘 지키나 두고 보자는 표정이었다.

오랜 말다툼은 결국 두 사람만 떠나는 쪽으로 결론이 내려졌다. 시벨리우스의 결심이 워낙 확고해서 뜻을 꺾기가 어려웠던 모양이다. 끝까지 함께 하자니 정령왕을 향한 두려움을 이기지 못했을 거고.

"부디 시벨 님을 위해서라도 무모한 행동은 하지 말아 주세요."

떠나기 전에 웰디는 나를 따로 붙잡고 간곡히 부탁했다.

"외부인의 눈에 우리 일족이 어떻게 보일지 저도 잘 알고 있어요. 하지만 룬은 정말 각별한 존재예요. 그분이 잘못되어서 룬의 명맥이 끊겨선 안 돼요."

"웰디……."

"저도 원하는 사람이 룬이 되는 거였으면 좋겠어요. 그럼 아무도 괴로울 일이 없겠죠. 하지만 현실적으로 그렇지 않으니까요. 저희는 시벨 님께 모든 걸 걸 수밖에 없어요. 그래도 신계로 가면, 본향에 돌아가면 모든 게 좋아질 거예요. 루세프께서 시벨 님이 겪으시는 문제도 해결해 주실 거고요. 그러니 그분은 더더욱 안전하게 돌아오셔야 해요. 힘든 시절 다 겪고 이제 좋은 날만 남았는데 여기서 잘못되실 순 없어요."

울었는지 눈 밑이 새빨개진 걸 보니 마음이 편치 않았다. 유니콘 일족을 여전히 좋게 볼 수는 없지만, 적어도 그를 위하는 웰디의 마음은 진심인 것 같았다. 시벨리우스가 웰디에게 무른 것도 이런 점 때문이겠지.

내가 아무것도 몰랐다면 이 순간에 무슨 생각을 했을지 궁금해졌다. 아마도 웰디의 편에 서서 시벨리우스를 같이 돌려보내려는 쪽이지 않았을까. 지금도 사실 뭐가 맞는 건지 고민 중이긴 하다. 내가 아는 미래대로 가려면 시벨리우스가 서클렛에 갇히는 사건도 진행돼야 한다는 말인데, 그 시점이 언제인지 모르겠다. 이왕이면 최대한 미루고 싶은데 그래도 되는 건지조차 알 수가 없었다.

불과 얼마 전까지만 해도 미래를 바꾸기 위해 필사적이었는데 이제 그 반대의 고민을 하고 있으니 정말 기분이 이상했다. 둘 중 어느 쪽을 택해도 마음 편한 길이 없다는 것도.

어쨌든 복잡한 내 마음과는 달리 두 사람을 떠나보낸 시벨리우스는 그저 홀가분해했다. 멀어진 모습이 완전히 사라진 후에야 그는 진지한 얼굴로 나를 돌아보았다.

"엘, 이제 어떻게 된 일인지 자세히 말해줄 수 있을까?"

망설이다 고개를 끄덕였다. 계속 숨길 수 있는 부분은 아니었으니까. 막상 입을 열기 시작하니 급속도로 차분해져서 별로 아무렇지도 않았다. 하지만 듣는 사람도 그렇진 않았나 보다. 주요 요점만 간단히 짚었을 뿐인데 시벨리우스는 그것만으로도 큰 충격을 받은 것 같았다. 동요를 숨기지 못해 가만히 있지 못하고 계속 어수선했다. 특히 내가 목숨을 담보로 내기를 걸었다는 부분에서 더욱 그랬다.

"원래 그러기로 한 거라는 말이 무슨 말인가 했더니……."

마른세수를 거듭하며 진득한 한숨을 삼킨 그는 한동안 말을 잇지 못했다. 어느 시점에서부턴 두 눈이 분노를 담고 이글거리기 시작했다.

"진짜 미친 녀석 아냐? 자기가 본 미래를 막지 못하면 널 가장 먼저 죽인다고? 그런 걸 내기라고 걸어?"

"내가 너무 무모했지, 뭐."

"처음부터 그런 제안을 한 거 자체가 제정신이 아냐! 동족을 멸족시킨다고 하는데 누가 그런 내기에 응하지 않겠어? 받아들일 수밖에 없는 거래를 걸고선 약속을 지키지 못했다고 몰아붙여? 그건 그 자식이 비열한 거야!"

앗, 그게 또 그렇게 되나.

모두를 살릴 기회를 주는 쪽이라고만 생각해서 그렇게 전환해 보지는 못했다. 내가 인간이 아니라 정령왕 쪽이라는 생각이 더 강해서 그랬나 보다. 하지만 확실히 강압적인 내기였다. 머쓱한 기분에 얼굴을 긁적였다. 길길이 화내는 시벨리우스를 보니 그게 나를 위한 거라는 걸 알면서도 속이 착잡했다. 트로웰이 잘못한 건 아는데, 누가 욕하는 걸 듣고 싶지는 않다. 팔이 안으로 굽는다는 말이 괜히 있는 게 아니었다.

"트로웰은, 지금 많이 다쳐서 그래."

괜히 변명하듯 뱉은 말에 시벨리우스는 이해할 수 없다는 표정을 지었다. 당장 열부터 재보자고 해도 이상하지 않을 시선이라 쓰게 웃었다.

"겉과 속이 다른 사람이 너무 많잖아. 다들 그걸 모르니까 괜찮은 거고. 하지만 트로웰은 다른 사람의 생각을 읽을 수 있으니까. 몰라도 좋을 나쁜 면을 너무 많이 봤을 거야. 그래서 마음이 다친 거야."

난 트로웰이 아니라 그의 생각을 알지는 못한다. 하지만 내가 보는 그는 인간을 싫어하는 게 아니었다. 믿을 수 없게 된 거다.

그가 본 인간이 대부분 그랬으니까.

수명이 짧은 만큼 인간은 성장이 빠르고, 내면도 금방 달라진다. 미네르바를 향한 아인 이드리스의 연정이 한때는 진심이었던 것처럼. 나를 학대했던 한국의 부모도 어릴 때는 그런 사람들이 아니었을 거다. 성격은 타고나는 거라지만, 아무 생각 없이 뛰놀고 천진하게 웃기만 하던 시절이 그들에게도 분명히 있었겠지.

인간의 순수함은 그리 오래 가지 않고, 너무 쉽게 변하며, 변화의 폭조차 크다. 그에 비해 정령들은 처음의 순수함만 기억하고 마음을 내주니 위험하다고 판단한 게 아닐까. 매우 극단적이긴 하지만 일종의 자기방어인지도 모른다. 시벨리우스도 내가 하려는 말 자체는 이해하는 듯 보였다. 물론 그 변명을 왜 네가 해주고 있냐는 기색이 얼굴에 가득했지만.

"그렇다고 이런 식으로 나가는 건 옳지 않아."

"응, 그건 맞아. 그러니까 그러지 못하게 설득해야지."

"그게 설득이 되겠어?"

"될 거야. 트로웰이니까."

땅의 왕은 남들보다 더 많은 걸 볼 수 있는 정령왕이니까. 지금은 마음이 많이 상해서 시야가 흐려졌지만, 곧 다른 이들이 볼 수 없는 좋은 점도 발견해낼 거다. 내 시대에서 트로웰은 인간들과 잘 지냈다. 용병단에 섞여 그들과 같은 일상을 공유하고 함께 웃었다. 그 나름대로 이해하고 수용하는 법을 터득한 거겠지. 그가 얼마든지 괜찮아질 수 있다는 증거였다.

그리고 그건 어쩌면 지금의 나만이 도울 수 있는 일인지도 모른다. 정령왕도 다른 종족도 아닌, 인간인 나라서. 그렇게 생각하니 조금 더 기운이 났다.

"……그럼 엘퀴네스는?"

그래도 이 말엔 선뜻 대답할 수 없었다. 정리되지 않는 생각들을 망연히 뒤적거리다 그냥 웃는 걸 택했다. 뭐, 그것도 어떻게든 되지 않을까. 답이 없는 문제를 고민하는 건 이제 그만하고 싶다. 그래도 버티는 거 하나만은 잘하니까. 지금은 그것만 믿는 수밖에.

*　　　*　　　*

"야, 엘퀴네스! 네가 어떻게 이럴 수가 있어!"

정령계로 돌아오자마자 이프리트가 향한 곳은 물의 영역이었다. 평소에도 주로 화가 나서 쳐들어가는 장소였지만 이번만큼은 정말 따져야겠다는 생각이 가득했다.

"아무리 화가 났어도 그렇지! 어떻게든 잘해 보겠다고 애쓰는 애한테 꼭 그렇게 모질게 굴어야 했냐! 이 눈물도 자비심도 없는 못된 정령왕아! 너 진짜 그렇게 사는 거 아니야!"

"계약까지 파기한 건 진짜 너무했잖아! 너 트로웰 성격을 몰라? 계약 파기된 거 알면 그놈 더러운 성격에 아주 더 날뛸 거라고! 그러다 엘이 진짜로 죽으면 어떡할 거야! 너 그래도 후회하지 않을 자신 있……!"

하지만 속사포로 쏟아내던 말은 고요히 고개를 드는 엘퀴네스의 서슬 퍼런 시선을 마주하는 순간 급격하게 수그러들었다. 저 녀석이 원래 무심하고 냉정한 분위기이긴 한데, 이렇게까지 살벌한 느낌이었나? 뒤늦게 미치는 위기감에 이프리트는 꿀꺽 마른침을 삼켰다. 정신없이 소리치기에 바빠 미처 인지하지 못했던 주변의 분위기도 그제야 눈에 들어오기 시작했다.

평소 물의 영역은 화창한 여름날의 투명하도록 푸르른 바닷속 느낌이었다. 그런데 지금은 그 보석 같은 분위기는 온데간데없이 사라지고 온통 우중충하기만 했다. 온도도 지나치게 차가운 데다가 시야가 닿는 모든 부분에 빙하가 보였다. 물의 영역이 아니라 얼음의 영역이라고 해도 좋을 정도였다.

"어, 저기, 엘퀴네스? 그러니까 내 말은 말이지……."

저도 모르게 주춤 뒤로 물러난 이프리트가 변명하듯 중얼거리자 그를 표정 없이 바라보던 엘퀴네스가 입을 열었다.

"할 말은 다 했나?"

"어, 어, 음, 다 한 것 같기도 하고……?"

"그럼 꺼져."

훅하고 치미는 감각이 스쳤을 땐 이프리트는 어느새 물의 영역 밖에 서 있었다. 안에서 강제로 추방된 것이다. 멀거니 눈만 깜빡이기를 잠시, 황급히 정신을 차리고 다시 들어가 보려 했지만 이번엔 진입 자체가 불가능했다. 아예 아무도 들어올 수 없도록 문을 단단히 걸어 잠근 것 같았다. 억지로 깨부수면 어떻게든 될 수도 있겠지만, 조금 전 엘퀴네스의 싸늘한 눈빛을 상기한 이프리트는 바로 포기했다. 그와 숱하게 싸워본 본능이 강하게 경고했다. 다음은 그냥 내쫓기는 걸로 끝나지 않을 거라고.

"저거 진짜 엄청 화났네. 저렇게까지 빡친 모습은 처음 보는 것 같은데."

매사에 무정한 물의 정령왕이 저렇게까지 감정적인 모습을 보이다니. 여러모로 엘이 대단한 존재이긴 했다. 그래서 더 이 사달로 이어진 것 같지만.

하지만 놀랄 일은 그걸로 끝이 아니었다. 씁쓸하게 돌아서던 이프리트는 이윽고 눈에 들어오는 광경에 그대로 숨을 삼켰다. 왠지 허전하다 싶더니 눈에 보여야 할 광경이 보이지 않았다. 정령계의 방위를 지키고 있는 성 하나가 사라지고 없었다. 서둘러 달려가서 살펴보니 상황이 더 분명히 보였다. 땅의 영역이 완전히 허물어져 있었다.

"이런 미친……."

이프리트는 잔해만 남은 터전을 바라보며 자기도 모르게 욕설을 내뱉었다. 자신이 진심으로 전쟁을 일으키고 도발할 때도 이렇게까지 무참히 짓밟아둔 적은 없었다. 정령왕에게 영역은 힘의 근원이었다. 망가지면 직접 타격을 받는 데다가 재생하기도 쉽지 않았다. 이 정도면 다시 복구하는 데만 수십 년은 걸릴 터였다. 땅의 정령들이 몇이나 소멸했는지는 차마 헤아려볼 수도 없었다.

물론 트로웰이 그럴 만한 짓을 저지르긴 했다. 다른 왕의 계약자를 건드린다는 건 곧 그 정령왕에게 선전포고를 하는 것과 같았다. 저도 복수심에 불타올라 괴롭혀봤다가 호되게 당하지 않았던가. 심지어 트로웰은 그 선을 넘었다. 남의 계약자를 고문하고 죽이려 들다니, 엘퀴네스 성격에 소멸시키려 하지 않은 게 다행이었다.

"아니, 소멸시키려는 걸 엘이 막은 거지. 그래서 계약파기 당한 거잖아. 와, 진짜 미치겠네."

제 영역이 이 꼴이 됐다는 건 트로웰도 이미 알고 있을 거다. 주인이 돌아오지 않으면 영역의 재생은 이뤄지지 않고, 오히려 점점 더 악화한다. 남은 잔해마저 사라져 완전히 공터가 돼버리면 이후엔 수십 년으로 될 게 아니었다. 한시라도 빨리 돌아와야 할 텐데 대체 어디서 뭘 하고 있는지 모르겠다. 엘에게 그를 찾을 수 없다고 말한 건 핑계가 아니었다. 작정하고 숨은 꼴을 보니 아직도 정신을 차리지 못한 게 분명했다. 그나마 당장은 몸을 추릴 시간이 필요할 테니 헛짓거리도 못 할 거라는 게 유일한 위안이었다.

한숨을 내쉰 이프리트는 천천히 주위를 돌아보았다. 달랑 4개뿐인 정령왕의 영역이 하나는 봉인 중이고, 하나는 무너졌으며, 하나는 스스로 문을 걸어 잠갔다. 무슨 이런 일이 다 있나 싶은데 그게 피할 수도 없는 현실이었다.

"이야……. 정령계 꼴 한번 아주 잘 돌아간다, 잘 돌아가."

역시 정령왕 중에 정상인 놈은 없었다. 이프리트는 자신만의 유고한 진리를 다시금 되새겼다. 지금만 이런 게 아니라 이전 세대도, 그 전의 전 세대도 다들 이 모양 이 꼴이었다고 들었다. 정령왕은 갓 태어난 순수한 영혼으로만 구성된다고 하던데 대체 뭐가 문제인가. 오히려 그 때문에 이런 것인가?

그렇다면 이 막장인 집구석이 제대로 굴러가기 위해선 누구 하나가 전생의 기억을 갖고 태어나거나, 회귀해야 하는 건지도 모른다. 둘 다 가능한 일이 아니라는 점에서 더더욱 희망이 보이지 않았다.

# 제7화

# 1.

『왜 그래, 엘?』

금색의 뿔과 거대한 날개가 달린 새하얀 말이 반짝반짝한 눈으로 나를 돌아보았다. 알고 있어도 볼 때마다 적응이 되지 않는 시벨리우스의 본 모습이었다.

"아니, 정말 이래도 되는 건가 싶은 생각이 들어서."

『하하, 괜찮다니까. 자, 어서 타.』

가볍게 웃은 그가 등을 내보였다. 내가 타기 편하도록 날개까지 아래로 늘어트린 상태였지만 선뜻 오르기가 어려웠다. 사람 마음이라는 게 참 미묘한 게, 시큐엘의 등엔 아무렇지 않게 탈 수 있는데 시벨리우스를 타는 건 좀 그렇다. 왠지 인권(?)을 유린하는 기분이라고 해야 하나. 본인도 거리낌이 없는 데다가 누굴 태우는 모습을 본 적도 있는데 막상 내가 타려니 왜 이렇게 껄끄럽고 민망한지 모르겠다.

『그냥 업히는 거라고 생각하라니까.』

"그건 그것대로 민망하단 말이야. 내 나이가 몇인데……."

『엘, 너 나보다 한참 어려. 내 기준에선 어제 태어난 거나 다름없어.』

웃음기를 담은 말에 잠시 반박할 말이 없어졌다. 그야 천년도 넘게 산 영물의 시선에선 당연히 그렇겠지. 유니콘에겐 백 살도 아직 유년기 아닌가?

**"뭐래. 지 놈도 내 기준에선 어제 태어난 놈이구만."**

라피스가 씨근덕거리며 툴툴거렸다. 치졸한 경쟁심에 사로잡혀 본인이 이 시대에선 아직 태어나지도 않았다는 사실은 완전히 무시하고 있었다. 지적해 봤자 여기서 라프네리아로 지낸 세월도 따져봐야 한다고 우길 녀석이라 그냥 그러려니 했다.

"생각해 봤는데 말이지. 나 비행 울렁증이 있어. 전에 비조를 타 봤다가 엄청 고생했거든."

『유니콘의 탑승감을 비조 따위랑 비교하는 건 너무한데.』

아니, 탑승감이라고 하지 말아 줄래. 그거 기분 정말 이상하거든?

어쨌든 그렇게 오르게 된 유니콘의 등은 생각보다 아주 편안했다. 안장도, 잡을 부분도 없이 하늘을 오르는데 흔들리기는커녕 공기 저항조차 거의 느껴지지 않았다. 비조를 탈 때를 생각하고 잔뜩 긴장했던 몸에서 힘이 저절로 풀어졌다.

날개를 펼친 시벨리우스는 빠른 속도로 높이 날아올랐다. 구름이 융단처럼 깔리고, 눈 부신 태양 아래 새파란 창공이 펼쳐졌다. 가슴속까지 트이는 기분에 절로 미소가 지어졌다. 정령일 땐 종종 날아다녀 보곤 했는데, 이렇게 마음 편히 하늘을 누리는 건 정말 오랜만이었다.

『어때, 엘? 역시 비조랑은 비교할 수가 없지?』

시벨리우스가 칭찬을 바라는 어린아이처럼 으스댔다. 웃으며 은백색 갈기를 쓰다듬었다.

“응, 정말 그렇네.”

**“그렇기는 개뿔! 난 이것보다 더 빠르고 편하게 날 수 있거든?”**

지치지도 않고 경쟁심을 불태우는 소리에 다시 웃었다. 평화로운 시간이었다. 이렇게 아늑해도 되는 건가 싶을 만큼.

한 달이 지나도록 세상은 잠잠했다. 트로웰은 물론이고 이프리트에게서도 아무런 소식이 없었다. 엘뤼엔의 보호가 없는 상태에선 불구덩이나 다름없는 란타샤의 레어에 찾아갈 수도 없었기 때문에 하염없이 기다리는 나날이 이어졌다.

물론 계속 넋 놓고 있기만 할 수는 없어서 내 나름대로 방법을 물색해보긴 했다. 가장 먼저 시도한 건 트로웰과 이프리트를 소환해 보는 거였다. 그게 정령왕에게 연락을 취할 수 있는 가장 쉬운 방법이었으니까. 그런데 뭐가 어떻게 된 건지 둘 다 주문이 제대로 발동하지 않았다. 이프리트는 발동이 되다가 중간에 기운이 흩어졌고, 트로웰은 아예 발동조차 되지 않았다. 정령 쪽에서 소환을 거부할 수 있었던가? 현재로선 달리 짐작 가는 이유가 없었다.

할 수 없이 디아곤을 찾는 쪽으로 목표를 바꿨는데, 이것도 순탄치 않기는 마찬가지였다. 레어의 위치는 라피스가 알고 있었지만 깊은 지하에 있는 데다가 입구가 존재하지 않아서 평범한 방문이 불가능했다. 혹시나 하는 마음에 라미아스에게 도움을 줄 수 없는지 전서구를 보내봤더니 며칠 만에 돌아온 답신이란 게 이랬다.

「개 지금 집에 없음. 알아보니 자리 비운 지 몇 년 됐다고 함. 그쯤 되면 한동안 돌아올 일 없다는 소리임.」

다른 사람이 볼 걸 우려해 에둘러 표현했을 뿐, 유희를 나갔다는 소리였다. 그런데 실망하려는 참에 두 번째 답신이 연달아 도착했다.

「개가 자주 다니는 술집이 있는데 일단 거기라도 가보든가. 세이갈 공국의 아이센 마을, 가게 상호는 '작은 거인의 낙원'. 퇴역 군인이 운영하는 가게인데 달에 한두 번은 찾는다고 들었음.」

과연 정보국 수장의 위용은 굉장했다! 그밖에도 오랜만에 연락하는 주제에 다른 놈부터 찾는 게 무척 서운하다느니, 대체 무슨 짓을 벌이고 다니는 건지 나중에 꼭 설명 바란다느니 사소한 첨언이 달려 있긴 했지만 그건 무시하기로 했다.

어쨌든 그렇게 목적지가 정해지긴 했는데, 가는 방법을 고민하는 문제가 뒤따랐다. 트로웰을 만난 이후로는 되도록 사람들이 있는 곳은 피하는 중이었다. 그가 언제 다시 날 찾아올지 알 수 없는데 괜히 다른 이들까지 휘말리면 안 되니까. 당연히 숙박은 물론이고 기차나 배 같은 이동 수단도 이용할 수가 없었다. 도보로만 가자니 세이갈 공국은 사면이 바다로 둘러싸인 섬이었다. 바로 그럴 때 시벨리우스가 새로운 방법을 제안했다.

"날 타고 가."

……수많은 오해를 불러일으키는 표현이었으나, 본체로 변해 태워주겠다는 소리였다. 처음 몇 번은 거절해봤는데 하도 강권하니 결국 받아들이고 말았다. 숙박이야 원래 시벨리우스에게 의지했다지만 이동까지 맡기게 될 줄은 몰랐다. 심지어 도착한 후에는 날 한적한 숲에 내려놓고 그 홀로 마을 답사까지 나섰다.

"트로웰이 같이 있거나 지켜보고 있을 수 있잖아. 엘은 여기서 기다리고 있어. 내가 가서 보고 있으면 여기로 데려올게."

"누가 누군지 알고? 너 그때 정신없어서 드래곤은 얼굴도 제대로 못 봤다고 했잖아."

"그래도 대충 드래곤 같은 녀석은 구분할 수 있어. 엘이 직접

갔다가 마을 안에서 상황이 나빠지는 것보다는 낫잖아."

"그건 그렇지만……."

"응, 그러니까 나한테 맡겨줘."

나로선 사양할 이유가 없는 호의였다. 안 그래도 매끼 식사도 책임지고 있는 참인데 과연 이래도 좋은 것인가. 이쯤 되면 그를 부려먹던 유니콘들과 내가 뭐가 다른 건지 진지하게 고민해봐야 하는 게 아닌가 싶다.

**"뭘 새삼. 넌 나도 알뜰하게 부려먹었잖아."**

음, 그건 그렇지. 차마 라피스의 주장을 반박할 수가 없어서 얌전히 수긍했다. 나도 양심은 있지, 아니라고는 못 하겠다.

시벨리우스는 매일 이른 오전부터 새벽까지 마을을 답사했다. 그가 마을에 가 있는 동안 나는 숲에서 혼자 천막을 지켰다. 처음 얼마간에야 그래도 지낼 만했다. 심심하면 라피스와 떠들거나 체력 훈련이라도 하면 되니까. 하지만 그게 일주일이 되고 보름이 되고 한 달이 되고 나니 점차 이 생활에 회의감이 들기 시작했다.

그간 디아곤은 그림자조차 비치지 않았다. 내가 찾아온 걸 눈치채고 숨은 건지, 다른 사정이 있어 들르지 못하는 건지 알 방법도 없었다. 달리 또 갈 만한 곳을 알아보고 싶어도 행여 길이 엇갈리게 될까 봐 선뜻 결정을 내리지도 못했다. 이러지도 저러지도 못하니 신경만 점점 예민해졌다.

"아무리 생각해도 이건 아닌 것 같아."

**"그럼 어쩌게?"**

"그거 알아, 라피스? 내가 전에 신문 기사 하나를 본 적 있는데 말이야. 어떤 사람은 숟가락으로 땅굴을 파서 감옥에서 도망친 적도 있대."

**"……또 무슨 엉뚱한 짓을 하려고."**

"나는 소드 마스터니까 그보다 더 빨리 팔 수 있겠지? 아무리 깊어도 설마 한 달까진 안 걸릴 거야."

**"야……."**

그래, 파자. 차라리 땅을 파는 거야. 드래곤의 레어엔 결계가 설치돼 있다. 땅을 파고 들어간 후에 그걸 파괴해 버리면 아무리 멀리 있어도 튀어나오지 않고선 못 배기겠지! 생각해 보니 이렇게나 간단한 걸 왜 이렇게 빙빙 돌아왔나 싶었다.

"디아곤의 레어 위치가 어디라고?"

**"야, 정신 좀 차려."**

"됐거든. 말리지 마. 내가 당장 파내러 간다."

혀를 끌끌 차는 소리를 무시하고 자리에서 벌떡 몸을 일으켰다. 그런데 호기롭게 문을 박차고 나갔을 때였다. 누군가가 후다닥 빠르게 달아나는 기척이 느껴졌다.

'침입자?'

거의 반사적으로 따라가 상대의 목깃을 잡아챘다. 헛숨을 삼키는 소리가 울렸지만 아랑곳하지 않고 바닥에 매친 후 제압했다. 일단 기절시킬 생각으로 주먹을 치켜드는데 질겁한 목소리가 울려 퍼졌다.

"으아, 잠깐! 항복! 항복!"

귀에 익은 목소리였다. 아슬아슬하게 주먹을 멈춘 채로 확인하니 아래에 깔린 상대의 얼굴이 보였다. 눌러쓰고 있던 후드가 벗겨지면서 짙은 흑발이 드러나 있었다.

"너……."

"아, 안녕? 나 누군지 기억하지?"

기억을 못 할 리가. 오히려 모를 수가 없는 얼굴이었다. 지난 한 달간 그렇게나 찾았던 디아곤이었으니까.

"트로웰은 없어. 나 혼자야."

주위를 돌아보기 무섭게 말이 이어졌다. 어색하게 웃는 얼굴을 보려니 괜히 울컥해서 그의 얼굴 옆을 내리쳤다. 히익, 비명을 삼킨 디아곤이 몸을 잔뜩 웅크렸다.

"엄살 피우지 말고 일어나. 도망칠 생각하지 말고."

"너 안 그렇게 생겨선 너무 무섭다……."

"진짜 무서운 게 뭔지 보여줄까?"

"아니."

정색하며 고개를 저은 디아곤이 자리에서 벌떡 몸을 일으켰다. 웃는 얼굴에 침 못 뱉는다던데, 헤헤거리는 걸 보니 지난 한 달간 쌓아온 앙금이 조금은 누그러지는 것 같았다.

"언제부터 날 지켜봤던 거야?"

"그렇게 오래는 안 됐어. 오랜만에 단골집에 갔는데 거기에 어디서 많이 본 블루 엘프가 보이길래. 혹시나 싶어서 근방을 돌아보다가 발견한 거야. 진짜야."

생각하던 방식과는 다르지만 시벨리우스가 인도하긴 한 거였다. 정작 그는 이쪽 상황은 전혀 모르고 있겠지만.

"여기 있는 게 설마 우연일 리는 없고…… 날 찾아온 거겠지?"

조심스럽게 물어오는 말에 고개를 끄덕이니 그가 난처한 표정으로 웃었다. 계속 내 다리를 힐끔거리는 걸 보니 이전의 상황을 상기하는 듯했다.

"그…… 다친 덴 괜찮은 것 같네. 엘퀴네스가 치료해준 거지?"

"응."

"진짜 다행이다. 너무 아파 보였거든."

"그래? 실제로도 아팠어."

태연한 응수가 오히려 압박으로 이어진 건가. 딱히 화내려고 한 말은 아닌데 디아곤은 희게 질린 얼굴로 어쩔 줄을 몰라 했다.

"저기, 진짜 미안해. 네가 화를 내는 건 정말 당연하고, 복수하러 왔다고 해도 할 말은 없는데 말이지. 그래도 이건 알아주면 좋겠어. 내가 그때 널 공격한 건 트로웰이 시킨 거야. 개인적으로는 너한테 아무런 감정 없어."

"넌 누가 시키면 억하심정이 없는데도 공격해?"

"아, 아니 그건 아닌데……. 도와주면 트로웰이 알려준다고 해서 그만……. 미안해, 내가 사심에 눈이 멀었어."

"뭘 알려주는데?"

나름 거래가 있긴 했구나, 별생각 없이 물어본 말에 디아곤은 잠시 말을 잇지 못했다. 알리기 꺼려서라기보다는 왠지 수줍어하는 것 같았다.

'잠깐, 수줍다고?'

불현듯 스치는 예감에 얼굴을 찌푸렸다. 그것만은 아니길 바랐지만 그럴수록 이뤄지는 법칙이 어김없이 작용했다.

"그게, 내가 좋아하는 애가 있거든. 걔가 날 어떻게 생각하는지 너무 궁금해서……."

"……."

"나도 진짜 어쩔 수 없었어. 고백해도 반응은 전혀 없지, 그렇다고 싫어하는 것 같지는 않고. 걔가 속마음을 좀처럼 내색을 안 한단 말이야."

설마가 사람을 잡는다는 말은 대체 누가 처음 한 걸까. 정말 탁월한 식견이 아닌가 싶다. 아, 그러니까 연애사업 때문이었다는 말이지. 란타샤의 진심을 알고 싶어서? 황당해져서 바라보니 디아곤의 얼굴이 불타는 것처럼 새빨개졌다.

**"아, 젠장."**

머릿속에서 라피스가 질겁하는 소리가 들렸다. 육신이 있었다면 지금 당장 눈과 귀를 물로 벅벅 씻어냈을 게 틀림없었다. 미래의 둘째 아들이 고통스러워하고 있다는 걸 전혀 모르는 디아곤은 헛기침을 하기 바빴다.

"흠흠, 근데 또 전부 그런 이유만은 아니야. 란타샤가 너 마음에 든다고 칭찬도 하고 그래서… 얼마나 대단한지 한번 시험해보고 싶기도 했어."

"……뭐가 그런 이유가 아니야. 좋아하는 애가 날 칭찬해서 호승심이 생긴 거면 그게 그거잖아."

"하하, 그건 그래…… 헉, 근데 내가 좋아하는 애가 란타샤라는 걸 어떻게 알았어?"

이건 바보인가? 황당해져서 바라보니 신음을 삼킨 디아곤이 두 손으로 얼굴을 덮었다. 내가 도망치지 말라고 하지 않았으면 땅굴이라도 파고 들어갔을 기세였다. 그래, 라피스가 괜히 유치하진 않겠지. 유전자의 신비를 새삼 되새기며 복잡한 마음을 가라앉혔다.

"아무튼 진짜 미안해."

"뭐…… 그걸로 딱히 피해 입은 건 없으니 됐어."

"맞아, 너 진짜 강하더라."

이미 두 번이나 제압당해서인지 디아곤은 순순히 인정했다. 너처럼 강한 인간은 처음 봤다는 둥, 검성도 그만한 상급 몬스터를 쉽게 상대하진 못하는 게 정상이라는 둥, 그때도 들었던 말들이 또다시 이어졌다.

"란타샤가 괜히 칭찬한 게 아니라니까. 하긴 걔가 보는 눈이 진짜 높거든. 걔한테 칭찬받으면 진짜배기란 소리야. 그걸 새삼 실감했어."

"하아, 그래……."

"근데 너 내 이름은 어떻게 알았어? 눈이 마주치자마자 내 이름을 불러서 진짜 깜짝 놀랐어."

"어? 아, 그건 그냥 찍은 거야. 상급 몬스터를 조종하는 걸 보면 드래곤인 거 같은데, 트로웰의 계약자가 그런 이름이었다고 들었던 거 같아서."

"아, 그렇구나. 난 또 어디서 나랑 만난 적이 있나 했네."

만나긴 했다. 4천 년 후의 미래였지만. 그때도 쾌활한 성격이긴 했는데 어린 디아곤은 쾌활하다 못해 산만한 느낌이었다. 내가 딱히 앙심을 품지 않은 것 같으니 마음이 놓였는지 마치 십년지기 절친을 만난 것처럼 사담이 이어지기 시작했다. 이대로는 한도 끝도 없을 것 같아서 화제를 강제로 틀었다.

"다른 얘기는 됐어. 어쨌든 내가 널 찾아오긴 했지만, 너한테 용건이 있는 건 아냐."

"내가 아니면…… 트로웰?"

고개를 끄덕이니 그의 표정이 다시 난처해졌다. 어쩌면 연락할 방도가 있을 거라는 희망이 생겼다.

"어디에 있는지 알고 있어? 만나게 해줄 수 있을까?"

"으음, 트로웰을 만나서 뭐 하려고?"

"그렇게 말한다는 건, 만나게 해줄 수 있다는 거지?"

"그건 가능하긴 한데……."

다행이다. 그간의 시간이 헛수고가 되진 않으려나 보다. 벅차오르는 기분에 디아곤의 손을 꽉 붙들었다.

"제발 만나게 해줘! 부탁이야!"

"이해가 안 되네. 너 그때 굉장히 위험했던 건 기억하는 거야? 엘퀴네스의 계약자라는 점을 너무 과신하지 마. 이번엔 진짜로 죽이려고 할지 몰라."

"그건 내가 알아서 감당할게."

이후로도 만류하는 말을 여러 차례 밀어내고서야 디아곤은 어쩔 수 없다는 얼굴로 한숨을 내쉬었다.

"진짜로 후회하지 마."

이어진 말엔 쓰게 웃었다. 후회할 건 이미 너무나 많아서 더는 들어찰 자리도 없었으니까. 그러니 난 괜찮을 거다. 괜찮아야 했다.

## *2.*

디아곤이 날 데려간 곳은 울창한 밀림 속이었다. 정확히 대륙 어디쯤인지는 알 수 없었으나 인간의 발길이 전혀 닿지 않은 곳이라는 점만은 분명해 보였다.

"여기에 트로웰이 있어?"

"어, 여기서 좀 걸어가면 돼. 근데 깨어 있을지는 모르겠네. 자고 있으면 좀 기다려야 할 거야. 아직 깨어 있는 시간이 그리 긴 편은 아니거든."

"기다리는 건 상관없는데…… 그게 무슨 말이야? 깨어 있는 시간이 길지 않다니?"

"몰랐어? 지금 트로웰이 몸이 좀 안 좋아. 엘퀴네스가 땅의 영역을 완전히 붕괴시켰잖아."

"……뭐?"

누가 뭘 했다고? 당황해서 눈을 깜빡이니 디아곤은 엘퀴네스에게 아무것도 듣지 못했냐며 더 놀란 표정을 지었다. 정령 계약이 파기됐다는 말을 할 수는 없어서 그냥 입을 다물었다.

"그래서 지금 땅의 정령들은 소환이고 뭐고 아무것도 안 돼. 이 와중에 수복해야 할 트로웰까지 중간계에 있으니……."

"아……."

"그대로 두면 정령계 전체에도 악영향이라 이프리트가 더 악화하지 않도록 수습하고 있기는 한 것 같아. 그래서 이프리트랑도 소식 끊긴 지 좀 됐다고 들었어. 남의 영역 감당하기가 쉬운 건 아니니까."

그간 두 정령왕이 소환되지 않던 이유를 여기서 알게 될 줄은 몰랐다. 생각했던 것보다 더 처참한 사유라 뭐라고 말을 해야 할지도 알 수가 없었다. 영역이 완전히 붕괴하다니, 봉인보다 상황이 나쁜 거 아닌가? 땅의 정령들 상당수가 소멸했을 걸 생각하니 얹힌 것처럼 속이 무거워졌다.

"여하튼 그 때문에 트로웰이 지금 많이 예민하거든. 그래도 진짜 만날 거야? 마음을 돌릴 마지막 기회야."

진지하게 묻는 디아곤은 제발 다시 생각하라는 표정이었다. 곧장 트로웰 앞으로 이동하면 될 걸, 굳이 그렇게 하지 않은 게 이상했는데 이 말을 하기 위해서였나 보다. 그래도 만나겠다고 하니 그는 비 맞은 강아지처럼 처량한 얼굴로 터덜터덜 앞장섰다.

잠시 후 도착한 곳은 거대한 구덩이 앞이었다. 동굴과 연결된 구조인 것 같았는데, 아래에서도 풀과 나무가 무성히 자라 바닥과 흙벽을 뒤덮고 있었다. 바로 그 한가운데, 풀밭이 잔디처럼 깔린 자리에 고요히 누워 있는 소년이 보였다. 잠든 것처럼 눈을 감고 있는 트로웰이었다.

단지 그것뿐인데, 왠지 심장이 덜컥 내려앉는 것 같았다. 그럴 리가 없는데, 마치 그가 다시는 눈을 뜨지 않을 것 같은 그런 이상한 기분. 디아곤이 무언가 말을 거는 소리를 뒤로한 채 그대로 훌쩍 뛰어 아래로 내려갔다. 나무를 디딤돌 삼아 조심스럽게 바닥에 착지한 후 천천히 그를 향해 다가섰다.

"트로웰."

그 순간 굳게 감겨 있던 눈꺼풀이 천천히 열렸다. 짙은 속눈썹 사이로 찬란하게 드러나는 황금색 눈동자를 보자 몸이 긴장하는 한편으로 안도감이 일었다. 고개만 돌려 나를 바라보는 시선엔 잠기운은 조금도 담기지 않았다. 그런데도 어딘지 모르게 나른해 보였다.

"……넌 진짜 겁이 없구나."

황당하다는 듯 중얼거리는 목소리에 조금 더 그 앞으로 다가섰다. 누워 있는 머리맡에 몸을 굽히고 앉으니 그의 눈동자가 일렁거렸다.

"괜찮아?"

"네가 왜 내 안부를 묻는 거야?"

"몸이 안 좋다고 들어서……."

"그러니까 그걸 신경 쓰는 게 이상하다는 거야. 정말 특이한 애라니까."

한숨을 내쉰 트로웰이 상체를 일으켜 세웠다. 멀리서 디아곤이 조마조마한 얼굴로 지켜보는 게 느껴졌다. 목숨이 위험한 건 난데 정작 나보다 그가 더 긴장한 것 같았다. 그때 머리칼을 가볍게 쓸어올리던 트로웰이 뭘 발견했는지 미간을 살짝 찌푸렸다.

"너, 이마가 왜 그래?"

"아……."

계약의 인장이 사라진 걸 알아본 모양이다. 반사적으로 매만지려니 트로웰이 내 쪽으로 바짝 다가섰다. 깜짝 놀란 디아곤이 숨을 삼키는 소리가 들렸다.

"……정말 없잖아."

"그게, 그렇게 됐어."

어색하게 웃으며 답하니 황금색 눈동자가 살짝 흔들렸다. 한동안 나를 살피듯 바라보던 그가 기가 막힌다는 듯이 숨을 내쉬었다.

"그 상태로 잘도 내 앞에 나타났네."

"아하하, 그러게."

"대체 무슨 생각이야?"

"그냥, 널 만나고 싶었어."

꾸미는 말 없이 솔직하게 대답했다. 어차피 다른 말은 생각도 나지 않았다.

"다시 만나야 한다고 생각했어."

"왜? 너 때문에 이렇게 됐으니 책임지라고 하려고?"

"거기까진 생각 안 해 봤는데. 그래 주면 난 좋긴 하지."

"……."

트로웰은 말없이 나를 빤히 바라봤다. 크게 기분이 상한 것 같지는 않은데, 내가 제정신인지 살피는 시선이라 조금 머쓱해졌다.

"농담이었어……."

표정이 더 이상해졌다. 트로웰은 피로한 얼굴로 한숨을 내쉬었다.

"이런 소모적인 일로 시간을 낭비하느니 엘퀴네스를 달래는 쪽이 네 목숨을 건사하는 길일 텐데. 내가 평소와 다른 상태라는 것에 감사해야 할 거야. 지금은 널 죽이는 것도 귀찮아. 이상한 짓 그만하고 이만 돌아가."

"몸이 많이 안 좋아?"

"그냥 조금 저조한 것뿐이야. 이 상태가 그리 오래 가진 않을 테니 헛된 기대는 하지 마."

"그런 뜻으로 물어본 건 아니었어."

안 되겠다. 지금 트로웰은 너무 예민해서 무슨 말을 해도 다 거칠게 받아들이는 것 같았다. 차라리 정면승부를 하는 게 나을지도 모른다. 한차례 심호흡한 후 입을 열었다.

"트로웰, 내게 시간을 조금만 주면 안 될까?"

"시간? 무슨 시간?"

"널 설득할 수 있게 해줘."

그가 피식 웃었다. 정말 재밌어서 웃었다기보다는 실소에 가까워 보였지만.

"그런 시간은 이미 충분히 줬던 거 같은데."

"지금까지는 미래를 바꿔보려는 시간이었지. 네 마음을 직접 움직이는 설득을 시도한 적은 없었잖아."

"그래서 이제부터 그걸 해보겠다고? 뭘 어떻게? 인간의 좋은 점이라도 줄줄 열거해 볼 생각이야? 그게 아니면 무릎 꿇고 살려달라는 애원이라도 하려고?"

"그게 뭐든. 전부."

"……."

잠시간 아무 말도 이어지지 않았다. 마음이 초조해지니 입안이 말랐다.

"내게 시간을 줘. 한 달, 아니 일주일이라도 괜찮아. 내가 마지막으로 뭐든 해볼 수 있게 해줘. 그래도 네 마음이 바뀌지 않는다면 그땐 약속대로 할게."

"약속?"

"날 제일 먼저 죽인다고 했잖아. 그렇게 해."

어디선가 꿀떡거리는 소리가 들렸다. 디아곤이 마른침을 삼키는 소리였다. 트로웰은 이렇다 할 감정적인 변화를 보이진 않았지만 나를 한동안 가만히 바라보았다.

"뭔가 착각하는 것 같은데, 그건 원래 지켜야 할 약속이야. 엘퀴네스 때문에 참은 거지 네 허락은 상관없어. 그 엘퀴네스도 지금은 의미가 없어졌지. 그런 게 조건이 될 거라고 생각하는 거야?"

"하지만 망설이고 있잖아."

"……지금 나한테 하는 말이야?"

"난 알아. 트로웰은 내가 죽는 걸 바라지 않아. 그러니까 내가 설득하는 것도 결국 들어줄 거야."

하, 공허한 웃음이 흘렀다. 웃는 얼굴인데도 웃음기가 느껴지지 않는 얼굴이 나를 향했다.

"정말 대단한 자신감이네."

"맞아. 왜냐면 내가 트로웰을 그만큼 좋아하거든."

일부러 더 밝게 웃었다. 있을 수 없는 일이 일어난 것처럼 그가 미간을 찌푸렸다.

"난 트로웰이 정말 좋아. 넌 내 가족이야. 네가 있었기 때문에 나는 이 낯선 장소에서 행복할 수 있었어."

탄생의 순간, 난 아무것도 모르는 상태로 무작정 환생의 문을 열어젖힌 풋내기였다. 평생 평범한 인간으로 살아왔던 내가 정령왕이라고 해 봤자 실감이 될 리도 없었다. 처음 만난 다른 정령왕들도 한없이 낯설고 어색하기만 했다. 그들 역시 호기심과 경계심을 갖고 나를 응시하고 있었다. 하지만 한 사람은, 트로웰만은 그렇지 않았다.

"그거 알아? 이곳에서 나한테 친절하게 대해 준 것도 네가 처음, 나를 일으켜 세워준 것도 네가 처음, 내가 가족이라고 생각하게 한 것도, 전부 네가 처음이야."

단지 태어났다는 것만으로 애정을 받을 수 있다는 걸 알게 해준 첫 사람. 그가 아니었다면 내 정령계 삶은 시작부터 엉망진창이었을 거다. 그리고 그런 호의는 결코 당연한 게 아니었다. 트로웰이 다정한 이라 가능했던 거다. 그러니 난 그를 믿을 수밖에 없다.

진심이 전해지도록 똑바로 그를 응시했다. 트로웰은 뭔가 말을 삼키는 듯한 모습이었다. 찌푸린 얼굴엔 이해할 수 없다는 표정이 가득했다.

"무슨 말을 하는 건지 모르겠네. 딱히 네게 그리 거창한 도움을 준 적은 없는 거 같은데. 망상이 너무 심한 거 아냐?"

"망상이 아닌데……."

"설령 그랬다 해도 이제 다 지난 일이야. 상황이 달라진 걸 모르겠어? 후회할 말은 하지 마."

"후회 안 해."

트로웰의 눈이 가늘어졌다. 먼저 시선을 피한 건 그였다. 짜증

난다는 듯이 거칠게 머리를 쓸어올리던 그가 이내 습관이 된 듯한 한숨을 내쉬었다.

"좋아, 한 달."

"……!"

정신이 번쩍 들었다. 됐다. 그가 정말로 응해줬다. 심장이 아플 정도로 뛰었다. 트로웰은 여전히 나를 바라보고 있지 않았다.

"딱 한 달만이야. 하지만 이걸로 괜한 기대는 하지 마. 한동안은 몸을 회복하는 시간이 필요했어. 어차피 버리는 시간을 주는 것뿐이야."

"응! 그래도 고마워! 정말 고마워, 트로웰!"

박수 소리가 들렸다. 감격한 표정을 한 디아곤이 울면서 손뼉을 치고 있었다. "잘됐다. 정말 잘됐다." 코를 훌쩍이며 혼잣말로 중얼거리는 소리가 다 들렸다. 그 모습을 기가 찬 표정으로 바라본 트로웰이 고개를 절레절레 흔들었다.

**"다시 말해두겠는데, 난 란타샤만 닮았어."**

라피스가 볼멘소리로 또 한 번 부친과 선을 그었다. 디아곤이 다른 건 몰라도 참 자식 복은 없었다.

"엘!"

천막으로 돌아오기 무섭게 과격한 환영이 들이닥쳤다. 덮치듯이 달려와 내 두 팔을 움켜잡고 바쁘게 살피는 시벨리우스는 금방이라도 쓰러질 것처럼 얼굴이 창백했다.

"대체 어떻게 된 거야? 돌아왔는데 네가 없어서 내가 얼마나……!"

"쪽지 남겨놓고 갔는데 못 봤어?"

"봤어! 그래서 더 이러는 거야! 트로웰을 만나고 오겠다니! 그게 대체 무슨 말이야?"

"아, 그게……."

아무 말 없이 사라지면 찾아다닐 거 같아서 그러지 말란 의미로 행방을 알린 건데 오히려 역효과였나 보다. 그 순간 내 뒤쪽에 시선이 미친 시벨리우스가 숨을 크게 삼켰다. 아무렇지 않게 안으로 들어서는 트로웰을 발견한 탓이었다.

"주술로 만든 저택인가. 별 재주가 다 있네."

중얼거리는 소리가 들리는 것과 동시에 강한 힘이 나를 잡아당겼다. 빛과 같은 속도로 나를 제 등 뒤로 숨긴 시벨리우스가 부들거리며 트로웰의 앞을 막아섰다.

"너, 너……!"

"내가 뭐."

그제야 존재를 알아차렸다는 듯 주위를 가볍게 돌아보던 트로웰이 그에게 시선을 보냈다. 시큰둥한 대꾸에 시벨리우스의 어깨가 파르르 떨렸다. 당장이라도 공격하려는 듯 그의 전신에 날카로운 기세가 피어올랐다. 이러다 큰일 나겠다 싶어 얼른 그의 옷소매를 잡아끌었다.

"시벨, 기다려. 이게 어떻게 된 거냐면……."

"넌 엘의 털 끝 하나도 못 건드려!"

상황을 설명하려는데 그가 크게 소리쳤다. 이미 품에서 주술을 쓰는 종이들까지 꺼내든 상태였다. 트로웰은 아무런 감흥 없는 얼굴로 그 모습을 바라보다 내뱉듯이 대꾸했다.

"안 건드려. 한 달간은."

"뭐, 뭐?"

"어떻게 된 건지는 네가 그렇게 보호하려는 저 애한테나 물어봐."

시벨리우스가 혼란스러운 표정으로 나를 돌아보았다.

"그게…… 당분간 트로웰이랑 같이 지내게 됐어."

"뭐?"

"미안해, 시벨. 미리 상의하지 않고 내 마음대로 결정해서."

"아니, 아냐. 그런 건 상관없는데…… 대체 어떻게 된 거야?"

앞으로 한동안 대화하는 시간을 갖기로 했다고 설명하니 굳어 있던 표정이 조금 누그러졌다. 트로웰을 다시 봤다는 표정으로 돌아보기도 했다. 더 자세한 정황을 알면 틀림없이 화내겠지. 어쩌면 내게 실망할지도 모른다. 처음은 협박에 가까웠다면 이번엔 내가 자초한 부분이 더 컸다.

현대에서 이날의 일을 설명할 때 시벨리우스가 상처받은 표정을 지었던 걸 알고 있다. 그래도 이 방법을 택해야 했다. 내가 아는 미래대로 갈 수 있는, 얼마 안 되는 단서 중 하나였으니까. 하지만 여전히 안심할 단계는 아니었다.

"그래서, 이제부터 뭘 어쩔 생각이야?"

방 안의 장식물을 흥미롭다는 듯이 구경하던 트로웰이 내게 물었다.

"으음, 그게……."

"한 달이라곤 해도 난 잠들어 있는 시간이 더 많을 거야. 그러니 지금처럼 깨어 있는 시간을 아껴야 할걸. 어디든 가야 하는 거 아니야? 가여운 아이들을 보여준다거나, 선량한 사람들의 선행을 보여준다거나. 내 마음이 약해질 만한 부분을 자극해야지."

즉, 그런 걸로 회유될 거라는 건 꿈도 꾸지 말란 의미였다. 사실 시도해 볼 마음이 없던 건 아니라서 어색하게 웃었다. 시벨리우스도 비꼬는 말이라는 걸 느꼈는지 얼굴을 찌푸렸다.

"왜 말을 그런 식으로 해?"

"넌 빠져."

"뭐?"

"내가 날 설득하도록 허락한 건 저 아이뿐이야. 그러니 제삼자는 끼어들지 말라는 소리야."

말문이 막힌 시벨리우스가 기가 막힌 얼굴로 입을 벙긋거렸다. 나를 돌아보는 표정이 일렁거렸다. 언젠가 라피스와 다퉜을 때도 저런 표정을 지었던 게 떠올랐다. '나 저 녀석 싫어' 라고 말했을 때였던가. 애초에 시벨리우스는 좋아하는 쪽을 세는 게 더 빠르긴 하지만.

"설마 아무 대책도 없던 거야?"

"아냐! 있어!"

미심쩍어하며 묻는 말에 얼른 고개를 저었다. 거창한 계획이랄 건 없었지만 나름대로 해야 할 건 생각해뒀다. 그래도 일단 그의 의향은 확인해 두기로 했다.

"번잡한 곳에 가도 괜찮은 거지?"

조심스럽게 건넨 말에 트로웰은 찡그리는 것도 웃는 것도 아닌 표정을 지었다. 조금 전에 했던 말의 의미를 내가 이해하지 못한 거라고 받아들인 것 같았다.

"마음대로 해."

어쨌든 떨어지는 허가에 마음이 한결 가벼워졌다. 얼른 수첩을 꺼내 들고 그간 나름대로 알아봤던 것들을 쭉 모아둔 목록을 펼쳐 보였다. 무슨 목록인지 알지 못하는 트로웰이 의아한 시선을 보내왔다.

"지역들을 나열해둔 것 같은데. 나라의 구분은 없는 것 같고."

"맞아, 이중에서 어디가 제일 끌려? 유명하고 평이 좋은 걸로만 엄선한 거니까 아무 데나 골라도 괜찮긴 할 거야."

"……무슨 의미로 묻는 말인지 짐작이 전혀 안 돼."

"이번 달에 축제가 열리는 지역들이야."

"……."

입을 다문 그가 나를 돌아보았다. 황금빛 눈동자가 파문이 이는 것처럼 일렁거렸다.

본격적인 봄이 시작되는 콴제르였다. 정신없이 지나가는 나날들에 달력을 헤아리는 것조차 잊은 지 오래였지만, 시기상 아마 이때쯤일 거다. 이곳에선 오직 두 사람만 알고 있는 내 생일.

"축제에 가자."

트로웰은 웃는 내 얼굴을 한동안 가만히 바라보았다. 무언가 말을 하려는 듯 입술을 움직이다, 쓰디쓴 잔을 받는 것처럼 느리게 고개를 끄덕였다.

"……그래."

그 모습이 왠지, 처음으로 내 제안에 응한 걸 후회하는 것처럼 보였다.

## *3.*

짜악-!

강하게 얻어맞은 남자가 경악한 표정으로 붉어진 뺨을 부여잡았다. 남자를 후려친 여자는 그래도 분이 풀리지 않았는지 이번엔 다른 쪽 뺨을 향해 팔을 휘둘렀다.

"자, 잠깐! 릴리!"

"내 이름 부르지도 마, 이 쓰레기야!"

거의 헐벗은 남자의 뒤편엔 마찬가지로 헐벗은 여자가 몸을 감추기 바쁜 상태였다. 바닥에 떨어져 있는 옷자락, 흐트러진 침구, 그 위에 뒤엉켜 있던 헐벗은 남녀. 조금 전까지 무슨 상황이었는지 모를 수가 없는 모습이었다.

"진짜 감쪽같이 속았어! 네가 감히 바람을 펴?"

"오해야! 오해라구! 이게 어떻게 된 거냐면……!"

"오해 같은 소리 하고 앉아 있네! 넌 지금 네 모습을 보고도 오해라는 말이 나오니? 별 재주 없어도 착한 거 하나만 보고 결혼하기로 한 건데! 네가 어떻게 나한테 이럴 수가 있어!"

분개한 여자는 이번엔 베개를 집어 들었다. 휘둘러진 베개가 사정없이 남자를 후려칠 때마다 안에서 터져 나온 새털이 사방에 흩날렸다. 문이 활짝 열린 외도 현장 앞에는 이미 소리를 듣고 몰려나온 구경꾼들이 가득했다. 혀를 차는 사람, 쟤가 저럴 줄 몰랐다고 고개를 젓는 사람, 저거 말려야 하는 거 아니냐며 안절부절못하는 사람, 그들이 내뱉는 수많은 소리를 뒤로 한 채 천천히 현장을 벗어났다. 혹시 도울 일이 있을지도 몰라 대기했는데 그럴 필요는 없을 거 같았다.

"좋아, 이번에도 한 사람을 무사히 수렁에서 구해냈어."

"멋져, 엘. 정말 완벽한 작전이었어."

"이게 다 트로웰이 저 남자의 불순한 행실을 알려준 덕분이지. 고마워, 트로웰."

"……."

감사 인사를 받은 트로웰은 정작 떨떠름한 표정이었다. 그는 할 말이 많은 얼굴로 우리를 바라보다가 가볍게 한숨을 내쉬었다.

적당히 고른 지역 축제를 시작으로 우리는 세상을 정처 없이 유람했다. 목적지 없이 기차를 타고 아무 데서나 내려보기도 하고, 유명하다는 관광지를 구경하기도 했다. 시간이야 늘 많았지만 마음까지 여유로웠던 적은 별로 없었다. 뭘 해야 한다는 계획 없이 그냥 한없이 즐기기만 하는 일상을 보내는 건 처음인 것 같았다. 그런 중에 문득 재밌는 생각이 떠올랐다.

"우리 일일 임무를 만들어 볼래?"

이른바 하루에 한 번씩 악당 골탕 먹이기 놀이. 트로웰이 인파를 둘러보다 불순한 계획을 품은 사람을 무작위로 한 명 골라내면, 그 사람의 행적을 따라가 방해하자는 계획이었다.

사람마다 품고 있는 불순함이 다르다 보니 임무 내용도 매일 매일 달라졌다. 소매치기가 훔친 돈을 피해자에게 다시 돌려놓는다든지, 오늘처럼 외도가 들통나도록 유도하는 건 가장 흔한 일이었다. 크게는 범죄 조직의 마약 거래일을 알아내서 치안대에 신고하거나, 인신매매 일당을 소탕하고 잡혀 있던 사람들을 풀어준 적도 있었다.

"아, 오늘도 참 보람찬 하루였다. 그치?"

"응, 정말 통쾌했어."

신나서 고개를 끄덕이는 시벨리우스는 아주 후련해 보였다.

"결혼할 사람을 두고 다른 사람과 통정하다니. 그런 놈은 고개도 들고 살지 말아야 해."

일평생 하나의 반려만 둔다는 유니콘이라 그런지 그는 외도하는 사람을 가장 싫어했다. 그래서 일일 임무가 그쪽으로 정해지면 누구보다 적극적으로 나섰다. 보통 외도 증거를 보여주고 알아서 하도록 맡기는 편이지만, 피해자가 마음이 약하거나 선뜻 벗어날 수 없는 상황이면 우연을 가장해 대신 응징하기도 했다.

"엘, 우리 내일은 옆 동네로 가볼까? 거기가 이 영지에서 가장 우범지대래. 우리가 할 만한 일들이 많을 거 같아."

"오, 그래? 난 좋아. 트로웰의 생각은 어때?"

"……."

떨떠름한 표정으로 대화를 듣고 있던 트로웰이 내 질문에 얼굴을 더 찌푸렸다.

"뭐든 상관없어."

"좋아, 그럼 내일은 옆 동네에서 놀자!"

"마음대로 해. 난 이만 갈 거야."

"응, 내일 봐, 트로웰!"

웃으며 손을 흔드니 그의 표정이 더 복잡해졌다. 그리곤 짧게 한숨을 삼킨 후 그대로 사라졌다.

"저 녀석은 매번 까칠하네."

시벨리우스가 불만스럽게 중얼거렸다. 내키지 않는 걸 억지로 어울리고 있으니 어쩔 수 없겠지. 쓰게 웃으며 주위를 돌아보았다. 조금 전까지만 해도 환했던 하늘이 어느새 어슴푸레 저물어가고 있었다.

트로웰은 깨어 있는 시간에만 나를 찾아왔다. 처음엔 하루에 몇 시간 정도였고 그 시간대도 불규칙했지만, 점점 머무는 시간이 길어지고 있었다. 그의 상태가 나아지고 있다는 증거였다. 하지만 그와는 별개로 표정은 늘 좋지 않았다. 특히 일일 임무를 마치고 난 직후엔 더욱 그랬다.

"주인님! 목걸이를 찾았습니다!"

"오오, 어디에 있었지?"

"하인 숙소에 있었습니다! 더글러스의 베개 안에요!"

우렁찬 외침을 듣는 순간, 몇 시간 동안 온 집안을 수색한 사람들의 시선이 한 남자를 향했다. 곧 이어질 상황을 기대하며 실실 웃고 있던 남자가 제 이름이 불리는 것에 놀라 주춤거렸다.

"나? 나라고?"

"더글라스! 네놈이 감히!"

"아, 아냐! 이럴 리가 없는데? 그건 내가 분명……!"

오늘 당첨 임무는 동료를 모함하려는 남자를 방해하는 거였다. 귀중품을 훔쳐 동료의 옷 주머니 속에 넣어놨는데, 그걸 우리가 다시 빼돌려서 남자의 베개 안에 숨겨뒀다. 동료가 범인으로 몰리는 순간을 기대하고 있던 남자는 생각지도 못한 사태에 놀라 얼굴이 하얗게 질렸다.

"저놈을 당장 끌어내라!"

"아, 아닙니다, 주인님! 제가 그런 게 아닙니다! 제가 아니라구요!"

뒤늦게 정신을 차린 남자가 다급히 외쳤지만 아무도 그 말을 듣지 않았다. 남자는 끌려가면서도 이해할 수 없다는 표정을 지었다. 어디서부터 어떻게 일이 틀어진 건지 궁금해 미칠 노릇이겠지만 끝내 진실은 알지 못할 것이다. 오늘도 완벽한 마무리였다.

"넌 대체 나와 뭘 어쩌고 싶은 거야?"

시벨리우스와 손바닥을 마주치며 성공의 기쁨을 표현하고 있는데 트로웰이 불쑥 물었다.

"응? 뭐가?"

"정말 몰라서 묻는 거야?"

그렇지 않아도 날카로운 눈매가 치켜뜨니 더욱 사나워졌다.

"이제 열흘밖에 안 남았어. 그런데 계속 무의미한 시간만 보내고 있잖아. 날 설득할 생각이 있기는 해?"

"으음, 이게 설득하는 건데."

"이런 한심한 장난들이? 오히려 인간의 나쁜 부분을 더 보여주고 있는 게 아니고?"

무슨 말인지는 알고 있었다. 임무를 하기 위해선 매일 범행을 계획하는 인간을 찾아야 한다. 선한 부분만 강조해도 모자를 시간에 오히려 반대 방향으로 가고 있는 거였다.

"하지만 트로웰에겐 필요한 일인지도 몰라."

"……뭐?"

"내가 보기엔 트로웰은 지금 너무 무겁거든. 마이너스 부분을 직면하고 쌓아두기만 하지 흘려버리지를 않잖아. 그러니 조금 가벼운 방식으로 비워보는 것도 좋지 않을까 해서."

지금까지 그의 방식은 혼자 처리하는 쪽이었으니까. 심지어 살인 같은 극단적인 형태가 되다 보니 돌아오는 반응도 좋지 않았다. 그래도 딱히 신경 쓰지 않았겠지만, 단순한 화풀이성이 아니라 누군가를 돕는 쪽이 되고, 그걸 직접 실감하는 건 또 다른 느낌일 터였다. 다수의 평범한 인간들이 악인을 향해 분개하고 처벌하는 광경을 지켜보는 것 역시, 불쾌감을 해소하는 데 도움이 될 거고.

"……."

트로웰은 아무 말도 하지 않았다. 그래도 효과가 전혀 없지는 않은지 조금은 누그러진 얼굴이었다.

"하지만 사실 이건 핑계고, 솔직하게 말하면 그냥 트로웰이랑 재밌게 놀고 싶은 것뿐이야. 우리 이렇게 시간 보낸 적이 거의 없었잖아."

"넌 나랑 놀고 싶은 마음이 들어?"

"당연하지?"

"혹시 괴롭힘당하는 걸 좋아해?"

"괴롭힌다는 자각은 있구나."

"……이렇게 남의 생각을 알고 싶어진 건 처음이야."

가볍게 한숨을 내쉬는 그를 보고 빙긋 웃었다.

"모를 땐 그냥 믿는 것도 좋은 방법 아닐까. 의심은 관계를 갉아먹지만 신뢰는 관계를 더 풍성하게 하잖아."

"그야말로 속 편한 말이네."

"하지만 트로웰, 인간은 속으로도 거짓말을 해."

"……."

"너도 그걸 모르진 않겠지만 말이야. 좋은 쪽이든, 나쁜 쪽이든. 자기가 괜찮으려면 우선 자기 자신부터 속여야 하거든."

"그건 네 이야기야?"

앗, 또 그렇게 해석할 줄은 몰랐네. 난처한 기분에 그냥 어깨를 으쓱했다. 트로웰은 눈을 가늘게 뜨긴 했지만 더는 아무 말도 하지 않았다.

현대에서 시벨리우스는 트로웰이 끝까지 날 죽이진 못했다고 했다. 그때까지만 해도 분위기가 그리 나쁘진 않았기 때문에, 어느 정도는 상황을 낙관했던 것 같다. 내가 지금 제대로 잘하고 있는 거라고. 하지만 인류의 존망이 걸린 일이 그렇게 순조롭게만 나아갈 수는 없었던 모양이다.

"저기요."

아직 트로웰이 오지 않은 시간이었다. 장을 보러 나온 김에 상점 거리를 돌아보고 있는데 누군가가 불렀다. 돌아보니 처음 보는 여자애가 나를 올려다보고 있었다. 나이는 일고여덟 살쯤 됐을까. 허름한 차림에 앙상하게 마른 몸만 봐도 가난한 집안 형편이 짐작됐다.

"왜 그러니?"

"제가 아빠를 잃어버렸어요. 혹시 우리 아빠 못 보셨어요?"

이런, 아무래도 미아인 모양이다. 일단 주위를 둘러봤지만 근방에 아이를 찾는 것처럼 보이는 사람은 없었다.

"아빠랑 어디서 헤어졌는지는 기억나?"

"잘 모르겠어요."

기운 없이 대답하는 아이의 얼굴엔 이미 눈물이 그렁그렁했다. 어느 순간 아빠가 사라졌다는 걸 깨닫고 쭉 헤맸다는 듯했다. 여긴 경찰서가 있는 것도 아니니 따로 데려다줄 수 있는 곳도 없고. 어찌해야 하나 난처해졌다. 그때 식료품점 매대에서 감자를 고르고 있던 시벨리우스가 다가왔다.

"엘, 무슨 일이야?"

"아, 시벨. 얘가 길을 잃었나 봐."

"미아?"

"응, 아빠를 찾는 중인데 어디서 헤어졌는지 모르겠대."

덩치 큰 남자가 다가와서 겁이 났는지 흠칫한 아이가 내 뒤에 몸을 숨겼다. 그에 머쓱한 표정을 지은 시벨리우스가 품에서 글자가 휘갈겨진 종이 한 장을 내밀었다.

"이거라도 써볼래?"

"아, 이거 혹시 그때 그거야?"

추적 주술이었던가. 일전에 다비안의 집을 찾아갔을 때 시벨리우스가 도와줬던 게 생각나서 물었더니 역시나 그렇다는 답이 떨어졌다. 비상 상황을 대비해 미리 만들어둔 거라고 했다. 고맙다고 말한 후 받은 종이를 아이한테 내밀었다.

"이걸 손에 쥐고 아빠 얼굴을 떠올려 봐. 그럼 얘가 어디로 가야 하는지 안내해 줄 거야."

그러자 아이는 무척 당황한 표정을 지었다. 우리가 괴상하다고 생각했는지 오히려 더 불안한 얼굴로 주위를 둘러보려고 했다. 마법이라고, 괜찮다고 여러 번 말하면서 안심시키니 그제야 겨우 믿는 듯한 눈치였다.

우물거리던 아이가 종이를 꼭 움켜쥐고 눈을 감았다. 다행히 아빠 얼굴을 또렷하게 그렸는지 곧 글자가 파란빛을 뿜어냈다. 그걸 하늘에 던지게 하자 새처럼 팔랑거리며 날아가기 시작했다. 이제 그대로 따라가기만 하면 됐다. 하지만 아이는 선뜻 움직이지 못하고 나를 올려다보기만 할 뿐이었다.

"같이 가줄까?"

그제야 굳어 있던 아이의 표정이 펴졌다. 하긴 어린애를 혼자 보내는 것도 불안하니, 아빠를 만나는 모습까지는 확인하는 게 좋을 것 같았다. 그렇지 않아도 근방에서 이쪽을 주시하는 눈길들이 느껴졌다. 아이를 기웃거리며 수군거리고 있는데, 조금 불량한 무리 같아서 느낌이 좋지 않았다.

"시벨, 미안한데 혼자서 장을 봐야 할 것 같아. 데려다주고 올 테니까 내가 늦어지면 먼저 돌아가."

"응, 알겠어."

종이는 빠른 속도로 멀어지고 있었다. 손을 흔드는 시벨리우스를 뒤로하고 아이와 함께 서둘러 종이를 따라나섰다. 혹시 놓치면 곤란하니 아예 아이를 안아 들고 뛰었다.

그렇게 한참 날아간 종이는 외진 동네로 접어들었다. 아이를 만난 상점가에서 한 시간은 족히 떨어진 거리였다. 기껏해야 가장 번화가인 광장쯤에서 만날 거라 생각했지, 이렇게 멀리까지 오게 될 줄은 몰라서 조금 당황스러웠다. 이 먼 거리를 아이 혼자 보내지 않은 게 다행이었다. 상점가에서부터 따라오기 시작한 무리는 지금도 적당한 거리를 유지한 채 우리 뒤에 있었다. 이쯤 되면 가는 길이 우연히 겹친다고 봐주긴 어려웠다.

"혹시 여기 살아?"

조심스럽게 물어보니 아이가 고개를 끄덕였다. 아는 동네가 나와서 그런지 얼굴이 한결 밝았다.

'애를 잃어버렸는데 찾지도 않고 혼자 집에 돌아간 건가?'

나쁜 생각이 들기 시작했다. 설마 애를 버린 건 아니겠지. 아니, 이건 너무 억측이다. 어쩌면 아이 먼저 집에 돌아갔다고 생각해서 일단 들러본 걸 수도 있으니까.

어쨌든 이후에도 쭉 나아간 종이는 어느 집 앞에 이르러서야 툭 떨어졌다. 아이가 자신의 집이라고 버둥거리길래 내려주니 빠르게 달려나갔다. 문고리를 두드리자 잠시 후 벌컥 문이 열리며 안에서 후덕한 인상의 남자가 얼굴을 내밀었다.

"아빠."

"세상에, 에밀리!"

아이를 발견한 남자가 감격하며 소리쳤다.

"아이고, 아빠가 널 얼마나 찾았는지 알아? 대체 어디에 있었던 거야!"

부둥켜 끌어안고 다친 곳은 없는지부터 살피는 걸 보니 다행히 일부러 버린 건 아닌 모양이다. 슬금슬금 쫓아오던 무리는 멀찍이 거리를 둔 채 이쪽을 주시하고만 있었다. 보호자가 나타나니 더는 접근하지 못하는 모양이다. 이제 내 역할은 끝난 것 같아 이만 돌아서려고 했다. 가는 길에 겸사겸사 저 느낌이 좋지 않은 무리하고는 잠시 상담 시간을 가져볼 예정이었다. 그 순간 아이를 살피던 남자가 나를 알아차리고 당황해서 몸을 일으켰다.

"저기, 그런데 누구십니까?"

"아, 안녕하세요. 실은 아이가 길을 잃은 걸 봐서요……."

"아, 설마 에밀리를 여기까지 데려와 주신 겁니까?"

고개를 끄덕이니 남자는 고마워서 어쩔 줄 몰라 했다. 백방으로 딸을 찾아다니다가 혹시 싶어 집에 와봤는데, 마침 그 직후에 우리가 도착한 거라고 했다. 역시 짐작대로였다.

"아빠를 무사히 만나서 다행이에요. 많이 무서웠을 텐데 잘 다독여주세요."

"네, 감사합니다. 정말 큰 신세를 졌습니다. 식사라도 대접을……."

"아뇨, 그건 괜찮아요. 일행이 기다리고 있어서요. 마음만 받을게요."

웃으며 정중히 거절하려니 우물쭈물하던 아이가 내 옷깃을 잡아당겼다. 이대로 내가 떠나는 게 서운한 시선이었다.

"에밀리도 너무 아쉬워하는 것 같은데 잠시만 들어왔다 가시지요. 식사가 어려우시면 차로 드리겠습니다. 그래 봤자 없는 형편이라 싸구려 홍차입니다만……. 뭐든 대접하게 해주십시오."

**"하, 장난해? 대놓고 싸구려라고 말할 거면 대접하겠단 말을 하질 말라고. 야야, 집어치워. 그냥 무시해버려."**

고급이 아니면 취급하지 않는 라피스가 투덜거렸다. 나 역시 무시하고 싶기는 한데, 아이가 실망할지도 모른다고 생각하니 이번엔 거절하기가 어려웠다. 시간은 아직 오전이었다. 점심때 전에만 돌아가면 되겠지 싶어 어쩔 수 없이 고개를 끄덕였다.

"그럼 차 한 잔만 마실게요."

"정말 감사합니다! 자자, 안으로 드십시오."

반색한 남자가 얼른 문을 열고 안으로 안내했다. 내부는 흔히 볼 수 있는 평범한 집이었다. 손님 대접에 바빠진 남자가 부엌에서 분주한 동안 뻘쭘한 기분으로 식탁에 앉아 주위를 살폈다. 잠시 후 아이가 찻잔을 담은 쟁반을 들고 내 앞으로 걸어왔다.

"여기요. 드세요."

"고마워."

찻잔에 담긴 액체에선 맑은 붉은빛이 났다. 남자의 말대로 홍차인 것 같았다.

"에밀리랬지? 엄마는 어디 계셔?"

"엄마는 없어요."

"아, 미안해."

어색한 분위기를 풀려고 물어본 게 오히려 역효과였다. 당황해서 일단 홍차를 한 모금 마시는데 얼굴이 절로 찌푸려졌다. 잘못 우린 건지 떫은맛이 너무 강했다. 그런데 그것보다 더 이상한 여운을 주는 맛이 있었다.

'이거 맛이…….'

바로 찻잔을 내려놨다. 아까부터 유독 껄끄러운 느낌이 있었는데 그게 단지 기분 탓이 아니었나 보다.

**"뭐야, 이 거지 같은 상황은."**

이상한 점을 감지한 라피스의 목소리가 낮아졌다. 에밀리가 의아하다는 시선을 보내왔다.

"왜 그러세요?"

"너희 설마……."

몸을 일으키려는데 눈앞이 아찔했다. 아무래도 정신을 잃게 하는 약인 것 같았다.

"이런, 벌써 알아차리다니. 혀가 굉장히 예민하신 분이로군. 혹시 몰라 정량보다 많이 넣길 잘했지."

차와 함께 먹을 걸 내오겠다던 남자가 씩 웃으며 나타났다. "이봐, 이제 들어와도 돼." 그가 창밖을 향해 외친 말에 문이 벌컥 열리더니 남자들이 우르르 안으로 들어섰다. 그들의 정체는 한눈에 알아봤다. 에밀리를 만난 순간부터 쭉 우리를 뒤쫓았던 바로 그

불량한 무리였다.

"다행히 성공했네."

"아깐 정말 깜짝 놀랐지 뭐야. 틈을 봐서 이쪽으로 유인하려고 했는데 마법 같은 걸 쓰더니 그걸 따라가라고 하는 거야. 에밀리가 동정표를 얻어 구슬렸으니 망정이지, 하마터면 그대로 일을 망치는 줄 알았어."

"뭐야, 마법사였어? 완전 횡재했네."

처음부터 다 한 패였던 건가. 이게 무슨 짓이냐고 물으려는데 입이 떨어지지 않았다. 어느 순간부터는 아예 바닥에 주저앉았다. 몸이 물먹은 솜처럼 무거웠다. 약물에는 강한 편인데 왜 이러지 싶었다가 내가 더는 물의 정령사가 아니라는 사실을 상기했다.

**"그렇다고 바로 이런 꼴이냐."**

황당해하는 라피스의 말이 아니더라도 나 역시 어처구니가 없었다. 상대가 어린아이라는 생각에 너무 방심했다. 그나마 검성이 된 덕분에 버티는 거지 아니었다면 바로 정신을 잃었을 거다. 우선은 약 기운을 몸에서 몰아내는 게 급선무였다.

"잘했다, 에밀리."

남자가 에밀리의 머리를 쓰다듬었다. 내내 무표정하던 에밀리의 얼굴엔 기쁜 미소가 떠올라 있었다.

"아니, 근데 왜 이렇게 의식을 안 잃어?"

"약을 너무 적게 쓴 거 아냐?"

"아니거든? 이 정도 양이면 입에 머금자마자 훅 갈 정도라고."

"일단 더 먹여볼까?"

그때였다.

쿠웅!

요란한 소음과 함께 온 사방에 강한 진동이 일었다. 균형을 잃은 남자들과 에밀리가 비명을 질렀다. 벽에 균열이 일면서 빠른 속도로 와르르 무너져 내렸다. 마치 거인이 바깥에서 집을 움켜잡아 단숨에 부수는 것 같았다.

정신을 차렸을 땐 바닥만 남긴 상태로 집이 완전히 사라진 채였다. 한순간에 폐허가 된 주위를 돌아보다 기척을 느끼고 고개를 돌렸다. 멀쩡했다면 문이 있었을 방향에 누군가가 서 있었다. 흐트러진 흑발 아래, 서늘하게 가라앉은 금안이 스산한 빛을 머금었다.

트로웰.

참담한 기분이 가슴을 내리눌렀다. 지금 가장 만나서는 안 되는 사람이었다.

"……이래서 좋아할 수가 없다는 거야."

중얼거리는 목소리에 눈을 감았다.

불행은 늘 소리 없이 다가와 모든 것을 순식간에 집어삼킨다. 어쩌면 가장 방심하는 순간을 기다리는 건지도 모른다.

## 4.

한국은 지진이 거의 없는 나라였다. 건물이 무너질 정도의 강진은 특히 드물었다. 그 무서운 자연재해가 먼 나라 이야기가 아니라 나와 내 주변에서도 얼마든지 일어날 수 있는 일이라는 걸 처음으로 실감한 건 중학생 때였던가. 방학 동안 이웃 나라에 놀러 갔던 태진이 강진에 휘말려 죽을 뻔했다고 한 말을 듣고 나서였다. 그때 그 녀석이 말하던, 세상이 끝나는 느낌이라고 한 게 무슨 말인지 알 것 같았다.

눈앞에서 땅이 갈라지고 크게 솟구쳤다. 천둥이 울리는 듯한 소음이 세상을 뒤흔들었다. 급격히 기울어진 나무들은 뿌리째 뽑혀 나왔다. 건물들이 두부처럼 으깨졌다.

고요해졌을 땐 모든 게 끝난 후였다. 펼쳐진 참상에 정신이 아득해졌다. 멀쩡한 지대가 하나도 보이지 않았다. 불과 몇 분도 되지 않은 시간에 동네 하나가 완전히 허물어졌다.

무너진 돌무더기 사이에서 생존자의 신음이 들렸다. 누구 하나 피할 겨를 없이 순식간에 벌어진 일이었다. 이 안에서 몇 명이나 살아남은 건지 헤아려보는 것조차 무서웠다. 이런 게 사고가 아니라 누군가가 고의로 일으킨 현상이라니. 그게 다른 사람도 아닌 트로웰이라니. 끔찍한 악몽을 꾸는 거 같았다.

"엘!"

때마침 바람이 일더니 시벨리우스가 공중에서 착지했다. 내가 너무 늦어져서 찾아보다가 참사가 일어난 걸 확인하고 달려온 거 같았다.

"이게 대체 무슨 일이야?"

어디서부터 어떻게 설명해야 하나 망설이는 사이 작은 신음이 들렸다. 무너진 잔해 틈에서 어린아이 하나가 기어 나오고 있었다. 에밀리였다. 그 처참한 상황 속에서도 용케 목숨을 건진 듯했다. 하지만 빠져나온 장소가 그리 좋지 않았다. 하필이면 트로웰이 서 있는 곳 앞이었다.

"사, 살려……."

무참하게 다친 에밀리는 힘겹게 앞으로 손을 뻗었다. 일단 사람이 있다는 생각에 본능적으로 도움을 청하는 것 같았다. 트로웰이 그 모습을 무심하게 내려다보았다.

"더러워."

그는 곧 에밀리의 뒷덜미를 움켜잡고 어디론가 질질 끌고 갔다. 기겁한 에밀리가 마구 버둥거렸지만 어른도 못 이기는 힘을 거스를 수 있을 리가 없었다. 트로웰이 향하는 곳은 바닥이 갈라져 벼랑이 난 부근이었다. 불길한 예감에 숨을 삼켰다. 에밀리를 그 아래로 던지려는 거다.

"트로웰! 이제 그만해!"

다급히 외쳤지만 그는 아무것도 듣지 못한 것처럼 거침없이 걸어가기만 했다. 뒤늦게 상황을 파악한 시벨리우스가 황급히 달려가 그의 앞을 가로막았다.

"너 지금 뭘 하는 거야!"

"비켜."

"미친 짓도 적당히 해! 아직 어린애잖아!"

"그와 동시에 인신매매단의 끄나풀이지. 싹수부터 말라비틀어진."

"뭐?"

"네가 어린애라고 생각하는 이 작은 인간이 엘을 납치해 팔아넘기려고 했어."

시벨리우스가 숨을 삼켰다. 그제야 여자애가 누군지 알아본 것 같았다.

"상점가에서 아빠를 잃어버렸다고 한……."

"비싼 값에 팔 수 있겠다고 좋아하던걸."

"……!"

"이래도 이게 그냥 어린애로 보여?"

트로웰의 질문에 시벨리우스는 대답을 하지 못했다. 아무리 그가 남들보다 유한 성정이라 해도 근본적으로는 종이 다른 유니콘이었다. 살아온 시간 내내 인간을 배척하도록 교육도 받았다. 수긍하기 어려운 상황이 닥치면 거부감이 드는 게 당연했다.

"아무것도 모르고 한 거야! 그렇게 가르친 어른들 잘못이야! 아직 아이니까 충분히 바뀔 수 있어!"

"죽이는 게 더 빨라."

서둘러 만류해 봤지만 조금도 먹히지 않았다. 트로웰은 굳어 있는 시벨리우스를 지나쳐 계속 걸어갔다.

"아직 한 달 안 됐어!"

그제야 나아가던 걸음이 멈췄다. 하지만 안도의 한숨 내쉴 겨를은 없었다.

"아, 그래. 그게 남아 있었지."

중얼거리는 얼굴이 냉소적으로 웃었다. 그 시선이 처참히 무너진 주위를 돌아보았다.

"이미 상당수 죽였는데 그게 의미가 있나?"

"그건……!"

"번거롭게 그런 거 따질 거 없이 그냥 내가 약속을 깬 걸로 해."

"트로웰!"

"대신 널 죽이기로 한 것도 없던 걸로 할게. 서로 한 번씩 약속을 어긴 거니 공평하지?"

안 돼. 이건 아니다. 이런 식으로 가면 안 되는데. 입안이 바짝바짝 마르는 것 같았다. 시벨리우스가 당황한 눈길을 보냈다.

"지금 이게, 다 무슨 소리야? 누가 누굴 죽이기로 했다고?"

대답한 건 트로웰이었다.

"한 달이 지나도 내가 마음을 돌리지 않으면 예전 약속을 지키기로 했거든. 잴 제일 먼저 죽이기로. 아무렴 내가 아무런 조건도 없이 이런 한심한 일과에 어울려주는 줄 알았어?

"……너 또 비열한 협박을!"

"미안하지만 본인이 먼저 제안한 거야. 협박은 이득이 있을 때

나 하는 거지. 이걸로 내가 얻을 이득이 뭐가 있어?"

시벨리우스가 망연자실한 얼굴로 나를 돌아보았다. 사실이냐고 묻는 듯한 시선을 차마 마주 볼 수가 없었다. 그 모습을 무심히 지켜보던 트로웰이 한숨처럼 중얼거렸다.

"이제 다 지겨워. 끝낼 거야, 전부."

텅 빈 것처럼 공허한 얼굴에 속이 덜컥 내려앉았다. 카노스가 보여준 환상 속에서, 검은 구덩이로 추락하는 그의 얼굴도 저랬었다.

"일단 자리를 피하자, 엘. 여긴 너무 위험해."

주먹을 꽉 움켜쥔 시벨리우스가 날 일으켰다. 마침 약 기운이 거의 가셨는지 몸에 힘이 돌아온 참이라 부축하는 손길을 뿌리치고 달려나갔다. 부르는 소리가 들렸지만 돌아볼 정신도 없었다. 직후 트로웰이 기어코 에밀리를 벼랑 아래로 던졌다. 다행히 아슬아슬하게 시기를 맞출 수 있었다. 거의 날다시피 뛰어올라 떨어지는 에밀리를 받아들고 다시 착지하는 데 성공했다.

"괜찮아?"

숨도 못 쉬는 상태로 하얗게 굳어 있던 에밀리가 품 안에서 울음을 터트렸다. 차분히 달랠 상황은 아니라 일단 내려주고 트로웰의 앞에 섰다. 그 일련의 과정을 트로웰은 싸늘하게 바라보고 있었다.

"괜한 짓을 하네. 그래 봤자 어차피 죽을 텐데. 너 때문에 그건 죽는 공포를 두 번 느껴야 하잖아."

"트로웰, 이건 아냐. 이러면 안 돼."

"뭐가 안 되는데?"

"내가 어떻게 하면 돼, 트로웰? 어떻게 하면 될까. 뭐든지 할게. 네가 시키는 일은 전부 다 할게. 제발, 그러니까 제발……!"

나직한 한숨 소리가 들렸다. 머리를 쓸어넘긴 그가 가볍게 팔짱을 꼈다. 어딘지 신경질적인 동작이었다.

"그럼 네가 죽을래?"

"……어?"

"네가 대신 죽을 거라면 그거 살려줄게. 그래, 이왕 이렇게 된 김에 차라리 이렇게 할까? 네가 죽으면 인간을 멸족하는 계획을 철회하기로. 어때? 한 명의 희생으로 전부를 구하는 거야. 영웅 놀이 하기에 딱 좋은 조건 아닌가?"

영웅 놀이라니, 그런 게 아닌데. 반박하고 싶었으나 그는 내가 말을 이을 틈을 주지 않았다.

"아, 하지만 난 널 죽이지 않기로 했던가. 그럼 네가 스스로 죽으면 되겠다. 간단하지?"

"……."

"너 지금 무슨 헛소리를 하는 거야!"

경악한 시벨리우스가 벌컥 소리쳤다. 순간 그의 모습이 아래로 푹 꺼지더니 상체의 반까지 땅에 파묻혔다. 움직이지 못하도록 묶어버린 거다. 당장 이거 놓으라며 외치는 소리를 무시한 트로웰이 나를 돌아보았다.

"왜? 이건 아닌 거 같아? 뭐든 다 할 수 있다며. 그래도 막상 너만 죽어야 한다면 그건 또 아닌 거 같지? 그래서 후회할 말은 하지 말라고 했잖아."

"트로웰, 나는……."

"내가 예언 하나 할까? 넌 결국 아무것도 구하지 못할 거야."

경멸하듯 바라보는 시선이, 차갑게 떨어지는 말이 아팠다. 왜 자꾸 이렇게 되는 거지. 발버둥 치면 칠수록 더 깊은 늪으로 빠져드는 것 같다. 마치 이래도 잘될 거라 생각하느냐고 조롱하는 듯이. 곰팡이처럼 좀먹는 불행이 넌 결코 행복해질 수 없다고 속삭였다. 하지만 그래도. 그러니까 더더욱…….

"알아들었으면 이제 그만 포기하고……."

"나도 예언 하나 할까?"

"……뭐?"

불쑥 뱉은 말에 트로웰이 황당한 표정으로 돌아보았다. 미래를 보는 정령왕 앞에서 내가 예언을 운운하니 어처구니가 없겠지. 하지만 우리 둘의 미래는 내가 더 잘 알고 있다. 내가 바로 그 미래에서 온 산증인이니까.

"너와 난 언젠가 정말 많이 친해질 거야. 위험에 빠지면 가장 먼저 떠올리고, 할 일을 제쳐두고 기꺼이 구하러 가는 그런 사이가 될 정도로 말이야."

"무슨 헛소리를……."

"우연히 만나면 우리는 너무 기뻐서 웃음을 감추지 못하겠지.

내가 아끼는 이라는 이유만으로 넌 내 일행을 존중할 거고. 내게도 네가 아끼는 이들을 소개해 줄 거야. 서로를 가장 친한 친구이자, 형제라고 여기게 될 거야."

맞아, 내가 태어났던 세상은 바로 그런 곳이었다. 그리고 난 반드시 그 세상으로 다시 돌아가고 말 거다.

"그러니까, 지금 네가 뭐라고 말해도 난 상처 받지 않아."

그게 아무리 극단적인 방식이라도.

말문이 막힌 듯한 트로웰에게서 시선을 떼고 허리춤에서 검을 꺼냈다. 검집에서 날을 빼내자 새파란 빛이 일었다.

이따금 생각해 본 적이 있었다. 내가 결국 돌아가지 못하게 되면 어떻게 되는 걸까 하고. 벌써 몇 년째 성장하지 않는 이 육체가 늙기는 하는 건지는 모르겠지만, 그래도 주어진 수명이 있긴 할 거다. 주술의 효력이 하염없이 영구하진 않겠지. 혼이 되면 이 시대에 갇힌다고 했으니 곧바로 영혼의 보석이 될 가능성이 컸다. 그냥 그 시기가 조금 일찍 오는 것뿐이다.

**"야, 너 대체 무슨 생각이야."**

분위기가 심상치 않음을 느낀 걸까. 라피스의 목소리가 평소보다 조급하게 들렸다.

'미안해, 라피스.'

**"하지 마."**

아직 말하지도 않았는데 반대하는 말부터 나온다. 여하튼 눈치

하나는 정말 빨랐다.

**"하지 말라고 했어!"**

외치는 소리를 무시하고 트로웰을 바라봤다. 그는 내가 검을 꺼내든 순간부터 얼굴을 찌푸리고 있었다. 어디까지 멋대로 구는지 가늠하는 시선 같기도 했다.

"트로웰, 개인적인 부탁을 하나만 해도 될까?"

"……무슨 부탁? 유언? 아니면 유품이라도 남기려고?"

"좀 비슷해."

트로웰의 얼굴이 굳어졌다. 뭔가 마음에 들지 않는다는 표정을 짓는 그를 일변하고 품 안에 고이 보관해둔 작은 주머니를 꺼냈다. 이 안에 라피스가 있었다. 트로웰에게 성큼 다가선 후 그의 손을 잡고 손바닥에 주머니를 올려놨다. 잠깐 멈칫하던 트로웰이 이채가 감도는 눈으로 주머니를 응시했다. 그간 내게 영혼의 보석이 있다는 걸 모르는 눈치였는데 아무래도 직접 접촉하니 알아본 것 같았다.

"이건……."

"이 녀석 좀 부탁할게."

'미래의 네 대자야.'

이 와중에도 농담하고 싶은 기분이 드는 걸 보니 난 확실히 위기의식이 없는 건지도 모르겠다.

**"야!"**

'난 괜찮아, 라피스. 먼저 돌아가.'

발악하는 듯한 부름에 속으로 대꾸해 주고 한 걸음 뒤로 물러섰다. 거리가 멀어지면서 교감 역시 끊겼는지 이후로는 더는 아무 소리도 들리지 않았다.

내가 사라져서 모두의 기억이 지워져도 트로웰이라면 영혼의 보석을 그냥 방치하진 않을 거다. 신계에 신고해서 가져가도록 하겠지. 그 이후의 과정은 모르겠다만 운이 좋다면 라피스가 내 상황을 전해줄 수 있을 거고. 그럼 신계 쪽에서 나를 찾아내지 않을까. 물의 정령왕이 돌아오지 않으면 곤란할 테니 어떻게든 찾아내긴 할 거다. 그게 너무 늦지 않기만을 바라는 수밖에.

주머니를 가만히 바라보던 트로웰이 굳은 얼굴로 고개를 들었다. 의도를 살피는 시선이라 쓴웃음이 나왔다. 모르겠을 땐 그냥 믿어보라니까. 나도 남의 말 참 안 듣지만 트로웰도 만만치 않다. 혹시 정령왕 천성인가?

"그럼 이제 할게."

"……뭐?"

한 손으로 검을 잡고 날 끝을 가슴에 겨눴다. 심장이 찔리면 얼마 못 버틴다고 들었던 것 같은데. 그게 어느 정도였지? 몇 분인가? 몇 초? 이왕이면 초 단위였으면 좋겠다. 아픈 건 싫으니까. 아, 그런데 난 타고난 체질도 그렇고 검성이기도 하니 좀 더 오래 걸릴 수도 있겠다. 어쩌면 여러 번 찔러야 할지도 모른다. 인간의 한계를 초월한 신체가 이럴 땐 좋은 것만은 아니었다.

"엘! 안 돼! 그만둬!"

멀찍이서 시벨리우스가 비명을 질렀지만 굳이 돌아보지 않았다. 나중에 다시 만나게 되면 저 녀석한테 사과해야 할 것만 늘고 있다.

이런 건 시간을 끌수록 오히려 하기 어려워진다. 눈을 감고 단숨에 검을 찔러 넣었다. 콰직, 살을 꿰뚫는 소리가 묵직하게 울리며 뻐근한 감각이 단숨에 차올랐다.

"엘!"

어느 정도는 예상한 거라 그런가. 생각만큼 아프지는 않았다. 당장 숨이 막히는 것 같기는 한데 좀 버겁다는 정도였다. 역시 한 번으로는 안 되려나. 그냥 검기를 쓸걸. 이상하게 좋은 생각은 꼭 나중에 떠오른단 말이야. 검은 꽂혀 있을 때보다 뺀 후가 더 위험하기도 하니 우선 뽑아냈다. 그제야 본격적으로 타들어 가는 듯한 통증이 일기 시작했다.

"으……."

몸에서 절로 힘이 빠졌다. 검을 놓치기 전에 재차 다시 찌르려는 순간 누군가가 내 손목을 붙잡아 저지했다. 끝까지 의연하려고 했는데 반동 때문에 신음이 절로 흘러나왔다. 차라리 단숨에 끝내게 해주지, 이러면 더 아프기만 하다고! 누가 방해하는 건가 싶어 힘겹게 고개를 들었다. 그런데 마주친 얼굴이 전혀 예상하지 못한 사람이었다.

"……트로웰?"

날 붙잡고 있는 그는 얼굴이 하얗게 질려 있었다. 다른 사람도 아니고 왜 트로웰이 나를 막지? 이번만큼 그의 생각을 이해할 수 없기는 처음이었다.

"너 이게 무슨……. 어떻게 이런……."

날 붙잡고 있는 손이 떨고 있는 거 같았다. 입술을 깨문 그가 다급히 내 몸에 무언가를 뿌렸다. 순간 타는 소리가 나면서 끔찍한 고통이 밀어닥쳤다. 나도 모르게 비명을 질렀던 거 같다. 몸이 무너지는 것과 동시에 눈앞이 새하얗게 점멸했다.

그 뒤로는 뭐가 뭔지 하나도 모를 만큼 정신이 하나도 없었다. 아니, 실제로 의식을 잃은 건가. 어느 순간부터 내가 어딘가에 눕혀졌다는 것만 알 것 같았다. 물에 잠긴 듯 먹먹한 이명이 가득했다. 왕왕 다그치는 말소리와 분주한 움직임이 느껴졌다. 그 혼란한 중에 여기에 있을 리가 없는 사람의 얼굴도 보인 것 같았다.

"아버지……?"

일그러진 그의 얼굴은 너무 슬퍼 보였다. 꿈인가. 꿈인 것 같다. 왠지 나른한 기분이라 천천히 눈을 감았다. 다시 떴을 때 그 얼굴은 트로웰로 변해 있었다.

"트로웰…."

"너 대체 뭐야."

낮게 묻는 목소리에 울림이 일었다. 바로 앞에 있는 데도 멀리 있는 것처럼 아득한 느낌이 드는 걸 보니 역시 꿈인가 보다. 하긴 그렇게 지독하던 아픔도 느껴지지 않았다.

"대체 왜 이렇게까지 하는 거야."

그것도 내가 보고 싶은 광경을 보여주는 꿈인 모양이다. 그렇지 않고서야 그가 나를 걱정하는 것처럼 느껴질 리가 없으니까.

"뭐가 이렇게 쉬워? 네 목숨이 아무렇지도 않아? 차라리 이전처럼 말도 안 되는 억지를 부려서라도 우기지 그랬어! 그게 훨씬 더 너다웠을 거야! 알아? 이런다고 누가 널 알아주는데! 아무도 모르는 곳에서 희생해봤자 개죽음일 뿐이야! 인간들이 고마워할 거 같아?"

다그치는 얼굴에선 눈물이 뚝뚝 떨어지고 있었다. 이렇게 처절하게 우는 모습은 내 시대에서도 본 적이 없어서 조금 당황스러웠다. 난 트로웰이 이런 식으로 격정적인 감정을 드러내는 걸 보고 싶었던 걸까. 그보다 뭔가 오해가 있는 것 같다. 꿈이라도 억울한 오해라서 고개를 흔들었다.

"트로웰, 난 인간들 때문에 목숨을 건 게 아니야."

"아니긴 뭐가 아니야! 이런, 이런 짓까지 했으면서……!"

"내가 목숨을 걸었다면, 그건 널 위해서야."

젖은 눈동자가 크게 흔들렸다. 얼어버린 것처럼 굳어 있는 그를 가만히 바라보았다.

"내가 걱정하는 건 너야, 트로웰."

손을 뻗어 그의 눈물을 닦아냈다. 그는 내 손길을 피하거나 뿌리치지 않았다.

"난 트로웰이 행복했으면 해. 누군가를 원망하고 싶은 마음에 자기 자신까지 파괴하지 않았으면 좋겠어."

"……그런 적 없어. 설령 그렇다 해도 네가 상관할 바 아니잖아."

"싫어. 상관할 거야. 내 형이니까."

"……."

"세상에서 하나뿐인 내 형인걸."

강지훈의 형들은 너무 고약한 사람들이라, 늘 다정하고 멋있는 형을 동경했었다. 내가 그를 따르는 것처럼 그도 나를 동생으로 여겨주길 바랐다. 이곳에서 그가 자신의 입으로 형이라고 말해줬을 때 얼마나 기뻤는지 모를 거다.

"괜찮아, 트로웰. 다 괜찮을 거야."

표정이 흐려진 그가 엎드려지다시피 고개를 숙였다. 어깨에 닿은 머리칼이 뺨을 간질였다. 울고 있는지 흔들리는 머리를 바라보다 천천히 매만졌다. 잠시 멈칫한 트로웰이 내 손을 꽉 맞잡아왔다. 나른한 기운을 이기지 못하고 다시 눈을 감았다.

다음에 눈을 뜨면 전부 끝나 있을까. 망상으로 회피하는 건 좋지 않은 버릇인데. 그래도 이런 꿈이라면 영원히 깨어나지 않아도 괜찮을 것 같다. 이런 걸 보면 나도 참 발전이 없었다.

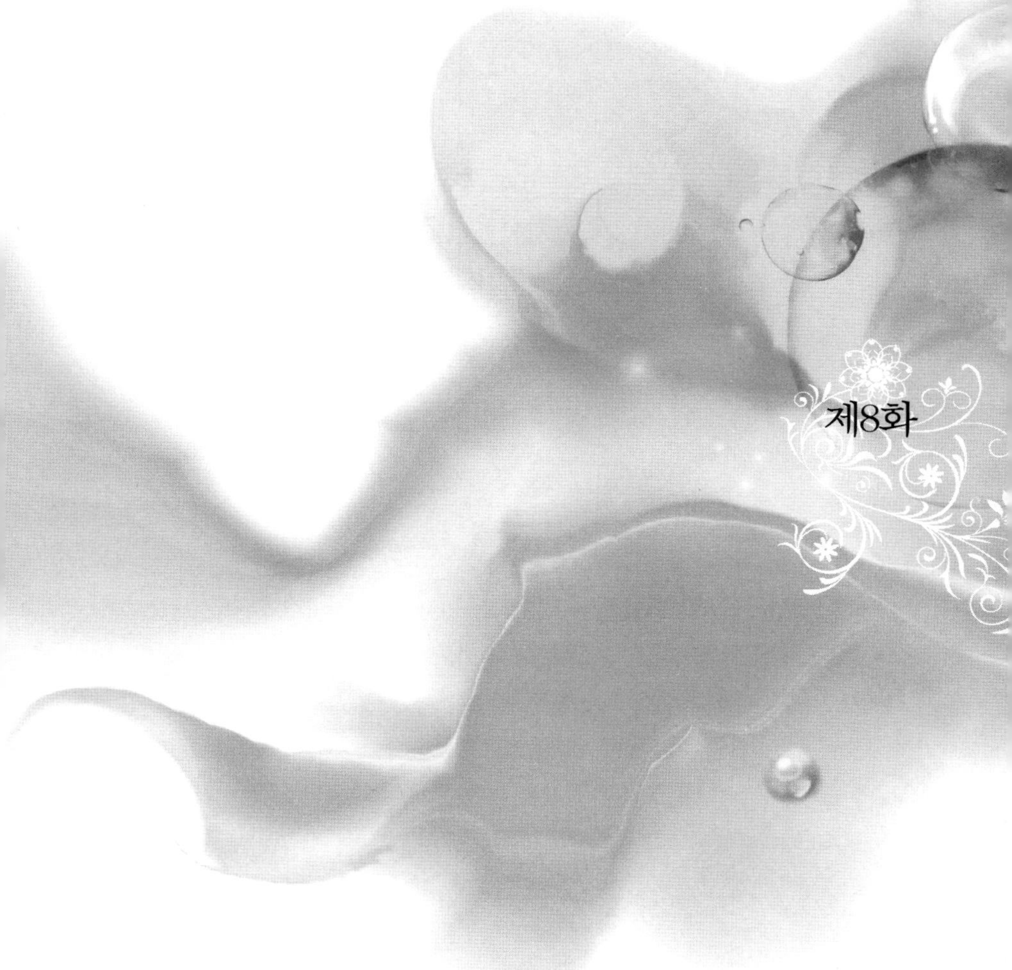

# 제8화

## 1.

어느 순간 불현듯이 눈이 떠졌다. 푹 자고 일어난 것처럼 머리가 맑았다. 이렇게 개운한 기분으로 일어나 본 게 얼마 만인지 모르겠다. 좀 더 이 기분을 만끽하고 싶어서 부드러운 침구에 얼굴을 파묻었다. 이대로 한 두 시간만 더 자면 딱 좋을 것 같다.

옆으로 몸을 돌아눕는데 나를 바라보는 시선이 느껴졌다. 고개를 조금 들자 그리운 얼굴이 보였다. 내가 다시 의식을 차리는 건 명계나 신계에서 날 찾아낼 때일 거라고 생각했다. 그래서 눈앞에 엘뤼엔의 얼굴이 있는 게 이상하지 않았다.

"아버지…… 드디어 만났네."

엘뤼엔이라니. 엘뤼엔이다. 드디어 만났구나. 헤헤 웃는 나를 그는 가만히 바라보았다. 오랜만에 만나는 아들을 보는 것치고는 너무 무심한 얼굴이다. 나만 반가운 건가 싶어서 서운해지려고 하는데 그가 무뚝뚝한 어조로 말했다.

"날 만나고 싶긴 했나 보군."

"당연하지. 계속 이날만 기다렸어."

"다시 소환할 생각도 없었으면서 말이지."

"……응?"

소환이라니? 미래의 신을 어떻게 소환해. 그런 걸 할 수 있었으면 진작 했을 거다. 멍하니 눈을 깜빡이다가 뒤늦게 미치는 위화감에 멈칫했다. 그러고 보니 엘뤼엔의 머리칼이 파란색이다. 왜 파란색이지? 순간 잠기운이 완전히 날아가면서 정신이 번쩍 들었다.

벌떡 몸을 일으키자 익숙한 구조가 한눈에 들어왔다. 어딜 봐도 시벨리우스의 천막 안이다. 뭐야 잠깐, 여기 아직 과거 시대야? 나 안 죽었어? 분명 심장 찌르지 않았나? 내가 왜 살아 있지? 몸을 더듬어가며 살펴봤지만 아픈 부분은커녕 상처 자국조차 보이지 않았다. 옷은 또 언제 갈아입은 거야. 어디서부터가 꿈이고 어디까지가 현실이었는지도 모르겠다. 그중에서 가장 이해할 수 없는 건 지금 내 앞에 보이는 얼굴이었다.

"아버지?"

무심코 부른 것에 그가 다시 반응을 보였다. 역시 아무리 자세히 봐도 엘뤼엔이었다. 환상이나 착각 따위가 아닌 진짜 이 시대의 엘뤼엔.

"왜……."

왜 그가 여기 있지? 여기가 현실이고, 내가 원래 시대로 돌아간 것도 아니라면 이건 일어날 수 없는 일 아닌가? 당혹감을 어떻게 진정시켜야 할지도 모르겠다.

"내가 있는 게 불만인가?"

아니, 그럴 리가! 얼른 고개를 흔드니 알 수 없는 시선으로 나를 응시하던 그가 가볍게 한숨을 내쉬었다. 여전히 현실감이 느껴지지 않아 멍하니 바라보다가 가까스로 정신을 수습했다. 그래도 왜 아프지 않은 지만은 확실히 알 것 같았다.

"설마 아버지가 치료해 준 거야?"

"그럼 누가 그걸 치료할 수 있을 거라 생각하지?"

그건 그렇다. 목이나 심장은 육신이 있다면 누구에게나 치명적인 급소다. 대부분 찔리면 죽는다고 봐야 했다. 사실 그래서 택한 거고. 성수나 회복제를 써도 잠시 더 버티게만 해줄 뿐이라고 들었다. 오히려 고통만 가중하니 차라리 쓰지 말고 편히 보내주는 게 낫다는 주의법까지 있을 정도다.

'아, 혹시 트로엘이 나한테 뿌린 게 그건가.'

그렇게 정신이 나갈 정도로 아팠던 건 처음이었다. 다리에 돌가시가 박혔을 때보다 더 아팠다. 부상이 악화하는 속도를 상처가 재생되는 속도가 따라가질 못해서 그랬던 거 같다.

그냥 부상의 고통이 길어지는 건 줄 알았지, 설마 그런 식으로 가중되는 걸 줄이야. 경상은 통증 없이 재생되는 편이라 이런 부작용은 상상도 하지 못했다. 반드시 살릴 수 있을 상황이 아니면 진짜 안 쓰는 게 더 나은 방법이었다. 트로웰이 회복제를 갖고 있었다는 게 더 의외긴 하지만.

"아픈가?"

묻는 말에 황급히 정신을 차렸다. 엘뤼엔이 내가 찔렸던 가슴 쪽을 바라보고 있었다. 그때의 고통을 되살렸더니 나도 모르게 그 부근을 매만지고 있었던 모양이다.

"아, 아니! 아무렇지 않아. 하나도 안 아파."

다 죽어가는 사람도 멀쩡하게 되살리는 치료술을 받았는데 아플 리가. 그러긴커녕 오히려 그 어느 때보다 상태가 좋다. 그걸 누구보다 잘 알고 있을 텐데도 엘뤼엔의 시선은 다쳤던 자리에 고정되어 있었다. 쑥스러우면서도 어색한 기분에 자꾸 몸이 긴장했다. 그는 어떻게 알고 바로 와서 치료해 준 걸까. 설마 나를 계속 지켜보고 있었나? 아니, 그보다 이미 계약까지 파기한 애를 뭐가 이쁘다고 도와줬지? 그러고 보니 아직 고맙다는 말조차 제대로 못 했다. 너무 정신이 없어서 생각하는 순서가 뒤죽박죽이었다.

"……정말 어처구니가 없군."

우선 인사부터 하려고 입을 여는데 그가 먼저 낮게 중얼거렸다. 비난의 말이 나올 걸 대비해 움츠렸지만 그는 여전히 내가 찔렸던 곳만 바라보고 있었다.

"겁이 없는 줄은 알았지만 내가 잘못 판단했다. 넌 인간으로서 가장 기본적인 본능이 결여돼 있다."

"어, 음…… 그런가."

이거 어디서 들어본 말인데. 예전에 라피스도 이거랑 비슷한 말 하지 않았나?

"계약이 파기됐으면 몸을 사려야지. 넌 대체 왜……."

한숨과 함께 눈두덩이를 문지르는 모습에서 짙은 피로감이 느껴졌다. 이상한 일이다. 늘 철옹성처럼 견고했던 그가 지금은 유난히 약해 보였다. 날 구하고 피투성이가 된 채 쓰러졌던 그 순간이 떠오를 만큼.

그걸 깨닫는 순간 내가 그동안 뭘 놓치고 있었는지도 깨달았다. 내 감정을 지키기에만 급급해서 다른 이들을 돌아볼 겨를이 없었다는 걸. 라피스가 그렇게 여러 번 경고했는데. 그로 인해 무슨 일까지 벌어졌는지 알았으면서. 그걸 또 잊어버렸다.

이 세상은 내게 너무 가혹해서, 나만 괴롭고 힘든 건 줄 알았다. 아무것도 없이 밑바닥에서부터 억지로 시작한 관계니 내게만 의미가 있을 거라고. 그래서 쭉 혼자서만 붙들고 있는 줄 알았다. 하지만 나만 다친 게 아니었다. 내가 다친 만큼 그 역시 다친 거였다.

"미안해, 아버지. 잘못했어."

다급히 팔을 뻗어 그를 끌어안았다. 엘뤼엔은 피하지 않고 가만히 있었다.

"내가 정말 잘못했어."

가까이에서 느껴지는 호흡이 약하게 흐트러졌다. 약간의 시간 후, 느릿하게 닿아온 손길이 천천히 내 머리를 쓰다듬었다. 그를 더 꽉 끌어안았다. 따뜻한 체온에 눈물이 날 것 같았다.

*　　*　　*

바깥에서 소란이 느껴진 건 그로부터 얼마 후였다. 쑥스러운 기분으로 엘퀴엔과 포옹을 끝마치는데, 그 순간 문이 벌컥 열리더니 누군가가 나를 덮치듯 끌어안았다.

"아이고, 도련님!"

말투만 들어도 이프리트였다.

"드디어 일어났구나! 괜찮아? 괜찮은 거야? 대체 이게 다 무슨 일이야! 왜 그런 짓을 저질렀어! 차라리 그 검으로 트로웰 놈을 찔러버리지! 그놈 자식 이미 힘 빠질 대로 빠진 상태라 저항도 못 하고 그냥 순식간에 역소환 됐을 텐데! 그럼 앞으로 수십 년간 인간 멸망은커녕 중간계는 구경도 하지 못했을 텐데! 아이고, 이 예쁘고 착한 도련님이 도대체 무슨 잘못을 했다고!"

"윽…… 잠깐, 이것 좀…… 놓고 말을……."

걱정해주는 건 좋은데, 얼마나 꽉 부둥켜안았는지 숨을 쉬기가 힘들었다. 켁켁거리고 있으니 그의 몸이 휙 뒤로 넘어가며 강제로 떨어져 나갔다. 엘퀴엔이 그의 뒷덜미를 잡아 던진 거였다.

덕분에 겨우 얼굴을 보게 된 이프리트는 금발을 지닌 릴의 모습이었다. 넘어지면서 뒤통수를 박았는지 아프다고 끙끙거리던 그가 원망스러운 얼굴로 엘퀴엔을 노려봤다.

"이게 무슨 짓이야!"

"성가시게 굴지 마라."

"무슨 상관이야! 넌 이제 도련님 계약자도 아니면서! 네가 뭔데 나와 도련님의 오붓한 시간을 방해해!"

"아버지를 그만둔 건 아니지."

그 대답에 먼저 숨을 삼킨 건 나였다. 확실히, 정령 계약을 그만둔 거지 부자 관계를 그만둔다는 말은 안 했다. 계속 아버지라고 불러도 뭐라고 하지도 않았고. 하지만 원래의 엘뤼엔도 아니고, 이 시대의 그에게서 이런 대답이 나올 거라곤 상상도 하지 못했다. 이프리트 역시 당황했는지 어안이 벙벙한 표정을 하고 있다가 곧 발끈해서 소리쳤다.

"허! 이 치사한 놈 좀 봐! 이제 보니 처음부터 이럴 작정이었던 거지? 님, 양심은 챙기셨어요?"

"꺼져."

"아 왜 뭐만 했다 하면 꺼지래! 싫거든! 안 꺼질 거거든! 내가 어디에 붙어 있든 그건 내 마음이거든!"

"그럼 그 대가도 책임지면 되겠군."

"도련니임! 너네 아버지가 나 괴롭혀!"

……이게 정령왕의 싸움인지 애들 싸움인지 모르겠다.

후다닥 내 뒤로 숨는 시늉을 하는 이프리트를 황당한 기분으로 바라보다가 고개를 절레절레 흔들었다. 이 와중에도 입꼬리가 자꾸 올라가서 더 곤욕스러웠다. 아직 이럴 때가 아닌데. 깨어난 후로 이어지는 상황들이 쭉 평화롭기만 해서 나도 모르게 계속 넋을 놓게 된다.

정신을 다잡을 겸 주위를 돌아보았다. 생각지 못한 재회를 한 건 좋은데, 정작 함께 있던 트로웰과 시벨리우스는 보이지 않았다. 그 뒤로 상황이 어떻게 돌아간 건지, 시간이 얼마나 흐른 건지도 알 수가 없었다.

"저기, 나 얼마 만에 일어난 거야?"

"도련님? 이틀은 꼬박 잤을걸."

조심스럽게 물어본 말에 이프리트가 대답했다. 이틀이라니. 생각했던 것보다 더 긴 시간이었다.

"엘퀴네스 말로는 도련님이 그동안 잠을 제대로 못 자서 그런 거라던데. 치유술 덕분에 피로가 풀리면서 몸이 나른해지니까 그 반작용 같은 거래. 그치, 엘퀴네스?"

"……."

엘퀴엔이 그걸 왜 네가 설명하냐는 시선을 보냈다. 두 정령왕이 험악하게 서로를 노려보는 동안 속으로 다음 말을 골랐다. 하지만 정작 묻기도 전에 이프리트가 입을 여는 것이 더 빨랐다.

"트로웰이라면 자기 영역 수습하러 갔어."

내가 누굴 찾는 게 너무 티가 난 모양이다. 그렇구나. 정령계로 돌아갔구나. 이걸 어떤 방향으로 해석해야 할지 모르겠다. 설마 그사이에 전부 다 끝나버린 건 아니겠지.

쓰러진 후의 기억은 가물가물하다. 트로웰이 내 손을 잡고 울었던 거 같은데, 너무 잠에 취해 있어서 꿈인지 현실인지 확실하지가 않았다. 당장 느껴지는 분위기는 나쁘지 않았지만 혹시 또 모를 일이다. 자고 일어난 사이에 내가 최후의 인간이 되었을지. 차라리 잠시 보류된 거라면 좋을 텐데. 불길한 상상이 들어맞을까 봐 차마 물어보기도 겁났다. 그러자 내 불안을 알아차렸는지 이프리트가 씩 웃었다.

"걱정하지 마, 도련님. 이제 그놈도 정신 차린 것 같아."

"어……?"

"트로웰 말이야. 인간들 안 죽이기로 했어."

나도 모르게 숨을 멈췄다. 가장 듣고 싶었던 말이었지만 막상 들으니 현실감이 전혀 느껴지지 않았다.

"……정말?"

"정말."

이프리트의 웃음이 짙어졌다.

"처음 무너트린 마을 외에는 아무것도 안 건드렸어. 그 현장도 바로 수습해서 생존자들 구조했고. 다행히 다들 일하러 나간 시간이라 인명피해도 생각보다는 안 컸어."

멍하니 엘뤼엔을 응시하니 그 역시 고개를 끄덕였다. 그제야 숨이 쉬어지면서 손에 절로 힘이 들어갔다. 트로웰이 그만두기로 했단다. 인간을 멸족하려는 계획을 철회했다. 카노스가 보여줬던 미래를 틀었다. 그가 타락하는 결말을 막아냈다.

"다행이다……."

안도감에 벅차오른 나머지 목소리가 떨렸다. 너무 기쁜데 울고 싶은 기분이라 머리가 혼란스러웠다. 지금 내 표정이 우스꽝스러울 거라는 것만은 분명했다.

"정말 고생했어, 도련님. 그 녀석을 멈추게 해줘서 고마워."

나만큼이나 울 것 같은 표정을 지은 이프리트가 나직한 어조로 입을 열었다.

"사실 진짜 막막했거든. 도련님이 아니었으면 아무도 그 녀석을 구제할 수 없었을 거야. 다 도련님 덕분이야. 사실은 우리가 했어야 하는 일인데 면목이 없어. 인간들만이 아니라 정령계 전체가 큰 신세를 졌어."

"아냐, 이프리트. 너무 그렇게 어렵게 말하지 마. 나도 내 가족을 위한 거뿐이야."

그 말에 눈을 크게 뜬 이프리트가 부드럽게 웃었다.

"도련님을 만나서 정말 다행이야."

늘 친절했지만 이번만큼 다정한 목소리를 들어본 건 처음인 것 같았다. 그가 내 손을 꼭 붙잡았다.

"그 대신이라고 말하기엔 뭐하지만 도련님, 앞으로 도련님이 힘든 일이 생길 땐 내가 꼭 도울게. 혼자서 힘든 일은 겪지 않게 할게. 언제든지 마음껏 의지해."

"응, 고마워."

"진짜야. 내가 너의 가장 친한 친구가 될게."

맹세하듯 말한 후 그가 내 이마에 가볍게 입을 맞췄다. 무슨 일이 일어난 건지는 한 박자 늦게 깨달았다. 이프리트의 고유 능력인 축복의 키스였다. 계약자에게도 선뜻 내려주지 않는 불의 가호. 그가 나를 자신의 사람으로 인정했다는 의미였다.

"고, 고마워, 이프리트."

"그건 내가 할 말이야. 정말 고마워, 엘."

뜻밖의 선물을 받은 기분에 어안이 벙벙해져 있으려니 싱긋 웃은 이프리트가 내 머리를 쓰다듬었다. 내내 못마땅해하는 시선을 보내고 있던 엘뤼엔이 더는 봐줄 수 없다는 듯 그 손길을 쳐냈다. 다시금 두 정령왕의 시선이 험악하게 맞부딪쳤다.

때마침 방 안으로 들어서는 기척이 느껴졌다. 누군가 했더니 시벨리우스였다. 이미 내가 일어났다는 걸 알고 온 건지 이쪽을 바라보는 표정이 담담했다.

"시벨리우스."

그러고 보니 그에게도 사과해야 하는데. 눈앞에서 친구가 자살기도하는 광경이라니, 너무 나쁜 기억을 심어줬다. 나라면 만나자마자 욕을 한 바가지는 퍼부었을 텐데, 그는 얌전히 바라보고 있기만 해서 더 양심이 찔렸다. 어떻게 말을 꺼내야 하나 망설이는 동안 시벨리우스는 아무런 말 없이 다가와 내 앞에 그릇이 담긴 쟁반을 내려놓았다. 그가 그릇의 뚜껑을 열자 달콤하고 고소한 냄새가 풍겼다.

"이틀 만에 일어났으니 시장할 거야. 네가 좋아하는 콩 수프 만들어 왔어. 식기 전에 먹어."

"……시벨리우스."

그대로 돌아서서 나가려는 그의 옷깃을 붙잡았다. 억지로 멈춰 선 시벨리우스가 어쩔 수 없다는 듯이 몸을 다시 내게 돌렸다. 표정은 딱딱하게 굳어 있는데, 금방이라도 울 것처럼 눈가가 새빨갰다. 그 모습을 보자 저절로 입이 열렸다.

"미안해."

순간 시벨리우스의 눈에서 눈물이 뚝뚝 떨어졌다. 얼굴을 와락 일그러트린 그가 입술을 꾹 악물었다. 고개 숙인 그에게서 억눌린 울음소리가 흘러나왔다.

"네가 그대로 죽어버리는 줄 알았어."

"……정말 미안해."

"다시는, 다시는 그런 짓 하지 마."

"응."

흐느끼는 목소리를 가슴에 새기며 고개를 끄덕였다. 엘휘엔과 이프리트의 표정도 무겁게 가라앉아 있었다. 그 모습 하나하나 천천히 눈에 담았다. 앞으로 평생 잊지 말아야 할 것들이 생겼다.

"다시는 안 그럴게."

## 2.

내가 달랠 사람은 시벨리우스만이 아니었다. 수프를 다 먹은 후에 거실로 나와 보니 잔뜩 심술이 난 라미아스가 소파에 다리를 꼰 자세로 앉아 있었다. 눈이 마주치자마자 손가락을 까닥거리는 것에 머뭇머뭇 다가갔다. 맞은편 자리에 죄인처럼 앉으니 그는 한참을 나를 노려보다 짓이기는 듯이 말했다.

"얘기는 다 들었어."

"아하하, 네. 들으셨군요……."

"너 말이야! 이런 중요한 일을 나한테 말도 하지 않고!"

"죄송해요."

"어떻게 그런 큰일을 겁도 없이 그냥 막……어? 뭐?"

곧바로 사과할 줄은 몰랐는지 기관총처럼 빠르게 쏟아지던 말이 급격히 수그러졌다.

"너무 마음이 급해서 다른 게 보이지 않았어요."

"……흠흠, 뭐, 사실 그럴 만도 하지. 네가 어디 제대로 고민할 겨를이나 정신이 있었겠냐. 그냥 널 걱정하는 사람들도 있다는 걸 알아달라는 소리였어."

"네, 알아요. 걱정해주셔서 고마워요."

웃으며 답한 말에 그의 표정은 더 누그러졌다. 복잡한 얼굴로 나를 바라보던 라미아스가 한숨을 푹 내쉬었다.

"트로웰이 그 정신 나간 계획을 정말 저지르려 할 줄은 몰랐어. 좀 화풀이나 하다가 말 줄 알았지. 미친놈이 힘을 가지면 답이 없다는 걸 알려주는 건 내 동족들만으로 충분했는데, 그걸 정령왕을 보면서도 깨달을 줄은……. 일이 어떻게든 잘 풀려서 다행이다."

"아하하, 그러게요."

"사고 현장은 트로웰이 스스로 복원해주기도 해서 대충 수습된 것 같아. 유족들과 피해자들에겐 내가 익명으로 위로금을 보냈어. 그곳 인간들한테는 날벼락이었겠지만, 정령왕이 날뛴 것치고는 평화로운 결말이지. 다 네 덕분이다."

글쎄, 이걸 덕분이라고 할 수 있을까. 라미아스로선 마음을 편히 해주려는 의도겠으나, 하필 그들이 날벼락을 당한 이유에도 내가 있다 보니 입안이 썼다.

"한 가지 궁금한 게 있는데요."

"뭔데?"

"그 현장에서 고아가 된 여자애가 있을 텐데…… 이름이 에밀리라고 하거든요. 그 애가 어떻게 됐는지 알 수 있을까요?"

현장에 있던 사람이라면 모두 충격이 컸겠지만, 에밀리는 트로웰의 적의까지 온몸으로 경험했다. 마지막에 서럽게 울던 걸 제대로 진정시키지도 못했던 게 마음에 걸렸다. 이미 그에 대해서도 들은 게 있는 듯 라미아스는 누구를 말하는 건지 알겠다는 얼굴로 고개를 끄덕였다.

"확인하러 가볼래?"

라미아스가 날 데리고 간 곳은 동화책에 나올 것처럼 생긴 아름다운 저택 앞이었다. 높게 세워진 담벼락 안으로 푸릇푸릇한 정원과 놀이터가 가꿔져 있었다. 〈해가 드는 고아원〉 철문에 달린 작은 팻말이 보였다. 놀이터에선 같은 복장을 한 아이들이 한창 까르르 웃으며 뛰어노는 중이었다. 그중에서 익숙한 여자애를 어렵지 않게 발견할 수 있었다. 에밀리였다.

"밤새 꼬박 앓더니 기억을 거의 잃었어. 저 꼬마한테는 차라리 잘된 일이지."

"……나중에 후유증이 생길 확률은요?"

"아예 없다곤 못하지만 괜찮을 거야. 여기 원장이 전쟁고아나 외상 후 증후군을 앓는 아이들을 돌보는 일에 관심도 많고 관련 경험도 많거든. 특별히 더 신경 쓴다고 했어."

"그래요. 다행이네요."

에밀리를 거금의 후원금과 함께 고아원에 맡긴 건 라미아스였다. 뒤늦게 소식을 듣고 기겁해서 현장을 찾아갔는데, 도착하자마자 트로웰이 자신을 향해 무언가를 던지며 알아서 하라고 했단다. 얼결에 받아들고 보니 웬 여자아이였다고. 그게 에밀리였다.

"그렇군요. 트로웰이……."

"뭐, 자비심은 있었다는 거지."

에밀리에게 들어간 후원금은 그에게 꼭 청구하고 말 거라며 라미아스가 낮게 투덜거렸다.

"조사해보니까 그 아버지란 놈도 친부는 아니었더라. 그날 함께 있던 일당들이 일대를 주름잡고 있던 폭력배 조직인데, 부모가 없는 어린애들을 이끌고 다녔대. 밑에 두고 부리다가 좀 더 크면 사창가나 노예 시장에 팔아버리는 오물들이었어."

그 말을 들었을 땐 너무 무거워서 탄식이 절로 흘러나왔다. 그래도 그런 악질과 혈연이 아닌 건 오히려 다행이라고 해야 하려나. 라미아스가 택한 고아원은 이 나라에서 가장 시설이 좋은 곳이라고 했다. 좋은 집안에 입양될 확률도 높고, 나이가 차 퇴소하게 되더라도 사회에 잘 적응해갈 수 있도록 기본적인 자립에 도움을 준다는 듯했다. 고맙다고 하니 그가 어깨를 으쓱였다.

"사실 나도 인간이 선한 본성을 타고난다고 생각하진 않아. 어린애라고 다 순진한 건 아니지. 그래도 저 애는 좀 안타깝더라고. 괜찮은 환경에서 살았으면 그런 일에 가담하지 않았겠지. 여하튼 이쪽은 네가 더 신경 쓸 거 없을 거야."

"뒷수습을 다 떠맡긴 거 같아서 죄송하네요."

"이게 뭐 별거라고. 인간 사회에서 유희하다 보면 이런 일이야 흔해. 그리고 네가 한 일에 비하겠냐."

쯧쯧 혀를 차는 말에 머쓱히 웃었다. 그때 조금 떨어진 거리에서 서성거리는 그림자가 보였다. 누가 나무 기둥 뒤에 숨어 이쪽을 훔쳐보고 있었다. 당황스럽게도 디아곤이었다.

"저놈이 왜 저깄어?"

라미아스도 그를 발견하곤 얼굴을 찌푸렸다. 나를 향해 반갑다는 듯이 손을 흔들던 디아곤은 라미아스를 향해선 허둥거리듯 손짓발짓을 하기 시작했다. 대충 파악해보기론 가까이 오라는 신호 같았다.

"저게 뭐 하는 거야?"

라미아스가 얼굴을 찌푸리며 자신을 가리키자 디아곤이 그렇다고 마구 고개를 끄덕였다. 반대로 나를 같이 가리켰을 땐 고개를 도리도리 저었다.

"별 해괴한 짓을 다 하네. 저놈이 나한테만 따로 할 말이 있나 본데. 잠깐 다녀올게."

"네."

그 뒤로 이어진 광경은 한편의 희극이 따로 없었다. 디아곤이 저를 향해 가까이 다가오는 라미아스를 해맑게 웃으며 반겼다. 그리곤 곧바로 그의 입을 틀어막더니 그대로 공간 이동을 했다. 경악한 라미아스가 저항을 시도했을 땐 이미 빛 속에 삼켜진 후였다. 찰나의 순간 나와 눈이 마주친 디아곤이 다시 손을 흔들어 보였다. 그게 마지막 광경이었다.

"……."

음, 뭐, 알아서 잘 해결하고 돌아오겠지. 그동안 시간이나 때울 겸 주위를 돌아보았다. 후문에서 이어지는 둔덕을 따라 조금 걸어 올라가니 드넓은 초원이 펼쳐졌다. 싱그러운 풀밭 위로 별 무리 같은 꽃들이 한가득 수를 놓았다. 근처의 숲에서 날아온 듯한 하얀 꽃잎이 바람을 타고 눈처럼 흩날리고 있었다. 봄을 한가득 담은 달콤한 바람이었다.

오늘따라 정령들도 기분이 좋은지 웃음소리가 맑았다. 한동안 멍하니 경치를 바라보고 있는데 등 뒤에서 기척이 느껴졌다. 라미아스가 왔나 싶어 돌아보았다가 그대로 멈칫했다. 꽃잎들이 춤을

추는 곳에 서 있는 건 라미아스가 아니라 흑발의 소년이었다. 슬프도록 아름다운 금안을 가진.

"트로웰."

이제야 조금 전 디아곤의 이상한 행동이 이해됐다. 아무래도 우리 둘이 대화할 수 있도록 자리를 비켜준 건가 보다. 반가운 마음에 다가가는 나를 그는 차분히 응시해왔다.

"영역을 수습하러 갔다고 들었는데……."

"잠깐 온 거야."

짤막이 대답한 후 트로웰은 잠시 미간을 찌푸렸다. 다음 말을 어떻게 이어야 할지 망설이는 것처럼 보였다. 그 시선이 내 가슴 부근에 머물렀다.

"몸은……."

"아! 보다시피 멀쩡해. 전혀 아무렇지 않아."

"……그래."

"트로웰은? 괜찮아?"

내 질문에 그의 눈동자가 흔들렸다.

"역시 넌 이상해."

어딘지 허탈해 보이는 음성이었지만 기분이 상한 것 같진 않았다. 그 모습에 용기를 냈다.

"저기, 이프리트한테 들었어. 인간을 멸하는 걸 그만두기로 했다고. 정말 고마워."

트로웰은 잠시 아무런 반응을 하지 않았다. 물끄러미 나를 바라보기만 하다 불쑥 내뱉듯이 물었다.

"일어났을 때 모든 게 끝났으면 어땠을 거 같아?"

"그거야 당연히…… 슬펐겠지."

그는 잠시 눈을 느릿하게 감았다 떴다. 다시금 나를 응시하는 얼굴엔 미소가 걸려 있었다. 오랜 방황을 끝마친 것처럼 후련해 보이는 표정이었다.

"여전히 인간이 좋지는 않아."

그가 나직하게 입을 열었다.

"하지만 네가 죽는 건 더 싫은 것 같아. 아니, 싫어. 인간을 다 멸족시키려는 주제에 그중에서 하나가 죽는 건 싫다니, 너무 모순이잖아. 그걸 깨달았을 뿐이야."

"트로웰……."

"정확히 말하면 그만둔 게 아니라 보류야. 네가 죽은 후엔 또 어떻게 될지 모르지."

마치 떠보는 듯한 말이라 웃음이 나왔다.

"트로웰은 안 그럴 거야."

"단정하는 어투네."

"정말 안 그럴 거니까."

내 세상의 그가 증거였지만, 그게 아니었더라도 대답은 같았을 거다. 이미 트로웰의 마음이 달라진 게 느껴졌다. 이곳에서 만난 그에게선 늘 가시 같은 날카로운 기운이 있었는데 지금은 그 기운이 조금도 느껴지지 않았다. 미래의 그만큼이나, 온전히 편해진 트로웰을 보는 것 같았다. 이제 정말 괜찮구나. 괜찮아진 거야. 조용히 혼자 감동하고 있는데 그가 다시 나를 바라보았다. 그 표정이 어딘지 씁쓸해 보인다고 느꼈을 때였다.

"미안해."

"……응?"

"내가 너무 못나게 굴어서……, 널 다치게 했어. 정말 미안해."

차분한 사과와 함께 그가 머리를 숙였다. 잠시 무슨 일이 일어난 건지 멍해졌다가 황급히 정신을 차렸다.

"아, 아냐, 트로웰! 이러지 마."

"사과하고 싶었어. 내가 널 괴롭게 한 건 사실이잖아."

"그런 건 하나도 신경 안 써. 내가 아는 트로웰로 돌아와 준 것만으로도 충분해."

"……네가 아는 내가 뭔지 모르겠어."

"세상에서 가장 다정한 내 형이지."

못 말리겠다는 듯, 가볍게 고개를 떨군 트로웰이 피식 웃었다. 나야 부끄러울 게 없었으므로 그저 당당했다.

"그래. 그렇게 하자."

담담히 떨어지는 대답에 가슴이 뭉클했다. 이렇게 평화로운 기분으로 서로를 마주하기까지, 정말로 많은 일이 있었다. 헤헤거리고 웃는 나를 부드럽게 바라보던 트로웰이 곧 뭔가를 상기한 얼굴로 짧은 감탄사를 흘렸다.

"이거, 다시 돌려줄게."

"응? 아……!"

그가 품에서 꺼내드는 걸 보고 나도 감탄사를 내뱉었다. 라피스가 담긴 주머니였다. 내가 그에게 줬던 방식 그대로, 이번엔 트로웰이 내 손을 잡고 주머니를 쥐여 줬다.

**"야이! 너! 이 미$#%!@##%ㅠ악!"**

순간 귀가 얼얼할 정도로 쩌렁쩌렁한 고함이 머릿속을 가득 울렸다. 불시에 닥친 기습에 숨을 삼키자 트로웰이 당황한 표정을 지었다.

"왜 그래?"

"아, 아무것도 아냐. 하하하……."

그래, 이거지. 라피스라면 만나자마자 욕을 한 바가지 퍼부을 줄 알았다. 역시 할 말은 하는 드래곤! 기대를 저버리지 않는다.

**"내가 하지 말라고 했지! 트로웰더러 개 또라이라고 했더니 넌 한 술을 더 뜨냐! 이것들이 아주 쌍으로 내 복장을 뒤집으려고 작정을 했어! 너도 또라이라고 불러줘? 어?"**

'알았어, 라피스. 내가 잘못했어. 내가 다 잘못했으니까 우리 이따가 얘기하자.'

**"그게 반성하는 태도냐!"**

이번엔 진짜 단단히 화났나 보다. 좀처럼 그칠 것 같지 않은 잔소리에 식은땀이 흘렀다. 그런 내 모습을 트로웰은 묘한 시선으로 바라보고 있었다. 다음 순간 그가 가볍게 주위를 훑었다. 그러자 기웃거리고 있던 정령들이 움찔해서 우르르 사라졌다. 지켜보지 못하도록 일부러 쫓아낸 게 분명한 행동이라 몸이 긴장했다.

"그것에 관해 물어볼 게 있어."

"으응? 뭔데?"

"그 영혼의 보석에서 느껴지는 기운이 왠지 모르게 너와 비슷했어. 우연이 아닌 것 같은데, 넌 어떻게 생각해?"

"어? 그, 그래? 이상하네. 이프리트는 화기가 강하다고 했는데."

"속성을 말하는 게 아냐."

차분히 내리뜬 금안이 신묘한 빛을 품었다. 혜안을 연 거다.

"역시 아무리 다시 봐도 같아. 널 읽어보려고 할 때와 비슷한 느낌이야. 생소한 게 분명한데, 왠지 모르게 익숙하고…… 이상할 정도로 그리운 기분이 들어."

"……."

이걸 어쩌지. 이런 부작용은 미처 생각지 못했다. 라피스도 긴장했는지 어느새 잔소리를 멈춘 채였다. 시선이 맞닿는 순간, 시간이 정지한 것만 같은 착각이 일었다.

"넌 대체 누구지?"

이어진 질문엔 아무런 대답을 하지 못했다. 늘 내게 수상하다는 시선을 보내긴 했지만 이런 식으로 물어온 건 처음이었다. 단지 별다른 구석이 있다고 여기는 정도가 아니라, 내 존재 자체에 의구심이 든 거다.

어떻게든 모르쇠로 나가보려던 마음을 바로 접었다. 어차피 이대로면 눈치채는 건 시간문제인 것 같고. 훗날 불시에 일이 벌어져서 대처도 하지 못하게 되느니 차라리 지금 여기서 카노스의 주술이 발동하도록 유도하는 게 더 나을지도 모르겠다. 내 정체를 알아차릴 만한 기억을 지우는 거니까, 라피스를 보면서 품은 의구심도 같이 잊을 거다. 결심을 굳히고 나니 마음이 한결 편해졌다.

"어쩔 수 없지. 너한테만 가르쳐 줄게."

운을 떼자 트로웰의 눈동자가 흔들렸다. 궁금해서 물어본 거였으면서 막상 정말 답하려고 하니 더 당황한 기색이었다.

"난 실은, 이곳에 친구의 영혼을 찾으러 왔어."

"……뭐?"

"내 친구가 큰 사고를 당했는데…… 영혼이 사라져버렸거든. 그게 여기에 떨어져서, 그걸 따라온 거야."

마주한 눈이 크게 떠졌다. 지금 이 말로 꽤 많은 부분을 알아차렸겠지. 내가 다른 세상에서 왔다는 것부터, 찾으러 온 친구가 바로 지금 내 손에 들린 영혼의 보석이라는 것까지. 내 입으로 여기까지 밝혀본 건 처음이라 그런가. 이럴 상황이 아니라는 걸 알면서도 묘한 고양감이 느껴졌다.

"그거 알아, 트로웰? 거기서도 우리는 형제였어."

순간 입을 벌린 그가 멍하게 나를 바라보았다. 혼란스럽게 일렁이는 얼굴이 수많은 감정을 빚어내다 곧 화려한 빛으로 물들었다. 지금까지 알아차리지 못한 게 이상했다는 듯. 떨리는 숨을 내뱉은 입술이 환하게 웃었다. 물기가 일렁이는 눈동자를 보며 나도 같이 따라 웃었다.

그는 이내 우려하는 시선을 보내왔다. 내가 그동안 말하지 못한 이유가 있다는 것도 짐작한 듯했다.

"이런 걸 알려줘도 괜찮은 거야?"

"상관없을 거야. 이 정도는."

대놓고 정체를 밝힌 건 아니니까. 이 정도는 괜찮을 거다, 아마도. 그래도 시야가 울렁거리고 있으니 긴장되는 건 사실이었다. 내가 힘겹게 웃는 게 느껴졌는지 트로웰의 표정이 천천히 굳어졌다.

"하지만……."

"정말 괜찮아. 그리고……."

그의 어깨에 손을 뻗으며 자연스럽게 손을 맞잡았다. 의아한 시선을 보내오는 얼굴을 똑바로 마주 보았다.

"어차피, 전부 잊을 테니까."

"너……?"

"미안해, 트로웰."

당황스럽다는 얼굴로 나를 바라보던 그의 눈동자가 곧 텅 빈 듯이 흐려졌다. 그와 동시에 울렁거리던 시야가 빠르게 안정됐다. 다행히 카노스의 주술이 안전하게 발동한 모양이다. 안도의 한숨이 절로 흘러나왔다.

다시 눈에 빛이 돌아왔을 때 트로웰은 꿈에서 막 깬 것처럼 의아한 표정을 하고 있었다. 그러다 나와 손을 잡고 있다는 걸 알아차리곤 움찔해서 물러섰다.

"방금, 뭐였어?"

"응? 뭐가?"

"왜 내가 너랑 손을…… 아니, 됐어."

한숨과 함께 고개를 저은 그는 어느새 경계심을 거둔 모습이었다. 덕분에 당황한 건 내 쪽이었다. 기억이 지워졌어도 위화감은 분명 있을 거다. 더 집요하게 캐물을 거라고 생각했는데 이상할 정도로 체념이 빨랐다.

"너에 대해서 이해하는 건 이제 그만뒀어."

"아하하……."

내가 수상하게 군 게 한두 번이 아니긴 하지. 본의 아니게 그간의 행실이 면역 역할을 한 모양이다. 다행이다 싶으면서 민망한 기분을 삼키고 있는데 트로웰이 나를 진지하게 응시해왔다.

"대신 한 가지만 약속해. 언젠가 말할 수 있는 시기가 오면 전부 설명해주겠다고."

"…응."

이번엔 대답을 망설이지 않았다.

"약속할게. 언제가 되든 꼭. 전부 다 말할게."

말할 수 있는 그 시기엔 이 약속조차 지워질지도 모르겠지만. 그래도 꼭. 언젠가는 반드시. 웃으며 답하니 그의 얼굴에도 미소가 번졌다.

돌아가면 할 이야기가 너무 많아, 트로웰. 하루빨리 그날이 왔으면 좋겠어. 이렇게 눈앞에 있는데도 네가 너무 그리워. 그곳의 너도 잘 지내고 있을까? 이날의 일들을 기억하게 됐을까? 풍선처럼 부풀어 오르는 말들을 억지로 터트려 흩었다.

그래도 이제 마주 보고 웃을 수 있게 되었으니까. 불과 얼마 전까지만 해도 영원처럼 멀게 느껴지던 일이었다. 지금은 이것만으로도 충분했다.

『정령왕 엘퀴네스』 20권에서 계속

# 캐릭터 프로필

illust-냐르

**이름**: 라데카
**생일**: 6월 5일
**키**: 162cm
**성별**: 여(女)
**속성**: 천의(天意)
**외형**: 작은 소녀의 모습.
검은 피부, 은발, 금안.
(기력을 전부 소모하면 흑발이 된다)

운명의 신.
최초의 트로웰이자 최고신 중 하나.
모든 운명을 관장하며, 운명의 시계를
다룰 수 있는 유일한 존재다.
말투가 예스럽고 입이 험한 편.
귀여운 것에 관대하다.

# 캐릭터 복불복 QnA

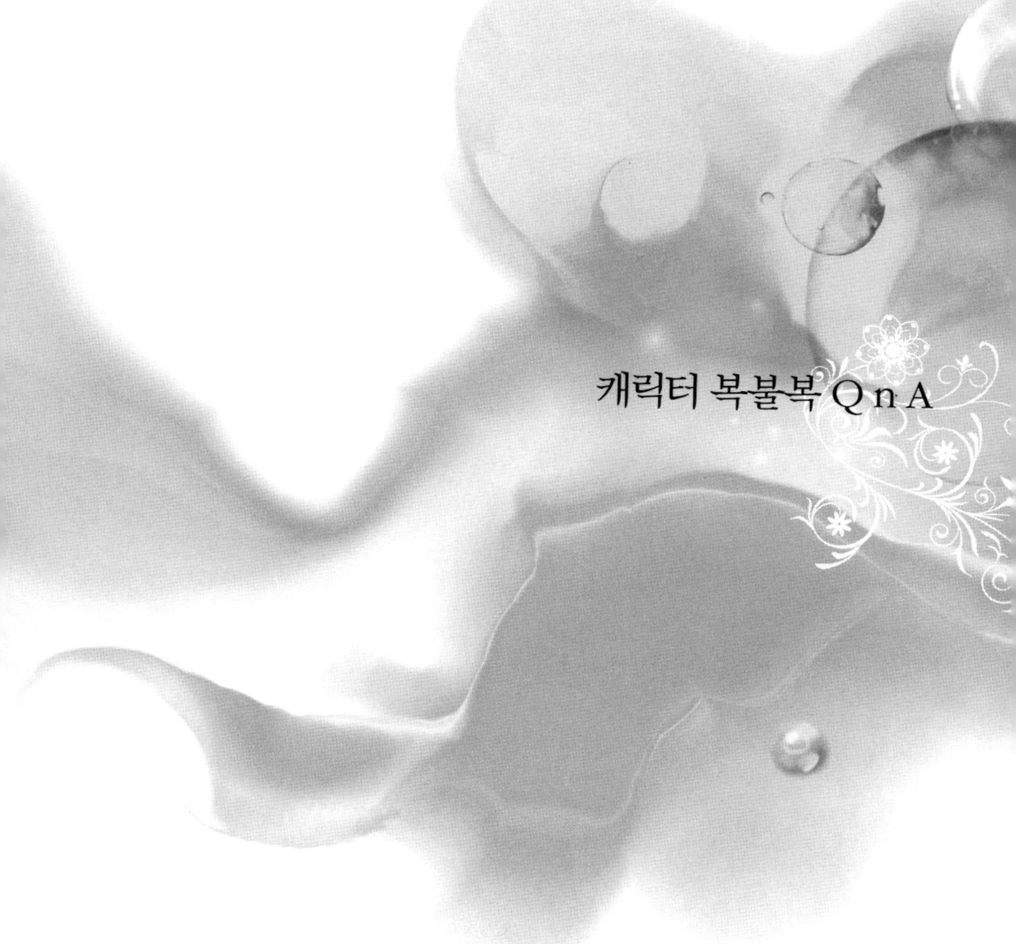

〈 ※인터뷰 질문은 다음(daum) 이공카 회원님들이 올려주신 질문 중에서 제비뽑기로 선정했습니다.
(뒤에서 중복되는 질문은 제외했습니다) 〉

〈미나티 님 질문〉

Q. 라데카가 했던 것 중 가장 기억에 남는 선택은 무엇인가요?

A. 마족의 추방을 결정하는 투표에 찬성표를 던졌었지. 뒤틀린 지점은 훨씬 전부터 시작되었건만, 떠올리자면 왠지 그날이 가장 선명하더구나. 한 번쯤은 그 밉살맞은 놈의 체면을 세워줘도 좋았을 걸 그랬지.

Q. 운명에 순응하는 자와 운명을 거스르는 자가 있을 때 더 마음이 가는 쪽이 있나요? 각각 어떤 생각이 드나요?

A. 어느 쪽이든 좋단다. 운명을 거스르려는 아이는 진취적이라

기특하고, 순응하는 아이는 용감해서 기특하지. 어느 쪽이든 그들이 진정으로 원하는 길을 걷기를 바랄 뿐이란다.

〈라세 님의 질문〉

Q. 운명을 이겨내거나 극복할 수 있다고 생각하나요?

A. 누구나 기본값을 타고나지. 하지만 기본값대로만 살지는 않는단다. 운명 또한 마찬가지 아니겠느냐?

〈새우튀김 님의 질문〉

Q. 카노스, 이오웬, 섀넌을 어떻게 생각하시나요?

A. 징글징글 맞은 녀석들 아니겠느냐. 이름만 들어도 신물이 나는구나.

Q. 삶에서 가장 후회하는 일은?

A. 지나간 일은 그것으로 되었다고 본단다. 하지만 굳이 고르자면 카노스 그놈의 뒤통수를 때려주지 못한 거, 그게 조금 후회되는구나.

Q. 정령왕 시절은 어땠나요?

A. 잔잔하고 평화로운 시절이었지. 이렇게 말하면 다들 믿을 수 없다고 말하지만 정말로 그러했단다.

〈리아나 님의 질문〉

Q. 운명의 여신은 모든 사람의 운명을 알고 있나요?

A. 필멸자의 운명은 한눈에 알 수 있단다. 불멸자는 그보다 조금 더 복잡하지. 정해진 것이 없는 이들도 있고, 수시로 바뀌어버리기도 하거든.

Q. 시간을 되돌릴 수 있다면 어느 시점으로 돌아가고 싶나요?

A. 시간 선이란 복잡하고도 오묘해서 건드리는 순간부터 이미 같은 시점으로는 갈 수 없게 된단다. 그때엔 다른 선택을 하더라도 당시에 정해져 있던 것과는 전혀 다른 길이 열리게 되지. 나는 겁쟁이라 그 결과를 감당할 자신이 없구나.

Q. 운명의 여신이 말하는 운명이란?

A. 머리털 같은 것이지. 타고나는 부분이 꽤 많이 정해져 있지만 꾸미기에 따라 달라질 수도 있는 것 말이다.

〈에이루 님의 질문〉

Q. 최고신들 중 정령왕 시절 눈여겨본 신이 있다면?

A. 최초의 정령왕이라는 점에서 카노스는 그 시절에도 눈에 띄었지.

Q. 운명을 볼 수 있는 조건 같은 게 있나요?

A. 신들의 눈에는 대부분 보이지. 평범한 인간이 보려면 영안이 열려야 한단다. 신의 목소리를 듣거나 별을 읽는 법을 배우는 것도 좋겠구나.

〈체리 님의 질문〉

Q. 정령왕 시절의 짝사랑 상대는 누구였나요?

A. 어, 어느 구제도 못 할 놈팡이가 그런 삿된 헛소문을 흘렸느냐? 이 질문은 듣지 않은 것으로 하겠다!

Q. 카노스 님에게 겁을 먹었던 적이 있으신가요?

A. ……있었지. 그가 경박한 웃음으로 화를 감출 때는 대체로 그랬단다.

Q. 정령왕 시절에 여성체였나요, 남성체였나요?

A. 여성체였단다. 최고신 중에서 외형의 변화는 내가 제일 적은 편인 거 같구나.

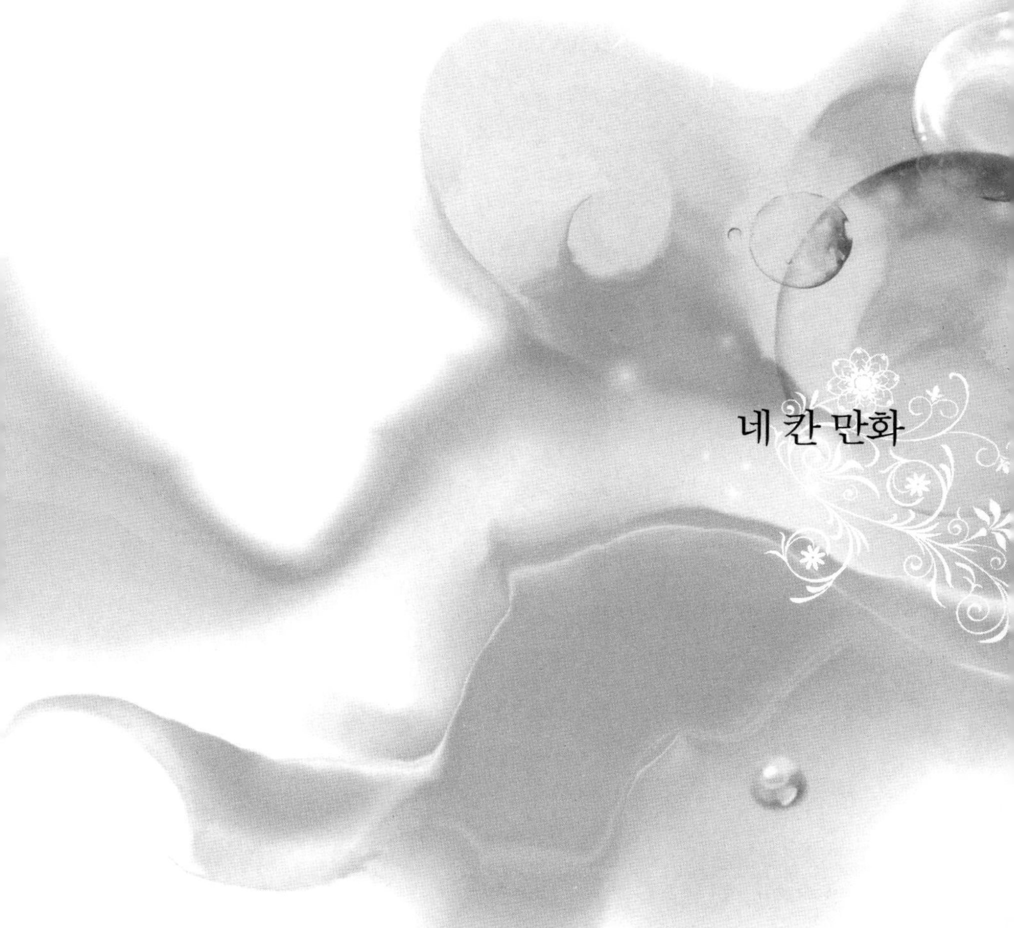

# 네 칸 만화

그동안 갖고 다니던 화석 목걸이가 영혼의 보석이었다.
오자마자 라피스를 찾은거라고?
하하하- 말도 안 돼. 장난이지?
장난이겠냐?
쓰아악!
돌이 말했어!!!
?!
반사작용
...!!!
라피스 찾기 처음부터 다시 시작
전 웰디. 유니콘 일족의 차기 장로예요.
나중에 시벨리우스님이랑 결혼 할거예요.
외모 때문이냐구요? 천만에요
물론, 잘생겼지만!
반려는 외모가 전부가 아니라구요.
샤랑~
아무리 잘생긴 남자를 본다 한들 생각이 바뀔 리가...
...... 외모가 전부일지도...
아...

현장 잠입을 위해
일부러 납치된 엘
엘, 일어나.
좋은말 할 때 일어나라.
당장 일어나지 않으면
여기서 너만 데리고 나간다.
헉
그건 안돼-!
내 계획 망하는 소리가!
샤라라..
?
깼으면 일어나.
?
성별불문
홀리는 미모
아버지한테 설렐뻔...
두근 두근
정체가 들킬 뻔 한 위기!
콰르릉
카노스가 도와줘서 모면!
어이쿠
아버지는요?
괜찮아, 괜찮아. 정령계로 돌려보냈어.
기억을 지웠으니까 푹 자고 돌아올거야
내가 나오는 상큼한 꿈을 꿀지도 ♥
산뜻
?
이쪽은 노산뜻
왠지 더러운 꿈을 꾼 기분..